Lechner

DOLOMITEN SAGENBUCH

Nr 91

Auguste Lechner

DOLOMITEN SAGENBUCH

Illustriert von Edda Reinl

TYROLIA-VERLAG · INNSBRUCK – WIEN – MÜNCHEN

Die stofflichen Grundlagen dieser Erzählungen
sind der großen volkskundlichen Sagensammlung
„Dolomitensagen“ von Karl Felix Wolff
(Tyrolia-Verlag, Innsbruck) entnommen.

ISBN 3-7022-1268-X

1977

Entwurf des Einbandes von Edda Reinl

Satz, Druck und Buchbinderarbeit
in der Verlagsanstalt Tyrolia
Gesellschaft m. b. H., Innsbruck

INHALT

VORWORT

Zwischen einer Landschaft und den Menschen, die ihr entstammen, besteht eine geheimnisvolle, gewissermaßen organische Verbindung. Aus dieser Verbindung heraus entstanden auch die Sagen, die seit eh und je Völker über ihre Landschaft erzählt haben. Sie sind das Älteste und Ursprünglichste, was uns an „Dichtung“ überliefert wurde, und sie haben für den, der sie versteht, große Aussagekraft: denn ihre Wurzeln liegen tief in der Vergangenheit, in der Natur des Landes und in der Wesensart seiner Bewohner.

Wer die Welt der Dolomiten kennt und Zutritt zu ihren Sagen hat, wird sehr schnell begreifen, daß diese Sagen nur so und nicht anders sein können.

Es ist eine Welt, in der die überwältigende Schönheit des Gebirges und seine Schrecken dichter beieinander liegen als anderswo. Im Frühling sind die Bergwiesen mit Blumen übersät, von denen jede einzelne ein Wunder an Lieblichkeit und Farbe ist. Darüber ragen, fast übergangslos, gewaltige Felsentürme und senkrechte Wände auf. Im Sommer toben da droben die Gewitter schrecklicher als drunten in der Ebene. Ein kleiner Bach kann jäh zu einem wilden Gewässer werden, das alles mit sich fortreißt. Um die schwindelnd hohen Gipfel und in den Schluchten ballen sich die Nebel zusammen und nehmen die Gestalt von drohenden Ungeheuern an. Im Winter aber ist alles in Eis und Schnee erstarrt, die Lawinen donnern zu Tal und ziehen eine Spur der Vernichtung.

Niemand weiß, wann die Sagen entstanden sind, die die vielen Gesichter des Dolomitenlandes widerspiegeln; sie sind uralt wie die Namen der Siedlungen und Gegenden, die wie Töne einer längst verschollenen Musik klingen: schön und schwermütig, wild und geheimnisvoll.

Es ist faszinierend, wie die Dämonie der Natur und das Gefühl des Ausgeliefertseins in der Fantasie der Menschen Wesen erstehen läßt, die irgendwo in einem Dämmerreich zwischen Natur und Übernatur angesiedelt werden, freundlich und hilfsbereit oder böse: liebliche Bergfräulein, sanfte Wasserfrauen, Zwerge, Unholde, Hexen und Zauberer, die zeitweise recht viel Gewalt über die Menschen bekommen. Stets ist aber auch ein untrügliches Gefühl für Gerechtigkeit spürbar, für verdienten Lohn oder verdiente Strafe, das die fantastischen Geschehnisse durchzieht.

Auch die Beziehungen der Menschen untereinander – Liebe, Haß, Selbst-

sucht, Habgier und Hochmut sind mit bemerkenswerter Klarheit als Ursachen menschlichen Handelns erkennbar.
Das alles verleiht diesen alten Geschichten eine wunderliche Lebendigkeit und einen Zauber, dem man sich bei allem modernen Realismus nicht entziehen kann.

DAS HAUS IM WILDEN WALDE

Vor Zeiten wohnte auf einem Schloß im Pustertal ein Graf, der war reich und mächtig, hatte eine schöne junge Frau und fühlte sich dennoch niemals glücklich. Denn weil eben seine Gemahlin so wunderschön war, lebte er immerfort in Angst, sie könnte ihm eines Tages geraubt werden.
Kamen fremde Ritter in die Burg, so beobachtete er voll Sorge und Mißtrauen, wie sie die Gräfin bewundernd anblickten, und dann hätte er die Gäste am liebsten fortgejagt und seine Frau in die oberste Turmkammer gesperrt.
Das wurde mit der Zeit immer noch schlimmer. Kein Händler durfte ins Schloß kommen, kein Knecht sich dort aufhalten, und selbst die Hirten, die sonst ihre Herden vorbeigetrieben hatten, mußten auf Befehl des Grafen einen weiten Umweg machen.
Der Graf hatte immer noch keine Ruhe. Zuletzt ließ er in einem einsamen Hochtal, weit hinter den Fanesbergen, auf einem Felsen einen Turm bauen. Dorthin zog er mit seiner Gemahlin, ein paar Mägden und der Bayla, seiner alten Amme, der er vertraute wie sonst niemandem auf der Welt.
Die Gräfin war zwar ein wenig traurig über ihre Einsamkeit, aber weil sie ihren Gemahl liebte und meinte, so könnte er vielleicht doch von seiner Angst und Unruhe geheilt werden, schickte sie sich darein.
Aber bald merkte sie, daß ihr das gar nicht so leicht werden sollte: und schuld daran war die Bayla. Die Alte war boshaft und heimtückisch, aber dem Grafen gegenüber spielte sie stets geschickt die treue, ergebene Dienerin, und er kam gar nicht auf den Gedanken, daß es anders sein könnte.
Er wußte nicht, daß die Bayla seine Gemahlin haßte: denn sie hätte gern selbst im Schloß und über das Gesinde geherrscht. Es ärgerte sie auch, daß die Gräfin jung und schön war, sie selbst aber alt und häßlich; und weil sie ein so mißgünstiges Gemüt hatte, tat sie ihrer Herrin heimlich Böses an, wo sie nur konnte. Und dazu fehlte es nicht an Gelegenheiten.
Der Graf mußte oft fortreiten, nach entfernten Burgen oder Städten, und dann blieben die Frauen allein im Turm zurück.
„Die Mägde haben dir zu gehorchen",sagte er stets zur Bayla, wenn er wieder einmal Abschied nahm. „Und du sorgst mir dafür, daß kein Fremder meine Gemahlin zu Gesicht bekommt und schon gar nicht mit ihr spricht."
War er fort, so begann für die armen Frauen eine böse Zeit: denn die herrschsüchtige Alte machte den Mägden das Leben sauer. Die seufzten zwar, aber sie wagten es nie, sich beim Grafen zu beklagen. „Er würde uns

nicht glauben, und die Bayla läßt es uns danach doppelt und dreifach büßen", meinten sie betrübt untereinander. „Und die arme Gräfin kann uns auch nicht helfen, sie hat es ja selbst am schwersten mit der alten Hexe."

Das war freilich wahr. Wo die junge Frau ging und stand, schlich die Bayla hinter ihr drein und verfolgte alles, was sie tat, mit ihren neugierigen Augen. Manchmal wurde sie ungeduldig und sagte: „Geh fort, ich will allein sein!" Aber die Alte kicherte nur hämisch: „Ei, ei, Frau Gräfin, habt Ihr vergessen, daß mir der Herr befohlen hat, Euch nicht aus den Augen zu lassen? Ich muß doch darauf achten, daß Euch nichts Übles zustößt!"

Da schwieg die Gräfin wieder und wünschte sich sehnsüchtig, ihr Gemahl möchte bald heimkehren, damit sie vor dem bösen Weibe Ruhe hätte.

Nun besaß der Graf eine reiche Sammlung seltener Waffen aus verschiedenen Ländern und Zeiten. Die war sein größter Schatz, und er wendete viel Zeit und Geld daran, sie immer noch zu vermehren.

Eines Tages, als der Winter zu Ende war und nur droben auf dem Gebirge Lagazuòi, das sich hoch über dem Schloßturm erhob, noch Schnee lag, sagte der Graf zu seiner Gemahlin: „Ich werde morgen fortreiten und erst wiederkommen, wenn der Tag am längsten ist: du weißt, ich suche schon seit Jahren den Arco d'égues, den kostbaren Adlerbogen, der die beste Waffe der Welt sein soll. Nun habe ich gehört, daß drei Zwerge hinter den gläsernen Bergen den Bogen besitzen. So will ich dorthin reiten und ihnen viel Gold anbieten. Vielleicht überlassen sie mir den Bogen: das wäre mein größter Wunsch."

Am Morgen darauf nahm er Abschied und ritt mit seinen Knechten durch ein Seitental gegen Norden, wo die gläsernen Berge aufragten und die großen Eisfelder in der Sonne gleißten. Die Gräfin blieb traurig zurück, und alsbald begann auch wieder die Bayla ihr altes, böses Spiel.

Die Tage wurden lang und warm, aber die arme junge Frau hatte keine Freude daran. Sehnsüchtig stand sie auf dem Söller und hielt nach dem Grafen Ausschau, sah drunten in den Wiesen die Blumen blühen und hörte, wie aus dem Walde der Kuckuck rief.

Endlich kam einer der Knechte zurück und meldete, sein Herr habe den Adlerbogen nicht gefunden, nun sei er auf dem Heimwege und werde in sieben Tagen hier sein. Kaum hatte er seine Botschaft ausgerichtet, da schob ihn die Bayla auch schon wieder zum Tor hinaus. Die Gräfin atmete auf, und die Bayla fuhr in den Kammern herum wie eine wütende Katze, weil die Zeit ihrer Herrschaft wieder zu Ende ging.

Zwei Tage waren um, da befand sich die Gräfin abends allein im Turm. Die Bayla war mit den Mägden nach Andràz hinuntergegangen und hatte ihre Herrin in der Turmkammer eingeschlossen.
„Nur damit Euch nichts geschehen kann, Frau Gräfin, nur weil ich so besorgt um Euch bin, hihihi . . .“ Damit wackelte sie zur Tür hinaus, und der Schlüssel knarrte im Schloß.
Es wurde langsam dunkel, auf den höchsten Zinnen des Lagazuòi verblaßte das letzte rote Leuchten und von Tschernadòi herüber klangen die Glocken der heimkehrenden Tiere.
Da sah die Gräfin den Schloßpfad herauf ein Männlein kommen, mit einer großen Kraxe auf dem Rücken, wie sie die wandernden Händler trugen.
Als er sie auf dem Söller erblickte, rief er hinauf: „Edle Schloßfrau, laßt mir öffnen und kauft mir etwas ab: ich habe schöne Sachen aus Venedig, Spiegel und Spangen, Samt und Seide und allerlei Werkzeug und Zierat.“
„Ich bin allein und kann dich nicht einlassen“, sagte die Gräfin. „Geh nur weiter nach Andràz, dort wirst du deine Waren schon loswerden.“
Aber als sich das Männlein schon umdrehte, um wieder abwärtszusteigen, fiel ihr etwas ein.
„Warte!“ rief sie. „Da du so viele kostbare Dinge hast und so weit in der Welt herumkommst – hast du vielleicht auch den Adlerbogen?“
„Nein, den habe ich nicht“, antwortete das Männlein. „Aber ich kenne ihn wohl und ich weiß auch, wo er jetzt zu finden ist. Wenn Ihr viel Geld dafür bezahlt, so will ich ihn Euch herbeischaffen.“
„Oh, ich muß ihn haben!“ rief die Gräfin entzückt. „Wie wird sich mein Gemahl freuen!“ Sie zog ihr goldenes Armband ab und warf es dem Händler zu. „Nimm das als Angabe, und wenn du mir den Bogen bringst, sollst du noch viel mehr bekommen. Aber ich muß ihn in vier Tagen haben: denn am fünften kommt der Graf zurück, und ich will ihn damit überraschen.“
„Das trifft sich gut“, meinte der Händler und verwahrte das Armband sorgfältig in einem Ledersack, der ihm am Gürtel hing. „Ich brauche gerade zwei Tage hin und zwei zurück: denn ich muß durch das ganze Fassatal hinuntergehen bis nach Medil und dann durch den Làtemarkessel aufsteigen bis zur Scharte an der Rotlahn. Dort wohnt ein steinreicher alter Venediger: der hat den Adlerbogen.“
„So beeile dich!“ befahl die Gräfin eifrig, „und sieh zu, daß du am vierten Abend wieder zurück bist!“
Sie beugte sich weit über den Söller hinaus, um dem Männlein nachzusehen, das schon eilig talwärts stapfte. Sie konnte es kaum noch erkennen, denn es war mittlerweile fast völlig dunkel geworden.

Plötzlich schrie sie erschrocken auf und fuhr herum.
„Ei, ei, Frau Gräfin, mir scheint wahrhaftig, das war ein fremder Mann, mit dem Ihr da gesprochen habt, obwohl es der Herr so streng verboten hat", sagte die Stimme der Bayla spöttisch hinter ihr.
„Das geht dich nichts an!" rief die Gräfin und stampfte vor Zorn mit dem Fuß. „Wo kommst du denn her? Zuerst sperrst du mich ein und gehst fort und dann schleichst du dich bei mir ein und erschreckst mich! Jetzt habe ich es satt, und ich werde dem Grafen alles erzählen! Scher dich fort!"
„Nur sachte, Frau Gräfin, nur sachte!" Die Stimme der Bayla war glatt wie eine Schlange. „Vielleicht werde ich zuerst dem Herrn alles erzählen, und Ihr wißt doch, wie leicht er solche Dinge glaubt. Ihr tut mir leid, Frau Gräfin! Aber Ihr seid selber schuld. Kaum war ich einmal aus dem Hause, habt Ihr schon das Gebot Eures Gemahls übertreten. Ich fürchte, diesmal wird es übel für Euch enden!" fügte sie schadenfroh hinzu und schlurfte davon. Die Gräfin weinte vor Kummer und Zorn und wünschte, die vier Tage wären schon um.
Der Abend des vierten Tages kam auch endlich: aber der Händler kam nicht.
Ungeduldig lief die Gräfin ein ums andere Mal auf den Söller: denn sie mußte den Fremden ja selbst einlassen, die Bayla würde ihn sonst unnachsichtlich fortjagen.
Als es schon fast Nacht geworden war, hörte sie plötzlich in der Ferne Hufschlag. Das konnte doch nicht der Händler sein?
Der Reiter kam näher, den Burgpfad herauf. Sie hörte, wie er absprang und ans Tor klopfte, und gleich darauf fragte die Bayla mürrisch, wer draußen sei.
„Mach auf! Ich bin's!" sagte die Stimme des Grafen drunten in der Dunkelheit.
Die Gräfin stieß einen leisen Freudenruf aus. Er war also einen Tag früher zurückgekommen! Freilich wurde nun nichts aus der Überraschung mit dem Adlerbogen, aber das war gleich.
Schon wollte sie hinunterlaufen, da hörte sie den Grafen wieder fragen: „Ist alles in Ordnung?"
„Ach, Herr", antwortete die Alte scheinheilig, „ich wollte, es wäre so! Aber leider ist etwas geschehen. Während ich fort war, hat Eure Gemahlin mit einem fremden Mann gesprochen und ich kam gerade zurecht, als sie ihn für heute ins Schloß bestellte!" Sie hatte freilich auch gehört, daß er den Adlerbogen bringen sollte, aber das verschwieg sie.
„Was sagst du da?" schrie der Graf außer sich, packte die Alte an der Schulter und schüttelte sie, daß ihr die feisten Wangen schlotterten.

„Ich sage nur die Wahrheit, Herr", stotterte die Bayla. „Ihr könnt die Frau Gräfin ja selber fragen."
Er schob sie schon zur Seite und rannte die Stiegen hinauf.
Mit stockendem Herzschlag hatte die Gräfin alles mitangehört. Ihre Hände zitterten, als sie jetzt hastig die Kerzen anzündete. Sie hatte Angst, obgleich sie unschuldig war: denn sie kannte den jähen Zorn des Grafen. Im nächsten Augenblick flog die Tür auf. Mit zwei Schritten stand er vor ihr, das Gesicht vor Wut verzerrt.
„Ich will wissen, was geschehen ist!" schrie er, ohne sie zu begrüßen.
„Nichts, mein Gemahl", sagte sie, und legte bittend die Hand auf seinen Arm. „Nichts, was dich erzürnen könnte."
Er stieß ihre Hand fort. „Du lügst! Ich weiß, daß du mit einem Fremden gesprochen hast, obgleich ich es verboten habe!"
„Ja", antwortete sie, „es ist wahr, aber –"
„Also doch!" brüllte er. „Dann ist es wohl auch wahr, daß du ihn für heute ins Schloß bestellt hast, he?"
Die Gräfin richtete sich auf: jetzt mußte sie freilich erzählen, was es mit dem Händler für eine Bewandtnis hatte. Aber vielleicht würde er ihr gar nicht glauben, so von Sinnen wie er war! Wo nur der Fremde blieb?
„Ja", sprach sie schnell, „ja, auch das ist wahr. Höre mich an, ich will dir alles erklären."
Aber er hatte ihr schon den Rücken gekehrt. „Sei still", sagte er so böse, daß ihr die Tränen in die Augen traten. „Ich will nichts mehr hören, und ich will dich auch nicht mehr sehen. Geh fort, wohin es dir gefällt, und komm mir nie mehr unter die Augen."
Da wurde sie so traurig, daß sie nichts mehr zu sagen vermochte, verließ die Kammer und ging die Wendeltreppe hinunter. Sie ging immer langsamer, weil sie hoffte, ihr Gemahl werde wieder zur Besinnung kommen und sie bitten, zu bleiben.
Aber er rief sie nicht. So kam sie drunten ans Tor und da stand schon die Bayla, die alles erlauscht hatte, riß eilfertig das Tor weit auf und dann – dann fiel es zu, und die arme Gräfin war mutterseelenallein draußen in der Dunkelheit und stolperte schluchzend den Burgpfad hinab und weiter durch die Wiesen, sie wußte nicht, wohin.
Der Graf lehnte droben am Fenster und starrte ihr finster nach, solange er noch einen Schimmer ihres weißen Gewandes sehen konnte.
Sie war schon eine Weile verschwunden, und er stand immer noch da, ohne daß er recht wußte, worauf er wartete. Wenigstens hätte er in seinem Grimm nie zugegeben, daß er wartete, ob seine Frau nicht wiederkäme. Endlich wandte er sich mit einem heftigen Ruck vom Fenster ab. Aber

im gleichen Augenblick riß es ihn wieder herum; es war ihm, als hätte er, schon aus weiter Ferne, einen leisen Hilferuf gehört. Er hielt den Atem an und horchte. Aber jetzt blieb alles still.
„Ich habe mich gewiß getäuscht", murmelte er trotzig, und hätte es gerne selbst geglaubt.
Indessen ging der Mond auf, und plötzlich sah der Graf, daß sich drunten in den Wiesen etwas bewegte. Beinahe hätte er aufgeatmet – aber nein, seine Gemahlin war das nicht. Er erkannte bald, daß es ein Mann war, der eine Kraxe auf dem Rücken trug. Sogleich packte ihn wieder der alte Zorn. „Das ist gewiß der Bursche, der es gewagt hat, mit meiner Frau zu reden! Ich muß hinunter und ihn windelweich prügeln!" dachte er, sprang zur Tür und freute sich, daß er jemanden hatte, an dem er seine Wut auslassen konnte: denn das erleichtert manche Leute sehr.
Aber als er schon auf der Stiege war, fiel ihm etwas ein. „Ich muß doch hören, was der Wicht will", meinte er. „Prügeln kann ich ihn danach immer noch."
Er rief die Magd und befahl ihr, sich auf den Söller zu stellen, „Und wenn der Bursche da drunten nahe genug ist, so rufe ihn an", gebot er ihr und trat in die Kammer neben das offene Fenster, wo ihn der Fremde von drunten nicht sehen konnte, während er selber doch alles hörte.
Alsbald rief die Magd hinunter, und der Fremde blieb sofort stehen, erblickte die Frau auf dem Söller und meinte, es wäre die Schloßfrau, die auf ihn wartete. „Edle Herrin, verzeiht mir, daß ich mich verspätet habe", sagte er, und seine Stimme klang ganz atemlos. „Der Venediger war nicht daheim, und ich mußte lange auf ihn warten. Aber nun bringe ich den Adlerbogen, und Ihr könnt Euren Gemahl doch noch damit überraschen, wenn er morgen heimkommt."
Der Graf wurde totenbleich, als er das hörte, und begriff, daß er seine Gemahlin unschuldig verstoßen hatte.
„Hol den Fremden herauf!" befahl er der Magd.
Schnaufend klomm das dürftige Männlein die Stiege herauf, verbeugte sich tief vor dem Grafen, und als es sich vergeblich nach der Schloßherrin umgesehen hatte, legte es wohl oder übel den Adlerbogen, den es schon bereithielt, vor den düsteren Herrn auf den Tisch. Aber der Herr würdigte die kostbare Waffe keines Blickes.
„Erzähle mir, was meine Gemahlin dir aufgetragen hat", sagte er nur, und der Händler gehorchte, ein wenig ungewiß, was er etwa zu erwarten habe und ob er wohl sein Geld bekommen würde. Doch der Graf feilschte nicht lange, gab ihm einen Beutel Goldes und hieß ihn wieder gehen. Aber unter der Tür rief er ihn noch einmal zurück.

„Hast du nicht unterwegs eine Frau in einem weißen Kleid gesehen?"
Das Männlein schüttelte verwundert den Kopf.
„Nein, Herr. Wie sollte um diese Zeit eine Frau allein draußen sein?"
Der Graf zuckte zusammen. Ei freilich, aber er – er hatte seine Gemahlin in die Nacht hinausgejagt! „Ist dir auch sonst niemand begegnet?"
„Nein, Herr. Nur einmal meinte ich, eine Weile den Hufschlag von zwei Pferden zu hören. Aber gesehen habe ich keinen Menschen."
„Geh jetzt!"
Kaum war er fort, so hing sich der Graf seinen Mantel um und verließ die Burg. Er dachte nicht einmal daran, die Bayla für ihre Heimtücke zu bestrafen, und die schlaue Alte hütete sich wohl, ihm unter die Augen zu kommen: denn sie hatte genau gehört, was der Fremde ihrem Herrn erzählte. Wie leicht konnte sich sein Zorn auf ihr Haupt lenken, und danach gelüstete es sie nicht im geringsten!
Als der Graf nach dem Stall ging, um sein Pferd zu holen, hielt er plötzlich inne. Nein – hatte seine Frau zu Fuß fortgehen müssen, so war es nur recht und billig, daß er auch zu Fuß ging.
So machte er sich auf, um sie zu suchen. Er ahnte nicht, daß eine lange Zeit vergehen sollte, ehe er wieder heimkommen würde.
Vergebens durchforschte er das ganze Hochtal, das im hellen Mondlicht dalag, umsonst spähte er hinter jeden Busch und Fels und kletterte sogar in die Bachschlucht hinab. Von seiner Gemahlin fand er keine Spur. Da lief er den Pfad talaus und kam gegen Morgen nach Alleghe.
Vor der ersten Hütte traf er einen alten Mann.
„Hast du nicht eine Frau in einem weißen Kleid gesehen?" fragte er im Vorbeigehen ohne große Hoffnung.
Der Alte blinzelte erstaunt zu ihm hinauf.
„Bei uns kommt selten jemand vorbei, Herr. Und schon gar nicht eine vornehme Frau! Aber heute nacht freilich – da habe ich zwei Reiter gehört und mich gewundert, was sie wohl bei uns zu suchen hatten."
„Hab Dank!" murmelte der Graf und lief weiter.
„Schon wieder die beiden Reiter", dachte er voll Unruhe.
„Sie müssen den Weg übers Joch nach Zoldo geritten sein!" rief ihm der Alte nach, und eine sonderbare Ahnung zwang den Grafen, sogleich denselben Weg einzuschlagen.
Jenseits im Zoldotale begegnete ihm ein Weiblein, das Beeren sammelte. Er rief sie an.
„Hast du nicht eine Frau in einem weißen Kleid gesehen?"
Neugierig betrachtete sie den vornehmen Herrn, der so sorgenvoll aussah und sich immerfort den Schweiß von der Stirn wischen mußte.

„Das trifft sich aber merkwürdig, daß Ihr danach fragt, edler Herr“, sagte sie eifrig. „Freilich habe ich sie gesehen, es war kaum hell geworden! Eine schöne junge Frau und zwei so abscheuliche Männer! Ich sage Euch, Herr, der ältere, der die Frau vor sich auf dem Pferde hielt, hatte den bösen Blick! Ich habe es deutlich gefühlt und gleich die Finger ausgestreckt: Ihr wißt doch, wie man sich gegen den bösen Blick schützt. Aber – was habt Ihr denn, Herr?“ unterbrach sie sich erschrocken. „Ist Euch übel geworden?“
Er starrte das arme Weiblein an, daß ihr angst und bange wurde. „Zwei – zwei Männer, sagst du?“
„Ja, Herr. Sie haben mir gar nicht gefallen, und die Frau hat mir leid getan, weil sie so bitterlich weinte.“ Sie verstummte plötzlich und schaute verdutzt hinter dem sonderbaren Herrn her, der, schon ein Stück entfernt, mit großen Schritten weiterlief.
Er lief und lief. „Das ist meine Strafe“, dachte er verzweifelt. „Ich war so hart und ungerecht und habe sie selbst fortgejagt! Und nun ist sie mir wirklich geraubt worden! Aber ich werde sie wiederfinden, und wenn ich sie bis ans Ende der Welt suchen müßte!“ –
Es sah wahrhaftig so aus, als müßte er bis ans Ende der Welt laufen. Überall, wo er hinkam, wiederholte er seine Frage und überall hieß es: ja, die zwei Reiter mit der schönen weißen Frau seien wohl vorbeigekommen, vor drei, vier Stunden etwa. Manchmal schlug er einen falschen Weg ein, mußte wieder umkehren und verlor viel Zeit. Nachts schlief er in irgendeiner Hütte, wo er gerade Obdach fand, zuweilen auch unter einem Baum oder gar in einem Heuhaufen. Und weil er doch essen mußte, verkaufte er nach und nach seine Ringe, die goldenen Schnallen an Mantel und Gürtel und zuletzt sein Schwert mit der kostbaren Scheide.
So hatte er das Land der Peleghètes durchquert, war zu den Durànni gekommen und endlich so weit nach Süden, daß die Berge hinter ihm zurückblieben und die weite Ebene sich auftat. Aber von seiner Gemahlin wußte er immer noch nichts. Er konnte die Reiter nie einholen. Immer waren sie ihm um eine halbe oder ganze Tagesreise voraus. Und als er in die Ebene kam, verlor er ihre Spur vollends und vermochte sie trotz aller Mühe nicht wiederzufinden. Kein Mensch wollte die geheimnisvollen Reiter mit der weißen Frau gesehen haben.
Fragte er einen, so zuckte der die Achseln: „Was weiß ich? Es gibt viele Wälder ringsum, darin kann man leicht verschwinden. Da haust viel dunkles Volk in den Einöden, dem man nicht gern begegnet: Räuber, Zauberer, Hexen und all das Gesindel. Laß lieber die Finger davon, es könnte dir übel bekommen!“

Aber der Graf wollte die Hoffnung nicht aufgeben. Er hatte nun nichts mehr, was er verkaufen konnte, und so verdingte er sich bei einem Bauern als Schafhirte. Wenn er seinen Lohn erhielt, wollte er wieder weiterwandern.
Der Bauer zeigte ihm die Grenze des Weidelandes und warnte ihn ernsthaft davor, sie zu überschreiten. „Siehst du", sagte er und deutete auf den riesigen Forst, der sich jenseits weit und dunkel erstreckte, „dort drüben beginnt der wilde Wald Delàmis, und da möchte ich selbst meinen Todfeind nicht hineinwünschen: denn von dort ist noch keiner zurückgekommen, den die Neugier geplagt hat, den merkwürdigen Dingen nachzuforschen, die man von diesem Walde erzählt. Es heißt, zwei mächtige Zauberer wohnen darin, die weitum im Land ihr Unwesen treiben. Ich habe sie, gottlob, nie zu Gesicht bekommen, und ich ginge wahrhaftig lieber von Haus und Hof, ehe ich mich in den Wald Delàmis hineinwage."
Dem Grafen wollte die Geschichte nicht aus dem Kopf, während er auf der Wiese bei den Schafen saß. Irgend etwas daran erschien ihm sonderbar bekannt. Und plötzlich wußte er es: die zwei Reiter, die seine Gemahlin geraubt hatten! Sie mußten es sein! Das schien ihm mit einem Male so gewiß, daß er schon aufsprang und auf den Wald zurannte. Aber nach ein paar Schritten blieb er stehen. Nein, er war ein Narr! Es ging gegen den Abend und wie sollte er in der Finsternis je etwas finden? Da beschloß er, die Schafe heimzutreiben und sich morgen, sobald es hell würde, aufzumachen nach dem wilden Walde.
Der Bauer schalt ihn einen Dummkopf, als er es hörte, und bemühte sich redlich, ihn davon abzubringen.
„So tu, was du nicht lassen kannst!" schrie er endlich wütend, als alles nichts half. „Aber wundere dich nicht, wenn du dann dein künftiges Leben lang als Wolf oder Bär oder auch als Maus herumlaufen mußt!"
Den Grafen focht das wenig an, und als kaum der Morgen graute, war er schon unterwegs nach dem Walde Delàmis.
Lange Zeit ging er kreuz und quer zwischen Bäumen und Gehölz, der Wald sah genauso aus wie andere Wälder auch, nichts Ungewöhnliches zeigte sich.
Als er schon viele Stunden gewandert war und nicht das geringste entdeckt hatte, wurde er allmählich müde, und der Gedanke, da in dem verrufenen Walde übernachten zu müssen, gefiel ihm nicht besonders. Aber es half nichts: er mußte dableiben.
„Finde ich heute nichts, so werde ich eben morgen weitersuchen", sagte er zu sich selbst und ging unverdrossen vorwärts.

Plötzlich hörte er zu seiner Verwunderung irgendwo in der Ferne Axtschläge.
Sollte der Wald schon zu Ende sein? Aber als er den Schlägen nachging, kam er über eine Weile auf eine Lichtung hinaus: da stand ein stattliches Haus, und am Waldrand sah er einen Mann emsig damit beschäftigt, einen mannshohen Baumstumpf mit der Axt viereckig zuzuhauen. Rings um ihn war der Boden mit Holzspänen bedeckt.
Der Graf grüßte, aber der Zimmermann schien nichts zu hören.
„Vielleicht ist der Arme taub", dachte er und legte ihm die Hand auf die Schulter. Aber der wunderliche Geselle kümmerte sich nicht darum und arbeitete weiter.
Das dünkte den Grafen ein recht merkwürdiges Gehaben. Er ließ den Stummen stehen und wandte sich dem Hause zu.
„Ich muß doch einmal sehen, ob es da noch mehr so unfreundliche Burschen gibt."
Aber als er ins Haus trat, wäre er am liebsten stehenden Fußes wieder umgekehrt: denn der Bursche, der da in der Stube hockte, sah noch viel unfreundlicher aus. „Der hat den bösen Blick", murmelte der Graf unwillkürlich erschrocken vor sich hin, und das Beerenweiblein fiel ihm ein. Wenn es einen Zauberer gab, dann mußte der einer sein! Ja, aber dann begann es jetzt wohl sehr ernst für ihn zu werden.
„Was willst du denn?" schnarrte der Mann am Tisch, schob das dicke Buch zurück, in dem er gelesen hatte, und wandte ihm sein dunkles Gesicht zu, in dem die Nase wie ein Geierschnabel vorsprang.
„Nichts", hätte der Graf beinahe gesagt, weil ihm dieses Gesicht gründlich mißfiel. Aber er besann sich gerade noch rechtzeitig.
„Bist du der Herr dieses Hauses?" fragte er höflich.
„Ja."
„So hast du vielleicht Arbeit für mich. Ich bin arm und muß mein Brot verdienen."
Der Schwarze musterte ihn schweigend, und dem Grafen wurde ganz unbehaglich zumute.
„Wenn er mich noch lange so ansieht, muß ich ihm die Faust auf den Schädel schlagen oder . . . oder ich laufe davon", dachte er und fühlte, wie sich seine Hand ganz von selber hob.
„Das trifft sich gut", sagte aber endlich der Schwarze, „ich kann gerade einen Knecht brauchen. Dein Dienst wird nicht schwer sein, und wenn du meine Befehle befolgst, sollst du es gut bei mir haben. Aber hüte dich ja, ungehorsam zu sein, sonst wirst du es bereuen!" fügte er drohend hinzu und ging zur Tür. „Komm mit mir, ich will dir zeigen, was du zu tun hast!"

Er führte den Grafen in den Stall, da stand ein weißes Pferd, das war mit einem goldenen Zügel angebunden, schnaubte wild und stampfte den Boden, und als der Schwarze ihm in die Nähe kam, biß es nach ihm.

„Das Pferd hast du zu pflegen. Es ist ein verrücktes Tier", knurrte er ärgerlich. „Es will nämlich kein Wasser trinken. Aber du mußt ihm dennoch jeden Tag ein paarmal den Eimer hinstellen, der dort an der Wand steht. Einmal wird es schon Durst bekommen, und dann muß es doch trinken . . . Ja, ja, warte nur, ehe du verdurstest, trinkst du schon, du dummes Ding!" Er starrte das Pferd an, und sein Gesicht sah so boshaft aus, daß es dem Grafen grauste.

„Ich habe auch noch einen Bären im Hause", fuhr er fort und ging voraus durch einen Gang. Darin rasselte und klirrte es, und bald kamen sie an ein eisernes Gitter, dahinter befand sich in einem Zwinger ein riesiger schwarzer Bär, der mit einer goldenen Kette an die Mauer gefesselt war und wütend mit den Tatzen nach ihnen zu schlagen versuchte.

„Der ist bösartig!" sprach der Hausherr. „Er darf nie loskommen, und sein Futter mußt du ihm durch diese Lücke hineingeben. Das ist alles, was du zu tun hast, und schlafen kannst du droben in der Dachkammer."

So trat der Graf seinen Dienst an. „Ich will Augen und Ohren gut offenhalten", nahm er sich vor. „Dann werde ich schon dahinterkommen, was es mit diesem Haus und seinen Bewohnern für eine Bewandtnis hat."

Aber er merkte bald, daß außer dem Schwarzen, dem Pferd und dem Bären niemand darin wohnte. Der stumme Zimmermann kam nie ins Haus, sondern schlief in einer kleinen Holzhütte am Waldrand.

Sehr nachdenklich stieg der Graf abends hinauf unter das Dach. Er hatte den Schwarzen drunten in der Stube sitzen gesehen; der las abermals in dem dicken Buch und beachtete seinen neuen Knecht gar nicht.

So ging der Graf die Stiege hinauf, an ein paar Türen vorbei, und er hätte für sein Leben gern gewußt, was sich dahinter befand. Aber als er behutsam eine nach der andern zu öffnen suchte, merkte er, daß sie alle versperrt waren. Drinnen in den Kammern aber herrschte Totenstille.

„Kommt Zeit, kommt Rat", dachte er, „ich darf den Schwarzen nicht mißtrauisch machen." Und weil er müde war, beschloß er, fürs erste einmal zu schlafen.

Droben unter dem Dach war nichts als ein Haufen Heu, darauf legte er sich nieder und machte die Augen zu.

Aber mit dem Schlafen wurde es nichts.

Kaum lag er da, als es im ganzen Hause lebendig wurde. Es rauschte und raschelte, es surrte und pfiff, es tappte und kratzte allenthalben, daß er sogleich wieder in die Höhe fuhr.

Lieber Himmel, was war denn das für ein schwärzliches Gewimmel da ringsum auf dem Boden, an den Balken und Wänden, selbst der ganze Heuhaufen schien lebendig geworden zu sein!
Er fühlte, wie sich vor Grausen seine Haare sträubten. Plötzlich erkannte er in dem Streifen Mondlicht, der durch die Dachluke hereinfiel, was es war: Mäuse, lauter Mäuse, hunderte oder tausende, nicht einen Schritt konnte er tun, und so stand er nur da, mitten in dem Gewimmel und schlenkerte verzweifelt bald das eine und bald das andere Bein, wenn eine Maus daran in die Höhe klettern wollte.
„Wenn das bis zum Morgen so fortgehen soll, dann bin ich gewiß tot", sagte er voll Ingrimm zu sich selber, indes ihm eine Maus vom Dachstuhl herab auf den Kopf fiel und flink über ihn hinabsauste.
Er tat einen wütenden Satz zur Seite, der einem halben Dutzend von seinen Quälgeistern das Leben kostete. Aber das half nichts: es wurden darum nicht weniger. Er sprang nach der Stiege zu, aber die schien auch lebendig geworden zu sein, und drunten im Hause raschelte und pfiff es genau wie unter dem Dach.
Da gab er es auf, ließ sich ins Heu fallen, wo er stand, daß die Mäuse quiekend auseinanderstoben, und blieb liegen, bis der graue Tag durchs Dach hereinsah. Freilich tat er kein Auge zu, denn wenn die Mäuse ein wenig Ruhe gaben, hörte er vom Stall herauf das Stampfen des Pferdes, und der Bär rüttelte die ganze Nacht wütend an seiner Kette.
Aber auf einmal waren die Mäuse mit einem Schlag fort, und vom Waldrand herüber hörte der Graf gleich darauf die Axthiebe des stummen Zimmermannes.
Da schlief er endlich ein und erwachte erst, als die Sonne hoch am Himmel stand.
„Mein edler Herr wird nicht wenig schelten", dachte er erschrocken und stieg eilig hinunter.
Aber der edle Herr hatte keine Zeit zu schelten: er stand in der winzigen rußigen Küche, mitten in einem gelben Qualm, der greulich roch, unter einem Dreifuß brannte ein blaues Feuerlein, und darauf brodelte in einem Kessel irgendein Gebräu.
„Hast du gut geschlafen?" fragte der Schwarze, als er seinen Knecht bemerkte, und hängte seine lange Nase prüfend über den Kessel.
„Nein", antwortete der Graf wahrheitsgemäß, „da waren doch bis zum Morgengrauen die Mäuse. Wo kommen sie denn nur her und wohin sind sie plötzlich verschwunden?"
„Wenn du erst länger hier bist, wirst du allerlei wissen, was du jetzt noch nicht verstehst", unterbrach ihn der Schwarze barsch. „Du brauchst nach

nichts zu fragen: ich würde es dir doch nicht sagen. Ich rate dir auch, nicht heimlich nachzuforschen, wenn ich nicht daheim bin. Ich würde es sehr bald erfahren und schneller hier sein, als dir lieb ist. Und dann –“, er wandte dem Grafen mit einem Ruck sein dunkles Gesicht zu, in dem die Augen schillerten wie die Augen eines Raubtieres, „glaube mir, ich habe mancherlei Mittel, Neugier und Ungehorsam zu bestrafen.“

Den Grafen gruselte es zwar bei dieser Rede, aber er biß die Zähne zusammen. Mochte der Schwarze drohen, soviel er wollte: er würde bleiben und nicht ruhen, bis er seine Gemahlin gefunden hatte! Freilich, bis jetzt hatte er nicht die geringste Spur von ihr entdeckt. Aber sie mußte hier sein, das fühlte er so deutlich, daß er sich gar nicht gewundert hätte, wenn sie plötzlich vor ihm gestanden wäre.

Jetzt zog der Schwarze den Kessel vom Feuer, schüttete ein wenig Gebräu in ein Krüglein und befahl: „Komm mit mir, wir wollen in den Stall gehen und das Pferd tränken. Hole einen Eimer frischen Wassers vom Brunnen im Hofe!“

Das weiße Pferd schien abermals sehr zornig zu werden, als sie den Stall betraten, und sein Herr hütete sich wohl, ihm in die Nähe zu kommen. Als der Graf das Wasser brachte, schüttete er den Inhalt des Krügleins hinein.

Das Pferd hatte den Kopf zurückgewandt und sah mit aufmerksamen Augen zu, als wüßte es genau, was da geschah.

„Jetzt gib ihm zu trinken!“ befahl der Schwarze wieder und wartete gespannt.

Aber das Pferd trank nicht. Es schnaubte nur einmal über das Wasser hin, schüttelte sich, und dann legte es dem Grafen den Kopf auf die Schulter, wie Pferde tun, wenn sie jemanden gut kennen.

„Oho!“ schrie der Schwarze verdutzt, „das sieht ja genau so aus, als wäre das störrische Vieh gut Freund mit dir! Da wirst du es gewiß bald zum Trinken bewegen können!“

Aber das Pferd trank auch am nächsten Tag nicht und am dritten ebensowenig. Wenn der Graf ihm den Eimer hinhielt, wandte es den Kopf ab, und wenn er den Stall verließ, blickte es ihm mit seinen schönen Augen so traurig nach, daß ihm das Herz weh tat.

„Vielleicht mag es den Trank nicht, den du ihm immer ins Wasser schüttest“, sagte er am dritten Morgen zu seinem Herrn. „Ich will doch einmal versuchen, es am Brunnen zu tränken.“

„Das wirst du nicht tun!“ fuhr ihn der Schwarze an. „Gib acht, was ich dir sage! Ich muß heute fortreisen und weiß nicht, wann ich zurückkomme. Aber du hast dem Pferd jeden Morgen ein Krüglein von meinem Trank ins Wasser zu schütten, verstanden? Hier sind auch die Schlüssel des Hauses. Sieh fleißig überall nach, ob alles in Ordnung ist. Nur die Tür, zu der der vierkantige Schlüssel paßt, darfst du nicht öffnen. Und wehe dir, wenn ich dich dabei ertappe, daß du mir ungehorsam bist!"

Damit ließ er den Grafen stehen und ging ins Haus. Über eine Weile kam er wieder, einen langen schwarzen Mantel um die Schultern, und ging nach dem Walde zu, wo er bald verschwunden war.

Fast hätte der Graf vor Erleichterung einen Luftsprung getan.

„So, nun kann es beginnen", murmelte er begierig. „Und ich werde so ungehorsam wie möglich sein. Genau das Gegenteil von allem werde ich tun, was er mir befohlen hat!"

Aber zur Vorsicht beschloß er, bis zum Morgen zu warten, damit nicht etwa sein Herr ihn überraschte, wenn er vielleicht noch einmal unversehens zurückkäme.

Er ging müßig ein wenig ums Haus herum, schaute dem stummen Zimmermann zu, der an seinem Baumstamm arbeitete, daß die Späne nur so flogen und der ganze Boden schon wieder davon bedeckt war.

Plötzlich wurde der Graf sehr nachdenklich und starrte verblüfft den Baumstumpf an. Der hatte ja gestern und vorgestern abend genau so ausgesehen! Eigentlich müßte schon längst nichts mehr davon da sein, wo ihn doch der Zimmermann den ganzen Tag mit der Axt bearbeitete. Wie ging denn das zu?

Kopfschüttelnd wandte er sich nach dem Stall. „Hier ist alles verzaubert: das Pferd trinkt kein Wasser, der Bär schläft niemals, der Zimmermann arbeitet Tag für Tag am selben Baum. Und wo ist meine Gemahlin?"

Er fütterte das Pferd und den Bären und trat wieder hinaus auf den Hof. „Ich will doch herauszufinden suchen, ob der Mann wirklich taubstumm ist", meinte er. Aber dazu kam es nicht mehr: der Zimmermann war bereits fort. Das wunderte den Grafen nicht sonderlich: denn jeden Abend, sobald die Sonne unterging, hörte der Stumme zu arbeiten auf.

Aber etwas anderes war viel merkwürdiger: auch die Holzspäne waren verschwunden. Der ganze Hof lag so sauber da wie ausgekehrt, nicht ein einziges Splitterchen war zu erblicken.

„Das geht nicht mehr mit rechten Dingen zu", sagte der Graf zu sich. „Der Stumme hat keine Zeit gehabt, die Späne zu verräumen. Wo sind sie also hingekommen?"

Aber wie eifrig er auch überall ums Haus danach suchte und wie sehr er sich den Kopf darüber zerbrach, er fand keine Antwort.

„Morgen um diese Zeit werde ich mehr wissen", tröstete er sich. „Ich will die Tage schon nützen, solange der Hexenmeister nicht daheim ist!"

Im Hause trieben bereits die Mäuse ihr Unwesen wie jeden Abend. Aber weil er es nun schon gewöhnt war, kümmerte er sich nicht viel darum, ging unters Dach hinauf und legte sich nieder. Drunten im Stall stampfte das Pferd, und der Bär, der niemals schlief, rasselte mit seiner Kette wie in den Nächten zuvor.
Als der Morgen graute und der Graf just meinte, nun könnte er bald einschlafen, wenn die Mäuse fort wären, da fiel ihm etwas ein. „Ich muß doch sehen, wohin sie immer verschwinden!"
Und als er merkte, wie sich das Gewimmel zu verziehen begann, stand er auf. Vor ihm lief und sprang und purzelte es die hölzerne Stiege hinab, trippelte auf vielen tausend winzigen Füßchen über den Flur zur Haustür hinaus.
Der Mäuseschwarm sauste über den Hof, der Graf hinterdrein. Jetzt kamen die ersten an den Waldrand, dorthin, wo der abgehauene Baum stand.
Da schrie der Graf vor Überraschung laut auf: die Mäuse begannen dicht nebeneinander und hintereinander den Baumstumpf hinaufzuklettern, und kaum waren sie oben, so verschwanden sie und verwandelten sich in Holz; immer neue folgten, der Baum wurde zusehends dicker dabei und die Mäuse drunten immer weniger, bis sie zuletzt alle verschwunden waren und der Baum wieder dastand, als hätte ihn nie eine Axt angerührt.
Kaum war der wunderliche Spuk vorüber, da hörte der Graf hinter sich Schritte, und gleich darauf ging der stumme Zimmermann mit der Axt auf der Schulter an ihm vorbei auf den Baum zu und begann sogleich wieder fleißig zu arbeiten. Er sah so düster und hoffnungslos aus, daß er dem Grafen von Herzen leid tat. Ein heftiger Zorn packte ihn. „Dem Ding will ich ein Ende machen", schwur er sich. „Dem Burschen muß geholfen werden. Noch weiß ich nicht, wie; aber bis zum Abend wird mir schon etwas einfallen. Jetzt muß ich das Pferd zum Brunnen führen, und ich wette, daß es diesmal trinkt!"
Er hatte recht, und es schien, als könnte das arme Tier gar nicht genug bekommen.
„Ich bin froh, daß du nicht mehr Durst zu leiden brauchst!" sagte er und strich dem Pferd freundlich über das seidige Fell, und es legte ihm abermals den Kopf auf die Schulter. „Du sollst es gut haben, solange der alte Hexenmeister fort ist, und danach werde ich schon ein Mittel finden, ihn zu überlisten."
Er ging zum Zwinger des Bären, aber der warf sich wild gegen das Gitter, und seine kleinen Augen blitzten so bösartig, daß der Graf sich achselzuckend abwandte. „Dir kann ich freilich nicht helfen", sagte er. „Denn,

wenn du freikämst, würdest du mich gewiß sofort zerreißen, das sehe ich wohl. Ich muß aber am Leben bleiben, um meine Frau zu finden."
Er holte die Schlüssel und machte sich daran, das ganze Haus zu durchsuchen.
In der ersten Kammer fand er Stöße von Leinentüchern, alle fein gesäumt und sorgfältig zusammengelegt. Nur eines lag noch da, und der Saum war nicht ganz fertig, als hätte jemand erst vor kurzem daran genäht und Nadel und Faden gerade beiseite gelegt.
Der Graf nahm es in die Hand und betrachtete die kunstvollen Stiche.
„So fein und zierlich näht meine Frau", dachte er fast erschrocken, und wieder schien es ihm ganz gewiß, daß sie hier sein mußte.
Voll Eifer lief er nach der nächsten Kammer. Darin lagen eine Menge alter Bücher, Tiegel und Büchsen, und versiegelte Krüge standen da mit allerlei Salben und Tränklein. Er blätterte ein wenig in den Büchern, aber er verstand nicht viel davon und nahm sich auch nicht Zeit zum Lesen. Nur ein Satz fiel ihm zuletzt noch in die Augen: „Steine brechen Zauber", stand da. Er wußte nicht, was das heißen sollte, merkte sich aber die drei Wörter genau.
Nun war nur noch der vierkantige Schlüssel übrig. Der Graf zögerte, als er vor der Tür des verbotenen Zimmers stand. Wer weiß, was für Teufeleien ihn da drinnen erwarteten! Er bückte sich und schaute durchs Schlüsselloch. Aber er merkte enttäuscht, daß die Kammer fast leer war. Nur an der Wand gegenüber hing ein Schwert, auf dem Tisch lag ein halbgefüllter Sack, daneben ein kleiner grüner Spiegel und ein großer schwarzer. Und dann waren noch drei weiße Kugeln da, die sahen so dünn und zerbrechlich aus wie Eierschalen, und der Graf wunderte sich, wozu sie wohl dienen konnten.
„Es lohnt sich gar nicht, diese Kammer zu betreten, ich weiß nicht, warum der Schwarze so viel Wesens davon gemacht hat", sagte er zu sich selbst. „Meine Gemahlin finde ich darin doch nicht, und das alte Zeug kann mir nichts nützen."
Den ganzen Tag durchstöberte er in Haus und Hof jeden Winkel, aber als die Sonne sich bereit machte, hinter die Bäume hinabzusinken, hatte er immer noch nichts gefunden.
Betrübt und recht mutlos stand er am Fenster und wußte nicht mehr, wo er etwa noch suchen sollte.
Da verschwand die Sonne, und sogleich ließ drüben am Waldrand der stumme Zimmermann die Axt sinken.
Kaum hatte er den letzten Schlag getan, da wurde es ringsum auf dem Boden lebendig, die abgehauenen Späne fingen an, sich zu bewegen,

nahmen eine schwärzliche Farbe an und wimmelten durcheinander, daß es den Grafen beim Zuschauen schwindelte. Im Handumdrehen hatten sich die Holzsplitter wieder in ein Heer von Mäusen verwandelt, das wie der Wind über den Hof fuhr und durchs Haustor verschwand.

„Jetzt weiß ich wenigstens, wie das zugeht", brummte der Graf und horchte, wie es alsbald wieder überall im Hause zu trippeln und zu rascheln begann. „Aber wartet nur, ihr lästiges Gesindel, das ist eure letzte Nacht. Dann werden wir Ruhe vor euch haben, der arme Zimmermann und ich. Dafür will ich schon sorgen."

Am nächsten Morgen nahm er einen Spaten, ging hinüber zum Waldrand, wo der Taubstumme schon wie immer an dem gleichen Stamm arbeitete, ohne den Grafen zu beachten.

Der machte sich sogleich an die Arbeit, schaufelte eine tiefe Grube, trug Reisig und dürres Holz herbei und zündete endlich, als es langsam gegen Abend ging, in der Grube ein mächtiges Feuer an.

Jetzt schien der Zimmermann erst auf ihn aufmerksam zu werden, er arbeitete langsamer und blickte immer wieder herüber zu ihm. Als alles getan war und das Feuer lichterloh brannte, holte der Graf aus der Kammer droben ein paar Leintücher, die breitete er im Hofe aus, nahm einen Besen und begann die Holzspäne sorgfältig in die Tücher zu kehren.

Da hörte der Taubstumme auf zu hacken. Ein hoffnungsvoller Ausdruck kam in sein Gesicht, und er schien aufgeregt zu warten, was weiter geschehen sollte.

Der Graf band flink die Leintücher an den vier Enden zusammen und warf sie samt den Holzspänen ins Feuer. Es krachte und prasselte, daß ihm völlig angst und bange wurde, und bald war alles zu einem Haufen Asche verbrannt.

Da erscholl aus dem Haus ein furchtbarer Knall, und zugleich warf der Zimmermann seine Axt fort, rannte auf den Grafen zu und rief: „Hab Dank, nun bin ich erlöst!"

„Ich bin froh, daß wenigstens dir geholfen ist!" sagte der Graf und betrachtete ihn neugierig. „Willst du mir nicht erzählen, was dir widerfahren ist?"

„Das ist eine lange Geschichte", meinte der Zimmermann. „Ich kam eines Tages in den Wald Delàmis, genau wie du. Und da geriet ich den zwei Hexenmeistern in die Hände. Böse sind sie beide, aber der ältere ist viel mächtiger, das erkannte ich bald. Sie stritten oft heftig miteinander, und der jüngere Bruder mußte zuletzt immer nachgeben. Mich behielten sie als Knecht. Ich wäre freilich gern davongelaufen, aber ich konnte nicht. Es war wohl auch eines ihrer Zauberstücklein: kaum war ich ein Stück vom Hause fort, so riß es mich wieder zurück, als hätte mich eine riesige Faust im Genick gepackt, und ich mußte umkehren, ob ich wollte oder nicht. Sonst taten sie mir nichts, und ich hatte es leidlich gut bei ihnen. Manchmal gingen sie fort und kamen tagelang nicht zurück: aber ich konnte ihnen trotzdem nicht entrinnen. Eines Tages nun brachten sie von einer Reise eine wunderschöne Frau mit."

Der Graf fuhr auf und wurde totenbleich. „Eine Frau, sagst du?" wiederholte er heiser.

„Ja", antwortete der Zimmermann ein wenig verwundert. „Sie trug ein weißes Gewand und sah so traurig aus, daß sie mir recht erbarmte. Ich hätte ihr gerne geholfen, aber sie ließen mich nicht in ihre Nähe und sperrten sie sogleich in die Kammer droben. Dort mußte sie bleiben, und ich sah sie oft am Fenster sitzen und nähen, und manchmal saß sie auch nur da und weinte. Seit sie im Hause war, herrschte unter den Brüdern grimmige Feindschaft: denn jeder wollte die fremde Frau für sich haben. Aber ich glaube, sie besaßen keine große Macht über sie, und ich hörte den Älteren einmal wütend schreien: ‚Diese Närrin ist viel zu tugendhaft, darum vermag ich nichts gegen sie!' Dann kam jedoch das große Unglück für die Frau und für mich: der alte Hexenmeister ritt einmal wieder fort, und der jüngere blieb und sollte uns und das Haus bewachen. Aber er war faul und schlief fast den ganzen Tag: denn er wußte wohl, ich konnte nicht fort, die Frau war eingesperrt, und er hatte den Schlüssel. Eines Tages, als er wieder schlief, rief mich die Frau vom Fenster aus leise an und bat mich so flehentlich, sie doch zu befreien, daß ich nicht anders konnte. Es gelang mir, dem Zauberer den Schlüssel zu stehlen, ich schloß die Kammer der Frau auf, und wir schlichen uns leise aus dem Haus. ‚Aber Ihr müßt allein fliehen', sagte ich ihr, während wir dem Walde zuliefen. ‚Denn mich haben sie verzaubert, daß ich nicht fort kann.'

‚Du hast mir geholfen, und eine gute Tat bricht vielleicht den bösen Zauber', antwortete sie, nahm mich an der Hand und zog mich vorwärts. Es schien wirklich, als sollte sie recht behalten. Wir liefen und liefen, und nichts riß mich zurück. Ich wagte schon zu hoffen, daß ich frei wäre und daß es uns gelingen würde, zu entkommen, da hörten wir plötzlich hinter uns im Walde zorniges Schreien, und als wir die Stimmen der beiden Zauberer erkannten, wußten wir, daß wir verloren waren. Aber wir rannten weiter, so schnell wir konnten. Mittlerweile war es fast finster geworden, und wir kamen an den großen Fluß, ohne daß sie uns eingeholt hätten. Aber sie waren immer hinter uns, wir hörten ihre wütenden Stimmen, und der Ältere beschimpfte seinen Bruder unaufhörlich, weil er uns nicht besser bewacht hatte.

Noch einmal schien es, als sollten wir Glück haben: am Ufer war ein Fischerboot angebunden. Wir machten es los und ruderten schnell nach der kleinen bewaldeten Insel, die uns gerade gegenüberlag. Dort verbargen wir uns im dichten Gebüsch. Es dauerte nicht lange, da kamen die beiden auch gerannt. ‚Sie müssen ein Boot gefunden haben und auf dem Fluß sein!‘ schrie der Ältere. Im nächsten Augenblick hatten sie einen Baumstamm, der dalag, ins Wasser gezogen, hockten sich – mir nichts, dir nichts – darauf, und alsbald schoß der Stamm mit ihnen kreuz und quer über den Fluß, so pfeilgeschwind, daß mir vor Grausen die Haare zu Berg standen. Aber auf die Insel kamen sie nicht.
Als der Morgen graute, waren sie verschwunden. Aber die Frau neben mir zitterte vor Angst wie Espenlaub, und ich vermochte sie nicht zu beruhigen. Sie hatte wohl in der letzten Zeit so viel Angst ausgestanden, daß sie sich jetzt sogar vor mir fürchtete: und da tat sie etwas, was uns zum Verhängnis wurde. Während ich das Innere der Insel durchsuchte, machte sie das Boot los, stieg ein und fuhr mit der Strömung schnell flußabwärts. Sie kam nicht weit: aus dem Ufergebüsch schoß das Floß der Zauberer, die uns dort aufgelauert hatten. Ich konnte nur ohnmächtig zusehen, wie sie zu ihr ins Boot sprangen und wieder zur Insel zurückfuhren. Jetzt war es auch mit mir aus. Ich hatte keine Waffe außer einem Messer. Fliehen konnte ich nicht, denn ringsum war Wasser. So blieb ich stehen und erwartete den Schwarzen, der wutschnaubend an Land sprang. Aber als ich ihn in den Arm stechen wollte, den er nach mir ausstreckte, prallte das Messer ab wie von Eisen. Da merkte ich, daß er unverwundbar war, und gab die Hoffnung auf. Sie brachten uns zurück nach Hause. Mich verurteilten sie dazu, tagaus, tagein den gleichen Baum zu behauen, die Frau aber verwandelten sie in ein weißes Pferd. Was hast du denn?“ fragte er erschrocken, als der Graf stöhnend die Hände vors Gesicht schlug.
Er erhielt lange keine Antwort. Aber endlich hob der Graf den Kopf. „Weißt du das ganz gewiß?“
„Freilich“, antwortete der Zimmermann. „Aber du bist ganz bleich geworden“, fügte er mitleidig hinzu. „Es kann einem freilich zu Herzen gehen.“
Wieder schwieg der Graf und dachte nach. „Hör zu!“ sagte er endlich entschlossen. „Du bist jetzt frei und kannst gehen, wohin du willst. So rate ich dir, mach dich schleunigst davon, solange es noch Zeit ist. Ich aber muß hierbleiben: denn die verzauberte Frau ist meine Gemahlin, die die beiden Brüder geraubt haben.“
Der Zimmermann prallte zurück. „Oh . . . oh, Herr“, stotterte er entsetzt. „Was werdet Ihr denn jetzt tun?“

„Ich werde den Schwarzen zwingen, sie wieder herauszugeben", antwortete der Graf, und seine Stimme und sein Gesicht waren hart wie Stein. Der andere schüttelte besorgt den Kopf. „Nehmt Euch in acht, Herr! Wie wollt Ihr denn das anfangen?"

„Das weiß ich freilich noch nicht. Aber vielleicht kannst du mir einen Rat geben, da du schon länger hier bist. Droben in der Kammer, zu der der vierkantige Schlüssel gehört, liegen drei weiße Kugeln, und ich bin sicher, daß es damit eine besondere Bewandtnis hat."

„Das will ich meinen!" lachte der Zimmermann grimmig. „Und ich kann Euch sogar genau sagen, was es mit den Kugeln auf sich hat. Es war eine Weile, bevor sie Eure Gemahlin hieher brachten, als die beiden noch in leidlich gutem Einvernehmen miteinander lebten. Da merkte ich, daß der Alte mit irgend etwas sehr Wichtigem beschäftigt sein mußte. Den ganzen Tag sah ich ihn hinter seinen Büchern hocken, und nachts sott er in seiner Küche irgendein Gebräu, das ihm niemals zu geraten schien: denn er schrie und fluchte oft dabei, daß ich es bis in meine Hütte hörte. Ich sage Euch, Herr, es war greulich, und ich hatte nicht wenig Angst. Aus dem Schornstein fuhren die Flammen, blau und gelb, zum Himmel, und manchmal tat es einen Knall, daß ich meinte, der Schwarze sei samt dem ganzen Haus in die Luft geflogen. Aber endlich eines Tages, als sein Bruder faul im Hof in der Sonne lag, stürzte der Alte zur Tür heraus und brüllte frohlockend: ‚Ich hab's gefunden! Ich habe die weißen Kugeln!' Und er hielt dem andern die Hand hin, in der drei zerbrechliche kleine Dinger lagen, so wie die droben in der verbotenen Kammer. ‚Siehst du', fuhr er fort, obgleich der Jüngere kaum zuhörte, ‚jetzt ist alles ganz einfach: wenn ich jemanden verzaubere, etwa in einen Bären oder sonst ein Tier, so brauche ich nur seinen Kopf auf eine Kugel zu zeichnen, und er muß mein Gefangener bleiben, bis ich selbst ihn wieder freigebe oder bis ein anderer das Mittel findet, das den Zauber bricht. Du weißt, ein solches Mittel gibt es gegen jeden Zauber: nur kennt es niemand als ich allein. Und ich glaube nicht, daß es ein anderer jemals finden wird.' So meinte der Schwarze."

Der Zimmermann hielt inne, und abermals flog das grimmige Lachen über sein Gesicht. „Bei mir hat er sich geirrt: denn Ihr habt das Mittel gegen meinen Zauber gefunden. Aber er behauptete auch noch etwas anderes", fuhr er zögernd fort. „Er sagte nämlich: ‚In dem Augenblick, wenn ein Gefangener erlöst wird, zerspringt zugleich die Kugel zu lauter Staub, und ich erfahre es, selbst wenn ich viele Tagereisen entfernt wäre. Und dann werde ich sehr schnell wieder zur Stelle sein.' Glaubt Ihr das, Herr?" Er blickte den Grafen ein wenig besorgt an.

Der Graf zuckte die Achseln. „Wenn das eine wahr ist, kann auch das andere wahr sein. Hast du den Knall im Haus gehört, als die Späne verbrannten? Ich wette, da ist eine weiße Kugel in tausend Splitter zersprungen. Mach dich auf die Beine, denn ich habe dich nicht befreit, damit du dem alten Bösewicht sogleich wieder in die Hände fällst."

„Ja, aber Ihr, Herr?" meinte der Zimmermann, der ein rechtschaffener Bursche war. „Ich kann nicht zugeben, daß Ihr allein hierbleibt. Miteinander könnten wir vielleicht dem Schwarzen doch zuleibe."

Aber der Graf wollte nichts davon wissen. „Tu, was ich dir sage. Ich will nicht, daß ein anderer meinetwegen in Gefahr kommt."

„Ich weiß aber noch etwas, das Euch vielleicht nützen kann", widersprach der Zimmermann. „Der Alte war immer furchtbar zornig, wenn er aus dem Stall kam und das weiße Pferd wieder nicht getrunken hatte. Sein Bruder aber lachte ihn aus und verlangte, er sollte das Pferd wieder in die Frau verwandeln. ‚Fällt mir nicht ein!' schrie der andere wütend. ‚Das ist mein stärkster Zaubertrank und einmal muß sie davon trinken, ehe sie verdurstet: dann ist sie in meiner Gewalt.' Danach gerieten die beiden in einen schrecklichen Streit miteinander, und zuletzt verzauberte der Schwarze seinen Bruder in einen Bären, legte ihn an eine Kette und sperrte ihn in den Zwinger. Was weiter geschehen ist, wißt Ihr selber."

„Ich danke dir!" sagte der Graf. „Du hast mir einen großen Dienst erwiesen, und solange ich am Leben bin, soll der Schwarze mit seinem Zaubertrank kein Unheil mehr anrichten: dafür will ich schon sorgen. Jetzt aber muß ich gehen, ich habe allerhand zu tun. Gehab dich wohl!"

Damit wandte er sich eilig dem Hause zu, und der Zimmermann schulterte wohl oder übel seine Axt und wanderte zögernd, aber im Grunde doch recht froh, durch den Wald davon.

Indessen ging der Graf nach dem Stall, und das Herz wurde ihm schwerer bei jedem Schritt. Da stand das weiße Pferd und blickte ihm aus seinen großen sanften Augen entgegen, und da ging er hin und lehnte die Stirn an seinen Hals. „Du wirst mir nie verzeihen können, was ich über dich gebracht hatte", murmelte er. „Aber ich will mein ganzes Leben dazu verwenden, es wieder gutzumachen. Habe nur noch ein wenig Geduld: bald wirst du frei sein." Aber als er ins Haus ging, um zu schlafen, dachte er seufzend, daß er noch nicht einmal eine Ahnung hatte, wie das wohl geschehen sollte.

In dieser Nacht ließ sich zwar keine einzige Maus mehr hören, aber dafür schien der Bär wilder denn je und rüttelte an seiner Kette, daß die Wände bebten.

Gegen Mitternacht scholl ein lauter Schlag durchs Haus, und der Graf erkannte, daß drunten das Tor aufgeflogen war. Eilige Schritte kamen

die Stiege herauf, und im nächsten Augenblick stand eine Gestalt im schwarzen Mantel vor ihm.
„Was ist geschehen?" herrschte ihn der Zauberer an. „Warst du in dem verbotenen Zimmer?"
„Nein", sagte der Graf.
„Wo ist das Pferd?"
„Im Stall."
„Und der Bär?"
„Im Zwinger."
„Und der Zimmermann?"
„Der ist fort."
„Was?" schrie der Zauberer mit fürchterlicher Stimme. „Ich habe es ja gewußt! Wie ist denn das zugegangen, he, du Unglücksmensch? Aber wage ja nicht, mich zu belügen, ich würde die Wahrheit bald genug herausbringen!"
„Ich pflege nicht zu lügen!" sagte der Graf zornig und erzählte, was geschehen war.
„Und was hat der Zimmermann gesagt?" knurrte der Schwarze.
„Er hat gesagt: ‚Jetzt bin ich erlöst!'" antwortete der Graf schadenfroh.
Der Zauberer schwieg eine Weile. „Ich sollte dich eigentlich bestrafen, daß dir Hören und Sehen vergeht", sprach er endlich mürrisch. „Es ist dein Glück, daß ich wieder fort muß und niemanden habe, der für die Tiere sorgt. So muß ich dich für diesmal verschonen. Spielst du mir aber noch einmal einen solchen Streich, dann kann dich nichts mehr retten."
Darauf ging er unter den fürchterlichsten Drohungen fort, sah drunten nach dem Pferd und nach dem Bären, und endlich hörte der Graf, wie die Haustür wieder zuschlug.
Er atmete erleichtert auf: denn er war doch recht besorgt gewesen, der Schwarze könnte ihn nach dem Trank für das Pferd fragen. Aber das hatte er in seiner Wut und Eile zum Glück vergessen.
Den Rest der Nacht hockte der Graf auf der Stiege.
„Etwas muß geschehen, und zwar schnell", überlegte er hin und her. Aber es wollte ihm nichts einfallen, und als er endlich voll Verzweiflung die ersten Sonnenstrahlen durchs Dach schimmern sah, sprang er auf.
„Jetzt mag es gehen, wie es will", sagte er ganz laut, denn es war ja niemand da, der ihn hören konnte. „Ich werde ganz einfach die elenden weißen Kugeln zerschlagen und abwarten, was geschieht. Wer nichts wagt, gewinnt nichts, und es wird wohl nicht gleich das Leben kosten."
Damit rannte er schnurstracks nach der verbotenen Kammer, steckte den vierkantigen Schlüssel ins Schloß und sperrte auf.

Drinnen war alles genau so wie er es schon durchs Schlüsselloch gesehen hatte, nur die dritte Kugel war spurlos verschwunden.
Er hielt sich gar nicht erst lange mit Suchen auf, ging mit drei schnellen Schritten hinüber zum Tisch, biß die Zähne zusammen und hob die Faust. Da lagen sie dicht nebeneinander, zwei kleine unscheinbare Dinger, und er konnte gerade noch sehen, daß auf das eine ein Frauengesicht gezeichnet war. Dann schlug er mit aller Macht zu.
Der Krach, der im selben Augenblick das ganze Haus erschütterte, verschlang seinen Schreckensschrei, als er, von einer unwiderstehlichen Gewalt getrieben, durch die offene Tür hinausflog auf den Flur, die Treppe hinabkollerte und drunten liegenblieb.
Nach einer Weile begann er sich ächzend und stöhnend zu bewegen, schnappte nach Luft und dachte: „Es ist aus mit mir, gewiß ist kein Knochen an mir heil geblieben . . . und niemand wird nun meine arme Frau retten."
Aber als es ihm just vor lauter Schmerzen und Kummer wieder schwarz vor den Augen werden wollte, hörte er eine Stimme, die ihn rief: und das war die Stimme seiner Gemahlin.
Er wußte nicht, wie er es fertigbrachte, aber irgendwie kam er auf die Beine und schwankte zur Tür. Denn die Stimme war von draußen gekommen, und seine Gemahlin mußte also frei sein! Aber als sein Blick in den Hof hinausfiel, taumelte er zurück: draußen stand das weiße Pferd.
„Alles umsonst!" stöhnte er und hielt sich am Türpfosten fest, um nicht umzusinken.
„Nein, nicht alles!" sagte das weiße Pferd und kam herüber zu ihm. „Du darfst nur jetzt nicht den Mut verlieren. Wenn du schnell handelst, kann vielleicht alles noch gut werden. Ich habe den goldenen Zügel abgerissen, als die Zauberkugel zersprang. Aber auch der Bär hat zugleich seine Kette gesprengt. Hörst du ihn am Gitter rütteln? Bald wird er frei sein, und dann ist es um uns geschehen. Lauf und hole aus der Kammer droben alles, was du findest, und dann wollen wir schnell fort."
„Ja", sagte der Graf und schöpfte ein wenig Hoffnung. „Du hast recht, wir müssen fort, denn ich fürchte, auch der Schwarze wird nicht lange auf sich warten lassen, wenn er den Knall gehört hat."
Hastig klomm er die Stiege hinauf, raffte das Schwert, das Säcklein und die beiden Spiegel zusammen und stolperte wieder hinunter in den Hof.
„Halte dich am Zügel fest", befahl das weiße Pferd. „Dann kannst du so schnell laufen wie ich."
Er gehorchte, und sie liefen nach dem Walde. Hinter sich hörten sie das wütende Brummen des Bären und das Klirren des eisernen Gitters.

Sie waren noch nicht weit gekommen, da fühlte der Graf, wie das Pferd erschrocken zusammenzuckte.
„Hörst du etwas?“ fragte es.
„Nein“, antwortete der Graf.
„Wir wollen dennoch schneller laufen“, sagte das Pferd ängstlich. Sie liefen schneller. „Aber was soll nun daraus werden, wenn wir den Zauber nicht lösen können?“ fragte der Graf bekümmert.
„Darüber nachzudenken ist jetzt nicht Zeit“, sprach das weiße Pferd ein wenig ungeduldig. „Denn sie sind schon hinter uns her. Ich höre sie ganz deutlich, und wenn sie uns einholen, brauchst du dir gewiß nicht mehr den Kopf zu zerbrechen, wie du mich befreien könntest.“
Der Graf horchte nach rückwärts. Jetzt hörte er es auch: schwere tappende Schritte, Schnaufen und dann die wütende Stimme des Zauberers: „Vorwärts, du Faulpelz, oder ich mache dir Beine!“
Darauf wurde das Geschnaufe noch heftiger, es krachte und brach durchs Unterholz, und als sich der Graf entsetzt umblickte, sah er, gar nicht mehr weit entfernt, den Schwarzen, der auf dem Rücken des Bären hockte, die Hände in den Pelz gekrallt, Haar und Bart vor Grimm gesträubt und fürchterlich anzuschauen. Und der Bär lief aus allen Kräften auf seinen kurzen plumpen Beinen und keuchte, daß ihm die Zunge aus dem Rachen hing.
Ja, nun war es sehr gefährlich geworden, und der Graf, der todmüde war, fühlte einen Augenblick die größte Lust, den Kampf aufzugeben und einfach stehenzubleiben, weil ihm alle Mühe vergeblich schien.
Aber da tat das weiße Pferd einen Sprung vorwärts und riß ihn mit.
„Noch ist nicht alles verloren“, sagte es. „Nimm eine Nuß aus dem Sack und wirf sie hinter dich!“
Zugleich aber hatte sie der Schwarze entdeckt.
„Ha, habe ich euch!“ brüllte er frohlockend und trieb den Bären noch mehr an.
Indessen hatte der Graf eine Nuß hinter sich geworfen, obgleich er ganz und gar nicht verstand, was ihnen das wohl nützen sollte.
Aber – was war denn das? Er schrie vor Überraschung laut auf. Da, wo die Nuß niedergefallen war, tat sich plötzlich eine tiefe Grube im Boden auf und versperrte den Verfolgern den Weg.
„Das ist gut“, sagte das Pferd. „Sie müssen jetzt einen Umweg machen oder in die Grube hinabklettern, und wir gewinnen Zeit. Wenn sie uns wieder näher kommen, mußt du abermals eine Nuß auswerfen!“
Jenseits der Grube erscholl ein Wutgeheul. „Du Schurke, du hast meine Nüsse gestohlen! Aber warte nur, das soll dir übel bekommen!“

Dem Grafen trat der kalte Schweiß auf die Stirn bei dieser Drohung. Schleunigst nahm er eine andere Nuß aus dem Sack, und als er den Bären näher keuchen hörte, ließ er sie fallen. Er seufzte vor Erleichterung, weil sich alsbald eine zweite Mulde hinter ihnen öffnete.
Sie liefen wieder, die andern hinterdrein, und der Schwarze schrie und schimpfte unflätig.
Der Graf warf eine dritte Nuß hinter sich und danach noch viele andere, und dann – ja, dann war die letzte fort und der Graf sagte: „Jetzt ist es wirklich aus mit uns. Ich habe nichts mehr als die beiden Spiegel und das Schwert."
Er fuhr zusammen, denn zugleich schrie die Stimme des Zauberers dicht hinter ihm: „Ja, jetzt ist es aus mit euch!" und der Graf meinte schon den heißen Atem des Bären im Rücken zu spüren.
Aber das weiße Pferd verlor den Mut nicht. „Wirf den kleinen grünen Spiegel hinter dich!" befahl es ruhig. Er gehorchte. Der Spiegel fiel zu Boden und wuchs und wuchs mit ungeheurer Schnelligkeit, und auf einmal war es ein großer grüner Teich. Und weil der Bär im Laufen nicht schnell genug innehalten konnte, lief er schnurgerade in den Teich hinein und mußte wohl oder übel samt seinem Reiter hinüberschwimmen. Das war schwer und kostete viel Zeit. Aber auch der Graf und das weiße Pferd kamen immer langsamer vorwärts, je länger sie liefen, und endlich waren die Verfolger ihnen abermals dicht auf den Fersen.
„Nimm den andern Spiegel!" sagte das Pferd, und jetzt schien es auch Angst zu haben.
Aus dem schwarzen Spiegel wurde ein See mit dunklem, schillerndem Wasser, und wieder mußte der Bär hindurchschwimmen.
„Du elender Narr", stieß der Schwarze wutschnaubend hervor, als sie endlich ans Ufer kamen. „Du hast zwar auch meine Spiegel gestohlen, aber das nützt dir gar nichts: jetzt seid ihr dennoch in meiner Hand!"
Diesmal sagte das Pferd nichts mehr. Mit müden Schritten und hängendem Kopf ging es neben dem Grafen her.
Der ließ den goldenen Zügel los, als der Schwarze neben ihm vom Rücken des Bären sprang: ja, nun hatte er nichts mehr als das Schwert. Aber als er den ersten Hieb tat, prallte die Klinge ab wie von Eisen.
„Hat dir der Zimmermann nicht erzählt, daß ich unverwundbar bin?" lachte der Zauberer höhnisch.
Da warf der Graf das Schwert fort und griff mit den Fäusten an. Aber er gab es sogleich wieder auf: denn jeder Schlag tat ihm abscheulich weh, und der andere schien überhaupt nichts zu fühlen.
Da packte ihn eine wilde Verzweiflung. Er sprang einen Schritt zurück

und warf sich mit aller Gewalt auf den Schwarzen. Der taumelte und stürzte rücklings nieder. Aber auch das schien ihn nicht im geringsten zu kümmern, und er hörte nicht auf zu lachen.

„Gib es auf, du armseliger Tropf, gib es auf!" sagte er. „Es hilft dir alles nichts: denn es gibt nur eine einzige Waffe, mit der du mich besiegen könntest, und die kennst du nicht." Er kicherte und blinzelte schadenfroh zum Grafen hinauf. „Dabei wäre es so einfach für dich, daß ich lachen muß – wenn du es nur wüßtest. Aber du weißt es nicht und du wirst es nie erfahren. Darum bleibt die Frau in meiner Gewalt, wenn du dich auch noch so sehr bemühst, sie zu befreien. Was willst du denn jetzt weiter tun, he?"

Aber das wußte der Graf nicht. Nein, nun gab es wohl keine Hoffnung mehr. Müde richtete er sich auf. Da fiel sein Blick auf einen Stein, der dicht neben dem Kopf des Zauberers lag. „Steine brechen Zauber!" schoß es ihm im selben Augenblick wie ein Blitz durch den Kopf: ja, so war es im dem alten Buch gestanden! Ehe er es recht wußte, hatte er den Stein in der Hand.

Als der Schwarze das sah, stieß er einen fürchterlichen Schrei aus und wollte aufspringen. Aber es war zu spät. Der Graf schlug nicht einmal richtig zu: aber kaum hatte der Stein den Kopf des Zauberers berührt, da streckte er sich steif aus und rührte sich nimmer, als wäre er selber plötzlich zu Stein geworden. Der Graf betrachtete ihn noch voll Entsetzen, als er hinter sich abermals die Stimme seiner Gemahlin hörte, die um Hilfe rief. Da ließ er den Schwarzen liegen, wo er lag, und wandte sich hastig um. Ein eisiger Schrecken fuhr ihm ins Gebein: das weiße Pferd war verschwunden, an einem Baum lehnte totenbleich seine Gemahlin, und vor ihr hob sich just der riesige schwarze Bär auf die Hinterbeine und streckte die Tatzen nach ihr aus.

Während sie sich verzweifelt hinter den dicken Stamm zu retten suchte, sprang der Graf mit einem wilden Satz dahin, wo sein Schwert lag, raffte es auf und hieb es mit aller Kraft dem Bären über den Schädel.

Das Ungetüm schwankte und fiel auf seine vier Beine nieder, schüttelte unwillig den Kopf und schien zu überlegen, ob es sich auf den Grafen stürzen sollte. Aber der Bär mochte wohl genau so faul sein wie einst, als er noch der jüngere Bruder des Schwarzen war. Und als er mit einem schielenden Blick aus seinen kleinen Augen erkannt hatte, daß von dem alten Zauberer keine Hilfe mehr zu erwarten war, machte er kehrt und trollte sich davon. Schwankenden Schrittes trottete er am Ufer des schwarzen Sees entlang zurück, aber weil er so unsicher ging, plumpste er hinein und versuchte, eilig nach dem jenseitigen Ufer zu rudern. Allein als er mitten im See war, verließen ihn die Kräfte: er schlug noch ein paarmal mit den Vorderpranken um sich, dann versank er und tauchte nicht wieder auf. Nur das Wasser zog noch eine Weile seine Kreise, die immer größer wurden und zuletzt auch verschwanden. Die beiden hatten es atemlos mitangesehen.

„Er ist fort!" jubelte die Gräfin und fiel ihrem Gatten glückselig um den Hals. „Nun sind wir gerettet."

Sie blickten noch einmal schnell hinüber, wo der alte Zauberer lag: aber der schien sich indessen auf eine wunderliche Weise verwandelt zu haben und glich nur noch einem langen, schmalen, seltsam geformten Felsen, um den Gras und Farnkräuter wuchsen.

Da wandelte die beiden ein Grausen an, und der Graf nahm eilig seine Gemahlin bei der Hand! „Komm, wir wollen heimgehen", sagte er.

„Ja", antwortete sie und lächelte ihn freundlich an.

Sie wanderten miteinander durch den Wald fort, und der schien gar nicht mehr so wild und dunkel wie zuvor.

Nach einer Weile nahm der Graf allen Mut zusammen und fragte: „Kannst du mir verzeihen, daß ich so viel Schlimmes über dich gebracht habe?"

„Ja, mein lieber Gemahl", sagte sie abermals.

Da fühlte er sich von Herzen froh und erleichtert. Weil er aber doch nicht gern alle Schuld allein auf sich nehmen wollte, begann er zornig von der Bayla zu reden, wie sie ihn getäuscht und seine Gemahlin verleumdet habe.

„Jetzt aber weiß ich, daß sie eine böse alte Hexe ist, und sie soll ihrer Strafe nicht entgehen. Ich lasse sie ins unterste Turmverlies werfen, darin mag sie bleiben bis an ihr Ende und über ihre Bosheit nachdenken."

„Nein, mein Gemahl", sagte aber diesmal die Gräfin ernsthaft. Und als er sie verwundert anblickte, fuhr sie fort: „Das wäre eine viel zu harte Strafe, denn es ist ja alles wieder gut geworden. Und vielleicht, mein lieber Herr, müßtest du, wenn es nach Recht und Gerechtigkeit zugehen sollte, auch für eine Weile ins Turmverlies hinab, weil du in deinem Zorn ihre Lügen geglaubt hast."

„Das ist wahr!" gab der Graf kleinlaut zu, nachdem er eine Weile darüber nachgedacht hatte; denn es war ihm so ergangen, wie es vielen Menschen ergeht: sie sehen wohl die Fehler der anderen, die eigenen aber erkennen sie nicht.

Nicht lange darauf gelangten sie aus dem Walde Delàmis hinaus in die helle Ebene und reisten weiter nach Norden. Es war eine lange und beschwerliche Reise, aber eines Tages kamen sie doch heim in ihr prächtiges Schloß im Pustertal, und der Graf dachte gar nicht mehr daran, etwa wieder mit seiner Gemahlin in dem einsamen Turm hinter den Fanesbergen zu hausen: Denn er war von seiner Angst um sie nun gründlich geheilt, und wenn er manchmal daran zurückdachte, wie er in jedem fremden Reiter und in jedem harmlosen Händler einen Räuber seiner Frau gesehen hatte, schüttelte er über sich selber den Kopf. „Ei, was war ich doch für ein Narr", brummte er dann vor sich hin, und die Gräfin, die wohl wußte, was er meinte, lachte ein wenig und sagte: „Ja, ja, es gibt Leute, die können es nicht vertragen, wenn es ihnen zu gut geht, und da schaffen sie sich selber Sorgen, mit denen sie sich und anderen das Leben sauer machen. Und erst, wenn sie einmal wirklich ein Unglück trifft, kommen sie wieder zu Verstande. Meinst du nicht, mein lieber Gemahl?"

Und so endet diese Geschichte wie die alten Märchen: „Von nun an lebten sie glücklich bis an ihr seliges Ende."

Die Bayla aber mußte allein im Turm hinter den Fanesbergen bleiben, damit sie mit ihrer Bosheit kein Unheil mehr anrichten könne. So bestimmte es der Graf und so geschah es auch. Und den Felsen, auf dem die alte Hexe hauste, nennen die Leute heute noch „Sass de Stria", das heißt „Hexenstein".

DAS GESTOHLENE MORGENROT

Auf der Dolèdakuppe zwischen Canazei und Penia stand in alter Zeit ein Schloß. Es ist längst zerfallen, und das stolze Herrengeschlecht, das dort hauste und jahrhundertelang über das Fassatal herrschte, ist ausgestorben.

Dem letzten der Herren auf Dolèda wurde nur noch ein einziges Töchterlein geboren. Das Mädchen hatte wohl ein liebliches Gesicht und war zart und zierlich wie eine Elfe, aber es war schwach und kränklich, und seine Wangen waren stets so bleich wie Schnee.

Das verdroß den Vater, denn er hätte gern ein gesundes, kräftiges Kind gehabt. Aber wie viele Ärzte er auch befragte und wie viele weise Frauen er ins Schloß kommen ließ, niemand vermochte die Krankheit seiner Tochter auch nur zu nennen, geschweige denn zu heilen. So wuchs sie mühselig heran, und weil der Vater ihr jeden Wunsch erfüllte und die Mägde eilig liefen, wenn sie etwas befahl, so wurde sie ein recht eigensinniges, selbstsüchtiges kleines Ding, wollte alles haben, was ihr in den Sinn kam, machte ihrer Umgebung das Leben sauer und war selber stets mürrisch und unzufrieden.

Als sie siebzehn Jahre alt wurde, ging es ihr so schlecht, daß jedermann meinte, nun wäre es bald zu Ende mit ihr.

Da ritt der Herr von Dolèda eines Tages auf der Jagd durch einen Wald. Er ließ die Hirsche an sich vorüberspringen und den Bären durchs Dickicht davontappen: denn er hatte vor lauter Sorgen keine Lust zu jagen. Vergebens zerbrach er sich zum hundertsten Male den Kopf, wie seiner Tochter etwa zu helfen sei.

Plötzlich prallte sein Pferd zurück und stieg kerzengerade in die Höhe: dicht vor ihm trat eine Gestalt zwischen den Bäumen heraus. Es war eine große, graue Frau, ihr Haar hing lang über das grobe Gewand, und im Arm hielt sie ein Bündel der verschiedenartigsten Kräuter. Ihr Gesicht sah ernst und streng aus, aber nicht böse.

„Was willst du denn?“ fragte er mürrisch und zügelte den schnaubenden Hengst, während er die Fremde verwundert betrachtete: sie war gewiß keine Frau aus dem Tal, irgend etwas schien ihm merkwürdig und unheimlich an ihr, er wußte nicht was. „Sie muß eine Bregostena sein“, fiel ihm plötzlich ein, und er dachte an die wunderlichen Dinge, die man sich von diesen wilden Waldfrauen erzählte. Sie konnten Vieh verhexen, Gestohlenes oder Verlorenes herbeischaffen, Krankheiten heilen . . .

„Herr, kaufe mir diese Heilkräuter ab“, sagte die Bregostena, und ihre Stimme klang tief und rauh. „Ich will dir sagen, wofür sie gut sind!“

Aber er schüttelte den Kopf. „Laß mich in Ruhe mit deinen Kräutern! Tausenderlei davon haben die Ärzte schon an meiner Tochter versucht – und keines hat ihr geholfen. Freilich“, fügte er seufzend hinzu, „wie sollten sie auch helfen, wenn niemand weiß, was sie für eine Krankheit hat!“

Die Bregostena hatte aufmerksam zugehört. „Ich will mit dir gehen und deine Tochter ansehen“, sagte sie jetzt und schritt, ohne seine Antwort abzuwarten, voran.

Er zuckte die Achseln. „Hilft es nicht, so kann es nicht schaden“, meinte er bei sich und ritt hinterdrein. Aber Hoffnung hatte er keine.

Als sie ins Schloß kamen, ging die Bregostena durch die Gänge nach dem Schlafgemach des Mädchens, so sicher, als wäre sie hier daheim. Die Mägde rissen die Augen auf, als sie an ihnen vorbei auf das Bett zutrat.

Die Fremde warf nur einen Blick in das weiße Gesicht des Mädchens.

„Deine Tochter hat die Nachtkrankheit“, sagte sie sofort. „Nur Licht kann sie heilen. Das Licht der Morgenröte.“

Das schien dem Schloßherrn zwar eine seltsame Rede, aber weil bis jetzt niemand die Krankheit auch nur beim Namen nennen konnte, faßte er doch Zutrauen zur Bregostena.
„Wenn du hierbleibst und meine Tochter heilst“, sprach er hastig, „so will ich dir geben, was du verlangst!“
Sie zögerte und musterte ihn eine Weile stumm und ernsthaft. Dann glitten ihre Blicke wieder zur Kranken hinab.
„Es ist viel Hochmut und Eigennutz in deinem und ihrem Gesicht“, sagte sie endlich. „Das ist nicht gut. Aber ich will dennoch versuchen, ihr zu helfen. Nur muß alles genau so geschehen, wie ich es bestimme. Sonst könnte es sein, daß du eines Tages bereust, mich gerufen zu haben.“
Dem Herrn auf Dolèda stieg es freilich rot zu Kopfe: denn er war es nicht gewohnt, daß jemand ihm so unverblümt seine Fehler vorhielt. Aber da es um seine Tochter ging, schluckte er den Zorn hinunter und versprach alles, was die Bregostena wollte.
Die machte sich unverzüglich ans Werk, ließ Zimmerleute und Knechte kommen und hieß sie drunten am Fedajasee auf dem Hang ein kleines hölzernes Haus bauen mit einem Söller gegen Sonnenaufgang. Ganz gewiß war im Fassatal noch nie ein Haus so schnell fertig geworden. Von den rauhen Knechten wagte keiner, der Bregostena zu widersprechen oder etwa zu trödeln: schwitzend arbeiteten sie den ganzen Tag und die halbe Nacht und schimpften nicht einmal. Und als der Bau fertig war, ging die Bregostena hinauf ins Schloß und trug selbst das kranke Mädchen in das neue Haus, das gut und warm nach frischem Holz roch.
Ein Schwarm von Mägden schickte sich an, hinterdreinzulaufen, beladen mit all den tausend nichtigen Dingen, die ihre verwöhnte junge Herrin bisher nie hatte entbehren können.
Aber die Bregostena drehte sich nur um und sagte kurz: „Ihr bleibt hier, samt diesem unnützen Zeug da!“ Die verdutzten Mägde blieben zögernd stehen und warteten, daß ihre Herrin ihnen zornig befehlen würde, mitzukommen und sich nicht um das graue Weib zu kümmern.
Aber sie mußte wohl zu krank sein, denn sie sagte kein Wort. In Wirklichkeit aber war sie so verblüfft, weil jemand es wagte, an ihrer Stelle zu befehlen, daß sie widerspruchslos alles geschehen ließ.
In dem kleinen Holzhaus begann von diesem Tag an ein seltsames Leben.
An jedem schönen Morgen, kaum daß es graute, holte die Bregostena das Mädchen aus dem Bett, wickelte es in Decken und trug es auf den Söller hinaus. Da wartete sie, bis im Osten das Morgenrot am Himmel aufstieg.
„Nun mußt du den Lichtspruch sagen“, befahl sie dann, und das Mädchen sagte gehorsam den wunderlichen Spruch, den die Alte sie gelehrt hatte.

Als sieben Tage vergangen waren, kam ihr Vater, um zu sehen, wie es ihr ginge. Da hatten die bleichen Wangen eine sanfte rosige Farbe bekommen, die matten Augen waren hell geworden, und die mageren Glieder begannen sich schon ein wenig zu runden.
Darüber freute er sich sehr, dankte der Waldfrau und versprach ihr abermals, sie dürfe von ihm verlangen, was sie wolle und er würde ihre Dienste nie vergessen.
Aber die Bregostena schien nicht viel von seinem Gerede zu halten. „Noch ist nicht aller Tage Abend", murmelte sie. „Und Menschendank ist recht ungewiß."
Wieder vergingen sieben Tage, das Mädchen wurde immer gesünder und schöner, und ihr Vater meinte entzückt, er erkenne sie kaum wieder. Aber mit der Gesundheit kehrten auch die vielen Wünsche zurück.
„Schick mir meine Mägde mit allem, was ich brauche", sagte sie, als ihr Vater Abschied nahm. Oh, es war sehr viel, was sie brauchte! Aber sie bekam nichts davon: denn die Bregostena schickte die schwerbepackten Mägde ganz einfach wieder fort.
Da wurde das Mädchen sehr zornig und schrie: „Du hast meinen Dienerinnen nichts zu befehlen! Vergiß nicht, wer ich bin!"
„Du bist ein unvernünftiges krankes Kind", sagte die Bregostena nachsichtig und kümmerte sich nicht weiter um sie und ihren Zorn.
Da lief sie zum See hinab, setzte sich ans Ufer, starrte trotzig ins Wasser und dachte nach, wie sie doch noch ihren Willen durchsetzen könnte.
Plötzlich beugte sie sich weit vor: da drunten in der silbernen Flut – das konnte doch nicht ihr Bild sein? So schön, oh, nein, so schön war sie nie gewesen, das wußte sie genau: denn sie war sehr eitel und hatte oft genug voll Verdruß im Spiegel ihre mageren Wangen betrachtet, den blassen Mund und die matten Augen, die ihr ganz und gar nicht gefielen. Und jetzt? Sie hätte am liebsten vor Freude aufgeschrien und konnte sich gar nicht sattsehen an dem schönen Bild im Wasser. Darüber vergaß sie sogar ihren Zorn.
„Ich will noch schöner werden", dachte sie begierig, „ich will immer noch mehr Licht von der Morgenröte nehmen, die so schön macht!"
Aber als zum dritten Male sieben Tage um waren, sagte die Bregostena, die sie genau beobachtet hatte: „Nun ist es genug. Du bist geheilt und kannst zurückkehren ins Schloß. Den Lichtspruch aber darfst du von heute an nicht mehr sagen."
„Was fällt dir ein?" fuhr das Mädchen hochmütig auf. „Willst du es mir etwa verbieten? Deine Arbeit ist getan, geh zu meinem Vater und laß dir deinen Lohn geben. Wir brauchen deine Dienste nicht mehr!"

Da wurde das Gesicht der Bregostena finster. „Hüte dich!" sagte sie drohend. „Niemand darf mutwillig der Morgenröte Kraft entziehen, nur um schön zu sein! Es gibt viele Wesen in Wasser, Luft und Erde, die diese Kraft zum Leben brauchen und durch deinen Eigennutz zugrunde gehen müßten. Laß dich warnen! Sie würden sich an dir rächen!"
Zwar lief dem Mädchen bei diesen Worten ein Gruseln über den Rücken, aber es schlug die Warnung in den Wind, ließ die Bregostena ohne Antwort stehen und ging zum Schloß hinauf.
Der Vater empfing seine wunderschöne Tochter voll Freude, umarmte sie und nannte sie Albolina, kleine Morgenröte. Und bald nannte sie jedermann so: denn ihre Schönheit wurde immer strahlender, bis es zuletzt schien, als gehe von ihrem Gesicht selbst ein sanftes Leuchten aus. Sie dachte gar nicht daran, den Befehl der Waldfrau zu befolgen, lief jeden Morgen an den See hinab, blickte ins Morgenrot und sagte den Lichtspruch nach wie vor.
Da stand plötzlich eines Tages die Bregostena neben ihr. Sie sah so zornig aus, daß Albolina erschrak.
„Du hast mir also nicht gehorcht!" sprach sie böse. Ihre Augen glitten forschend über das leuchtende Gesicht des Mädchens. „Du hast schon zuviel Licht an dich gezogen", fuhr sie fort, „und das bedeutet, daß die Morgenröte an Kraft verloren hat. Die Wasserleute und die Luftgeister klagen schon darüber. Ich warne dich zum letzten Male: du wirst das gestohlene Licht wieder herausgeben müssen, ob du willst oder nicht. Und dazu gibt es nur ein Mittel: du stellst dich auf einen Hang gegen Sonnenuntergang und sagst den Nachtspruch. Dann wird das geraubte Licht wieder frei und kann in den Weltenraum zurückkehren ... Gib acht, ich lehre dich den Spruch!"
Albolina merkte sich zwar den Spruch genau, aber als die Bregostena sie bat, ihn noch am gleichen Abend anzuwenden, lachte sie nur.
„Bist du närrisch? Nicht das geringste gebe ich von meiner Schönheit wieder her! Jetzt, wo ich eben erst anfange, so schön zu werden, wie ich es mir wünsche! O nein, das Gespenstergesindel in Luft und Wasser soll sehen, wie es zurechtkommt!"
„So magst du die Folgen tragen, eitle Törin", sagte die Bregostena kalt und wandte sich dem Walde zu.
Abermals schauderte es Albolina ein wenig bei dieser Drohung, und sie beschloß, ihren Vater um Rat zu fragen.
Der lachte sie aus. „Du wirst dich doch nicht von der Alten ins Bockshorn jagen lassen? Nimm dir Licht, soviel du willst, niemand kann dich daran hindern!" So meinte der Herr auf Dolèda, denn er war noch selbst-

herrlicher und eigennütziger als seine Tochter. Aber er sollte bald erfahren, daß nichts Böses ungestraft bleibt.
Am nächsten Morgen erschien die Bregostena vor ihm und forderte ihren Lohn. Er gab ihr zwar, was sie verlangte, aber dann sagte er hochfahrenden Tones: „Jetzt mach dich fort aus dem Schloß und laß dich nicht wieder blicken! Du bist meiner Tochter mit deinem dummen Gerede lästig."
Ohne Worte ging die Bregostena zur Tür. Dort wandte sie sich noch einmal um. „Ich habe dir gesagt, vielleicht würdest du eines Tages bereuen, mich gerufen zu haben", sprach sie und war im nächsten Augenblick verschwunden.
Sie ging fort aus dem Schloß und wanderte viele Stunden durch Waldeinöde und Felsenwildnis, bis sie auf den Berg Masarè kam, wo die große Hexe, die Striòna, hauste. Der erzählte sie alles, was geschehen war.
Die Uralte kicherte zwischen den zahnlosen Kiefern. „Hihi, du Närrin, hast du wieder einmal den Menschen helfen wollen und dabei auch noch an ihre Dankbarkeit geglaubt? Aber du hast gut daran getan, zu mir zu kommen: denn wir müssen der Lichträuberin das Handwerk legen, ehe sie noch größeres Unheil anrichtet. Ich habe Botschaft bekommen, daß die Yarines dem Tode nahe sind und die Pelendròns sich wie irrsinnig gebärden, weil die Morgenröte immer weniger Kraft hat. Ich will den Rat der Unsrigen einberufen."
Sie rief den Duy, einen riesigen Uhu, der hinter ihr auf einer Felszacke hockte, und schickte ihn mit einer Botschaft fort.
Um Mitternacht versammelte sich auf dem Gipfel des Masarè eine unheimliche Gesellschaft. Alles war da, was an nächtlichen Unholden ringsum in den Klüften hauste, mit dem Nebel durch die Lüfte fuhr und in den Gewässern wohnte. Sieben Bregostenes aus den umliegenden Wäldern waren gekommen, die Pelendròns, die greulichen Nebelgespenster, turnten über die Felszacken mit widerlicher Behendigkeit heran, obgleich ihre mißgestalteten Leiber nur formlose Stümpfe an Stelle von Armen und Beinen hatten. Die sieben Yarines, die Wasserfrauen aus dem Grepabach, saßen da, schön, aber totenbleich und hohläugig, als sollten sie gleich zusammensinken wie verwelkende Blumen. Mitten unter ihnen hockte die Striòna und schielte nach der Seite hinüber, wo der Alte vom Berge Camerlòi saß, und ihre lange Nase wackelte mißmutig. Der Alte war ihr ein rechter Dorn im Auge: niemand wußte genau, wer er war, aber die Unholden hatten große Ehrfurcht vor ihm und hörten in allen Dingen auf ihn. Das gefiel der Striòna aber ganz und gar nicht, denn der Alte war lange nicht so böse wie sie und hatte schon manchen ihrer Pläne zunichte gemacht und die Menschen in Schutz genommen, die sie haßte.

Durch die Luft schwebten jetzt von allen Seiten lautlose schwarze Schatten heran und ließen sich auf den Felsen nieder, bis am Ende ein ganzer Schwarm von Eulen im Kreise herumhockte. Zuletzt kam der riesige Duy herangeflogen, setzte sich hinter die Striòna, und seine gelben Augen leuchteten wie Kerzenflammen.

Die Unholden hatten durch die Hexe erfahren, daß Albolina immerfort der Morgenröte Licht und Kraft entzog, und waren sehr aufgebracht. Sie schrien und heulten und brüllten durcheinander, jeder nach seiner Art, und forderten augenblickliche Rache. Nur der Alte vom Camerlòi schüttelte den Kopf. „Wir wollen sie noch einmal warnen", sagte er bestimmten Tones, und die anderen wagten ihm nicht zu widersprechen. Nur die Striòna fuhr giftig auf ihn los. „He!" schrie sie. „Was fällt dir ein? Als ich selber vor vielen Jahren einmal darum bat, ein wenig Licht von der Morgenröte nehmen zu dürfen, da hast du nein gesagt! Und jetzt willst du diese freche Räuberin schonen, die ohnehin schön genug ist! Das dulde ich nicht!"

Durch die gespenstige Versammlung lief ein heimliches Kichern. Ei freilich, der Striòna hätte ein bißchen Schönheit bitter not getan, so greulich wie sie aussah! Aber dennoch stimmte ihr niemand zu, denn sie mochten die machtgierige Alte nicht recht leiden.

So blieb es dabei, und abermals wurde der Duy ausgeschickt, um Albolina zu warnen.

Er flog hinab gegen Dolèda, der ganze Eulenschwarm hinter ihm drein.

Albolina schlief in der großen Turmkammer in ihrem prächtigen Bett mit den geschnitzten Säulen und den seidenen Decken, und ihr Gesicht strahlte einen sanften rosigen Schein aus. Sie merkte nicht, wie der große schwarze Schatten lautlos durchs Fenster hereinflog und sich auf das Fußende des Bettes setzte. Sie sah auch die Eulen nicht, die draußen um den Turm kreisten.

Der Duy hockte da und glotzte mit seinen gelben Augen auf die Schläferin hinab. Albolina wurde unruhig davon und seufzte ängstlich im Schlaf.

„Wach auf!" sagte der Duy mit krächzender Stimme.

Albolina fuhr in die Höhe und mit ihr zugleich die alte Magd, die in einem Winkel auf ihrem Strohsack schlief.

Entsetzt starrte das Mädchen das schwarze Ungeheuer mit den Feuerrädern im Kopfe an.

„Was ist das?" flüsterte sie atemlos.

„Ein Uhu", sagte die Magd und klapperte vor Angst mit den letzten Zähnen. „Das bedeutet nichts Gutes!"

„Hör zu!" krächzte der Uhu wieder. „Ich habe dir eine Botschaft auszu-

richten. Gib augenblicklich das Licht wieder heraus, das du der Morgenröte geraubt hast, sonst wirst du es büßen, denn die Geister in der Luft, im Wasser und in der Erde sind sehr ergrimmt gegen dich! Steh auf, geh hinaus auf den Hang gegen Westen und sage den Nachtspruch!"
Als Albolina das hörte, verwandelte sich ihre Angst sogleich in Trotz.
„Nein", sagte sie heftig, „nein, ich tue es ganz gewiß nicht!"
Aber sie erschrak sogleich wieder furchtbar: denn draußen brach in diesem Augenblick ein vielstimmiges mißtöniges Geschrei los, durch das Fenster drängte es sich schwarz mit flatternden Flügelschlägen, hockte sich auf Bett und Sims und Stühle, auf den Boden und auf den Kamin, kreischte und schrie und glotzte mit glühenden Augen.
„Lauter Eulen!" jammerte die Magd, und ihre dürren Gebeine schlotterten. „Das bedeutet ein entsetzliches Unglück!"
Albolina biß die Zähne zusammen. Nein, sie wollte sich nicht einschüchtern lassen! Sie würde nichts, aber auch gar nichts von ihrer Schönheit herausgeben!
„Willst du den Nachtspruch sagen?" fragte der Duy abermals.
„Nein", antwortete Albolina halsstarrig, obwohl sie eine schreckliche Angst empfand.
Da sagte der Duy nichts mehr, hob sich vom Bett in die Luft und flog wieder durchs Fenster hinaus, und der ganze Eulenschwarm folgte ihm. In der Kammer war es wieder still wie sonst, der Mond schien herein – und Albolina wagte wieder aufzuatmen. Aber sie war doch sehr beunruhigt, und am Morgen erzählte sie ihrem Vater von dem nächtlichen Spuk.
Aber der Vater lachte sie wieder nur aus. „Närrchen, du wirst dich doch nicht fürchten, weil du von ein paar Eulen geträumt hast! Tu, was dich freut, niemand kann dir etwas anhaben: denn ich bin mächtig genug, dich zu beschützen!"
Allein es sollte sich sehr bald zeigen, daß sich der Schloßherr auf Dolèda irrte. –
Indessen vergaß Albolina in ihrem Leichtsinn schnell wieder auf die Warnung, die sie erhalten hatte.
Allmählich wurde es Herbst, die Wälder standen rot und golden an den Hängen, und am Morgen kroch der Nebel über den See.
Da ritt einmal der Schloßherr mit seiner Tochter und mehreren Knechten auf die Höhen von Buffàure, um nach dem Wild zu sehen. Über den Bergrücken fegte ein eiskalter Wind, graue Wolken jagten heran, aus denen Hagelschauer niederprasselten, und als die Reiter auf die großen Weideplätze kamen, die man Pians de Ardoney nannte, befanden sie sich mitten in einem wüsten Schneesturm.

In der Nähe stand eine Hütte für die Hirten, die sommers da heroben das Vieh hüteten. Aber man sah kaum eine Hand vor den Augen in dem dichten Schneegestöber, und es dauerte eine gute Weile, bis sie die Hütte fanden. Die Tür war versperrt, weil die Hirten längst zutal gezogen waren, und man konnte sie erst mit einiger Mühe aufbrechen. Endlich befanden sich die Männer unter Dach, schüttelten den Schnee von den Kleidern, wischten sich die halbblinden Augen und holten dann die Pferde herein.
Aber – da fehlte eines. Es wurde totenstill unter den Männern, als sie begriffen, daß Albolinas Pferd fehlte. Und wo war Albolina selbst? Der Herr starrte die Knechte an, aber die machten betretene Gesichter, und keiner wußte, wo das Mädchen geblieben war. Da rannte er hinaus und rief nach seiner Tochter: aber draußen war nichts als weiße sausende Finsternis. Zornig schalt er die Knechte, daß sie nicht besser auf Albolina geachtet hätten. „Hinaus mit euch!“ schrie er. „Und wehe euch, wenn ihr eure Herrin nicht wiederfindet.“ Da irrten sie alle in dem tobenden Sturm umher und suchten und riefen – und manchmal meinten sie aus der Ferne schwache Hilferufe zu hören, aber der Schnee hatte im Handumdrehen alle Spuren verwischt, und so mußten sie unverrichteter Dinge wieder in die Hütte zurückkehren, um das Ende des Unwetters abzuwarten.
Die Nacht kam, der Herr lief verzweifelt Stunde um Stunde in der Hütte hin und her, und die Knechte hockten in einem Winkel und wagten sich nicht zu rühren.
Am Morgen ritten sie hinab nach Dolèda, und alles, was im Schloß und in den Dörfern Beine hatte, wurde auf die Suche nach Albolina geschickt.
Sie suchten viele Tage. Aber Albolina blieb verschwunden. Ihr Vater wurde trübsinnig vor lauter Kummer, und die Leute rieten hin und her, was wohl aus ihr geworden sein mochte.
Aber die geheimnisvollen und schrecklichen Dinge, die ihr widerfahren waren, erriet niemand.
Als die Männer droben auf den Weiden von Ardoney im Schneesturm nach der Hütte suchten, ritt Albolina eine Weile hinter ihnen her. Plötzlich merkte sie, daß ihr Pferd unruhig wurde. Es sträubte sich, vorwärts zu gehen, schnaubte und stieg, als sie es zwingen wollte, und versuchte verzweifelt, nach den Seiten auszubrechen.
Und dann sah Albolina etwas. Zwischen ihr und den Männern vorne tauchte es ungewiß aus dem Schneetreiben auf: unförmige Gestalten mit scheußlichen dicken Köpfen und verschwommenen Gesichtern, mit grauen Klumpen an Stelle von Armen und Beinen, so kollerten und hüpften sie herbei, auf Albolina zu, die vor Grauen wie zu Stein erstarrt im Sattel kauerte. Sie wollte schreien, aber sie brachte keinen Laut hervor. Da stieg

die schmale Stute mit einem wilden Schnauben kerzengerade in die Höhe, warf sich herum und raste über die öde Hochfläche zurück, blindlings in den Sturm hinein. Verzweifelt klammerte sich Albolina an Zügel und Mähne, fast lag sie mit dem Gesicht auf dem Hals des Pferdes. Sie vermochte nichts mehr zu denken, nur eines wußte sie mit grausamer Deutlichkeit: Pelendròns! Das sind die Pelendròns, die bösartigsten Unholde des Gebirges, die den Menschen so feindlich sind wie niemand sonst von dem Nachtvolk! Oh, sie hatte das oft genug von den Mägden gehört und auch die Bregostena hatte einmal sehr ernsthaft von ihnen gesprochen! „Niemand, den sie einmal verfolgen, entkommt ihnen. Sie schleppen ihn erbarmungslos auf irgendeinen Felsen, von wo es keinen Ausweg mehr für ihn gibt, oder sie werfen ihn von der Höhe herab mit Steinen zu Tode."

Albolina ächzte vor Entsetzen. Lauf, mein Pferd, lauf, so schnell du kannst, sie dürfen uns nicht einholen!

Aber sie hatten sie schon eingeholt.

Links und rechts schnellten sie sich heran, mit plumpen Sprüngen wie riesige graue Kröten, formlose Arme streckten sich nach dem Zügel und schlangen sich um die Beine des Pferdes, bis es, am ganzen Leibe zitternd, stillstehen mußte.

Albolina schrie auf. Ein furchtbares Gebrüll antwortete ihr. Allmählich erst verstand sie voll Entsetzen, was die Pelendròns brüllten.

„He, du Lichträuberin! Haben wir dich endlich?"

„Seht, wie ihr Gesicht leuchtet von dem gestohlenen Morgenrot!"

„Gib es heraus, Täubchen, gib es heraus, oder es wird dich reuen!"

„Vorwärts, fort mit ihr, nach Sakoy!"

Und vorwärts ging es, sie zerrten und schoben das Pferd samt der Reiterin mit furchtbarer Gewalt mit sich fort, der Schnee peitschte Albolina ins Gesicht und fror an ihr fest, aber sie merkte es gar nicht: sie war fast von Sinnen vor Angst.

Aber als sie nach Sakoy kamen, meinten die Pelendròns, der Ort sei nicht wild genug und schleppten ihre Beute weiter nach Toè und von dort abermals weiter nach Dui. Zuletzt gerieten sie in Streit miteinander, weil ein paar von ihnen behaupteten, so tief herunter dürften sie überhaupt nicht gehen. Und weil sie sich nicht einigen konnten, beschlossen sie, Albolina nach Kyumèna zu bringen: denn im Walde von Kyumèna hausten die Bregostenes.

„Mögen die Waldweiber und die Striòna mit der Räuberin anfangen, was sie wollen!" sagten sie mürrisch. „Wir haben unsere Schuldigkeit getan und sie herbeigeschafft. Was nützt es uns, wenn wir sie auf einen Felsen setzen und verhungern lassen? Die Weiber haben sich gewiß längst eine bessere Strafe für sie ausgedacht."

So ging es abermals in wilder Eile weiter nach Kyumèna. Dort hielten die Pelendròns an und riefen in den Wald hinein. Alsbald erschienen sieben Bregostenes, und Albolina erkannte unter ihnen die große graue Frau, die sie gepflegt hatte.

Aber es war keine Spur von Freundlichkeit mehr in ihrem Gesicht, als sie jetzt dicht an das Mädchen herantrat. „So, da bist du also!" sagte sie böse. „Nun wirst du ja sehen, wie weit dich dein Eigennutz bringt. Wer nicht hören will, der muß fühlen!"

Albolina hörte ihr kaum zu. Mit maßloser Erleichterung beobachtete sie, wie sich die Pelendròns einer nach dem anderen davonmachten, gegen den Hang hinüber torkelten, sich dort – mir nichts, dir nichts – zu grauen Kugeln zusammenrollten, ganz einfach hinabkollerten und verschwunden waren.

„Gerettet!" jubelte Albolina heimlich. Und weil die Angst sie verließ, kehrte auch sogleich ihr alter Trotz und Hochmut wieder zurück. „Mit den Bregostenes werde ich schon fertig", dachte sie, richtete sich im Sattel auf und sagte befehlenden Tones, wie sie es gewohnt war: „Bringt mich sofort irgendwohin zu Menschen! Ihr braucht es nicht umsonst zu tun, mein Vater wird euch dafür bezahlen."

Die Bregostenes nahmen sie ohne ein Wort in die Mitte, ergriffen das Pferd am Zügel und setzten sich in Bewegung, und Albolina meinte nicht anders, als daß sie sich anschickten, ihrem Befehl zu gehorchen.

Indessen war der Schneesturm in einen Wolkenbruch übergegangen, und als sie an den Bach kamen, der aus der Grepaschlucht hervorschoß, hatte sich dieser in einen brausenden, schäumenden Fluß verwandelt.

Die Schlucht war eng und tief, nur ein schmaler Pfad lief neben dem Bach her, aber auch den überspülte schon das Wasser. Dennoch gingen die Bregostenes immer weiter bachaufwärts und zerrten die arme Stute mit sich, so heftig sie sich auch sträubte.

Da begriff endlich Albolina mit neuem Entsetzen, daß die wilden Weiber keineswegs die Absicht hatten, sie zu Menschen zu bringen: denn da drinnen in der Schlucht gab es nichts mehr als Wasser und schwarze, zerklüftete Felswände auf beiden Seiten.

Zornig rief sie den Bregostenes zu, sie sollten sofort umkehren. Aber die wollten nicht hören, und das Brausen des Wassers verschlang Albolinas Stimme.

Stumm und unaufhaltsam ging es weiter. Jetzt ragte vor ihnen ein Felsen aus der Wand, und da ... Albolina prallte zurück, daß sie um ein Haar aus dem Sattel gestürzt wäre – da schoß hinter dem Felsen die Striòna hervor, die dort gewartet hatte, und kreischte: „Ha, endlich bist du da! Es hat lange genug gedauert, dünkt mich! Ei, wie bist du schön, mein Schätzchen! Laß dich ansehen! Freilich, Morgenrot macht wunderschön, und was kümmert's dich, wenn andere zugrunde gehen, weil du der Morgenröte alle Kraft genommen hast, du eitles, herzloses Ding! Aber warte nur, jetzt ist Zahltag für dich, für alles kommt einmal Zahltag, aber das wollt ihr Menschen nie glauben! Vorwärts, hinüber über den Bach und hinauf dort auf das Gesimse in der Wand! Da ist der rechte Platz für deinesgleichen!"

Schon hatten die Bregostenes die Stute in den Bach getrieben. Das arme Tier vermochte sich kaum auf den Beinen zu halten, aber die wilden Weiber schritten hindurch, als gingen sie über eine Wiese, obgleich das Wasser um sie wallte und brodelte.

Als sie mitten im Bach waren, glitt das Pferd plötzlich aus und stürzte, und Albolina versank in der Flut. Während sich die Stute mühsam herausarbeitete und sogleich durch die Schlucht hinab davonjagte, trieben die Wellen Albolina weiter, kaum vermochte sie den Kopf zu heben, um nicht zu ertrinken. Verzweifelt versuchte sie mit den Händen irgendwo Halt zu finden: aber das Wasser warf sie hin und her und die Steine stießen sie unbarmherzig. Als es ihr just schwarz vor den Augen werden wollte, schwamm es neben ihr her, totenbleiche Gesichter tauchten aus der Flut und blickten Albolina traurig an. Von weißen Gewändern troff das schmutzige Wasser, und blasse Hände hoben sich bittend auf. Und auf einmal unterschied Albolina zwischen dem Brausen des Baches leise Stimmen.

„Habe Erbarmen!" flüsterten sie. „Nimm uns die Morgenröte nicht fort, sonst müssen wir sterben! Sieh uns an! Bald ist unsere Kraft zu Ende!"

Albolina hörte es mit Verwunderung. „Wer seid ihr denn?" fragte sie atemlos.

„Wir sind Yarines", kam es sanft zurück. „Wir wohnen im Wasser. Nur beim Morgengrauen kommen wir heraus und trinken aus den Blumen. Die Morgenröte aber gibt dem Tau die Kraft, von der wir leben. Du tötest uns, wenn du uns die Morgenröte raubst!"

Da erschrak Albolina doch, als sie sah, was sie angerichtet hatte, und sie empfand etwas wie Mitleid.

„So will ich der Morgenröte kein Licht mehr nehmen!" sagte sie schnell und fast wider Willen.

Kaum hatte sie die Worte ausgesprochen, da kam eine große Welle, hob sie hoch und warf sie ans Ufer. Während sie noch nach Luft schnappte, sah sie die Yarines den Bach hinab davonziehen, aber jetzt lächelten die bleichen Gesichter, und noch einmal kamen die sanften Stimmen herüber zu ihr: „Wir danken dir! Wir werden es nicht vergessen!“ Dann waren sie fort.

Albolina raffte sich auf. Auch sie mußte fort, schnell, ehe die Bregostenes und die entsetzliche alte Hexe wiederkamen.

Aber es war zu spät. Schon waren sie wieder da, ergriffen das Mädchen an den Händen und zerrten und schoben sie über die Felswand hinauf, bis zu einem schmalen Gesimse, auf dem man gerade noch stehen konnte. Unter ihr stürzte der Felsen turmhoch ab, und in der Tiefe rauschte das Wasser.

Dicht neben ihr stand die Striòna, und sie sah so boshaft und fürchterlich aus mit ihrer langen wackelnden Nase und den roten Augen, die keine Wimpern hatten, daß Albolina gern davongelaufen wäre. Aber sie konnte sich nicht einmal von der Stelle bewegen, sonst wäre sie sofort in die Schlucht hinabgestürzt.

„So, mein Täubchen“, sagte die Hexe mit ihrer greulichen, heiseren Stimme, „da wären wir also. Wie gefällt es dir, he?“

„Ich will fort!“ rief Albolina zornig und stampfte mit dem Fuß auf. Aber sogleich bröckelte unter ihr das Gestein ab, und sie klammerte entsetzt die Hände hinter sich an die Felswand und wagte sich nicht mehr zu rühren.

„Fort willst du?“ höhnte die Striòna. „O nein, du wirst wohl ein Weilchen hier bleiben müssen, fürchte ich.“

Albolina stand da, bleich vor Angst und Wut. Wie durfte dieses abscheuliche Weib es wagen, sie so zu behandeln?

„Scher dich weg, du alte Hexe!“ schrie sie außer sich. „Mein Vater wird bald hier sein und wenig Federlesens mit dir und den anderen machen!“

„Meinst du?“ fragte die Hexe tückisch. „Ich glaube es nicht. Ich habe so eine Ahnung, daß dich dein Vater recht lange nicht finden wird.“

Albolina schlich es eiskalt den Rücken hinab bei diesen Worten. Aber die Striòna fuhr langsam fort: „Oder – willst du vielleicht doch den Nachtspruch sagen und das gestohlene Morgenrot wieder herausgeben?“

O nein, das wollte Albolina noch immer nicht, obgleich sie vor Angst fast verging: denn wen einmal der Hochmutsteufel in den Krallen hat, den läßt er so leicht nicht los. Nachgeben und sich vor diesen Weibern schwach zeigen mochte sie auch nicht, und außerdem mußte ja doch früher oder später ihr Vater kommen und sie befreien. So lange wollte sie aushalten, wenn ihr auch entsetzlich davor graute: aber etwas von ihrer Schönheit einbüßen – nein, das konnte und wollte sie nicht!

Mit mühsamem Trotz sah sie der Hexe in die Augen.
„Nein“, entgegnete sie heftig, „ich werde den Nachtspruch nicht sagen!“
„Ei, du halsstarriges Ding!“ kicherte die Striòna. „Du willst also dein schönes Köpfchen nicht beugen? Gib acht, es wird dich reuen! Aber wenn du es nicht anders willst, so sollst du es haben!“
Wie Vogelklauen fuhren ihre dürren gekrümmten Finger auf Albolina zu, begannen wunderliche Zeichen in die Luft zu machen, dazu murmelte die Hexe allerlei seltsame Sprüche. Während Albolina noch fast neugierig dem tollen Gehaben zusah, fühlte sie plötzlich, daß irgend etwas mit ihr geschah. Sie wußte sogleich, daß es etwas Furchtbares war, und es wurde ihr eiskalt bis ins Herz.
Sie wollte zurückweichen vor dem wilden Gesicht der Striòna, aber sie konnte nicht . . . ach, was war das nur? Die Hände – sie vermochte ja die Hände nicht mehr von der Felswand zu lösen, und die Füße versagten den Dienst, als wären sie zu Stein geworden. Zu Stein?
Mit weitaufgerissenen Augen starrte sie die Hexe an. „Nein“, flüsterte sie voll Entsetzen, „nein, nicht zu Stein, ich will . . .“
Die Striòna ließ die Hände sinken.
„Jetzt ist es zu spät!“ sagte sie hart. „Jetzt mußt du deine Strafe leiden.“
Und ohne Albolina noch einmal anzusehen, wandte sie sich ab, winkte den Bregostenes und stieg mit ihnen über die Felswand hinab in die Schlucht, wo die Finsternis sie verschlang: denn es war mittlerweile Nacht geworden.
Der Sturm hatte aufgehört, das Wasser drunten rauschte leiser. Eine Weile später ging der Mond auf, der Himmel war hell geworden nach dem Unwetter, die Luft strich schneidend kalt durch die Schlucht heraus, und es herrschte eine entsetzliche Stille und Einsamkeit ringsum.
Albolina stand an die Felswand gefesselt, sie fühlte nichts, sie vermochte sich nicht zu rühren, nur hören und sehen konnte sie und auch rufen . . . Aber sie rief nur ein einziges Mal, dann wurde sie ganz still: denn wer sollte sie hier hören in der öden Grepaschlucht, wohin sich nie ein Mensch verirrte? Und selbst, wenn jemand kam – was half es ihr jetzt noch?
Ohne daß sie es wußte, begann Albolina bitterlich zu weinen, und die Tränen liefen über ihre Wangen und froren daran fest. –
Es mochten ein paar Stunden vergangen sein, da vernahm sie plötzlich ein Geräusch: jemand stand neben ihr. Im Mondlicht erkannte sie die große Waldfrau, die sie geheilt hatte.
Die Bregostena blickte sie streng an, aber sie schien nicht mehr zornig wie zuvor, und Albolina hoffte schon, sie wäre vielleicht zurückgekommen, um ihr beizustehen.

„So hilf mir doch!“ schluchzte sie. „Ich will dich reich belohnen!“
Aber die graue Frau schüttelte unmutig den Kopf.
„Ihr Menschen glaubt immer, man könne alles mit Gold bezahlen! Aber die besten Dinge auf der Welt sind für Gold nicht feil. Zu helfen vermag ich dir nicht: denn die Striòna ist viel mächtiger als ich. Aber ich will dir etwas sagen. Es gibt nur eines, das dich retten kann: wenn du einem anderen Menschen das Leben rettest.“
„Aber wie soll ich einen Menschen retten, so hilflos wie ich selber bin?“ fragte Albolina verzweifelt.
„Das weiß ich nicht“, antwortete die Bregostena, wandte sich um und ging fort, und abermals kam die gräßliche Einsamkeit.
Die ganze Nacht hindurch überlegte Albolina hin und her, wie sie es wohl anfangen sollte, einen Menschen zu retten. Sie fand keinen Ausweg. Aber etwas anderes begann sie mit Schrecken zu begreifen: in ihrem Eigennutz und ihrer Ichsucht hatte sie zeitlebens nie daran gedacht, anderen zu helfen. Und jetzt, da sie es so brennend wünschte, konnte sie es nicht mehr. Je länger sie darüber nachsann, desto furchtbarer erschien ihr das: und sie sollte noch sehr viel Zeit zum Nachdenken haben.
Als es Morgen wurde, fühlte sie sich so schwach und elend, daß sie meinte, sie würde sterben.
Die Sonne stieg hinter den Felsen herauf, und es wurde ein wenig wärmer. Jenseits der Schlucht, droben am Rande, wuchsen noch eine paar Blumen zwischen dem herbstlich fahlen Gras. Bald würde es Winter sein. Und dann? . . . Dann würde der Schnee kommen und sie einhüllen und – ach, sie wußte nicht, was noch mit ihr geschehen mochte! Sie war so unendlich müde und hätte gerne geschlafen. Aber plötzlich schreckte sie etwas auf. Drunten am Fuße der Felswand bewegte es sich: drei helle Gestalten, leicht und anmutig in ihren langen Gewändern, die wie silberne Wellen um sie flossen. „Yarines!“ dachte Albolina, und es schien ihr ein großes Glück, die schönen sanften Wasserfrauen wiederzusehen. „Sie werden mir wenigstens nichts Böses tun!“
Schnell kamen die Yarines über den Felsen herauf, man konnte nicht sehen, wo ihre zierlichen Füße Halt fanden, aber auf einmal waren sie da, standen neben Albolina auf dem Gesimse – und jede von ihnen trug einen großen Blumenkelch in der Hand.
Mitleidig blickten sie Albolina aus ihren leuchtenden meergrünen Augen an. Sie sahen viel schöner und strahlender aus als am Tage zuvor.
„Du hast uns versprochen, kein Licht mehr von der Morgenröte zu nehmen“, sagte die erste freundlich. „Und du hast Wort gehalten. Darum sind wir gekommen, dir zu danken.“

„Ach, was sollte mir alles Licht jetzt noch nützen“, antwortete Albolina traurig.
Die zweite beugte sich zutraulich zu ihr herab. „Wir haben heute viel mehr Tau in den Blumen gefunden. Er hat uns wieder gesund gemacht.“
Die dritte hielt ihr den Blumenkelch an die Lippen: darin glitzerte es klar wie Kristall. „Trink! Das wird dir Kraft geben.“
„Was ist es?“ fragte Albolina neugierig.
„Tau“, antworteten die Yarines. „Wenn du die drei Blüten leertrinkst, wirst du den Winter überdauern.“

Das schien Albolina freilich ganz und gar kein Trost. „So glaubt ihr, daß ich den ganzen Winter hierbleiben muß?“ rief sie entsetzt.
„Wir wissen es nicht“, antworteten sie mitleidig. „Aber nun trink! Wir müssen fort, bald wird der Schnee alles zudecken und dann bleiben wir auf dem Grunde des Wassers. Erst wenn es Frühling wird, kommen wir wieder!“
Albolina trank und fühlte, wie aus den glitzernden Tropfen eine große Kraft in sie einströmte, als könnte sie nun alles ertragen, was über sie käme.
Darauf nahmen die Yarines Abschied, und für die Gefangene am Felsen begann das große Schweigen.
Tag um Tag verging, Nacht um Nacht. Anfangs zählte Albolina die Tage, aber allmählich wurden es so viele, daß sie ihre Zahl vergaß. Nur an den Jahreszeiten merkte sie, wie lange sie schon da hing. Sie fror nicht, sie hungerte nicht, sie schlief aber auch nicht, und sie starb nicht. Der Schnee trieb an ihr vorüber, der Frühlingssturm sauste durch die Schlucht, drüben am Rande der Felsen wurde das Gras grün, sie hörte die Rufe der Hirten und das Brüllen der Rinder, die zu Beginn des Sommers auf die Bergweiden zogen.
Eines Tages kamen die Yarines wieder, und abermals brachte jede einen Blütenkelch voll Tau.
„Wir vergessen nie, wenn uns jemand etwas Gutes getan hat“, sagten sie, als ihnen Albolina dankte. Aber sie schüttelten betrübt den Kopf, als sie schüchtern fragte, ob sie ihr nicht helfen könnten. „Nein, dazu haben wir keine Macht. Aber wir werden über dich wachen, und wenn du ermattest, bringen wir dir Tau. Und wer weiß, vielleicht geschieht einmal etwas, das dir die Freiheit wiedergibt! Habe Mut und habe Geduld! Wir werden dich nicht verlassen.“ –
Aber der Mond wurde dreizehnmal voll und nahm wieder ab – und es war noch immer nichts geschehen. Manchmal dachte Albolina an ihren

Vater und an ihr Schloß auf Dolèda, aber sie hatte die Hoffnung längst aufgegeben, jemals wieder dahin zurückzukommen ... Manchmal dachte sie auch an das gestohlene Morgenrot. Ja, was nützte ihr nun all ihre Schönheit, eitle Törin, die sie gewesen war? Zuletzt aber kehrten ihre Gedanken immer wieder zu den Worten der Bregostena zurück: „Du kannst nur gerettet werden, wenn du selbst einem Menschen das Leben rettest!"
Und dann weinte sie vor lauter Hoffnungslosigkeit, und die Tränen liefen unaufhaltsam über ihr leuchtendes Gesicht. Nein, sie würde nie wieder von hier fortkommen: denn wie sollte sie jemals einen Menschen retten?
Aber in einer Neumondnacht, spät im Herbst, als die Dunkelheit wie eine schwarze Mauer ringsum stand, hörte sie plötzlich etwas. Sie hatte lange keine Menschenstimme mehr gehört, und ein glühender Schrecken durchfuhr sie: irgendwo rief ein Mensch!
Sie horchte angestrengt. Ja, da war die Stimme wieder, eine Männerstimme, die um Hilfe rief! Sie mußte von der Felswand gegenüber kommen, deren schauerliches Geklüfte sie Tag für Tag vor Augen hatte.
Eine furchtbare Aufregung ergriff Albolina. „Wo bist du denn?" rief sie. „Ich bin abgestürzt und hänge hier in den Felsen", kam die Stimme aus der Finsternis zurück. „Und du? Kannst du mir nicht helfen? Ich werde mich nicht mehr lange festhalten können. Meine Arme erlahmen schon und dann stürze ich hinab! Ich bitte dich, hilf mir!"
„Ich bin auf der anderen Seite der Schlucht", antwortete Albolina verzweifelt. „Und ich – ich kann nicht fort von hier! Ach, ich wollte dir so gerne helfen, wenn ich es nur vermöchte!" schluchzte sie. „Versuche doch, dich festzuhalten, du darfst nicht abstürzen, die Schlucht ist entsetzlich tief!"
Noch nie, seit sie da am Felsen hing, hatte sie so sehnsüchtig gewünscht, frei zu sein. Und das Seltsamste war: sie wünschte es nicht um ihrer selbst willen, sondern nur, damit sie diesem Fremden, den sie nie gesehen hatte, helfen könnte!
„Wenn ich nur ein wenig Licht hätte!" sagte die Stimme wieder, diesmal schon ganz müde und angstvoll. „Nur so viel, daß ich einen neuen Halt suchen könnte!"
Abermals durchzuckte es Albolina wie ein Blitz. Licht! Sie hatte doch Licht! In ihrem Gesicht mußte immer noch das Licht der Morgenröte sein! Sie hatte es wahrhaftig ganz vergessen. Aber jetzt mußte es helfen. Geschwind den Nachtspruch! Aber wie, wenn er nun nicht mehr wirkte?
O, er mußte, er mußte! Der Fremde dort drüben durfte nicht sterben. Hastig, mit zitternder Stimme, sagte sie die wunderlichen alten Worte vor sich hin.

Da begann in der rabenschwarzen Finsternis der Schlucht ein sanftes rosiges Licht aufzustrahlen, erhellte das Geklüfte, in dem der Abgestürzte hing, und alsbald fand er Halt für Hände und Füße und eine Stelle, wo er sicher zu dem Pfad hinaufklettern konnte, der oben entlangführte. Mit einem Jubelruf schwang er sich über den Rand der Felswand und wandte sich sofort zurück zur Schlucht. „Hab nur noch ein wenig Geduld“, rief er eifrig, „ich komme gleich und helfe dir auch vom Felsen herab!“ Aber im gleichen Augenblick erlosch das geheimnisvolle Licht so plötzlich, wie es erschienen war, und wieder war es so dunkel wie in einem Sack.
Er wartete ein wenig, ob nicht die Stimme, die ihn gerufen hatte, wiederkäme oder das seltsame Licht. Aber alles blieb totenstill.
„Bist du noch da?“ fragte er laut und ängstlich. Aber er erhielt keine Antwort. Da dachte er betrübt, seine freundliche Warnerin sei vielleicht indessen in die Schlucht hinabgestürzt – und er begann zu laufen, so schnell er konnte, um Hilfe zu holen. Während er lief, fiel ihm etwas Merkwürdiges ein. Er hatte doch, als er in der Felswand hing, jenseits einen schwachen hellen Schein gesehen, etwas wie einen kleinen, leuchtenden Kreis. Aber er achtete in seiner Not nicht viel darauf – und jetzt war der Schein verschwunden. Was sollte das bedeuten?
Je länger er darüber nachdachte, desto gewisser schien es ihm, daß da irgend etwas nicht recht geheuer war. Und woher kam denn plötzlich das Licht, das ihn gerettet hatte?
„Ich muß wissen, wie das zugegangen ist“, sagte er entschlossen zu sich selbst und rannte noch schneller, bis er zuletzt ganz außer Atem gegen Kyumèna kam.
Just begann ein unfreundlicher grauer Morgen zu dämmern, da sah er im Nebel zwei Reiter auftauchen. Sie hielten bald vor ihm an und fragten ihn nach dem Woher und Wohin –, und er merkte, daß der eine ein reicher, vornehmer Herr sein mußte, indes der andere gewiß sein Knecht war. Aber der Herr sah so düster und abgehärmt aus, als sei er schwer krank, oder als habe er einen großen Kummer.
„Ja, ja, Reichtum macht auch nicht immer glücklich“, dachte der Bursche, der ein recht armer Schlucker war, sich aber ehrlich und fröhlich durchschlug. Er stand Rede und Antwort auf die Fragen, und zuletzt sagte der Herr: „Und ist dir unterwegs nichts Merkwürdiges begegnet?“
„Ei, freilich, etwas recht Merkwürdiges!“ lachte der Bursche und erzählte, was ihm in der Nacht widerfahren war.
Da schien der Herr rein närrisch davon zu werden, packte ihn vom Pferd herab an der Schulter, daß ihm unter dem Griff ganz ungemütlich wurde, und ließ ihn nicht mehr los.

„Was war das für ein Licht, das du gesehen hast?"
Der junge Fremdling zuckte die Achseln. „Oh, so ein rosenrotes Licht, wie ..."
„Etwa wie Morgenrot?" schrie der Herr und schüttelte ihn.
„Ja, du hast recht, Herr, genau wie Morgenrot", stotterte der Bursche verdutzt.
„Steig ab!" gebot der Herr dem Knecht. „Aber schnell, du Faulpelz! Und du setzt dich auf sein Pferd und kommst mit mir! Du sollst mir zeigen, wo du das Licht gesehen hast!"
Da hockte sich der Knecht gemächlich an den Wegrand, weil ihm sein Herr nichts anderes befahl, und gedachte, ungestört ein paar Stunden zu faulenzen.
Der arme Bursche aber machte ein langes Gesicht, denn er konnte nicht reiten, und das merkte der boshafte Gaul ganz genau und tat mit ihm, was er wollte.
Aber wohl oder übel mußte er sich mit dem Herrn auf den Weg nach der Grepaschlucht machen. –
Zu dieser Zeit stieg Albolina vom Felsen herab an den Bach. Sie mußte ganz behutsam Schritt vor Schritt setzen, denn der Felsen war glatt und steil, und die Füße – ja, die waren so schwer und müde und stellten sich recht ungeschickt an, das war nicht zu leugnen: aber dennoch war Albolina unbeschreiblich glücklich. Nein, sie hatte nie gewußt, daß man überhaupt so froh und glücklich sein konnte! Immer wieder mußte sie stehenbleiben und ihre Hände betrachten und alle Finger bewegen – und es war so wunderbar, daß sie es wieder konnte! Und dann kletterte sie weiter, auf ihren müden Füßen, die sie aber doch wieder vorwärtstrugen, hinab von diesem furchtbaren Felsen, auf dem sie so lange gefangen war.
Endlich stand sie drunten am Bach und begann sogleich auf dem schmalen Pfad durch die Schlucht hinauszugehen. Sie wollte gerne gehen, soweit sie ihre Füße trugen.
„Niemand weiß, wie schön das ist", dachte sie entzückt, „niemand, der nicht selber erfahren hat, was es heißt, sich nicht rühren zu können. Immer ist man erst dankbar für das Gute, wenn man es einmal verloren hat."
Albolina hatte viel einsehen gelernt in dieser harten Zeit, und sie würde es nie wieder vergessen, solange sie lebte, das wußte sie ganz gewiß.
Aber als sie eine Weile gegangen war, half alle Freude nichts mehr: sie war so erschöpft, daß sie sich einmal auf einen Felsblock setzen und rasten mußte. Und es dauerte abermals nicht lange, da schlief sie tief und fest. Sie hörte nicht den Hufschlag der beiden Pferde, die durch die Schlucht hereinkamen, und sie sah die Reiter nicht, den vornehmen Herrn mit

dem abgehärmten Gesicht und den jungen Fremden, der sich schwitzend und kreuzunglücklich an den Sattel klammerte. Sie hörte auch nicht, wie der Herr plötzlich aufschrie und vom Pferd sprang, und sie sah nicht, wie der Junge vor lauter Staunen und Bewunderung den Mund aufriß und ein wenig töricht dreinblickte.

„Albolina", sagte der Herr mit ganz gebrochener Stimme. Und noch einmal: „Albolina!" und die Tränen liefen ihm in den grauen Bart hinab. –

Eine Weile darauf zogen sie alle drei durch die Schlucht hinaus. Albolina saß auf dem Pferd des Knechtes und der junge Fremdling führte es am Zügel. Manchmal wagte er es, einen verstohlenen Blick in das liebliche, ernsthafte Gesichtlein der Reiterin zu werfen – und dann wurde ihm jedesmal ganz eng um die Brust vor wunderlichem Glück.

Und viel später, als er längst Albolinas geliebter Gemahl geworden war, sagte er oft, dies sei die schönste Zeit seines Lebens gewesen, dieser Gang nach Dolèda: einmal, weil er damals seine liebe Herrin gefunden habe, und zum andern, weil er endlich wieder zu Fuß gehen durfte, anstatt sich auf dem Rücken des elenden Kleppers braun und blau stoßen zu lassen.

DIE SEEL'-AUS-HÜTTE

Auf der Seiser Alm, wo heute die Seel'-aus-Hütte steht, hauste vor Zeiten in einer elenden Schupfe ein armer Bauer namens Joch. Er war kein übler Bursche, ein wenig leichtsinnig, wie viele sind, aber fleißig und rechtschaffen.

Der arme Joch war ein rechter Pechvogel; alles, was er anpackte, ging schief. Trieb er Vieh auf die Weide, so stürzte ihm gewiß die beste Kuh ab. Verdingte er sich als Mäher, so brach ihm die Sense an einem Stein entzwei. So ging es fort, der Joch kam nie auf einen grünen Zweig, und das begann ihn allmählich zu verdrießen.

Eines Abends saß er in seiner Hütte, hatte nichts zu beißen und zu brechen, und das Leben freute ihn ganz und gar nicht mehr. Da ging plötzlich die Tür auf, und herein trat ein landfremder Mensch in hohen Reitstiefeln, grasgrünen Kleidern und einer großen Spielhahnfeder auf dem spitzen Hut.

„Der gefällt mir nur halb", dachte der Joch und musterte den wunderlichen Gast mißtrauisch, aber er hieß ihn willkommen. „Freilich, ein Abendessen kann ich dir nicht aufwarten, weil ich selbst nichts habe", fügte er hinzu.

„Tut nichts", versetzte der Fremde, langte einen Sack vom Rücken und holte daraus Brot und Speck und ein paar Weinflaschen hervor. Dem Joch lief das Wasser im Mund zusammen.

„Setz dich her und halte brav mit", lud ihn der Grüne ein und rückte hinter den Tisch. Der Bauer ließ sich das nicht zweimal sagen, sie aßen und tranken einträchtig, und der Joch wurde vom Wein gesprächig und klagte dem freigebigen Fremdling, daß er so arm sei und sich nie etwas Gutes gönnen könne.

„Wenn es nur das ist!" sagte der Unbekannte mit seiner schnarrenden Stimme, die dem Joch ein Gruseln über den Rücken jagte. „Da kann dir geholfen werden!" Flugs griff er in die Tasche und warf eine Handvoll blitzblanker Dukaten auf den Tisch.

„Heiliger Himmel! So viel Geld!" schrie der Joch. Aber kaum hatte er die Worte „Heiliger Himmel!" ausgesprochen, da stieß der Fremde einen furchtbaren Schrei aus, und während der Joch starr vor Grausen zusah, wuchsen ihm unter dem spitzen Hut zwei Hörner aus der Stirn.

„Das ist der leibhaftige Teufel", dachte der Bauer entsetzt. Aber da er schon vom Wein des Teufels getrunken hatte und überhaupt leichten Sinnes war, schlug er seine Angst bald wieder in den Wind und trank weiter. Denn so geht es immer, wenn sich der Teufel an einen heranmacht: zuerst haben die Menschen wohl Angst vor ihm, aber weil er es recht gut versteht, sich mit allerlei Mittelchen beliebt zu machen, so werden sie bald zutraulich und tun zuletzt, was er will.

So erging es auch dem Joch. Der Teufel redete ihm eifrig zu, sich ja den Wein recht gut munden zu lassen, und als er merkte, daß der Bauer genug getrunken hatte, zog er ein Pergament hervor, auf dem säuberlich ein Vertrag geschrieben stand, und überredete den Joch ohne viel Mühe, zu unterschreiben. Und um es ihm noch leichter zu machen, führte er ihm die Hand dabei.

Darauf legte er hundert Dukaten auf den Tisch, steckte das Pergament ein und ging fort.

In dem Vertrag aber stand, der Bauer müsse die hundert Dukaten in fünf Jahren wieder zurückzahlen, sonst sei es mit seiner Seele aus: denn nach zehn Jahren, genau an demselben Tage, werde der Teufel kommen und ihn holen.

Als der Joch seinen Rausch ausgeschlafen hatte und am Morgen erwachte,

fand er die Dukaten und das Schriftstück. Er las es und kratzte sich den Kopf, weil ihm doch ganz und gar nicht wohl bei der Sache war.
Aber dann behielt sein Leichtsinn die Oberhand. „Fünf Jahre sind eine lange Zeit", sagte er zu sich, „und zehn Jahre sind noch länger. Ich will schon dafür sorgen, daß der Teufel mich nicht bekommt."
Nein, der Joch war um kein Haar besser oder schlechter als viele andere Menschen, die auch meinen, im letzten Augenblick sei es immer noch Zeit, dem Teufel zu entschlüpfen.
Die fünf Jahre gingen schnell dahin und die Dukaten gingen auch dahin. Der Joch hatte sich eine schöne neue Hütte gebaut, zahlreiches Vieh angeschafft und sich schnell an das gute Leben gewöhnt.
Gemütlich saß er eines Abends vor der Tür und rauchte seine Pfeife. Da kam der Teufel des Weges und verlangte sein Geld.
Der Joch blinzelte ein wenig unsicher. „Woher nehmen und nicht stehlen?" sagte er und bemühte sich, seine Angst nicht zu verraten. „Ich habe die hundert Dukaten nicht, und ich bringe sie auch nicht zusammen."
„Mir kann's recht sein", versetzte der Teufel. „In fünf Jahren komme ich wieder und dann ist's mit deiner Seele aus!" Damit ging er.
„Fünf Jahre sind eine lange Zeit", dachte der Joch abermals, schnaufte erleichtert, schlug sich den Teufel aus dem Sinn und lebte weiter vergnügt in den Tag hinein.
Aber fünf Jahre gehen schnell herum, und als nur noch ein paar Tage daran fehlten, begann es doch endlich den Joch recht schwer zu bedrücken, daß seine Seele dem Teufel verfallen sein sollte. Jetzt dachte er freilich eifrig darüber nach, wie er sich retten könnte, aber es wollte ihm nichts einfallen. Die Tage schwanden mit unheimlicher Schnelligkeit dahin, und es kam der letzte. Nun war guter Rat teuer.
Der Joch stand im Spitzbühelwald und hackte Holz. Er schwitzte, aber weniger vor Anstrengung als vor Angst. Hundert Pläne gingen ihm durch den Kopf, aber er verwarf sie alle wieder, denn keiner versprach Rettung. Endlich mochte er vor lauter Sorge nicht mehr arbeiten, lehnte das Beil an einen Baum, hockte sich auf einen Baumstrunk und suchte verzweifelt nach einem Ausweg. Er merkte mit Schrecken, daß es schon dämmerte, und es war ihm immer noch kein rettender Gedanke gekommen. Da stand er schweren Herzens auf und wollte sich auf den Heimweg machen.
Er griff nach dem Beil, das er an den Stamm gelehnt hatte: aber das Beil war nicht mehr da. Flink blickte er sich um. Da sah er gerade noch, wie ein Nörgele mit seinem Beil in der Hand just hinter zwei dicken Bäumen verschwinden wollte. Mit einem Satz sprang er hin, packte den Zwerg am Kragen und schüttelte ihn, daß ihm die Hacke sogleich wieder entfiel.

„Du Lump!“ schrie er, „ich werde dich lehren, mein Beil zu stehlen“, und schüttelte das jammernde Wichtlein unbarmherzig weiter.
„Bauer, sei so gut und laß mich los!“ bettelte der Kleine und verdrehte die Augen vor Angst. „Ich habe es ganz gewiß nicht stehlen wollen. Ich hätte es nur so notwendig gebraucht, um ein paar Stämme zuzuhauen, mit denen ich die Decke meiner Höhle stützen muß, denn sie stürzt mir sonst über dem Kopf ein. Aber ich habe deinesgleichen oft um etwas gebeten – und nichts bekommen als böse Worte. Da fürchtete ich mich, dich um das Beil zu bitten und wollte es mir für eine Weile ausleihen. Aber nun will ich froh sein, wenn du mich nur wieder gehen läßt, und ich werde mir eben eine andere Höhle suchen“, fügte er betrübt hinzu.
Der Joch hatte das Wichtlein längst wieder auf den Boden gestellt, es erbarmte ihm, als er es so kläglich reden hörte.
„Sei still“, brummte er, aber nicht unfreundlich, „du kannst das Beil behalten, ich habe ein halbes Dutzend daheim in der Werkstatt, und sie werden mir alle nicht helfen, wenn heute nacht der Teufel meine Seele holt. So ist wenigstens dir geholfen.“
„Du bist ein guter Mensch, Joch“, sagte das Nörgele dankbar. „Und ich weiß schon, daß der Teufel hinter dir her ist. Aber mach dir nichts draus: hast du mir geholfen, so helfe ich dir. Paß auf, was ich dir sage! Wenn der Teufel irgendwo aus einem Haus eine Seele geholt hat, so schreibt er an die Tür die Worte ‚Seel' aus‘, damit er nicht irrtümlich noch einmal dorthin geht. Er hat nämlich zuzeiten recht viel zu tun in der Welt, weil die Menschen ihm so leicht ins Garn gehen, und da ist er arg vergeßlich geworden. Er schreibt aber mit einer Schrift, die niemand sehen kann als er selber, Zwerge und Sonntagskinder: daher kommt es, daß die meisten Menschen von diesem Brauch des Teufels gar nichts wissen.“
Der Joch seufzte. „Was nützt das alles?“ fragte er trübsinnig. „Wenn der Schwarze schon einmal meine Seele geholt hat, dann soll er meinetwegen schreiben, was er will.“
„Wart nur!“ redete ihm das Nörgele ermunternd zu. „Das soll dich gerade vor dem Teufel retten! Komm jetzt, es wird schon finster, wir wollen zu deiner Hütte heimgehen, dann wirst du schon sehen, was ich tue.“ Es schulterte sein Beil und machte sich auf den Weg, der Joch hinterdrein. Er schöpfte wieder ein wenig Hoffnung, denn er wußte, daß die Nörgelen sehr schlau waren und allerlei merkwürdige Dinge verstanden.
Daheim in der Hütte machte sich das Nörgele sogleich am Herd zu schaffen, suchte lange unter den erloschenen Holzkohlen und fand endlich ein Stücklein, das ihm gefiel. Damit ging es vor die Haustür.
„Heb mich in die Höhe“, befahl es, und der Joch gehorchte verwundert.

Da schrieb das Wichtlein mit großen Buchstaben „Seel'aus" an die Tür. Aber sosehr der Bauer auch seine Augen anstrengte, er konnte nichts davon sehen, weil er eben kein Sonntagskind war.
Dann gingen sie in die Hütte und warteten: der Joch lag voll Todesangst auf seinem Strohsack, das Wichtlein aber stand hinter der Haustür und guckte durchs Schlüsselloch hinaus.
Schlag zwölf Uhr mitternachts kam der Teufel. Er rief schon von weitem: „Heraus mit dir, Joch, die zehn Jahre sind um! Jetzt hole ich mir deine Seele!"
Der Joch zog sich ächzend die Decke über den Kopf und gab keine Antwort, schon deswegen, weil er vor Entsetzen kein Wort hervorgebracht hätte.
Das Nörgele aber schrie spottend durchs Schlüsselloch: „Du hast sie ja gestern geholt! Mach die Augen auf, du dummer Teufel!" Da gewahrte der Teufel verdutzt die Worte „Seel' aus" an der Tür, schüttelte den Kopf über seine Vergeßlichkeit und machte sich wieder davon. Am anderen Morgen vergaß der Joch in seiner Freude die Schrift an der Tür auszulöschen. Es kamen allerhand Leute vorüber und unter ihnen war auch ein Sonntagskind, das las die wunderlichen Worte und erzählte davon – und von da an heißt die Hütte bis auf den heutigen Tag die „Seel'-aus-Hütte".

DIE BLEICHEN BERGE

Es war einmal ein Königssohn, dessen Vater vor Zeiten über ein großes Reich in den südlichen Alpen herrschte. Da gab es sanfte grüne Täler mit herrlichen Weiden, Wälder voll Wild und hohe Berge mit schwarzen Felsen. Die Einwohner lebten als Jäger und Hirten, liebten ihre Heimat und waren zufrieden und glücklich.
Nur einer im Reiche war unzufrieden mit sich und der Welt, und das war just der Königssohn, der doch alles besaß, was er sich nur wünschen konnte. Ja, das sollte man meinen: aber ihn quälte, seit er denken konnte, ein seltsamer Wunsch, den ihm niemand zu erfüllen vermochte: er hätte nämlich für sein Leben gern den Mond besucht. Und weil ihm diese wun-

derliche Sehnsucht keine Ruhe ließ, berief er aus dem ganzen Lande die weisesten Leute an den Hof, und jeden fragte er begierig: „Kannnst du mir sagen, wie ich auf den Mond komme?“ Aber sie zuckten die Achseln, keiner wußte Rat, und bei sich selber meinten sie, der Prinz sei wohl nicht ganz richtig im Kopfe. Da schickte er sie wieder fort und wurde immer trauriger und mißmutiger, wie es eben Menschen ergeht, die ihr Herz an unerfüllbare Wünsche hängen. Nichts freute ihn mehr, seine Gefährten suchten vergeblich, ihn mit allerlei Kurzweil zu zerstreuen: er wollte nichts hören und redete und träumte nur immer vom Mond. Zur Vollmondzeit wurde er stets ganz trübsinnig, wanderte vom Abend bis zum Morgen ruhelos durch die Wiesen und über die Felsen, starrte sehnsüchtig in das silberne Licht hinauf, und niemand konnte ihn bewegen, heimzukehren ins Schloß.

Der König betrachtete seinen Sohn mit immer größerer Sorge und ließ die erfahrensten Ärzte an den Hof kommen: aber keiner vermochte die seltsame Krankheit des Prinzen zu heilen, die an Heftigkeit nur immer mehr zunahm.

Eines Tages nun hatte sich der Königssohn auf der Jagd von seinen Begleitern getrennt und im Walde verirrt. Als es Abend wurde und die Sonne unterging, befand er sich in einem einsamen Hochtal, der Boden war weitum rot von Alpenrosen, und auf allen Seiten stiegen schroff und schwarz die Felsen auf.

„Ich finde meine Gefährten heute doch nicht wieder“, dachte der Prinz, „so will ich hier die Nacht verbringen – und morgen, wenn es hell ist, werde ich schon wieder auf den rechten Weg kommen.“

Er legte sich auf den Rasen zwischen die Alpenrosenbüsche, sah zu den roten Abendwolken auf, die über ihn hinwegzogen, und weil er sehr müde war, schlief er bald ein. Da hatte er einen merkwürdigen Traum: er befand sich mitten auf einer weiten Wiese, rings um ihn blühten unzählige weiße Blumen, die er nicht kannte und die aussahen wie kleine silberne Sterne. Als er sich verwundert umsah, merkte er, daß nicht nur die Blumen weiß waren, nein, die ganze Gegend schien in das gleiche blendende Licht getaucht, selbst der Rasen und die Erde schimmerten weiß, in der Ferne zog sich silbern der Wald hin, und dahinter glänzte das Gebirge auch wie eitel Silber.

Vor dem Prinzen aber stand ein wunderschönes fremdes Mädchen, ihr Gewand glitzerte, als wäre es aus lauter Lichtstrahlen gewoben, und ihr Gesicht dünkte ihn lieblicher als alles, was er je gesehen hatte.

Sie deutete auf seine Hand. „Was hast du da für merkwürdige Blumen?“ fragte sie, und auch ihre Stimme klang wie der Ton einer silbernen Glocke.

Verdutzt starrte er hinab und gewahrte, daß er ein paar Alpenrosen in der Hand hielt, die in all dem weißen Licht feuerrot glühten.
„Sie wachsen in meiner Heimat", sagte er atemlos vor Verwunderung und hielt ihr die Blumen hin.
Sie nahm sie und lächelte ihn an, und ihre Augen glänzten wie Edelsteine. „Sie sind schön", sprach sie, „aber ich habe noch nie solche Blüten gesehen. In unserem Reich auf dem Mond ist alles weiß und silbern."
Der Prinz fuhr zusammen. „Auf dem Mond?" stieß er hastig hervor. „Wer bist du denn?"
„Ich bin die Tochter des Mondkönigs."
Da durchzuckte ihn eine unbeschreibliche Freude, und er erwachte.
Mitternacht mußte schon vorüber sein: der Mond stand hoch, und sein bleiches Licht flutete in die öden Kare und um die zackigen Felsen des Hochtales.
Die alte Sehnsucht packte den Prinzen heftiger als je, und er hätte gern den Traum und die Mondprinzessin wieder zurückgerufen. Aber nun vermochte er nicht mehr einzuschlafen, und so stand er auf, begann Alpenrosen zu pflücken und dachte dabei, wie schön es sein müßte, der Mondprinzessin wirklich zu begegnen: denn er gehörte zu den armen Menschen, die immer Träumen nachjagen müssen und darum nie glücklich sein können.
Plötzlich horchte er auf: ihm schien, er hätte irgendwo in den Felswänden Stimmen gehört. Aber nein, jetzt herrschte wieder lautlose Stille, nur in der Ferne rauschte ein Wasserfall. Abermals begann er zu pflücken. Da hörte er es wieder, und diesmal ganz deutlich: irgendwo in der Höhe sprachen zwei Männer. Und als er eine Weile aufmerksam gelauscht hatte, dünkte es ihn gewiß, daß die Stimmen von dem Felsturm herabkamen, der sich gerade vor ihm erhob.
Dieser Felsturm da – je länger der Prinz hinaufblickte, desto merkwürdiger erschien ihm etwas daran. Da saß hoch droben auf der Spitze eine weiße Wolke: aber sie sah nicht aus wie andere Wolken, eher wie ein riesiger Ballen Lammwolle, so dicht und fest. Und aus dieser Wolke kamen die Stimmen.
Nun war der Königssohn wohl ein Träumer, aber kein Feigling – und so beschloß er, hinaufzusteigen und nach dem Ursprung der Töne zu forschen.
„Vielleicht hausen Bergunholde da droben", dachte er, „aber es wird wohl nicht gleich das Leben kosten."
Flink ging er am Fuß des Turmes rings um die steilen Wände nach der Rückseite, von wo der Anstieg nicht schwer war. Er begann einen zacki-

gen Grat hinaufzuklettern, mit der einen Hand hielt er sich fest, in der anderen hatte er noch immer die Alpenrosen. Bald kam er in die Wolke hinein, die sich dicht und kühl um ihn schloß. Es wurde immer dunkler, das Mondlicht vermochte nicht mehr durchzudringen, und endlich tastete er nur noch unsicher mit den Händen vor sich hin, und dann ... Er stolperte plötzlich, und als er just erschrocken meinte, nun sei es aus mit ihm, da stieß er gegen etwas Hartes.
Es war kein Felsen, das merkte er sogleich. Aber was sonst? Glatt und kalt wie Metall fühlte es sich an.
Im nächsten Augenblick wäre er um ein Haar nach vorne gestürzt: das seltsame Ding glitt unter seinen Händen zur Seite, und er schloß geblendet die Augen vor der grellen Lichtflut, die ihm entgegenströmte.
Als er sie wieder öffnete, sah er vor sich einen kleinen runden Raum, darin war es so hell, daß er es kaum ertragen konnte, obgleich er keine Lampe und kein Feuer erblickte. Die Wände schienen aus einem gleißenden Metall und waren so glatt wie Eis.
Mitten im Raum aber saßen zwei meeralte Männer mit schneeweißen Bärten. Auch ihre Gewänder waren weiß, ihre Gesichter strahlten einen blassen Schein aus, und selbst ihre Augen schimmerten so hell wie Mondsteine.
Fast wollte den Prinzen ein wenig das Gruseln ankommen. Aber sie sahen keineswegs böse aus, und so faßte er sich ein Herz, verneigte sich höflich und sagte: „Ich bitte euch um Verzeihung, daß ich hier eindringe. Aber ich habe mich auf der Jagd verirrt und dann hörte ich eure Stimmen. Wohnt ihr hier auf dem Berge?"
Sie betrachteten ihn mit einem verwunderten Lächeln. „Nein", sagte der eine und schüttelte den weißen Kopf, „wir haben eine lange Reise durch den Weltenraum gemacht, und nun halten wir hier auf der Erde eine letzte Rast, ehe wir heimkehren."
Dem Königssohn stockte der Atem vor Überraschung.
„Und – wo seid ihr daheim?"
„Wir sind Mondleute."
Beinahe hätte er laut aufgeschrien, als er das hörte.
„Und ihr fahrt jetzt sogleich auf den Mond zurück?" forschte er, bleich vor Erregung.
„Ja."
„So bitte ich euch, nehmt mich mit", sagte er voll Entzücken. „Ich wünsche mir schon seit vielen Jahren nichts anderes, als einmal auf den Mond zu kommen. Wollt ihr mir meinen Wunsch erfüllen?"
Aber mit einem Mal wurden ihre Gesichter sehr ernst.

„Wer bist du denn?“ fragte der erste wieder.
„Ich bin der Sohn des Königs, dem dieses Reich gehört“, antwortete er hastig, denn er meinte, sie würden einem Prinzen wohl schleunigst zu Diensten sein. Aber es schien ihnen gänzlich gleichgültig, ja ihre hellen Augen musterten ihn sogar recht streng.
„Du bist also ein Königssohn?“ sagte der zweite endlich. „Da geht es dir wohl so gut, daß du nicht mehr weißt, was du dir noch wünschen sollst, und darum willst du auf den Mond fahren? Es ist freilich für uns einfach genug, dich mitzunehmen. Aber ob es auch für dich gut ist, das scheint mir ganz und gar nicht sicher.“
„Oh, ganz gewiß!“ sagte der Prinz flehend. „Glaubt mir, ich bin krank vor Sehnsucht nach dem Mond. Ihr könnt mir helfen. Ich bitte euch, tut es doch!“
Die beiden Alten sahen einander an.
„Du scheinst mir recht töricht“, sagte der erste barsch. „Aber du sollst deinen Willen haben. Nur muß ich dich warnen: törichte Wünsche bestrafen sich meistens selbst.“
Aber der Prinz war überglücklich und wollte nichts mehr hören. Da wandten sich die Mondleute achselzuckend ab. Im nächsten Augenblick schlug die Tür mit einem Knall zu, zugleich begann der Raum leise zu beben und zu schwanken, und dann fühlte der Prinz, daß sie flogen. Zuerst langsam, dann immer schneller, bis ihr seltsames Gefährt zuletzt mit rasender Geschwindigkeit durch den Weltraum gegen den Mond emporsauste.
Es war eine weite Reise, und der Prinz hatte keine Ahnung, wie lange sie wohl dauern mochte.
Er saß da, hielt seinen Alpenrosenstrauß in der Hand und vertrieb sich die Zeit damit, seinen Gefährten allerlei Fragen über das Leben auf dem Mond zu stellen.
Aber sie blieben wortkarg und abweisend und sagten nur: „Du wirst es selber sehen. Aber du wirst nicht lange auf dem Mond bleiben können. Denn die Menschen ertragen das weiße Licht nicht, das bei uns herrscht. Es gibt keine Farben, nichts ist grün wie die Wiesen auf der Erde oder blau wie euer Himmel oder schwarz wie eure Berge. Alles ist nur weiß und silbern. Und davon werden Menschenaugen blind.“
Der Prinz erschrak zwar, aber er schlug die Warnung gleich wieder in den Wind und dachte an nichts anderes, als daß nun seine Sehnsucht endlich in Erfüllung gehen sollte. Fröhlich begann er zu erzählen, wie er von der Mondprinzessin geträumt und ihr seine Blumen geschenkt habe. Aber die beiden Alten schienen seine Freude nicht zu teilen. Sie betrach-

teten die Alpenrosen in seiner Hand mit sonderbar feindseligen Blicken und wurden immer schweigsamer, ohne daß er begriff, was ihnen mißfiel.

Nach einer endlos langen Zeit merkte er, daß sie plötzlich stillstanden. Die Tür flog auf. Er sah, daß sie auf einem flachen Hügel hielten. Vor ihm ringsum, so weit er schauen konnte, glänzte und schimmerte es weiß, die Felsen leuchteten wie Silber und Kristall, die Wiesen waren ein einziger weißer Blütenteppich – und der Prinz erkannte sogleich die silbernen Blumensterne wieder, die er im Traum gesehen hatte.

Es schien ihm eine herrliche Welt. Er konnte gar nicht aufhören zu schauen und zu staunen und hatte seine Gefährten völlig vergessen.

Eine schwere Hand fiel auf seine Schulter und riß ihn aus seiner Versunkenheit. Er fuhr herum und blickte in die finsteren Gesichter der beiden Mondleute.

„Hör zu!“ sagte der eine drohenden Tones – der Prinz wußte nicht, welcher es war, so sehr glichen sie einander. „Eines Tages wirst du zur Erde zurückkehren. Aber nimm ja niemanden von uns Mondleuten mit hinab: denn wir können drunten nicht lange leben. Die dunklen Wälder und die schwarzen Berge machen uns trübsinnig, und zuletzt müßten wir sterben vor Sehnsucht nach dem weißen Licht des Mondes. Vergiß es nicht! Und nun geh von hier immer geradeaus weiter, dann wirst du nach der Hauptstadt und zum Schloß des Königs kommen.“ Ohne Abschied wandten sie sich um, ließen ihn stehen und gingen nach der entgegengesetzten Richtung davon.

Da stand nun der Prinz mutterseelenallein auf dem Mond und meinte, ja, nun sei er zum ersten Mal in seinem Leben wirklich glücklich, und so machte er sich wohlgemut auf den Weg nach der Hauptstadt.

Es dauerte auch nicht lange, da sah er in der Ferne Türme und Zinnen aufsteigen, seltsam geformte Häuser, wie es dergleichen auf der Erde nicht gab. Als er näher kam, merkte er, daß die ganze Stadt aus weißem Marmor erbaut war. Am Rande aber stand ein riesiges schimmerndes Schloß, darin wohnten gewiß der König und die Mondprinzessin.

Dem Prinzen wurde es ganz eng ums Herz vor Freude und Erwartung, und er begann immer schneller zu gehen. Aber plötzlich versperrte ihm ein hoher Zaun den Weg. Die Stäbe waren mit großer Kunstfertigkeit aus glänzendem Metall hergestellt und mit wunderlichen Figuren verziert.

Neugierig spähte der Prinz durch das verschlossene Tor. Hinter dem Zaun lag ein großer Garten, der hinaufreichte bis zum Schloß. Darin wuchsen tausend und abertausend Blumen mit fremdartigen Blüten und Blättern, und alle waren weiß wie Schnee.

Ein wenig entfernt arbeitete ein Gärtner.
„Der soll mir öffnen und mich zum König führen", dachte der Prinz, der gewohnt war zu befehlen.
„He du!" rief er. „Mach mir das Tor auf!" Der Gärtner fuhr in die Höhe, und als er den Fremdling erblickte, kam er eilig zum Zaun herüber. Seine Augen wurden vor Verwunderung rund wie Glaskugeln: aber er sah den Königssohn kaum an, sondern nur die roten Alpenrosen in seiner Hand. „Wo kommst du denn her und wo wachsen solche Blumen?" fragte er hastig.
„Ich komme von der Erde, und die Blumen wachsen auf unseren Bergen", antwortete der Prinz ungeduldig.
„Oh", sagte der Gärtner entzückt und griff durch den Zaun behutsam nach einer der roten Blüten. „Die sollte unsere Prinzessin sehen! Sie liebt Blumen über alles und verlangt von mir, daß ich immer neue Arten züchte: aber sie werden stets einander so ähnlich, weiß und silberfarbig, daß sie sich kaum voneinander unterscheiden. Ich wollte, du brächtest der Prinzessin deine Erdenblumen, sie würde dich gewiß reich belohnen."
Dem Prinzen hüpfte das Herz vor Freude. „Das will ich gerne tun", lachte er. „Aber ich nehme keinen Lohn: denn ich bin selbst ein Königssohn."
Da riß der Gärtner eilig das Tor auf und bat den Prinzen, ihm zu folgen. Sie schritten durch weite Hallen und Gänge, zwischen Wänden aus Alabaster, durch silberne Türen – und endlich stand der Prinz in einem großen, hell erleuchteten Saal.
Da saß auf seinem kristallenen Thron der Mondkönig und sah mit seinem mächtigen Haupt und dem silberweißen Haar sehr ehrwürdig aus. Er trug eine Krone, die von lauter Diamanten funkelte, daß dem Prinzen die Augen wehtaten.
Aber er sah den König gar nicht lange an: denn neben ihm saß das fremde Mädchen, das er im Traum erblickt hatte, und trug auch ein glitzerndes Krönlein auf dem hellen Haar, und sie lächelte ihn an, als erkenne sie ihn wieder.
Da ging der Prinz wie verzaubert durch den Saal hinauf und streckte ihr die Alpenrosen hin, ohne ein Wort zu sagen.
Die Prinzessin nahm den Strauß, betrachtete voll Entzücken die leuchtenden roten Blüten und dankte ihm so freundlich, daß er sich recht beglückt fühlte.
Der König hieß ihn willkommen und lud ihn ein, sein Gast zu sein, solange es ihm gefiele.
Da meinte der Prinz, nun sei er am Ziele aller seiner Wünsche angelangt und es müsse immer so bleiben.

Aber er sollte bald erfahren, daß das Glück nicht ewig dauert, weder auf der Erde noch auf dem Mond.
Sieben Tage vergingen. Er wanderte viele Stunden lang durch die silberne Landschaft und konnte sich nicht satt sehen an ihrer Herrlichkeit. Er saß auch viele Stunden lang neben der Prinzessin in dem Alabastersaal und erzählte von der Erde. Sie wollte alles wissen: wie es dort aussah, was für Blumen und Bäume wuchsen, wie die Menschen lebten.
Die Zeit verrann dem Königssohn in eitel Glückseligkeit.
Abermals vergingen sieben Tage. Da stand er wieder einmal auf einem hohen Berge und ließ seine Augen über das leuchtende Land schweifen. Aber – was war das? Die Felsen schimmerten auf einmal nicht mehr so hell, der Blumenteppich drunten in den Wiesen war nicht mehr so schneeweiß, es schien ihm, ein grauer Schleier liege über allem.
Oder, vielleicht – vielleicht lag der Schleier über seinen Augen? Er erschrak furchtbar: mit einem Schlag fiel ihm die Warnung der Mondleute wieder ein: „Menschenaugen werden blind von dem weißen Licht."
Der Prinz war sehr bedrückt und nachdenklich, als er zurückging ins Schloß. Mußte er heimkehren zur Erde? Aber dann würde er die Prinzessin nie wiedersehen.
„Nein, das kann ich nicht", dachte er traurig. „Aber vielleicht ist es gar nicht so schlimm. Ich will warten bis morgen."
Aber am nächsten Tag war es noch schlimmer. Die strahlende Mondlandschaft sah grau und schmutzig aus, und selbst das leuchtende Gesicht der Prinzessin schien allen Glanz verloren zu haben.
Am dritten Tage begannen seine Augen zu schmerzen, und er sah überall, wo er hinblickte, dunkle Flecken.
Bei der Tafel vermochte er kaum noch die Gesichter der Gäste zu unterscheiden. Eine entsetzliche Angst hatte ihn befallen. „Ich muß fort", dachte er verzweifelt, „sonst werde ich wirklich blind."
Er merkte nicht, daß die Prinzessin und ihr Vater ihn schon eine Weile aufmerksam beobachteten.
„Wie gefällt es dir auf dem Mond?" hörte er plötzlich den König sagen.
„Ach", antwortete er betrübt, „ich habe nie etwas Schöneres gesehen. Aber ich fürchte, meine Augen können das weiße Licht nicht ertragen. Ich sehe von Tag zu Tag weniger, und ich muß wohl schleunigst heimkehren zur Erde, damit ich nicht ganz erblinde."
Aber davon wollte die Prinzessin nichts hören: denn der Erdenprinz gefiel ihr so gut, daß sie ihn nicht mehr fortlassen mochte. „Ich glaube es nicht", sagte sie darum schnell, „du wirst dich daran gewöhnen und dann wieder so gut sehen wie zuvor."

Da schöpfte der Prinz wieder ein wenig Hoffnung, obgleich der alte Leibarzt des Mondkönigs ernst den Kopf schüttelte.
„Ich will noch einen Tag warten“, beschloß er.

Unterdessen herrschte drunten auf der Erde im Reiche seines Vaters große Sorge.
Seine Jagdgefährten suchten ihn tagelang in den Wäldern, Schluchten und Felseinöden: der Prinz blieb verschwunden, und sie mußten endlich unverrichteter Dinge heimkehren.
Der König war außer sich vor Schmerz und Zorn, beschuldigte sie, ihre Pflicht vergessen zu haben und schrie endlich: „Fort mit euch, und kommt mir nicht mehr unter die Augen, ehe ihr meinen Sohn gefunden habt!“
Zugleich ließ er im ganzen Reich verkünden, jeder, der etwas über den Verbleib des Prinzen angeben könne, solle eine große Belohnung erhalten. Allein es half nichts: der Prinz blieb nach wie vor verschollen, und schließlich glaubte man, er müsse wohl irgendwo im wilden Gebirge den Tod gefunden haben.
Niemand sah die weiße Wolke, die eines Nachts blitzschnell über den Himmel zog.
Aber am Morgen ging es wie ein Lauffeuer durch das Land: der Königssohn sei heimgekehrt und habe die Tochter des Mondkönigs als seine Gemahlin mitgebracht.
Da war die Freude und die Neugier unter den schlichten Bergbewohnern groß und sie zogen in hellen Scharen nach dem Schloß, um die Mondprinzessin zu sehen. Aber sie sah gar nicht so absonderlich aus, wie sie in ihrer Einfalt gemeint hatten. Sie war nur unbeschreiblich schön und fein, und ein lichter Glanz schien von ihr auszustrahlen. Freilich, etwas war sehr merkwürdig: wenn sie durch den Sonnenschein ging, warf sie keinen Schatten, und wenn sie in den Schatten eines Baumes trat, verschwand auch dieser.
Nun hatte die Prinzessin ein paar von den silbernen Sternblumen vom Mond herab mitgenommen. Die pflanzte sie im Schloßgarten, und sie begannen sich sehr schnell zu vermehren. Sie breiteten sich über das ganze Alpengebiet aus, sie wuchsen auf den Grasbändern der Felswände, in schmalen Spalten und an steilen Hängen. Den Menschen erschienen sie kostbarer und schöner als alle anderen Blumen, und sie nannten sie Edelweiß.
Die Zeit verging, und der Prinz meinte abermals: ja, nun sei er sehr glücklich und so müßte es bleiben.
Seiner Gemahlin gefiel es auf der Erde mit ihrer bunten Pracht über alle

Maßen wohl. Sie liebte die Blumen mit ihren vielen Farben, das sanfte Grün der Wiesen und die blauen Bergseen.
Aber eines Tages kam der Königssohn sehr spät von der Jagd nach Hause, der volle Mond schien, und da sah er plötzlich seine Gemahlin, wie sie regungslos auf dem Söller stand und zum Nachthimmel hinaufstarrte.
Das gefiel ihm nicht, er wußte nicht warum. Als er sie darüber fragte, lächelte sie nur traurig und schwieg.
In der nächsten Nacht erwachte er einmal und merkte, daß die Prinzessin fort war. Erschrocken sprang er auf. Da sah er sie abermals auf dem Söller stehen und zum Mond hinaufstarren.
Leise ging er hinaus und trat neben sie, ohne daß sie es merkte. Ihr schönes Gesicht war so voll Angst und Traurigkeit, daß es ihm ins Herz schnitt. Als sie ihn erblickte, bemühte sie sich freilich gleich zu lächeln. Aber es wurde nur ein armes Lächeln daraus, und er fragte besorgt, was ihr fehle.
Sie schüttelte den Kopf. „Nichts", antwortete sie hastig.
Aber er gab nicht nach, und so sagte sie endlich traurig: „Ich weiß nicht, was es ist, aber ich habe Angst. Ich fürchte mich, wenn ich die dunklen Wälder ansehe. Die hohen schwarzen Felsen und die finsteren Klüfte jagen mir Todesangst ein. Mir ist, als kämen sie immer näher auf mich zu, wie die riesigen schwarzen Fäuste von entsetzlichen Ungeheuern, um mich zu erdrücken. Oh, mein lieber Gemahl, ich sehne mich so sehr nach dem Mond, wo alles hell ist, daß ich gewiß noch krank werde."
Als der Prinz das hörte, dachte er voll Schrecken und Kummer an die Warnung der Mondleute: „Nimm ja niemanden von uns mit hinab auf die Erde. Wir müßten drunten vor Sehnsucht nach dem weißen Licht sterben!"
Aber noch wollte er die Hoffnung nicht aufgeben. Er las seiner Gemahlin jeden Wunsch an den Augen ab, suchte sie auf jede Weise zu zerstreuen und tat ihr so viel Liebes, wie er nur ersinnen konnte. Aber es half nichts. Die Prinzessin wurde immer stiller und trauriger, ihr Gesicht leuchtete nicht mehr und war so schmal und blaß wie ein verlöschendes Lichtlein.
„Die schwarzen Berge", klagte sie verzweifelt, „ich fürchte mich vor ihnen. Wenn ich sie ansehe, meine ich, sie stürzen über mir zusammen. Eines Tages werden sie mich töten."
Sie wollte nicht mehr fort aus dem Schlosse, nicht mehr über die Wiesen reiten, ja sie wagte nicht einmal mehr aus dem Fenster zu schauen, weil man ringsum in die dunklen Felswände und Klüfte hineinsehen konnte. Nur wenn der Mond schien, stand sie regungslos auf dem Söller und wandte die Augen nicht von der leuchtenden Scheibe.
Indessen hatte der Mondköing durch seine Kundschafter erfahren, daß seine Tochter krank war vor Heimweh nach dem weißen Licht.

„Ich habe es gewußt“, sagte er bekümmert zum alten Leibarzt. „Aber die Menschen meinen immer, es müsse alles nach ihrem Willen gehen, bis sie durch Schaden klug werden.“
„Und manchmal ist es dann zu spät und der Schaden nicht mehr gutzumachen“, fügte der Arzt grimmig hinzu.
Der König erhob sich. „Komm, wir müssen hinab auf die Erde. Ich kann meine Tochter nicht sterben lassen.“
Bald darauf sauste die weiße Wolke durch den Weltenraum gegen die Erde.
Freilich wollte der arme Prinz zuerst nichts davon hören, daß seine Gemahlin wieder auf den Mond zurückkehren sollte. Aber der Leibarzt sagte sehr ernst: „Du kannst wählen: bleibt die Prinzessin hier, so wird sie in ein paar Tagen tot sein. Kehrt sie aber mit uns zurück, so ist sie bald wieder gesund.“
Auch der Mondkönig blieb unerbittlich. „Meine Tochter kommt mit mir. Willst du uns begleiten, so mache dich bereit. Aber ich mag dir nicht dazu raten, denn du weißt, daß du das Licht bei uns nicht lange ertragen kannst.“
Aber der Prinz schüttelte halsstarrig den Kopf. „Es ist mir gleich. Ich fahre mit euch.“ Denn er hatte noch nicht gelernt, daß es Dinge gibt, die sich nicht erzwingen lassen.
Vergebens stellte ihm sein Vater vor, er sei alt und werde nicht mehr lange leben. Umsonst erinnerten ihn die Räte daran, daß das Schicksal des Reiches in seiner Hand liege.
Er hörte sie gar nicht an und fuhr mit seiner todkranken Gemahlin abermals auf den Mond.
Es kam genau, wie es kommen mußte. Die Prinzessin wurde zwar schnell gesund, aber der Prinz begann ebenso schnell immer weniger und weniger zu sehen, seine Augen brannten wie Feuer, und bald sah er nichts mehr von der weißen Pracht des Mondes, nicht einmal seine Gemahlin vermochte er zu erkennen, die schöner war als je. Als er endlich fast völlig blind war und sich dennoch weigerte auf die Erde heimzukehren, da wurde der Mondkönig sehr zornig.
„Eigensinn hat schon manchen zugrunde gerichtet“, sagte er grollend. „Und bist du erst einmal ganz blind, so vermag dir nichts das Augenlicht wiederzugeben. Darum mußt du schleunigst fort. Willst du aber nicht Vernunft annehmen, so werde ich dich zwingen: denn es ist zu deinem Besten.“
Da mußte der Prinz wohl oder übel nachgeben, nahm schweren Herzens Abschied von seiner Gemahlin und kehrte zur Erde zurück.
Da heilten seine Augen auch bald wieder, aber sein Herz war krank vor

Sehnsucht nach der schönen Mondprinzessin. Immer mehr und mehr versank er in eine hoffnungslose Traurigkeit, niemand sah ihn je lachen, er wurde schweigsam und menschenscheu. Tagelang streifte er durch Wälder und Felseinöden, verwildert, abgemagert und halb verhungert, und wenn der König voll Angst seine Diener ausschickte, ihn zu suchen, mußten sie stets unverrichteter Dinge wieder umkehren: denn sobald sie der Prinz erblickte, floh er und verbarg sich im Dickicht oder in einer Höhle. In Vollmondnächten sahen sie ihn manchmal auf einem Berggipfel sitzen und regungslos in die Höhe starren. Aber sie wagten nicht, sich ihm zu nähern: denn sie fürchteten, er würde sogleich die Flucht ergreifen und dabei in die Tiefe stürzen.

Nun waren schon Wochen vergangen, seitdem der arme Königssohn das väterliche Schloß und die bewohnten Gegenden mied, seit Wochen hatte er mit keinem Menschen geredet, er dachte nur mehr an seinen eigenen Kummer und vergaß alles andere.

Da geriet er eines Tages mitten im wilden Gebirge in ein furchtbares Unwetter. Blitze prasselten und zuckten, zwischen den Wänden krachte der Donner, als sollten die Felsen bersten. Vor den niederstürzenden Wasserfluten flüchtete er in eine Höhle, und da begegnete ihm etwas Seltsames: als just ein greller Blitz sein grünes Licht hereinwarf, merkte er, daß er nicht allein war. Ganz im Hintergrund an der Felswand hockte ein kleines Männlein, vielleicht drei Schuh hoch, mit einem langen grauen Bart und einer Krone auf dem Kopfe.

Eine Weile musterten sie einander stumm, dann kam der Kleine zögernd näher. Er blickte ängstlich drein wie jemand, der schon viel Übles erfahren hat und fürchtet, daß noch mehr über ihn kommen werde.

„Nun wirst du mich wohl gleich wieder von hier fortjagen, da du mich einmal gesehen hast", sagte er bekümmert. „Es gibt nicht viel Barmherzigkeit auf der Welt, und so will ich lieber gleich gehen, ehe ich abermals mit groben Worten fortgewiesen werde."

Damit wollte das Männlein scheu an dem Prinzen vorbeischlüpfen nach dem Ausgang, an dem grau und dicht der Regen niederströmte.

Der Kleine sah trotz seiner goldenen Krone so arm und vergrämt aus, daß es den Königssohn rührte. Es war lange her, seit er mit jemandem Mitleid gefühlt hatte. Zu sehr war er in seinen eigenen Kummer versunken.

„Bleib hier!" sagte er freundlich. „Es ist Platz für uns beide. Wer bist du denn?"

„Ich bin der König der Salwàns", antwortete das Männlein mit bescheidener Würde. „Unser Reich war seit uralten Zeiten weit drüben im Osten. Das Volk der Salwàns ist fleißig und brachte es allmählich zu großem Wohlstand. Da fiel fremdes Kriegsvolk ein, verwüstete alles mit Feuer und Schwert und tötete unzählige unserer Brüder. Wer am Leben blieb, mußte schleunigst fliehen. So zog ich mit dem Rest meines Volkes von einem Nachbarreich zum andern. Überall baten wir um ein Stücklein Land, damit wir wieder eine Heimstatt hätten. Wir wären mit Sumpf und Wald und kargem Bergboden zufrieden gewesen und hätten gerne gearbeitet. Aber niemand wollte etwas von uns wissen, überall wies man uns fort. Zuletzt fanden wir in einem Lande ein paar Tagreisen von hier ein Unterkommen: aber wir mußten uns verpflichten, alle schweren Arbeiten zu tun, die man uns auftragen würde. Was blieb uns übrig, als zuzustimmen? Aber seitdem sterben immer mehr von den Unsrigen an der übermäßigen Anstrengung, und da konnte ich das Elend nicht länger mit ansehen und machte mich auf, um vielleicht doch noch irgendwo Hilfe zu finden. Aber ich habe keine Hoffnung mehr. Und das ist sehr schlimm für mich: denn, glaube mir, niemand kann unglücklicher sein als ein Fürst, der zusehen muß, wie sein Volk zugrunde geht, ohne daß er ihm helfen kann."

Der Prinz wurde nachdenklich, als er das hörte. Beschämt erkannte er, wieviel fremdes Leid es auf der Welt gab, um das er sich nie gekümmert hatte. „Ich bin ein eigennütziger Bursche", dachte er erschrocken. „Dieser winzige König da trachtet nur darnach, seinem Volke zu helfen. Ich aber denke nur an mich selber."

„Warte ein wenig", sagte er hastig. „Vielleicht kann ich etwas für dich tun. Mein Vater ist der König dieses Reiches. Ich will versuchen, ihn und die Räte für euch zu gewinnen. Aber ich weiß nicht, ob es mir gelingen wird. Denn mein Vater zürnt mir gewiß, weil ich ihn verlassen habe, und die Räte werden sagen, ich tauge nicht zum König. Und vielleicht haben sie recht damit: denn seit mich das große Unglück getroffen hat, tauge ich wirklich zu nichts mehr", schloß er, und die alte Traurigkeit überfiel ihn wieder.

Der Kleine blickte aufmerksam zu ihm hinauf. „Willst du mir nicht sagen, was dir geschehen ist?"

Da erzählte der Prinz alles, was sich zugetragen hatte, seit er in jener Nacht auf den Mond gereist war, und er gewahrte mit Verwunderung, wie das Gesicht des kleinen Königs beim Zuhören immer fröhlicher wurde, obgleich es doch eine so traurige Geschichte war. Zuletzt faßte er mit seinen dünnen, harten Fingerlein die Hand des Prinzen und rief voll Freude: „Nun hat alle Not ein Ende, und uns beiden kann geholfen werden!"

Der Prinz runzelte unmutig die Stirn, denn er begriff nicht, was das bedeuten sollte. „Was meinst du denn damit?"

„Es ist lange her, seit jemand freundlich zu mir war", sagte der Zwergen-

könig ernst. „Du aber hast uns armen Verfolgten Obdach angeboten. Ich danke dir für deine Güte, und ich bin froh, daß ich sie dir vergelten kann."
„Wie willst du denn das anfangen?" erkundigte sich der Prinz ohne viel Hoffnung: denn was sollte das Männlein wohl vermögen?
Der Zwerg lächelte. „Gute Taten tragen ihren Lohn in sich, wenn es auch manchmal nicht so aussieht. Aber diesmal soll er nicht auf sich warten lassen. Die Salwàns sind geschickte, erfindungsreiche Leute und verstehen viele Künste, von denen ihr großen Menschen keine Ahnung habt. Gib acht! Die Tochter des Mondes fürchtet sich vor den schwarzen Bergen auf der Erde. Nun – so werden wir sie weiß machen!"
Verdutzt starrte der Königssohn in das kluge, alte Gesicht des Zwerges. „Willst du mich verspotten?" fragte er mißtrauisch. „Wie solltest du wohl alle die dunklen Felswände und Türme und Gipfel in unserem Reiche weiß machen können?"
„Die Salwàns haben schon Schwereres zustande gebracht", erwiderte der Zwerg selbstbewußt. „Du kannst ganz ruhig sein und alles mir überlassen."
Da dachte der Prinz seufzend, eine winzige Hoffnung sei besser als gar keine, und forderte den Kleinen auf, mit ihm heimzugehen nach dem Schlosse seines Vaters.
Als das Unwetter vorüber war, machten sie sich miteinander auf den Weg. Sie mußten zwei Tage wandern, bis sie endlich zur Königsburg kamen.
Der alte König freute sich freilich, seinen Sohn wieder zu haben, aber als er seinen wunderlichen Begleiter sah und hörte, daß er das Volk der Salwàns aufnehmen sollte, da schüttelte er den Kopf und berief seine Räte. Es wurde viel dafür und dawider geredet, aber weil der Prinz nicht nachgab und der Zwergenkönig schwur, sie würden sich für alle Zeiten mit dem Aufenthalt in der Bergwildnis begnügen, stimmten die anderen schließlich zu. Das Übereinkommen wurde verbrieft und gesiegelt, und darauf verschwand der Zwerg sogleich wieder aus dem Schloß.
Einige Tage später sah man die abgehärmten kleinen Leute in langen Zügen über die Grenzen wandern, schweigsam mit ihrer geringen Habe auf dem Rücken. Sie wandten sich sogleich nach dem Hochgebirge, ohne sich um die Menschen zu kümmern, und suchten ihre Behausungen in Höhlen und Klüften, hinter Wasserfällen und unter überhängenden Felsen.
Indessen wartete der Prinz, von Hoffnung und Zweifeln geplagt, ungeduldig, was nun wohl geschehen werde.
Endlich, eines Morgens, stand unversehens im Garten ein Salwàn vor ihm. „Mein König läßt dir sagen, daß wir heute abend unsere Arbeit beginnen werden", verkündete er und war verschwunden, ehe der Prinz ihn noch weiter befragen konnte.

Da verlor der Arme vollends alle Ruhe und Geduld. Es litt ihn nicht mehr im Schloß, und so lief er fort über Weiden und Hänge und zuletzt mitten durch den Wald dem Gebirge zu.

Als der Abend dämmerte, saß er müde auf einem hohen Gipfel und schaute traurig und hoffnungslos in das schwarze Felsgewirr, das meilenweit um ihn lag. Nein, wie sollte es dem armseligen Zwergenvölklein jemals gelingen, diese schwarze Welt weiß zu machen?

Plötzlich stutzte er. Auf dem steilen Grat, der zu ihm heraufführte, bewegte sich etwas. Es kroch und stieg und kletterte herauf, flink und behend wie riesige schwarze Ameisen ... eins, zwei, drei ... sieben kleine dunkle Männlein. Die Salwàns! Im Handumdrehen krabbelten sie über den Rand der Felsplatte, auf der er saß, just im gleichen Augenblick, als der Mond aufging.

Sein Herz tat einen jähen Sprung, als er ihn so groß und golden hinterm Gebirge heraufrollen sah, und er meinte, so hell hätte er noch nie geleuchtet.

Aber jetzt – der Prinz riß die Augen auf! Was begannen denn nur die Salwàns für ein sonderbares Spiel? Sie hatten sich im Kreis aufgestellt, ohne ihn auch nur zu beachten. Und nun, lieber Himmel, es wurde einem ja schwindlig davon! Sie fuhren mit den Armen in die Luft, warfen die dürren Hände mit den Spinnenfingern durcheinander, griffen in die Höhe, als haschten sie nach etwas.

Aber es war doch nichts da, wenigstens konnte der Prinz nichts erkennen. Der tolle Wirbel ging indessen neben ihm lustig weiter. Ratlos betrachtete er die ernsthaften Gesichter der Zwerge, die ganz versunken waren in ihr merkwürdiges Treiben.

„Sie müssen närrisch sein“, dachte er endlich, „und ich war auch närrisch, daß ich nur einen Augenblick glaubte, sie könnten mir helfen.“

Er war aber doch neugierig geworden, und so zupfte er den Zwerg, der ihm zunächst stand, am Wämslein. „Was tut ihr denn da?“

„Wir spinnen Mondlicht“ antwortete der Kleine, ohne sich umzusehen.

Der Prinz zuckte zusammen. „Mondlicht?“ Aber er bekam keine Antwort mehr.

Plötzlich hielt er den Atem an. Mitten in dem Kreis der sieben Zwerge war ein heller Funke aufgeglüht. Sein Licht war so grell weiß, daß es in den Augen schmerzte. Er wurde schnell größer, während die Salwàns eifrig weiterarbeiteten. Bald sah er aus wie eine große, weißglühende Kugel, und immer noch wuchs und wuchs er mit unheimlicher Geschwindigkeit.

Und mit einem Male sah der Prinz noch etwas. Ringsum über jedem Gip-

fel schwebte eine solche Leuchtkugel, als wären die Sterne vom Himmel herabgefallen auf die Berge.
Da begriff der Prinz, daß überall auf Spitzen und Zinnen die Salwàns standen und Mondlicht spannen.
Indessen war der Mond weit über den Himmel gegen Westen gewandert. In den Schluchten und Tälern wurde es schwarz, und dann versank er hinter einem langen welligen Grat. Auf den Gipfeln aber glühten riesige Knäuel gesponnenen Mondlichts.
Unverweilt machten sich die Salwàns an eine neue Arbeit. Sie zupften ihre Lichtbündel auseinander und spannten die glänzenden Fäden über die schwarzen Felswände, auf und ab, auf und ab, so flink, daß dem Prinzen Hören und Sehen verging. Dann begannen sie rund um den Berg zu laufen, und – weiß der Himmel, wie sie es fertigbrachten – aber es dauerte gar nicht lange, da war der Felsturm, auf dem der Prinz wie versteinert saß, von oben bis unten in ein so dichtes Netz von Lichtfäden eingehüllt, daß es aussah, als strahle das Gestein einen matten Schimmer aus.
Aber nicht nur dieser eine Berg, nein, das ganze weite Gebirge bis an die Grenzen des Reiches war in das bleiche Licht getaucht, und der Prinz dachte mit klopfendem Herzen, daß es genauso aussähe wie die Landschaft auf dem Monde.
Ja, da hatten ihm also die Salwàns ihren Dank abgestattet. Aber was half es ihm? Freilich könnte seine Gemahlin nun gewiß auf der Erde leben ohne Angst vor den schwarzen Felsen: aber wie sollte er je wieder auf den Mond kommen, um sie zu holen? Nein, die Salwàns hatten getan, was sie konnten, aber für ihn blieb alles so schlimm wie zuvor.
Darüber grübelte er traurig nach, während er langsam über die hellen Grate und an den schimmernden Wänden vorüber heimwärts wanderte. –
Die Tochter des Mondes lebte indessen in ihrer silbernen Herrlichkeit wie in einem prächtigen Gefängnis. Die Zeit verrann, aber sie konnte den Erdenprinzen nicht vergessen, denn sie hatte ihn sehr lieb. Nach den strengen Gesetzen des Mondes durfte sie nicht mehr zur Erde hinab: sie hätte nie wieder zurückkehren können.
Aber die Sehnsucht wurde immer stärker, und endlich dachte sie: „Ich will meinen Gemahl nur noch ein einziges Mal wiedersehen und dann für immer von ihm Abschied nehmen.“ Und sie sandte einen Boten zur Erde.
Das war just in jener Nacht, als die Salwàns die Berge mit dem bleichen Licht überzogen.
Der Prinz war nicht mehr weit vom Schloß entfernt, als die weiße Wolke in der Höhe erschien, und, wie vom Winde getrieben, heranjagte. Er stieß einen Jubelruf aus und lief ihr entgegen.

Eine Stunde später flogen sie schon wieder weit draußen im Weltenraum. –
Als die Tochter des Mondes diesmal mit dem Prinzen auf die Erde kam, wußte sie, daß es kein Zurück mehr für sie gab. Aber sie sah die schimmernden Wände, die weißen Türme und die silbernen Grate und all die Helligkeit überm Gebirge. Nein, nun brauchte sie nie wieder Furcht zu haben und Heimweh nach dem weißen Licht des Mondes.
Sie herrschten lange und glücklich im Lande der bleichen Berge. Freilich, in späteren Zeiten zerfiel das Reich, wie alles auf Erden einmal zerfällt. Aber die bleichen Berge blieben, und man nannte sie Dolomiten.

DIE KINDER DER SONNE

In der Gegend von Canazei erzählen die Leute eine wunderliche Geschichte, die sich zugetragen haben soll in jener grauen Vorzeit, von der niemand weiß, wann sie war, und in der sich darum alle wunderlichen Geschichten zugetragen haben.
Ostwärts von Canazei lag in dieser alten Zeit ein See, dem die Leute gern ein wenig auswichen, ohne daß sie recht wußten, warum es dort nicht geheuer sein sollte. So lag er meist ganz still und einsam da, obwohl es ein schöner See war, dessen Oberfläche glänzte wie ein riesiger silberner Spiegel.
Nur der Hirte, der für die Bauern von Canazei die Schafe hütete, trieb seine Herde manchmal am Ufer entlang, legte sich ins Gras und träumte in den Himmel hinein, während die Tiere ruhig weideten.
In einer Bucht moderte zwischen dem Schilf ein alter Kahn. Es konnte längst niemand mehr damit fahren, weil er ein großes Leck hatte.
Aber eines Tages im Sommer geschah etwas, und damit nahmen viele seltsame Dinge ihren Anfang.
Um die Mittagsstunde, als die Sonne just senkrecht über dem glitzernden See stand, kam ein fremdes Mädchen. Der Hirte sah es, aber er hätte nicht sagen können, woher es gekommen war: es war eben einfach plötzlich da, schmal und hell und lieblich wie ... ja, wie ein Sonnenstrahl, meinte der

Schäfer, hielt vor Verwunderung den Atem an und wagte sich nicht zu rühren.
Das Mädchen glitt ans Ufer hinab und stieg in den Kahn, der doch so morsch und leck war, und der Kahn fuhr alsbald langsam in den See hinein. Der Hirte riß vor Schrecken Augen und Mund auf und machte sich bereit, ans Wasser hinabzurennen und schnurstracks hineinzuspringen: denn der Kahn mußte ja im nächsten Augenblick untergehen mitsamt dem schönen Mädchen im weißen Kleid. Aber der Kahn tat nichts dergleichen. Er schwamm auf der silbernen Flut mitten im Sonnenschein so sachte vorwärts, daß man es kaum gewahr wurde, und als die Sonne sich gegen die Bäume hinabsenkte und der Schatten über das Wasser zog, fuhr er wieder zurück nach der Bucht und – ja, dann war das Mädchen auf einmal verschwunden, und der Hirte wußte ganz und gar nicht, wo es hingekommen war.
An diesem Abend ging er recht nachdenklich hinter seinen Schafen her heimzu. Er hätte gern jemandem erzählt, was ihm begegnet war, aber wem sollte er es erzählen? Niemand in Canazei kümmerte sich um den armen Schäfer, und darum war er allmählich recht scheu und schweigsam geworden. So sagte er auch diesmal nichts und trieb am Morgen seine Herde abermals an den See hinaus.
Er lag auf dem Bauch und wartete. Der Sonnenschein wanderte über das Wasser, und als der ganze Spiegel glänzte wie eitel Silber, war plötzlich das Mädchen wieder da, stieg in den Kahn und fuhr über den See, bis der Schatten kam.
Als sie in der Bucht ans Ufer stieg, trat just aus dem Wald ein altes Weiblein, das Holz gesammelt hatte. Die Alte blieb verwundert stehen. Das Mädchen ging still an ihr vorüber und sah sie freundlich aus ihren goldenen Augen an. Dann trat es in den Schatten und war verschwunden, und das verdutzte Weiblein schaute sich umsonst die Augen aus. Kopfschüttelnd humpelte sie hinüber, wo der Hirte lag und sich auch die Augen ausschaute.
„Hast du das Mädchen gesehen?“ fragte sie.
„Ja“, sagte er wortkarg.
„Weißt du, wer sie ist?“
„Nein.“
„So viel weiß ich auch“, murmelte sie unzufrieden und machte sich auf den Heimweg.
Das Weiblein war recht brav und gutherzig und daneben auch nicht wenig neugierig, wie alte Weiblein nun einmal sind.
Darum wanderte es am nächsten Tag wieder hinaus in den Wald, klaubte

fleißig Holz und schielte ebenso fleißig zwischen den Bäumen nach dem See.

Aber zuletzt war das Mädchen eben doch einfach wieder da, und die Alte hatte es nicht kommen sehen, obgleich sie so gut achtgab.

Dem Hirten war es einerlei. „Ich bin froh, daß sie da ist", dachte er, „was kümmert's mich, woher sie kommt." Und er legte sich ganz nahe ans Ufer, wo sie mit ihrem Kahn vorbeifahren mußte. Und wenn sie zu ihm herüberblickte, wurde ihm ganz warm um sein einsames Herz, und er wünschte, sie möchte immer dableiben.

Aber er hätte um keinen Preis gewagt, sie anzureden.

Das Weiblein freilich plagte indessen die Neugier unerträglich. Das schöne freundliche Mädchen gefiel ihr über die Maßen gut.

„Wenn sie einen nur anlächelt, so ist es, als wärmte einem die Sonne die alten Knochen", meinte sie bei sich und machte sich eifrig in der Nähe der Bucht mit ihrem Holzbündel zu schaffen.

Just als sie damit fertig war, stieß der Kahn ans Ufer, und das Mädchen stand neben der Alten und sah so lieb und gut aus, daß das Weiblein es sogleich zutraulich anredete und fragte, wer es denn sei und wie es heiße. „Ich heiße Elba und bin eine Tochter der Sonne", sagte das Mädchen freundlich. „Es ist schön hier bei euch", fuhr sie fort und blickte sich besorgt nach dem Schatten um, der langsam näher kroch. „Aber ich darf nicht hierbleiben. Wenn die kurzen Tage kommen und die lange Dunkelheit, dann muß ich zurückkehren zur Sonne. Nur wenn ich einen armen Menschen finde, dessen Leben ohne Licht und Freude ist, und dem niemand auf Erden etwas Gutes tut, dann darf ich eine Weile bei ihm bleiben, um ihm ein wenig Helligkeit zu bringen. Aber ich weiß nicht, wie ich so einen Armen finden soll!"

„Oh, das ist ganz und gar nicht schwer", antwortete das Weiblein voll Eifer. „Die Menschen tun einander nicht viel Gutes." Sie warf einen Blick nach dem Hirten, der da hockte und sehnsüchtig herübersah. „Schau den Schäfer an", flüsterte sie. „Er ist der ärmste Bursche in Canazei und hat keine Menschenseele auf der Welt. Niemand weiß, wer seine Eltern sind: denn Jäger fanden ihn vor vielen Jahren in einem Fuchsbau, wo er mitten unter den jungen Füchsen herumkrabbelte und die Milch der Füchsin trank. Sie brachten ihn nach Canazei. Dort wurde er aufgezogen, und als er groß genug war, mußte er anfangen zu arbeiten. Aber er bekommt so gut wie nichts dafür, weil er die Unkosten abzahlen muß, die er als Kind verursacht hat. Und wenn die Schafe nicht fett genug sind oder zuwenig Lämmer haben, bekommt er harte Worte zu hören. Nein, ich glaube nicht, daß er viel Gutes im Leben erfahren hat."

„Ich danke dir“, sagte die Sonnentochter froh. „Nun darf ich sieben Jahre hier auf Erden bleiben: denn nun habe ich jemanden gefunden, dem ich Licht und Wärme bringen kann. Sage mir noch schnell, wie der Hirte heißt, denn der Schatten ist schon da!“
„Ach, er hat nicht einmal einen Namen, und da man ihn bei den Füchsen gefunden hat, nennt ihn jedermann Volpin, das Füchslein . . . he!“
Das Weiblein brach mit einem erschrockenen Laut ab, weil auf einmal niemand mehr da war, mit dem es reden konnte. Die Sonne war hinter den Wald hinabgesunken, die Schatten griffen wie lange dunkle Finger den Hang hinauf, und das fremde Mädchen war fort.
Am nächsten Tag hielt es die Alte daheim nicht aus. Als es gegen Mittag ging, humpelte sie der Spur der Schafe nach zum See hinaus.
„Ich muß doch wissen, ob die Sonnentochter sich wirklich um Volpin annimmt“, brummelte sie vor sich hin, um ihre Neugier vor sich selber ein wenig zu bemänteln. „Ich wollte es dem armen Burschen von Herzen gönnen.“
Als sie unter die letzten Bäume kam, blieb sie stehen wie angewurzelt: drüben am jenseitigen Ufer saß der Hirte und neben ihm das fremde Mädchen. Und Volpin, den noch kein Mensch je lächeln gesehen hatte, sah so glücklich aus, daß es die Alte rührte. Da machte sie trotz aller Neugier kehrt und ging heim. Freilich nicht in ihre Hütte, sondern in alle anderen Hütten von Canazei: denn wenn sie nicht wenigstens erzählen hätte können, was sie wußte, so hätte es ihr gewiß das Herz abgedrückt.
Für den armen Hirten aber begann eine unsagbar herrliche Zeit. Sie dauerte den ganzen Sommer lang. Elba kam jeden Tag, wenn die Sonne schien, und sie redeten miteinander, und allmählich begann Volpin seine harte Kindheit und seine traurige Jugend zu vergessen und war zum ersten Male in seinem Leben glücklich. Die Sonnentochter merkte es wohl und freute sich darüber. Sie wußte, was viele Menschen nicht wissen: daß es keine größere Freude gibt, als andere glücklich zu machen.
Indessen waren die Leute in Canazei neugierig geworden, jeder wollte die schöne Sonnentochter sehen, und so schlichen sie einzeln und in ganzen Häuflein zum See hinaus, betrachteten scheu die geheimnisvolle Fremde, wunderten sich über Volpin, der so verwandelt war, und gingen endlich kopfschüttelnd wieder heim.
Nun wohnte zu dieser Zeit in seinem Schloß auf der Sonnenleite von Fraghina ein König, dessen Reich vom Walde Petschadàz bis hinauf zum Berge Molinyón am Ende des Durontales reichte. Dem kam eines Tages die Geschichte von der wunderschönen Sonnentochter und dem armen Hirten zu Ohren, und er dachte sogleich:

„Warum soll dem einfältigen Burschen, der kein Dach über dem Kopf und nichts zu beißen hat, ein solches Glück zufallen? Die Sonnentochter werde ich mir holen!"
Und da er gewohnt war, sich mit Gewalt zu nehmen, was er haben wollte, ritt er alsbald mit einer Rotte seiner Knechte nach dem See.
Da sah er die Sonnentochter neben dem Hirten am Ufer sitzen, und sie dünkte ihn so schön, daß es ihm den Atem verschlug. Hastig hieß er die Knechte warten und lenkte sein Roß hinüber. Er sprang ab und, ohne Volpin eines Blickes zu würdigen, sprach er zu Elba:
„Ich bin der König eines großen Reiches, die Gewölbe meines Schlosses sind voll von Schätzen. Du bist schön genug, um meine Gemahlin zu werden. Komm mit mir, so soll dir alles, was mir gehört, untertan sein!"
Elba blickte ihn ruhig an. Sie sah sein hartes Gesicht, seine grausamen Augen und sie sah auch in sein kaltes Herz hinein.
„Du sagst selbst, daß du reich und mächtig bist", sprach sie kühl. „Ich aber darf nur bei den Ärmsten auf Erden bleiben. Du bist umsonst hergeritten, König."
Da wurde er feuerrot vor Zorn, aber er bezwang sich und sagte: „Du wirst es dir noch überlegen. Ich reite morgen fort in ein fremdes Land. Aber in einem Jahr komme ich wieder, um dich zu holen. Hüte dich, indessen einen anderen Freier zu erhören, sonst werde ich mich furchtbar rächen!"
Damit schwang er sich auf sein Pferd und jagte finsteren Gesichts davon.
Volpin blickte ihm bedrückt nach: denn er wußte wohl, daß der König so grausam war wie der Wolf im Walde.
Aber Elba wollte es nicht glauben. „In einem Jahr hat er mich längst vergessen", meinte sie und strich tröstend über sein sorgenvolles Gesicht. – „Es wird Herbst", fuhr sie fort, „bald kommen die langen dunklen Nächte. Dann muß ich noch einmal zurück zur Sonne. Im Frühling aber komme ich wieder und bleibe sieben Jahre bei dir."
So geschah es. Als die warmen, hellen Tage wieder begannen, wurde die schöne Sonnentochter die Frau des armen Hirten, sie wohnten in der Hütte am See, die Volpin gebaut hatte, und er meinte, kein Mensch auf Erden sei glücklicher als er. Übers Jahr bekam Elba ein Söhnlein, das hatte so sonnenhelles Haar wie sie und so goldene Augen wie sie und war schön wie der Tag. An den König dachten sie beide nicht mehr.
Aber eines Tages kehrte er aus der Fremde zurück, noch härter und erbarmungsloser nach all den Kämpfen und Abenteuern. Als er erfuhr, was geschehen war, schickte er seine Knechte an den See, sie erschlugen Volpin, brannten die Hütte nieder und führten Elba und den kleinen Knaben mit sich nach dem Schloß.

Hoch droben in einem abgelegenen Turm war eine kleine Kammer, dahin brachte man die Gefangene. Niemand durfte zu ihr als eine alte stocktaube Magd, und Elba sah und hörte nichts mehr von der Welt; nur Sonne und Mond wanderten an den Fenstern vorüber, der Sturm fuhr um die Ecken, und das Käuzchen kam mit weichem Flügelschlag und hockte sich in eine Nische.

Die Zeit verging, der kleine Knabe wuchs und wurde groß und stark. Es schien, als hätte der König seine Gefangene vergessen. Ein Jahr ging herum und noch eins. Da begann sich Elba allmählich Sorgen zu machen um ihr Söhnlein. Denn was sollte aus ihm werden, wenn ihre Zeit auf Erden abgelaufen war und sie zurückkehren mußte zur Sonne? Der König haßte ihn, und der Knabe hatte niemanden auf der ganzen Welt, der ihn beschützen würde!

Darüber mußte die Sonnentochter oft lange nachdenken, und sie wurde sehr traurig davon.

Der Knabe ahnte nichts von ihren Sorgen, stand stundenlang am Fenster und streckte die kleinen Hände sehnsüchtig nach den goldenen Sonnenstrahlen aus oder sah den Wolken zu, die wie plumpe graue Tiere über den Himmel zogen, und Elba wußte, daß er niemals auf Erden eine Heimat haben werde: denn dies war den Kindern der Sonne versagt.

Das dritte Jahr näherte sich seinem Ende, da ließ der König die Gefangene endlich eines Tages zu sich rufen. Freilich hätte er sie schon lange gern wiedergesehen, aber er wagte es nicht: denn er hatte ja Volpin töten lassen.

Aber nun schien ihm, es wäre genug Zeit seitdem verflossen und seine böse Tat in Vergessenheit geraten.

Freilich, als sie dann vor ihm stand, schön und hell und ruhig, und ihre goldenen Augen durch ihn hindurchsahen, als wäre er Luft, da wurde dem König sogleich wieder recht unbehaglich zumute. Nein, die Zeit konnte böse Taten nicht auslöschen und nicht geringer machen, das merkte er nun wohl! Aber das sollte ihn nicht abhalten, sein Ziel dennoch zu erreichen, dachte er trotzig und begann sofort herrischen Tones zu reden:

„Ich habe dir drei Jahre Zeit gegeben. Willst du nun Macht und Reichtum mit mir teilen und meine Gemahlin werden?"

„Nein", antwortete sie ohne Zögern, „nein, denn du bist ein Mörder."

„Du Törin!" schrie er wütend. „Willst du lieber dein Leben lang eine Gefangene bleiben?"

„Ja", sagte sie nur.

Da ließ er sie fortbringen, und danach tobte er so fürchterlich in seinem Saal, daß sich die Diener vor Schrecken verkrochen.

Am selben Tage wurde Elba in das Turmverlies gebracht. Drunten war es feucht und finster, und nur durch einen schmalen Spalt in der dicken Mauer fiel ein Streifen Sonnenlicht. Vom Gewölbe tropfte das Wasser, Mäuse raschelten im Stroh und fuhren pfeifend über den Boden.
Aber das war noch nicht alles. Elba war nun mutterseelenallein da drunten: denn man hatte ihr den Knaben weggenommen.
„Steckt ihn in den Zwinger zu den jungen Hunden", sagte der König und lachte. „Sein Vater ist bei den Füchsen aufgewachsen, da ist es für ihn bei den Hunden gut genug."
Aber dem Kleinen gefiel es im Zwinger so wohl, daß er vergaß, nach der Mutter zu weinen. Er spielte mit den jungen Tieren, er schlief mitten unter den warmen kleinen Fellbündelchen, und seine neuen Gefährten liebten ihn mit einer heftigen täppischen Zärtlichkeit. Allmählich lernte er ihre Sprache, verstand genau, was sie knurrten, bellten und jaulten, und redete mit ihnen, als wäre er ihresgleichen. Die Knechte und Mägde lachten, wenn sie es hörten, und nannten ihn Tjan-Volpin, das Hundefüchslein.
Elba stand an der schmalen Fensteröffnung, hörte das Büblein lachen und vor Vergnügen schreien und wußte, daß es ihm gut ging. Das war ihr einziger Trost. Das und der Sonnenstrahl, der durch den Spalt hereinfiel. Sie folgte ihm, wenn er sich langsam weiterdrehte, und redete mit ihm, als wäre er ein lebendes Wesen.
Nach sieben Wochen wurde sie abermals vor den König geführt. Er erschrak, denn sie erschien ihm nicht mehr so strahlend wie einst: daran war der dunkle Kerker schuld, der nahm der Sonnentochter ihre Schönheit.
„Nun?" fragte er finster. „Hast du dich anders besonnen?"
„Nein."
„So gib acht!" sagte er, „du kannst wählen: entweder du wirst Königin und dein Sohn wird wie ein Prinz erzogen, oder du kehrst auf immer in das Verlies zurück und dein Kind lasse ich im Walde aussetzen. Das ist mein letztes Wort!"
Da wußte Elba, daß es keinen Ausweg mehr für sie gab, und so willigte sie schweren Herzens ein, den König zum Gemahl zu nehmen.
Aber von diesem Tage an wurde sie immer müder und trauriger, sie redete mit niemandem mehr, und manchmal verschwand sie und kam stundenlang nicht wieder. Dann kauerte sie drunten im Verlies in dem Streifen Sonnenlicht, der da in der Finsternis noch viel goldener leuchtete, und sprach leise mit ihm, denn er brachte ihr Botschaft aus dem Reich, das sie verlassen hatte. Sie nannte den leuchtenden Boten Soreghina, das heißt „kleiner Sonnenstrahl".

Als es wieder einmal Sommer wurde, bekam Elba ein Töchterlein. Es war so fein und zart und hell, daß der König außer sich war vor Freude über sein schönes Kind.
„Ich will es Soreghina nennen", sagte Elba und drückte das kleine Mädchen zärtlich an sich. Aber sie weinte dabei, denn sie wußte, daß sie es bald verlassen mußte: die sieben Erdenjahre waren vorüber.
„Höre mich an, König", sprach sie so ernsthaft, daß es ihm kühl über den Rücken schlich. „Meine Zeit ist abgelaufen, und ich kehre zurück zur Sonne. Aber ich darf die Kinder nicht mit mir nehmen: denn die Erde hat ihren Teil an ihnen. So muß ich sie dir anvertrauen. Ich weiß, daß du meinen Sohn nicht liebst, und ich warne dich, König: bist du gut zu meinem Sohn, so wirst du auch an deiner Tochter Freude haben. Willst du ihm aber übel, so wird Soreghina darunter leiden, und verstößt du ihn gar, so wirst du auch sie verlieren!"
Der König erschrak zwar, als er das hörte, und versprach für den Knaben ebenso gut zu sorgen wie für sein eigenes Töchterlein: aber im Grunde seines Herzens glaubte er nicht daran, daß Elba ihn verlassen würde.
Doch am nächsten Morgen war die Königin verschwunden, und niemand sah sie wieder.
Eine Zeitlang hielt der König Wort. Tjan-Volpin hatte ein gutes Leben im Schlosse, bekam, was er wollte, und wurde stark und schön. Er lief mit den Hunden um die Wette und kletterte auf Bäume und Felsen, daß dem Knecht, der ihn begleitete, die Haare zu Berge standen.
Soreghina aber wollte nicht recht gedeihen. Die Mägde, die Angst hatten vor dem Zorn des Königs, hegten und pflegten sie, so gut sie konnten, aber es half alles nichts: sobald der Winter mit den kalten sonnenlosen Tagen und den langen dunklen Nächten kam, wurde Soreghina krank. Sie schlief und schlief und war kaum zu erwecken, und ihr Gesichtlein wurde immer durchscheinender, wie ein Lichtlein, das im nächsten Augenblick auslöschen will. Freilich, wenn es wieder Frühling wurde und die Sonne auf die Hänge von Fraghina schien, blühte das Mädchen auf wie eine Blume, ihre Augen strahlten, ihr Haar glänzte wie gesponnenes Gold, und sie lief fröhlich und leichtfüßig durch den Sommer. Aber im Herbst begann das alte Elend.
Der König, der sein ganzes Herz an das kleine Mädchen gehängt hatte, beobachtete sie voll Sorge. Und allmählich empfand er einen heimlichen Groll gegen Tjan-Volpin. „Warum ist der Sohn des Hirten so gesund und stark, während mein eigenes Kind von einer Krankheit in die andere fällt?" dachte er mißgünstig. Er behandelte den Knaben immer unfreundlicher, sagte ihm böse Worte, und wenn er in Zorn geriet, schlug er ihn. Er merkte

wohl, daß Soreghina dann immer totenbleich und wie gelähmt in einer Ecke saß und danach tagelang krank war. Aber er wollte es beileibe nicht wahrhaben, daß er selbst die Schuld daran trug.

Eines Tages im Herbst, als er in den Wäldern über Soracrepa jagte, kam ihm ein Knecht nachgehetzt und meldete, es gehe der Prinzessin wieder einmal sehr schlecht.

Eilig ritt der König heim. Als er im Schloßhof vom Pferde sprang, sah er Tjan-Volpin, der geschmeidig wie eine Katze über das Geländer der Brücke kletterte.

Da packte ihn jäh ein fürchterlicher Grimm. Mit der Reitpeitsche in der Hand lief er hinüber, riß den Knaben mit einem harten Griff herab und brüllte: „Scher dich fort und komm mir nie mehr unter die Augen!“ Und er trieb ihn mit der Peitsche zum Tore hinaus.

Tjan-Volpin ging fort, ohne sich umzusehen. Er wußte nicht, wohin er sollte, aber er dachte auch gar nicht darüber nach und war froh, daß er fortkam, denn im Schlosse gefiel es ihm schon längst nicht mehr.

Von diesem Tage an wurde Soreghina nie mehr gesund.

Umsonst las der König ihr jeden Wunsch von den Augen ab, umsonst war die Kunst der Ärzte und die sorgsame Pflege der Mägde.

Als die dunkelsten Tage kamen, ging es mit Soreghina zu Ende. Jetzt plagte freilich den König die Reue, und er hätte Tjan-Volpin gern wieder herbeigeschafft. Aber den mochten längst die wilden Tiere gefressen haben, oder er war auf andere Weise zugrunde gegangen.

Nein, nun vermochte der armen kleinen Soreghina nichts mehr zu helfen: Reue kommt fast immer zu spät. –

Indessen war Tjan-Volpin vom Schloß auf Fraghina fortgewandert, wohin ihn seine Füße gerade trugen. Nach einer Weile wurde die Gegend fremd, und bald geriet er in einen großen Wald und ging darin fort, bis es Abend wurde, ohne an ein Ende zu kommen. Wenn er hungrig war, aß er Beeren von den Sträuchern und grub Wurzeln aus, die er kannte. Die Dämmerung schob sich grau von allen Seiten zwischen den Stämmen heran, und ehe er sich's versah, war es dunkel wie in einem Sack.

„Ich will mir einen Platz zum Schlafen suchen“, dachte er „und morgen werde ich gewiß aus dem Walde herauskommen.“

Damit kroch er ganz wohlgemut in ein kleines Dickicht, dessen Umrisse er gerade noch erkennen konnte.

Aber mit dem Schlafen war es nichts, das merkte er bald: denn es wurde recht lebendig da in der Nacht im Walde. Allerhand gespenstiges Gesindel war auf den Beinen, es tappte vorüber, es murmelte und flüsterte, und manchmal blickte ein fahles Gesicht zu ihm herein, und ein heißer Atem wehte ihn an. Da grauste es Tjan-Volpin, und sein Versteck gefiel ihm ganz und gar nicht mehr. So begann er wieder zu wandern, bergauf und bergab, wie es gerade kam; er stolperte durch die Dunkelheit vorwärts und fühlte sich so verlassen, daß er am liebsten geweint hätte, obgleich er schon so groß und stark war.

Als ihm nach einer Weile ein dürrer alter Wolf begegnete, war er beinahe froh und redete ihn in der Hundesprache an. Aber dem Wolf schien es zu mißfallen, daß jemand, der aussah wie ein Mensch, redete wie ein Hund, und er knurrte nur übellaunig und machte sich davon.

Seufzend stolperte Tjan-Volpin weiter, und just als er merkte, daß es auf einmal nicht mehr so stockfinstere Nacht war, kam er aus dem Walde hinaus. Er befand sich auf einem steilen Hang, überall lagen Steine und Felsblöcke über den kargen Rasen verstreut, und es war eine recht unwirtliche Gegend. Aber den Knaben dünkte sie hell und freundlich nach der Nacht im Walde, und weil er plötzlich fühlte, daß er entsetzlich müde war, legte er sich neben einen Felsen und schlief im gleichen Augenblick ein.

Als er erwachte, stand die Sonne hoch über dem Grat, und Tjan-Volpin machte sich abermals auf den Weg. Er stieg den Hang hinauf, denn droben zwischen den Felsen war eine breite Scharte, darüber würde er wohl in ein anderes Tal kommen, meinte er.

Als er droben stand, sah er jenseits in der Tiefe, noch weit entfernt, ein Dorf liegen. Er wußte nicht, daß es Canazei war, und er wußte auch nichts mehr von seinem Vater, der dort gelebt hatte.

Er war nur froh, wieder menschliche Behausungen zu sehen und lief leichten Herzens ins Tal hinab.

Als es wieder Abend wurde, kam er ins Dorf, und weil er halb verhungert war, bat er eine Frau, die mit einem hölzernen Eimer voll Milch in ihre Hütte ging, um einen Schluck davon. Sie betrachtete neugierig sein vornehmes Gewand, das indessen recht schmutzig geworden war, und fragte ihn, woher er käme.

„Von weither", antwortete Tjan-Volpin müde.

„Wo bist du denn daheim?" forschte sie weiter.

„Nirgends", sagte Tjan-Volpin, und die Augen fielen ihm zu. Die Frau sah es, und der schöne fremde Knabe tat ihr leid.

„Komm, du mußt essen und schlafen", meinte sie freundlich. „Und morgen kannst du mir erzählen, wie du hierher kommst."

Aber Tjan-Volpin erzählte auch am Morgen nichts.

„Ich weiß nicht", entgegnete er auf alle Fragen, und weil die Frau ein gutes Herz hatte, ließ sie es schließlich dabei bewenden, obgleich ihr der kleine Fremdling wunderlich genug erschien.

„Du kannst bei mir bleiben“, sagte sie. „Aber du mußt dich ein wenig nützlich machen, die Ziegen hüten, Feuerholz holen und Wasser aus dem Ziehbrunnen, und was dergleichen Dienste mehr sind.“

So kam Tjan-Volpin nach Canazei. Die Frau sorgte gut für ihn, obgleich sie selbst eine arme Witwe war, und behielt ihn bei sich, bis er erwachsen war. Die Leute von Canazei, die ihn anfangs mit Mißtrauen angesehen hatten, gewöhnten sich bald an ihn, sie meinten nur, er sei ein wenig sonderbar mit seinen goldenen Augen und seinem ernsthaften schweigsamen Wesen.

Auch Tjan-Volpin merkte wohl, daß sie von anderer Art waren als er. Manche Dinge, die sie taten, dünkten ihn töricht und andere böse. Er redete wohl mit den übrigen jungen Leuten von Canazei und Mortiz, das weiter droben in den Bergen lag. Aber im Grunde seines Herzens fühlte er sich stets fremd unter ihnen, er wußte nicht warum und war manchmal traurig darüber.

Als er achtzehn Jahre alt war, fügte es sich, daß die Gemeinde wieder einen Schafhirten brauchte, und sie bestellte Tjan-Volpin zu diesem Amt, wie einstmals seinen Vater.

Zu Sommeranfang, ehe er die Schafe auf die Bergweiden treiben sollte, ging er eines Tages talaufwärts, weil er sich die Gegend unter dem Sass de Salei ansehen wollte, wo die Weidegründe von Canazei lagen. Er wanderte den Antermontbach entlang nach Mortiz, wo er eine Weile rastete, dann stieg er weiter durch den Bergwald hinauf, bis die Bäume zurückblieben und die furchtbaren Wände des Sass de Salei vor ihm in den Himmel starrten.

Er setzte sich am Waldrand auf einen Baumstrunk und schaute zu den Felsen hinauf. Plötzlich sah er etwas, was ihn sehr verwunderte: mitten in den senkrechten Wänden war ein kleiner Anger, fast eben, und mit saftigem grünen Rasen bewachsen. Und sosehr er auch mit den Augen den Berg absuchte, er konnte keinen Zugang zu dem grünen Flecklein entdecken. Dennoch stand dort droben ein Mädchen in einem blauen Kleid und breitete Wäsche auf dem Rasen aus. Und als sie damit fertig war, ging sie auf die Felswand zu und verschwand darin.

Das machte Tjan-Volpin neugierig.

„Ich muß wissen, wer da droben wohnt“, dachte er, „und es wäre zum Lachen, wenn ich nicht hinaufkäme, wo doch das Mädchen auch hinaufgekommen ist.“

Gesagt, getan. Aber so stark und geschickt er war, er brauchte sieben Stunden, bis er endlich nach mühseligem und gefährlichem Klettern den Rand des Angers erreichte und sich hinaufschwang. Da sah er mit Staunen,

daß er sich in einem großen, wohlgepflegten Garten befand, in dem seltsame riesige Blumen zwischen dem Gras blühten. In den Berg aber führten da und dort kunstvoll behauene Tore und gewölbte Gänge, in denen ein mattes silbernes Licht herrschte.
„Es sieht aus, als wäre ein ganzer Palast im Innern des Berges", meinte Tjan-Volpin verblüfft bei sich und überlegte gerade, ob er es wagen dürfte, in einen der Gänge einzudringen, als auf einmal wieder das blaugekleidete Mädchen vor ihm stand. Sie schien sehr verwundert und fragte ihn, wie er denn da heraufgekommen sei.
„Ich bin über die Felsen geklettert", erklärte er bereitwillig.
Sie schüttelte den Kopf. „Das ist bis jetzt noch keinem gelungen", sagte sie. „Wer bist du denn?"
„Ich bin ein Hirte", antwortete Tjan-Volpin, „und in diesem Sommer soll ich die Schafe von Canazei hüten."
Das Mädchen sagte nichts, und er merkte, daß sie starr in sein Gesicht blickte.
„Oh, du hast ja Sonnenaugen!" rief sie plötzlich. „Ich muß es sogleich Dòna Kenìna erzählen!"
„Wer ist Dòna Kenìna?" fragte er verdutzt und erwischte gerade noch eine Falte des blauen Gewandes, als sie fortlaufen wollte.
„Dòna Kenìna ist die Herrin dieses Palastes und des ganzen Berges", entgegnete sie eilig. „Und sie hat mir befohlen, es ihr sofort zu melden, wenn jemand kommt, der Sonnenaugen hat: denn ein Mann mit den goldenen Augen der Sonnenkinder ist ihr zum Gemahl bestimmt."
„Oho!" brummte Tjan-Volpin und ließ vor lauter Verblüffung das blaue Gewand los. Im nächsten Augenblick war das Mädchen verschwunden, und er stand da und kratzte sich recht ratlos hinterm Ohr.
Aber sie kam gleich wieder zurück und führte ihn durch einen langen Gang, in dem ein sanftes Licht vom Gewölbe niederströmte, durch große und kleine Säle, in denen überall riesige silberne Behälter voll Erde mit fremdartigen Blumen standen. In den Nischen des Gewölbes aber waren eine Menge runde Öffnungen, durch die man den Himmel und die Eisfelder auf den Gipfeln erblickte. Das schien Tjan-Volpin merkwürdig, und er meinte, wenn der Wind ginge, müßte er ja durch den ganzen Palast hindurchwehen. Aber einstweilen war es still und warm und herrlich hier zwischen den kristallenen Wänden und den großen bunten Blumen.
Im nächsten Augenblick vergaß freilich Tjan-Volpin Blumen und Palast, Berg und Tal und die Leute von Canazei samt ihren Schafen: denn vor ihm stand Dòna Kenìna.
Er brachte kein Wort hervor, er mußte sie nur immer ansehen: denn so

schön – nein, so unbeschreiblich schön konnte doch niemand sein! Sie reichte ihm die Hand und hieß ihn freundlich willkommen.

„Ich wußte, daß du eines Tages kommen würdest", sagte sie strahlend. „Und nun sollst du immer bei mir bleiben."

Tjan-Volpin stotterte vor Freude, ja, etwas Besseres wünsche er sich gar nicht, solange er lebe.

Freilich sollte es später anders kommen, und das brachte ihm viel Mühsal und Bekümmernis ein: aber davon ahnte er noch nichts.

Bald wurde in Dòna Kenìnas Palast eine prunkvolle Hochzeit gefeiert, für Tjan-Volpin verflossen die Tage herrlich und in Freuden, und er dachte kaum noch an sein früheres Leben. Manchmal wunderte er sich wohl, daß es in Dòna Kenìnas Reich immer Sommer zu sein schien, aber es gefiel ihm ganz wohl, und darum dachte er auch nicht viel nach.

Aber dann hatte er eines Nachts einen seltsamen Traum. Es war ihm, als läge er unter einer Lawine begraben, er fror in der eisigen Kälte und die Schneemassen erdrückten ihn. Plötzlich teilte sich die Lawine, Dòna Kenìna stand vor ihm und zog ihn an der Hand aus dem Schnee. Ringsum begannen alsbald die großen Blumen zu sprießen, bis der ganze Schnee davon bedeckt war.

Am Morgen erzählte er seiner Gemahlin den Traum. Sie hörte ihm mit einem sonderbaren Lächeln zu, und zuletzt sagte sie: „Zerbrich dir nicht den Kopf über solche Dinge! Du warst zu leicht zugedeckt und hast gefroren. Daher kommt der Traum."

Das dünkte Tjan-Volpin eine vernünftige Erklärung, und er vergaß auch bald wieder darauf in dem ewigen Sommer, der ihn umgab.

Aber eines Nachts kam der Traum von Schnee und Kälte wieder, und es fror ihn so, daß er davon erwachte.

Der Vollmond schien durch eine der Öffnungen an der Decke ins Gemach, und da sah Tjan-Volpin etwas Merkwürdiges: das Bett, in dem er lag, bestand aus lauter frischem kaltem Schnee, und als er sich entsetzt nach Dòna Kenìna umschaute, sah er, daß auch sie tief in einem riesigen Schneehaufen vergraben war und schlief. Mit Grausen betastete er sein frostiges Lager und wollte schleunigst herausfahren.

Aber in diesem Augenblick schlug Dòna Kenìna die Augen auf, streckte schnell die Hand aus dem Schnee und legte sie über seine Augen.

„Schlaf ein, schlaf ein", sagte sie in einem sonderbaren, singenden Ton, und sogleich empfand er eine unbezwingbare Müdigkeit und fiel wieder in tiefen Schlaf.

Als er erwachte, schien draußen hell die Sonne, in den silbernen Behältern blühten die Blumen, und es war warm und still wie sonst.

Dòna Kenìna lachte, als er sogleich über den nächtlichen Vorfall zu sprechen anfing, und wollte ihn abermals glauben machen, er habe alles nur geträumt.
Da ahnte Tjan-Volpin, daß es im Palaste allerlei Geheimnisse gäbe, die Dòna Kenìna ihm zu verbergen trachtete. Das verdroß ihn.
„Ich werde nicht mehr fragen, sondern nur gut achtgeben", beschloß er, „so werde ich schon eines Tages dahinterkommen."
Und richtig, als eine Zeit vergangen war, weckte ihn wieder die furchtbare Kälte aus dem Schlaf, und abermals fand er sich in einem Schneehaufen. Er richtete sich auf, aber das war gar nicht so einfach, denn er war ganz steifgefroren. Als er sich umsah, merkte er, daß auch in den silbernen Behältern statt der Blumen nur Eis und Schnee war. Leise versuchte er, aus seinem Schneehaufen herauszukriechen, um auszukundschaften, was dies alles bedeutete.
Da ging plötzlich ein Sausen durch den Palast, wie er es noch nie gehört hatte, und er hielt erschrocken inne. Im nächsten Augenblick brach ein toller Wirbel los. Es blies und pfiff durch die Öffnungen im Gewölbe herein, daß der Schnee in die Höhe stob und jenseits hinausfuhr. Die Wände zitterten, in den Gängen draußen heulte es, und der entsetzte Tjan-Volpin meinte schon, jetzt – jetzt sogleich müsse er selbst durch die Decke hinausfahren, ob er wollte oder nicht: da erwachte auch Dòna Kenìna, legte ihm abermals die Hand über die Augen und sprach dieselben Worte. Und sogleich überwältigte ihn wieder ein bleierner Schlaf, wie sehr er sich auch dagegen wehrte.
Er erwachte, als es heller Morgen war und blickte sich sogleich mißtrauisch um. Aber da gab es kein Eis und keinen Schnee mehr, kein Luftzug bewegte die leuchtenden Blüten ringsum an den Wänden. Dòna Kenìna stand an seinem Bett und lächelte, aber er machte ein mürrisches Gesicht und blieb wortkarg und übler Laune. Später ging er hinaus auf den kleinen Anger vor dem Palast und schaute lange hinab ins Tal. Unter dem Walde lag Mortiz und weit draußen Canazei.
Tjan-Volpin empfand plötzlich eine heftige Sehnsucht, wieder einmal hinunterzusteigen und zu Menschen zu kommen. Er dachte nicht mehr daran, daß er da drunten als armes Hirtenbüblein gelebt hatte, daß er die anderen oft nicht verstand und daß sie ihm auch manchmal nicht gefielen. Kurz und gut, es schien ihm auf einmal wieder viel besser, da drunten zu leben, als in Dòna Kenìnas herrlichem Palast, wo ihm jeder Wunsch schon erfüllt war, ehe er ihn aussprach. Aber so sind die Menschen: immer meinen sie, das, was sie nicht haben, sei ganz gewiß das Bessere.
Er schrak aus seinem mißmutigen Sinnen auf, als ihm Dòna Kenìna die

Hand auf die Schulter legte. Sie mußte seine Gedanken wohl erraten haben, denn sie schien ernsthaft und ein wenig traurig.
„Sei nicht undankbar", sprach sie leise. „Ich tue dir alles zuliebe, und du zürnst mir dennoch, nur weil du nicht alles begreifst, was in meinem Reiche geschieht."
„Ach", antwortete Tjan-Volpin trotzig, „das ist es nicht allein. Ich muß wieder einmal zu meinesgleichen kommen. Hier halte ich es nicht länger aus."
Dòna Kenìna schüttelte den Kopf. „Sie sind nicht deinesgleichen. Du wirst es bald wieder merken, wenn du es auch jetzt vergessen hast. Wer mit Sonnenaugen geboren ist, der findet nur selten seinesgleichen auf der Welt."
Aber er mochte nichts hören und wurde nur noch zorniger, denn er meinte, sie wolle ihn zurückhalten.
„Wenn du es durchaus nicht lassen kannst, so mußt du eben zu den Menschen gehen", sagte sie endlich. „Aber du wirst wenig Freude daran haben: denn alle, die du kanntest, sind längst tot."
Tjan-Volpin prallte zurück. „Was sagst du da? Sie können doch nicht alle in dieser kurzen Zeit gestorben sein! Als ich hierher kam, begann der Sommer, und er ist noch nicht einmal vorüber!"
„Du irrst Dich!" entgegnete Dòna Kenìna. „Du bist viel länger hier, als du glaubst. In meinem Reich ist jede Nacht neun Monde lang: denn wir schlafen den ganzen Winter hindurch und sind nur im Sommer wach. Darum scheint es dir immer Sommer zu sein."
Tjan-Volpin starrte sie an, und es graute ihm ein wenig vor diesen merkwürdigen Dingen. Aber sie fuhr fort: „Erinnerst du dich, einmal hast du von einer Lawine geträumt, die dich begrub. Ein anderes Mal erwachtest du mitten im Winter, weil du frorst. Und ein drittes Mal weckte dich der Sturmriese, der den Palast für den Frühling säuberte. Siehst du, dies ist eines unserer Geheimnisse: die winterlangen Nächte. Ein anderes ist, daß wir nie altern. Du bist heute noch genauso jung wie damals, als du heraufkamst. Und doch sind für die Menschen seitdem viele, viele Jahre vergangen."
Tjan-Volpin schwindelte der Kopf. Nein, er konnte nicht mehr hierbleiben, er mußte fort, hinab zu den Menschen, wo es keine so unbegreiflichen Geheimnisse gab!
Dòna Kenìna beobachtete ihn aufmerksam. „Ich sehe, daß ich dich gehen lassen muß", sprach sie. „Denn du wirst mir doch nicht glauben, ehe du dich selbst überzeugt hast. Eines Tages kehrst du wieder zu mir zurück, das weiß ich. Und vielleicht wird das sehr bald sein."

Dòna Kenìna zog einen Ring vom Finger und gab ihn Tjan-Volpin. „Wenn du in Gefahr bist oder wenn du den Weg zu mir nicht mehr finden kannst, so wirf diesen Ring in die Luft, dann werde ich sofort an deiner Seite sein. Aber mißbrauche ihn ja nicht: denn du würdest es bereuen." Damit verließ sie ihn und verschwand durch das Tor im Felsen.

Er blickte ihr eine Weile unsicher nach, wie sie in dem silbernen Licht des Ganges sich immer weiter von ihm entfernte, und fast wandelte ihn die Lust an, ihr zu folgen.

Aber dann sprang er entschlossen auf. Nein, jetzt wollte er endlich wissen, was es mit all diesen merkwürdigen Dingen für eine Bewandtnis hatte! Und flink schwang er sich über den felsigen Rand des Gartens und begann abwärts zu klettern. Er wunderte sich, weil es ihm gar nicht so schwierig schien wie beim Hinaufsteigen, und meinte lachend für sich, der Berg müsse inzwischen Stufen bekommen haben.

Immerhin war es dunkel geworden, als er an den Waldrand kam, und so kroch er in eine Heuhütte, die da stand, und schlief bis zum Morgen. Als er erwachte, sangen die Vögel, es roch nach Heu und Holz und Erde, keine kristallenen Wände waren um ihn und keine Riesenblumen in silbernen Behältern, und Tjan-Volpin meinte, ja, nun wäre er recht glücklich, dem geheimnisvollen Felsenpalast entronnen zu sein.

Es war ein heller freundlicher Tag, und Tjan-Volpin wanderte ganz wohlgemut durch den Wald und über die Weiden gegen Mortiz hinab.

Dort feierte man gerade ein Fest, und auf dem Hügel hinter den Hütten vertrieb sich das junge Volk die Zeit mit allerhand müßigen Reden und Scherzen.

Tjan-Volpin klopfte das Herz gewaltig! Wahrhaftig, das ging nicht mit rechten Dingen zu! Da standen freilich noch manche Häuser, die er kannte, aber ein paar waren schon ganz verfallen und neue daneben gebaut worden. Wo vorher der Wald bis ans Dorf gereicht hatte, zogen sich jetzt grüne Wiesen den Hang hinauf, und selbst der Bach floß nicht mehr in seinem alten Bett, sondern trieb ganz woanders eine Mühle, die früher auch nicht dagewesen war.

Ein paar Leute begegneten ihm, er schaute ihnen ängstlich ins Gesicht, aber er kannte keinen einzigen von ihnen, und wenn er grüßte, dankten sie ihm, wie man eben einem Fremden dankt.

Allmählich wurde es Tjan-Volpin immer wunderlicher zumute, und je näher er dem Hügel und dem fröhlichen Völklein kam, desto langsamer ging er: denn was sollte er tun, wenn es sich herausstellte, daß er auch sie nicht mehr kannte? Es überlief ihn heiß und kalt, wenn er daran dachte.

Sie wurden vor Neugier still, als er herankam. Schnell und verstohlen ließ

er seine Augen über sie hingleiten: es waren lauter fremde Gesichter. Das machte Tjan-Volpin so traurig, daß er sich am liebsten umgedreht hätte und wieder fortgegangen wäre.
Aber da riefen ihn die jungen Leute an, und so blieb er wohl oder übel stehen und redete ein wenig mit ihnen. Die Mädchen musterten ihn heimlich und neugierig; und die Burschen fragten, woher er denn käme.
„Von da droben!“ er deutete zum Sass de Salei hinauf. Da meinten sie, er sei übers Joch gekommen und werde wohl müde sein.
„Setz dich zu uns!“ luden sie ihn ein. „Vielleicht weißt du etwas zu erzählen!“
„Ja, ich könnte allerhand erzählen!“ entfuhr es Tjan-Volpin. Aber er machte den Mund gleich wieder zu, wurde recht schweigsam und ließ die anderen reden. Nach einer Weile fragte er aber doch, ob sie nichts von einem Hirten wüßten, der Tjan-Volpin geheißen habe und für die Leute von Canazei die Schafe hütete.
Sie lachten und meinten, nein, den wunderlichen Namen hätten sie gewiß nie gehört. Nur ein Mädchen sagte: „Meine Urahne hat uns Kindern wohl so eine alte Geschichte erzählt von einem Hirten, der einmal zum Sass de Salei hinaufgestiegen und nicht wiedergekommen sei. Und der habe Tjan-Volpin geheißen.“
Da wurde es Tjan-Volpin so unheimlich, als wäre er eigentlich längst gestorben, und er wollte aufstehen und fortgehen, obgleich er nicht wußte, wohin.
Aber sie hielten ihn auf, und weil sie nichts Besseres zu tun wußten, begannen sie den Fremden mit allerlei spöttischen Reden zu hänseln.
„Du hast gewiß eine schöne Braut?“ fragte einer.
„Ja“, sagte Tjan-Volpin, „eine so schöne Frau habt ihr alle miteinander noch nie gesehen!“
Die Mädchen machten böse Gesichter und die Burschen lachten ihn aus.
„Du Prahlhans! Wo ist sie denn?“
„Da droben!“ Abermals wies Tjan-Volpin zum Sass de Salei hinauf.
„So hole sie doch und zeige sie uns!“ schrien sie vergnügt.
„Nein!“ sagte Tjan-Volpin, der allmählich zornig wurde.
„Oh, sie ist gewiß so häßlich, daß du froh bist, wenn sie niemand sieht“, spotteten sie.
Da wurde Tjan-Volpin feuerrot, und in seinem Zorn tat er etwas sehr Unbesonnenes: er zog Dòna Kenìnas Ring vom Finger und warf ihn in die Luft.
Im nächsten Augenblick stand sie neben ihm. Die Mädchen schrien auf, und den Burschen blieb der Mund offen vor lauter Erstaunen. Tjan-Volpin

aber erschrak: denn Dòna Kenìnas schönes Gesicht sah so finster und streng aus, wie er es noch nie gesehen hatte. Sie würdigte die anderen keines Blickes. „Ich habe dich davor gewarnt, den Ring zu mißbrauchen", sprach sie ernst zu ihm. „Du aber hast mich mutwillig gerufen, um mich zur Schau zu stellen. Nun mußt du die Folgen tragen. Gib mir den Ring und sieh zu, wie du ohne ihn zurechtkommst!"

Damit nahm sie ihm den Goldreif aus der Hand und war sogleich verschwunden. Tjan-Volpin starrte den leeren Platz an, und die anderen starrten scheu und betreten Tjan-Volpin an.

Plötzlich schob er sie ohne ein Wort zur Seite und begann eilig wieder den Weg zurückzugehen, den er gekommen war.

Kummer und Reue plagten ihn.

„Nun ist alles verdorben", dachte er, während er durch den Wald lief. „Die Menschen, die ich gekannt habe, leben nicht mehr, die andern haben dumme Reden geführt und mich verspottet. Ich aber habe Dòna Kenìna beleidigt, der ich doch dankbar sein müßte."

Ja, da war der arme Tjan-Volpin nun freilich recht übel dran, aber es sollte noch schlimmer kommen.

Von den Menschen mochte er nichts mehr wissen. Also blieb ihm nur übrig, zu Dòna Kenìna zurückzukehren, und das wollte er auch schleunigst tun.

„Ich werde sie bitten, mir zu verzeihen", nahm er sich vor, „und sie ist so gut, daß sie es gewiß tun wird." So tröstete er sich selber und stieg hastig gegen die Felsen hinauf.

Als er am Fuße der Wände anlangte, suchte er nach einem Einstieg. Aber wie er auch hin und her lief, er fand keine Stelle, wohin er die Füße setzen konnte und keinen Halt für die Hände. Ein paarmal glückte es ihm, ein Stücklein in die Höhe zu klimmen, aber jedesmal mußte er wieder umkehren. Er wollte es nicht glauben. „Wo ich einmal hinaufgekommen bin, muß es doch auch ein zweites Mal möglich sein", meinte er, biß die Zähne zusammen und versuchte es wieder von einer anderen Seite.

Zuletzt sah er ein, daß er es aufgeben mußte: der Weg zu Dòna Kenìnas Palast war ihm versperrt.

Da kletterte er tagelang in den Felsen des Sass de Salei umher, lief über Hochweiden und durch Wälder, spähte in jede Kluft und in jede Höhle: denn er hoffte immer, jemanden zu finden, der ihm den Weg zu Dòna Kenìna weisen könnte.

Aber kein Nörgele lief ihm in die Hände, nicht einer von den wilden Leuten, die in den Bergen wohnten, schien unterwegs zu sein, sogar die Tiere, die ja alle Pfade kannten, wichen ihm aus, meinte Tjan-Volpin traurig.

Eines Abends kam er auf den Costòn de Sautarìa, als just ein furchtbarer Gewittersturm losbrach. Nebel wirbelte über die Grate herab, der Regen prasselte gegen die Felsen und peitschte Tjan-Volpin ins Gesicht. Da kroch er in ein Latschengestrüpp, das ihm ein wenig Schutz bot, um zu warten.
Plötzlich hörte er Stimmen, und als er hinauslugte, gewahrte er auf einer Felsplatte, gar nicht weit entfernt, drei wild aussehende Gestalten, um die im Kreis grüne Flämmchen tanzten und zuckten wie winzige Blitze.
„Hexenmeister!" dachte Tjan-Volpin, und es gruselte ihn ein wenig. Behutsam kroch er nach rückwärts davon: denn wer weiß, was sie mit ihm anfingen, wenn sie ihn entdeckten!
Aber er merkte bald, daß die drei sich gar nicht um ihn kümmerten. Nach einer Weile stand einer auf, warf sich einen grauen Mantel um, der neben ihm gelegen war, ergriff eines der Flämmchen, und dann . . . Tjan-Volpin hätte beinahe laut aufgeschrien: im nächsten Augenblick fuhr der unheimliche Geselle durch die Luft davon, samt seinem Flämmchen in der Hand.
Da fiel Tjan-Volpin etwas ein. Nein, das waren keine Zauberer, das waren Traluyères, die den Blitz auf die Häuser schleuderten! Er hatte die Leute in Canazei oft von ihnen reden gehört. Aber sie taten wenigstens Menschen nichts zuleide.
Ehe er sich noch von seinem Schrecken erholt hatte, sauste schon wieder einer über ihn hinweg zur Felsplatte. Achtlos warf der Traluyòr seinen Mantel zur Erde. „Auf Piàn de Tjampedèl brennt ein Haus", sagte er zu den andern. Da erhob sich der zweite. „Ich fliege nach Penia." Er hing sich den grauen Mantel um, fing einen Blitz und fort war er!
Tjan-Volpin hockte da und vergaß vor Verblüffung aufs Atmen. „Den grauen Mantel!" dachte er. „Den müßte ich haben, dann könnte ich zu Dòna Kenìna fliegen."
Ja, warum nicht? Langsam schob er sich durch die Latschen gegen die Felsplatte, bis er dicht dahinter lag, von dem krummen Geäst verdeckt. Er hätte die tanzenden Flämmchen mit den Händen erreichen können, aber davor hütete er sich wohl.
Es dauerte nicht lange, da kehrte auch der zweite zurück, warf Tjan-Volpin den grauen Mantel beinahe auf die Nase und hockte sich zu den andern.
Im Nu hatte Tjan-Volpin den Mantel um die Schultern. „Ich will nach Canazei!" wünschte er inbrünstig, so schnell er konnte. Denn im nächsten Augenblick würde gewiß der dritte den Mantel ergreifen, und dann wehe ihm, wenn er noch nicht fort war!
Aber er war schon fort! Er sauste durch die Luft, daß ihm Hören und Sehen verging, und ehe er nur Zeit fand, sich umzuschauen, stand er mitten zwischen den Hütten von Canazei. Da war Tjan-Volpin über alle Maßen

froh, rollte den grauen Mantel sorgsam zusammen, kroch in einen Heuschober und war entschlossen, am nächsten Morgen zu Dòna Kenìna zu fliegen.

Kaum graute es, da war er schon wieder auf den Beinen, lief auf die nächste Wiese hinaus, hing sich den grauen Mantel um, der um kein Haar anders aussah als eine Wetterwolke, und sagte vor Freude ganz laut: „Ich will zu Dòna Kenìna!"

Aber – was war das? Der Mantel rührte sich nicht und Tjan-Volpin rührte sich auch nicht.

„Ich will zu Dòna Kenìna!" rief er abermals und sprang ein wenig in die Höhe. Aber der Mantel tat nichts dergleichen.

Da erschrak er und meinte, er gehorche ihm nicht mehr. Um es zu erproben, wünschte er sich auf den Gipfel des Vernel.

Augenblicks fuhr der Mantel mit ihm auf den Berg und ebenso schnell wieder herab, als er es befahl.

Er wünschte sich noch ein paarmal da- und dorthin und zuletzt mußte er zu seinem Leidwesen erkennen, daß der Mantel ihn überall hinbrachte, nur nicht zu Dòna Kenìna.

Aber warum denn? Darüber zerbrach er sich vergebens den Kopf.

Wieder um eine Hoffnung ärmer, begann er von neuem die Wildnis zu durchstreifen. Er verwünschte seine Undankbarkeit, die ihn von Dòna Kenìna fortgetrieben hatte, und seinen törichten Zorn, der ihn den Ring mißbrauchen hieß. Aber davon wurde nichts besser.

Ratlos hockte er eines Tages in der Tjapiaia, einer öden Steinwüste, voll von Schrofen und Klüften, auf einem Felsblock und hing seinem Kummer nach.

Da merkte er plötzlich, daß sich dicht neben ihm der Eingang zu einem Fuchsbau befand, und nach einer Weile streckte ein junges Füchslein die Nase heraus und beschnupperte ihn neugierig. Hinter ihm kamen noch zwei andere, und weil sie so possierlich waren, begann Tjan-Volpin mit ihnen zu spielen. Er redete in der Hundesprache mit ihnen, und da Füchse und Hunde ja nahe Verwandte sind, verstanden sie ihn sogleich und schwätzten ganz zutraulich.

Indessen kam die alte Füchsin heim. Ihr Fell sträubte sich, als sie den Menschen bei ihren Jungen sah: denn Menschen bedeuteten Fallen und gebrochene Beine oder gar den Tod. Aber bald merkte sie, daß dieser da kein Feind war, seine goldenen Augen gefielen ihr, und nachdem sie eine Weile zugehört hatte, kam sie näher und fragte, was er denn da heroben in der Einöde suche.

„Ich suche Dòna Kenìnas Palast", antwortete er traurig und erzählte, wie

er ihn trotz aller Mühe nicht erreichen könne und wie ihn auch der graue Mantel nicht hintragen wolle, er wisse nicht warum.
„Das kann ich dir sagen“, meinte die Füchsin, die aufmerksam zugehört hatte. „Ich weiß es von den Traluyères selbst: der graue Mantel trägt einen nur an Orte, deren Namen man kennt. Wie heißt Dòna Kenìnas Felsenpalast?“
„Ich weiß es nicht“, sagte Tjan-Volpin verdutzt. „Ich habe den Namen nie gehört.“
„So wird dir auch der Mantel nichts helfen“, knurrte die Füchsin gleichmütig und trieb ihre Jungen in den Bau.
Von da an forschte Tjan-Volpin unaufhörlich nach dem Namen des Palastes. Aber wen er auch fragte, niemand kannte ihn.
Am Ru de Yètryes, einem Bach, der tief in einer Schlucht fließt, traf er eines Tages ein kleines Männlein, das eiligst hinter einem Wasserfall verschwinden wollte. Er holte es ein und befragte es. Aber das Wichtlein schüttelte den Kopf. „Ich kenne die Namen aller Berge ringsum, dazu noch einundzwanzig Örtlichkeiten im Lastiëstal. Aber wie der Palast von Dòna Kenìna heißt, weiß ich leider nicht.“
„Niemand weiß es, und so werde ich wohl nie wieder hinkommen“, sagte Tjan-Volpin hoffnungslos.
Der Zwerg überlegte. „Ich will dir einen Rat geben. Ob er dir helfen wird, kann ich nicht sagen. Wenn du einmal abends siehst, daß ein Gewitter aufzieht, so begib dich an die Risola, wo in solchen Nächten zuweilen der Mortoy aufsteigt, das feurige Gespenst. Er hat ein greuliches Aussehen, aber er ist nicht bösartig, und manchmal hilft er einem sogar. Siehst du ihn, so lauf ihm nach über Stock und Stein, auch wenn du über Felsen klettern mußt, und gib gut acht, wo er verschwindet. Vielleicht hast du Glück und findest dort etwas, was dir nützlich ist.“
Tjan-Volpin dankte dem Zwerg und schöpfte wieder ein wenig Hoffnung. Ungeduldig wünschte er sich ein Gewitter herbei, und da es Hochsommer war, brauchte er nicht lange zu warten. Am dritten Abend zog sich über dem Sellajoch drohendes schwarzes Gewölk zusammen, und als die Nacht herabsank, brach es los. Es wurde furchtbar. Unaufhörlich züngelten die Blitze, der Donner krachte in den Wänden, als wollte er das ganze Gebirge herunterhämmern.
Aber Tjan-Volpin freute sich über das Wetter und stieg eilig zur Risola hinauf. Da stand er in Nacht und Regen und wartete auf den Mortoy.
Es dauerte nicht lange, da tauchte hinter den Büschen aus dem Nebeltreiben etwas Rotglühendes auf, schwebte langsam gegen die Baumkronen hinauf und blieb endlich darüber stehen.

Tjan-Volpin konnte es deutlich erkennen, und es dünkte ihn ein merkwürdiges und schauriges Gespenst. Es sah aus wie ein runder Korb auf Rädern und hatte viele feurige Augen an den Seiten.
Tjan-Volpin wurde es doch recht wunderlich zumute, und er hatte gute Lust, sich im Gebüsch zu verkriechen, als der Mortoy da droben hockte und seine feurigen Augen glotzend hin und her drehte, als schaue er sich nach jemandem um. Zuletzt schienen sie den nassen, schlotternden Tjan-Volpin entdeckt zu haben, glotzten eine Weile unbeweglich zu ihm herab, und dann setzte sich der Mortoy schwerfällig in Bewegung. Es war, als rumple er auf seinen plumpen Rädern durch die Luft, und Tjan-Volpin stolperte auf den Steinen hinterdrein. Bald keuchte und schwitzte er, denn er mußte schnell laufen und viele Umwege machen. Von Zeit zu Zeit drehten sich die glotzenden Augen zu ihm zurück, um zu sehen, ob er wohl nachkäme.
Jetzt ging es bergauf gegen die Felsen zu. Ringsum in der Dunkelheit rauschte der Regen, troff ihm übers Gesicht und rann ihm vom Gewand, aber er lief weiter. Und dann war es aus mit dem Weiterkommen: in dem schwachen Schein, den der Mortoy ausstrahlte, sah Tjan-Volpin die glatten Wände vor sich aufsteigen, und just darauf schwebte das Gespenst zu, hielt an, glotzte noch einmal fürchterlich zu ihm herab und versank hinter den Felsen.
Ja, da stand er nun, durchnäßt und müde, konnte keine Hand vor den Augen sehen und keinen Fuß vorwärtssetzen, und der Mortoy war also doch ein boshaftes Gespenst und hatte ihn an der Nase herumgeführt!
Aber als sich Tjan-Volpin gerade bereit machte, sich irgendwo niederzulassen, um auf den Mond zu warten, der doch früher oder später aus den Wolken kommen mußte, sah er plötzlich einen Lichtschein vor sich in der Felswand. Vorsichtig ging er darauf zu, und da fand er zu seiner Verwunderung eine Tür, durch deren Ritzen und Spalten Licht fiel. Sie war gewaltig groß und aus abgebrochenen Baumstämmen roh zusammengefügt.
„Das ist eine wunderliche Behausung“, murmelte Tjan-Volpin und ging zögernd näher. „Aber wenigstens scheint ein Feuer da zu sein, an dem ich mich trocknen kann.“
Es war kein leichtes Stück Arbeit, die Tür aufzumachen. Aber endlich schwang sie doch knarrend zur Seite, und Tjan-Volpin sah eine geräumige Höhle vor sich, darin hockte eine Riesin vor dem Feuer und blies hinein, daß die Funken stoben.
Sie fuhr sogleich in die Höhe, als sie das Tor knarren hörte, starrte Tjan-Volpin erschrocken an und rief: „Was willst du denn hier, du kleiner

Mensch? Wenn mein Mann kommt und dich findet, reißt er dich in Stücke".

„Wer ist denn dein Mann?" fragte Tjan-Volpin neugierig und meinte bei sich, die Riesin sähe ganz und gar nicht böse aus.

„Mein Mann ist der Sturmriese", antwortete sie. „Er hat heute nacht schwer gearbeitet und wird gleich heimkommen."

„Der Sturmriese?" wiederholte Tjan-Volpin, und sein Herz begann heftig zu klopfen: hatte nicht Dòna Kenìna gesagt, der Sturmriese pflege im Frühling ihren Palast von Eis und Schnee zu säubern?

Aber es blieb ihm keine Zeit, darüber nachzudenken. Draußen erhob sich ein Brausen, das immer näher kam.

„Das ist mein Mann!" schrie die Riesin, „schnell verstecke dich!" Eilig verkroch sich Tjan-Volpin hinter dem Holzstoß, und die Frau warf geschwind noch ein paar Decken über ihn.

Gleich darauf trat der Riese in die Höhle. Aber er blieb schon an der Tür stehen, streckte die Nase in die Luft, runzelte die Stirn und brummte: „Frau, ich rieche Menschenfleisch! Hast du etwa gar einen von den Knirpsen da versteckt?" Aber sie wollte nicht mit der Sprache heraus, und so fing er an, in der Höhle herumzusuchen. Da hielt es Tjan-Volpin für klüger, selber hervorzukommen. Er sprang heraus, stellte sich unerschrocken vor den Riesen hin und sagte: „Brauchst du keinen Gehilfen, Sturmriese? Ich bin gern bei Wind und Wetter draußen und möchte in deine Dienste treten!"

Der Riese betrachtete ihn von oben bis unten und grinste grimmig. „Du willst mein Gehilfe werden, du elender Wicht? Das schlag dir nur aus dem Kopfe! Wer mit mir arbeiten will, der muß fürs erste fliegen können."

„Oh, ich kann fliegen wie ein Vogel!" behauptete Tjan-Volpin kühn und tastete schnell nach dem grauen Mantel, der in seinem Wams steckte.

„Wenn das wahr ist, will ich dich einmal mitnehmen, um zu sehen, was du leisten kannst", meinte der Riese. „Hast du aber gelogen, so habe ich immer noch Zeit, dich zwischen den Fingern zu zerdrücken." Er warf einen Blick durch die offene Tür. „Es wird schon hell. Du kannst gleich mit mir fliegen, hinunter nach Mortiz. Dort streiten sich die Leute um einen Streifen Wald: den wollen wir niederlegen, damit der Zank ein Ende hat."

Tjan-Volpin hing sich den grauen Mantel um, und alsbald sausten sie nebeneinander zu Tal. Unter ihnen bogen sich die Wipfel, denn der Riese blies gewaltig um sich. Als sie gegen Moritz kamen, standen ein paar Leute da vor dem Waldstreifen, stritten fürchterlich miteinander und jeder behauptete, der Wald gehöre ihm.

„Paßt auf, gleich gehört er keinem mehr!" brüllte der Riese. „Komm, wir fangen an!" Sie fuhren über den Waldstreifen hinab, und die Bäume krachten und splitterten und stürzten mit abgebrochenen Wipfeln durcheinander.

Voll Entsetzen sahen es die Leute von Mortiz mit an, machten kehrt und rannten heim, und der Riese pfiff ihnen um die Ohren, daß ihnen Hören und Sehen verging. Damit war der Streit um den Wald aus, denn die abgebrochenen Bäume taugten nur noch zu Feuerholz.

„Recht geschieht ihnen!" schnaufte der Riese. „Immer zanken sich die Menschen aus lauter Habgier und keiner will dem andern etwas gönnen. Aber ich merke, daß du ganz brauchbar bist", fuhr er fort, während sie zurückflogen zur Höhle. „Du kannst also bei mir bleiben."

Da war Tjan-Volpin von Herzen froh: denn er hoffte heimlich, eines Tages mit dem Riesen nach Dòna Kenìnas Palast fliegen zu können.

Aber einstweilen war es noch Sommer, und der Riese hatte andere Arbeit. Als es Herbst wurde, flogen sie viele Tage lang über die gelben und roten Wälder und bliesen das Laub von den Bäumen.

Dazwischen hieß es: „Komm, auf Piàn de Tjampedèl wohnt ein alter Geizhals, von dem noch nie ein Armer ein Stücklein Brot bekommen hat. Dem müssen wir das Haus abdecken und ein wenig in seine Vorräte hineinblasen!"

Sie fuhren hinab, trugen das Dach auf den Hang hinüber und wirbelten im Hause alles durcheinander, Heu und Korn stoben durch die Luft davon, und aus dem Schornstein fiel der Speck ins Feuer, den der geizige Alte gerade räucherte.

Da stürzte er vor lauter Angst aus dem Hause, rang die Hände und schrie, er sei ein armer, geschlagener Mann. „Huiiii, elender Geizhals", heulte der Sturmriese und schüttelte ihn tüchtig, „siehst du, so verliert man in einer Nacht mehr, als hundert Arme verzehren könnten!"

Der Winter kam, die Arbeit wurde kalt und hart und oft kehrte Tjan-Volpin ganz steifgefroren, über und über mit Schnee und Eiszapfen bedeckt, zurück in die Höhle. Aber er ließ es sich nicht verdrießen: denn bald mußte es Frühling werden.

Drunten im Tal begann es schon zu tauen und zu schmelzen, und eines Tages sagte der Riese: „Morgen muß ich zu Dòna Kenìna. Es wird Zeit, ihren Palast zu reinigen."

Da wäre Tjan-Volpin vor freudigem Schrecken beinahe in die Höhe gesprungen. Aber der Riese machte seine Hoffnung sogleich zunichte und fuhr fort: „Dich kann ich freilich nicht mitnehmen, denn Dòna Kenìna will niemanden sehen."

„Warum denn nicht?“ wunderte sich die Frau. „Dòna Kenìna war doch sonst immer freundlich zu allen.“
„Ich weiß nicht“, brummte der Riese gleichgültig. „Aber ich habe gehört, da war einmal so ein dummer Bursche, der ihre Wohltaten mit Undank vergolten hat. Seitdem läßt sie keinen Fremden mehr in ihren Palast ein.“
Als Tjan-Volpin das hörte, wurde er so traurig und niedergeschlagen, daß es die Riesin merkte. Und weil sie ein gutes Herz hatte, beschloß sie, ihm zu helfen.
Er kroch bald in seinen Winkel ganz hinten in der Höhle, aber schlafen konnte er nicht. „Dòna Kenìna zürnt mir immer noch“, dachte er voll Kummer, „und ich kann nicht einmal zu ihr, sie um Verzeihung zu bitten. Und alle Mühe war umsonst!“
Gegen Morgen schlief er endlich doch ein. Aber er fuhr sogleich in die Höhe, als ihn jemand schüttelte. Die Riesin stand vor ihm mit einer Fackel in der Hand.
„Steh auf!“ flüsterte sie. „Mein Mann wird gleich zu Dòna Kenìna fliegen! Häng dich an seine Ferse, da merkt er es nicht und nimmt dich mit zum Palast!“
Das ließ sich Tjan-Volpin nicht zweimal sagen, warf flink den grauen Mantel um, schlich sich hinaus, und als der Riese sich auf den Weg machte, hing er sich an seine Ferse.
Alsbald ging es fort über Gipfel und Grate, und als gerade die Sonne durch den brauenden Nebel brach, landeten sie auf dem kleinen Anger vor Dòna Kenìnas Palast.
Am liebsten wäre Tjan-Volpin beim nächsten Tor hineingerannt, aber damit hatte es gute Weile: denn die Eingänge waren samt und sonders mit Schnee vollgestopft und riesige Eiszapfen hingen davor bis zum Boden herab.
Aber der Sturmriese war schon an der Arbeit. Er wühlte sich durch den tiefen Schnee, der den Garten bedeckte, ruderte mit den gewaltigen Armen und blies aus vollen Backen. Bald sah ihn Tjan-Volpin an einem Tore den Vorhang aus Eiszapfen hinwegfegen und im Gang verschwinden
Gleich darauf ging es los. Aus allen Öffnungen des Palastes wirbelte der Schnee in weißen Wolken, in den Gängen sauste und pfiff es, und als er es nach einer Weile wagte, behutsam näher an die Felswand zu kommen, fuhr gerade der Riese mit einem ungeheuren Schwall von Eis und Schnee heraus, rannte seinen Gehilfen über den Haufen, ohne ihn im Eifer zu bemerken, und sauste schnurstracks beim nächsten Tor wieder hinein.
Tjan-Volpin raffte sich auf und versuchte abermals voll Ungeduld in den Palast zu gelangen. Er merkte, daß die Luft warm aus den Gängen strich, und als er eintrat, rauschte und brauste es schon ringsum im

Berge, ein Bach von Schmelzwasser stürzte ihm entgegen und hätte ihn um ein Haar wieder hinausgeschwemmt. Da begriff er endlich, daß Ungeduld zu nichts nütze ist und daß man durch Warten manchmal eher ans Ziel kommt; er hockte sich in dem kleinen Saal, wo er sich gerade befand, auf eine Felsenstufe und begann wohl oder übel zu warten, während zu seinen Füßen das Wasser eilig nach den Ausgängen floß.
Er sah zu, wie die Eishüllen von den silbernen Blumenbehältern wegschmolzen und die schwarze Erde zum Vorschein kam.
Plötzlich fuhren spitze grüne Blätter daraus in die Höhe und dann waren auf einmal auch die wohlbekannten Riesenblumen da, und Tjan-Volpin hatte gar nicht gemerkt, daß es mittlerweile im Palast ganz still und warm geworden war, genau wie in den früheren Sommertagen bei Dòna Kenìna.
Wie verzaubert starrte er die großen blauen Glockenblumen an, die dicht neben ihm wuchsen. Dòna Kenìna hatte sie immer am meisten geliebt, und er legte in jener glücklichen alten Zeit oft am Morgen einen Strauß davon auf ihr Bett, ehe sie erwachte.
Kaum war ihm das eingefallen, da sprang er auf, begann von den leuchtenden Blüten zu pflücken, so viele er nur zu tragen vermochte, und lief damit nach Dòna Kenìnas Schlafgemach.
Er wagte kaum zu atmen und schlich sich auf den Zehenspitzen an ihr Lager.
Sie schlief und war so wunderschön wie eh und je. Aber je länger er sie betrachtete, desto mehr schien ihm, ihr Gesicht sei ein wenig traurig.
„Gewiß bin ich schuld daran", dachte er bekümmert, und fast hätte ihn wieder aller Mut verlassen. Aber dennoch legte er zuletzt die Blumen vor sie hin und verbarg sich eilig hinter einer Säule, weil er im Gang Schritte hörte. Es tropfte ihm zwar vom Gewölbe herab auf den Kopf, aber er wagte sich nicht zu rühren.
Gleich darauf trat eine Dienerin ein. „Herrin, es ist Zeit", sagte sie.
Dòna Kenìna schlug die Augen auf. Im nächsten Augenblick richtete sie sich hastig in die Höhe: sie hatte die Blumen erblickt. Eine Weile sah sie nur stumm darauf nieder, als wüßte sie nicht, ob sie wache oder träume. Endlich streckte sie fast zaghaft die Hand danach aus und wandte sich zur Magd.
„Hast du sie gebracht?" fragte sie.
„Nein, Herrin", antwortete das Mädchen erstaunt. „Sie lagen schon da, als ich kam, und ich dachte . . .", sie hielt unsicher inne und fuhr dann schüchtern fort: „Ich dachte, Tjan-Volpin müßte zurückgekommen sein, weil er dir doch immer solche Blumen zu bringen pflegte."
Dòna Kenìna sagte lange nichts. So lange, daß der arme Tjan-Volpin

hinter seiner Säule endlich einen tiefen Atemzug tun mußte, ob er wollte oder nicht. Es klang zu seinem eigenen Schrecken wie ein lauter Seufzer.
Aber Dòna Kenìna achtete nicht darauf.
„Ich möchte wohl wissen, was aus Tjan-Volpin geworden ist", hörte er sie plötzlich sagen, und ihre Stimme war so traurig wie ihr Gesicht. „Ich habe ihn zu hart bestraft: denn er meinte es gewiß nicht böse, als er mich damals ins Tal rief. Aber ich war sehr zornig und man sollte nie etwas im Zorn tun: später bereut man es sicher. Ich muß Tjan-Volpin suchen. Er soll wissen, daß ich ihm nicht mehr zürne."
Da stürzte Tjan-Volpin aus seinem Versteck hervor, und alle Not und Trübsal hatten ein Ende.
Von da an sah niemand drunten im Tale den Hirten Tjan-Volpin mit den goldenen Augen wieder. Er war für immer zurückgekehrt in Dòna Kenìnas Reich, das zwischen Sonne und Erde lag.
Nur dem Sturmriesen schien es manchmal, Dòna Kenìnas Gemahl sähe seinem verschwundenen Gesellen merkwürdig ähnlich.

DIE MÜLLERSTOCHTER UND DER WASSERMANN

An der Nordseite des Ampezzaner Tales, dort, wo der Bóite unter dem Col Rosà aus dem Nadelwalde hervorströmt, lag einst mitten im Fluß eine Insel mit dem uralten und rätselhaften Namen Nighelònte. Auf der Insel stand ein kleines Mühlhaus, aber die Mühle hatte kein Wasserrad, denn das kannte man in dieser alten Zeit noch nicht. So mußte auch der Müller auf Nighelònte das Rad mit den Händen drehen, und das war eine mühselige Arbeit.
Das Handwerk ernährte ihn, seine Frau und sein Töchterlein recht und schlecht, und er war nicht sonderlich zufrieden mit seinem Schicksal: denn er war habgierig und dachte immerfort darüber nach, wie er wohl ein reicher Mann werden könnte.
Die Frau war geschickt und fleißig, sie verstand sich aufs Flachsspinnen und das Linnen, das sie webte, war im ganzen Tal bekannt und wurde

gern gekauft. Aber dennoch wollte es den Müllersleuten nicht gelingen, zu Reichtum zu kommen.

Das Töchterlein wuchs auf der Flußinsel auf, ein wenig einsam, weil es keine Geschwister besaß und die Eltern bei ihrer Arbeit nicht viel Zeit hatten. Es kannte das Wasser mit seinen Merkwürdigkeiten und Tücken und fürchtete sich nicht davor. Meist spielte es am Ufer und stieg, wenn der Fluß niedrig stand, ins Wasser, um die blauen, grünen, schwarzen und glitzernden Steine zu holen, die der Bóite aus dem Gebirge mitbrachte. Manchmal, in Zeiten großer Trockenheit, war das Wasser so seicht, daß die Kleine ohne Gefahr weit flußaufwärts laufen konnte und vergnügt die kleinen sanften Wellen um ihre bloßen Füße spielen ließ. Einmal aber, als sie gerade zwölf Jahre alt war, blieb der Fluß fast ganz aus. Nur ein paar dünne Rinnsale sickerten zwischen den Steinen hindurch, und das Mädchen fragte sich neugierig, wo das Wasser wohl geblieben sein mochte, denn es hatte vorher doch lange und heftig geregnet. Endlich ging sie ein Stück das Flußbett hinauf, um nachzusehen. Aber sie konnte nichts Besonderes entdecken. So lief sie immer weiter, bis sie zuletzt an die Felitsònschlucht kam, die tief, eng und finster sich vor ihr auftat. Da wurden ihre Schritte langsamer: denn so weit war sie noch nie von der Insel fortgelaufen, und der schwarze Schlund der Klamm jagte ihr doch ein wenig Angst ein. Aber die Neugier plagte sie, und weil der Boden fast trocken war, drang sie zögernd in die geheimnisvolle Felsengasse ein. Es wurde immer dunkler, die senkrechten Wände glänzten vor Nässe, große Kröten mit starren goldenen Augen hüpften über die schlammige Erde, in den Klüften kroch allerhand Getier, schwarze Eidechsen und bleiche Schlangen, vor denen es dem Mädchen ein wenig graute. Aber wo war das Wasser?

Plötzlich schrak die Kleine zusammen: vor ihr stand, wie aus dem Boden gewachsen, eine große alte Frau. Sie trug ein sonderbares dunkles Gewand, grünlich wie Schlamm, und das Haar hing ihr lang über die Schultern und sah aus wie dünnes Schilfgras.

„Kind, was tust du hier?“ redete sie das Mädchen an und lauschte nach dem Hintergrund der Schlucht. „Das Wasser hat sich droben gestaut und kann jeden Augenblick durchbrechen. Geh schnell, solange es noch Zeit ist, sonst wird dich die Flut verschlingen!“ Sie horchte abermals und hob warnend die Hand. „Hörst du es?“

Tief aus dem Innern der Klamm kam ein dumpfes Getöse, es polterte und rumpelte und knirschte, als rieben sich Steine aneinander.

„Lauf!“ rief die Alte, „das Wasser kommt!“

Da begann das Mädchen voll Entsetzen zu rennen, so schnell es konnte,

das leere Bachbett hinab, ein kleines verängstigtes Ding zwischen den turmhohen schwarzen Wänden. Die Kleine lief und lief. Aber lange, ehe die Klamm zu Ende war, hörte sie hinter sich ein Rauschen und Brausen, das immer näher kam, und dazwischen das Knirschen und Rumpeln der mahlenden Steine. Und als sie einen Blick zurückwarf, da wälzte es sich schon durch die Schlucht heraus, gewaltige braune Wassermassen, Schlamm, Erde und Gestein.
Da vermochte das arme Mädchen in seiner fürchterlichen Angst keinen Schritt mehr zu tun. Es stand nur da und starrte mit weit aufgerissenen Augen der Flut entgegen, als wäre es vor Schrecken zu Stein geworden.
„Komm hier herauf!" erscholl plötzlich eine scharfe, befehlende Stimme über ihr, und als sie schnell aufblickte, sah sie abermals die Alte in dem grünen Gewand droben auf einem Felsvorsprung stehen. Sie beugte sich weit herab und streckte ihr die Hand hin, und in dem Augenblick, als die braunen Wogen sie erreichten, zog sie das Mädchen zu sich herauf.
Unter ihnen wallte und brodelte es, schwoll immer höher in der engen Klamm und schoß so schnell vorüber, daß es einem davon schwindelte.
„Wird es bis zu uns herauf steigen?" fragte das Mädchen, umklammerte die Hand der Alten und fürchtete sich entsetzlich.
Aber die Frau schüttelte ruhig den Kopf. „Diesmal nicht. Es hat sich droben nicht genug Wasser angesammelt. Aber jetzt komm! Siehst du die Höhle dort drüben? Da wohnen wir, mein Sohn und ich. Wir sind Wasserleute, und manchmal geht die Flut hoch über uns hinweg: aber wir ertrinken nicht. Du brauchst keine Angst zu haben", fügte sie beruhigend hinzu und führte das Mädchen sorglich über das schmale Felsband. „Es gibt viele Höhlen in diesem Felsen, wo das Wasser niemals hinkommt. In einer von ihnen kannst du wohnen."
„Wohnen?" sagte das Mädchen erschrocken. „Ich wohne doch bei meinen Eltern im Mühlhaus."
„Ja, dort hast du gewohnt", antwortete die Alte und lächelte sonderbar. „Aber wenn ich dich nicht gerettet hätte, würden dich deine Eltern auch nie wiedersehen. Darum kannst du ruhig eine Weile bei uns bleiben. Schau hinunter! Du kämst doch nicht aus der Schlucht hinaus, ehe das Wasser sinkt. Und das wird vielleicht lange dauern."
„Wie lange denn?" forschte das Mädchen ängstlich.
„Oh, ich weiß nicht! Einmal hat es sieben Jahre gedauert. Es ist ein merkwürdiger Fluß, und man kann nicht sagen, was er tun wird."
Sehr beunruhigt dachte die Kleine, daß die Eltern in großer Sorge um sie sein würden. Aber es war wirklich nichts zu machen: durch die Schlucht gab es keinen Ausweg mehr, das sah sie ja selbst, und über die

Felswand hinaufklettern konnte man auch nicht, denn die war glatt und steil.
Indessen waren sie zu einer große Höhle in der Wand gekommen, davor saß ein junger Bursche, der verwundert aufsprang, als er sie erblickte.
„Wen bringst du dann da, Mutter?“ fragte er und musterte das kleine Mädchen ernsthaft. Er hatte ein dunkles Gesicht, und auch seine Haare sahen aus wie Schilfgras, aber seine Augen waren gut und freundlich, und die Kleine empfand sogleich ein wunderliches Zutrauen zu ihm.
„Ich habe sie vor der Flut gerettet“, antwortete das Wasserweib. „Und sie wird wohl bei uns bleiben, denke ich.“
„Ei, freilich, es wird dir bei uns schon gefallen“, sagte er und lächelte die Kleine an, und da hatte sie auf einmal gar keine Angst mehr.
So kam das Müllerstöchterlein zu den Wasserleuten. Am Anfang weinte sie freilich oft heimlich, wenn sie an Vater und Mutter dachte, und spähte jeden Morgen in die Klamm hinab, ob das Wasser noch immer nicht gesunken wäre. Aber es wollte nicht sinken, es war nur klar und durchsichtig geworden und schoß zwischen den Felsen durch, als wäre es immer da gewesen.
Allmählich dachte sie immer seltener an daheim: denn das Leben bei den Wasserleuten gefiel ihr. Der junge Wassermann wurde nicht müde, ihr jeden Tag etwas Neues zu zeigen. In der Höhle waren allerhand kostbare und wunderliche Dinge aufgestapelt, wie sie dergleichen noch nie gesehen hatte. Da gab es Steine mit dicken Goldadern und andere, die glitzerten und funkelten, daß es in der Höhle ganz hell wurde. Seltsame versteinerte Tiere waren da, die beinahe aussahen wie Eidechsen oder auch beinahe wie Fische: aber eben nur beinahe. Und das kam daher, weil sie in uralten Zeiten gelebt hatten und längst ausgestorben waren.
Der Wassermann konnte auch eine Menge sonderbarer Dinge, bei denen einem vor Schrecken der Atem stillstand. Manchmal sprang er ganz einfach vom Felsen hinab in den Fluß, und dann sah ihn das Mädchen auf dem Grunde des Wassers liegen in seinem grünen Gewand und mit diesen Haaren, die aussahen wie Schilfgras, und er lachte und winkte ihr. Wenn er die Arme hob, staute sich das Wasser zu einer weißen schäumenden Mauer auf, und wenn er sie sinken ließ, stürzte es über ihn herab und begrub ihn. Aber gleich darauf fuhr sein Kopf heraus, er stieg ans Ufer, schüttelte sich und kletterte fröhlich über die Felswand herauf, und die Kleine schluchzte glückselig, während ihr die Tränen über die Wangen kollerten: „Ach, bin ich froh, daß du nicht ertrunken bist!“
Manchmal auch rief er mit leisen, lockenden Tönen das Getier aus den dunklen Klüften, und dann kamen die bleichen Schlänglein und die

schwarzen Molche mit dem roten Bauch, ringelten sich und stellten sich auf die Schwanzspitze, als tanzten sie, und die Kröten hüpften plump im Kreis herum, bis er sie wieder verscheuchte.

Das Wasserweib beobachtete zufrieden, wie ihr ernster, schweigsamer Sohn zusehends fröhlicher wurde, seit das fremde Mädchen da war, und eines Tages sagte sie: „Mein Sohn ist sehr gut zu dir und tut alles, um dir das Leben bei uns schön zu machen. Sei nur nie undankbar und erzürne ihn nicht durch Hochmut oder Falschheit. Denn das würde er dir nie verzeihen."

Das Mädchen verstand nicht, was die Alte meinte: nein, wie könnte sie den guten Wassermann betrüben? Sie wüßte ja gar nicht mehr, was sie ohne ihn anfangen sollte, so sehr hatte sie sich daran gewöhnt, daß er immer für sie da war und ihr jeden Wunsch von den Augen absah. Und das behagte der kleinen Müllerstochter über alle Maßen.

So merkte sie gar nicht, wie schnell die Zeit verging. Ehe sie daran dachte, war ein Jahr herum und ein zweites und drittes, und sie lebte immer noch bei den Wasserleuten und hatte fast vergessen, daß es einmal anders gewesen war.

Sie wurde allmählich groß und schön, ohne daß sie etwas davon wußte. Aber die alte Wasserfrau bemerkte es wohl, und es entging ihr auch nicht, daß ihr Sohn das Mädchen oft heimlich voll Bewunderung betrachtete und daß er ihr die kostbarsten Dinge schenkte, die er besaß. Und weil er bei all dem so glücklich schien, beschloß sie, das Müllerstöchterlein müsse für immer hierbleiben.

„Der habgierige Müller und seine Frau haben sie gewiß längst vergessen", meinte sie. „Wer immerfort nur nach Reichtum jagt, bekommt ein hartes Herz und denkt nicht viel an andere Dinge. Mein Sohn aber würde sich zu Tode grämen, wenn sie wieder fortginge."

Damit hatte sie freilich recht: denn der junge Wassermann liebte das schöne Mädchen sehr.

Der Müllerstochter kam es aber auch gar nicht in den Sinn, die Wasserleute je wieder zu verlassen. Freilich entdeckte sie mit der Zeit mancherlei Seltsamkeiten an ihnen, die sie nicht begriff, und wenn sie danach fragte, bekam sie keine rechte Antwort.

So ging sie auch einmal, als es lange geregnet hatte, mit dem Wassermann durch den Wald am Rande der Schlucht. Da kamen sie an einer kleinen Felswand vorüber, von der sprang ein dünner Wasserstrahl herab: denn droben sammelte sich das Regenwasser in einer Rinne des Felsens.

„Schau, ein winziger Wasserfall!" rief das Mädchen und wollte hinlaufen. Aber der Wassermann ergriff hastig ihre Hand und zog sie fort, und sie

merkte mit Verwunderung, daß er sehr erschrocken war. „Nein", murmelte er, „da darf ich nicht hin. So ein Wasser, das auf schmaler Spur von oben kommt, ist mir gefährlich. Es macht mich zum Gefangenen!"
Wieder einmal verstand sie nicht, was das bedeuten sollte. Wie kam es nur, daß der Wassermann Angst vor ein wenig Regenwasser hatte, wo er doch so stark und geschickt war und selbst am Grunde des Flusses leben konnte? Aber er schwieg darüber, und sie mochte nicht fragen und vergaß es auch bald wieder über all den anderen Dingen, die es zu sehen gab.
Da war das große hölzerne Schaufelrad, das der Wassermann gebaut und zwischen zwei Pfosten an einer langen Achse in den Bach gehängt hatte, dort, wo das Gefälle am stärksten war. Da fiel das Wasser auf die breiten Schaufeln, Tag und Nacht, das Rad drehte sich unermüdlich, und das Mädchen konnte von dem Spiele gar nicht genugbekommen.
Der Wassermann lächelte über ihr Erstaunen. „Wenn dein Vater drunten auf Nighelònte wüßte, wie leicht es ist, eine Mühle vom Wasser treiben zu lassen, dann müßte er sich viel weniger plagen. Denn selbst drunten, wo der Bach zahm geworden ist, hat er noch so viel Kraft, daß ein Mann nur noch ein wenig mit den Händen nachzuhelfen braucht, und die Mühle arbeitet dreimal so schnell wie sonst."
„Ja", sagte das Mädchen und sah entzückt dem flinken Rad und dem Wasser zu, das silbern von den Schaufeln rann.
Aber da indessen sieben Jahre vergangen waren und sie kaum noch etwas von ihrer Kindheit im Mühlhaus wußte, dachte sie gar nicht daran, daß man etwa ihrem Vater von dem wunderbaren Wasserrad erzählen sollte. Und als der junge Wassermann sie bald darauf fragte, ob sie seine Frau werden wollte, da sagte sie ohne viel zu überlegen ja. –
Die Müllersleute auf Nighelònte aber hatten es längst aufgegeben, nach ihrer verschwundenen Tochter zu forschen. Zuerst suchten und fragten sie freilich talauf, talab nach ihr, aber nirgends fand sich eine Spur. Da meinten sie, das Kind müsse wohl bei dem Hochwasser zugrunde gegangen sein oder die Unterirdischen hätten es entführt: denn über solche Dinge erzählte man sich im Tal allerhand geheimnisvolle Geschichten.
Eine Weile waren sie wohl recht traurig, aber als alles Suchen nichts half, mußten sie sich doch wohl oder übel wieder an ihre Arbeit machen.
„Jetzt müssen wir erst recht Geld verdienen", trieb der Müller seine Frau unbarmherzig an. „Denn sonst haben wir auf unsere alten Tage nichts zu beißen und zu nagen. Wäre unsere Tochter noch da, so hätten wir vielleicht eines Tages einen reichen Schwiegersohn bekommen und brauchten uns nicht mehr ums tägliche Brot zu sorgen. So aber müssen wir uns selber plagen."

Die Frau spann tagaus, tagein, saß die halbe Nacht am Webstuhl und hatte nach wie vor die schönste Leinwand im ganzen Tal. Aber Freude hatte sie keine mehr.

Eines Tages färbte sie ein Stück Leinwand, und es gelang ihr besonders gut und hatte eine wunderschöne feuerrote Farbe, daß es nur so leuchtete, als sie es hinter dem Haus zum Trocknen aufhängte.

Als sie später hinausgehen wollte, um es zu holen, blieb sie verdutzt stehen. Es war just um die Mittagsstunde, draußen war es recht still und warm, und da hörte sie plötzlich zwei dünne Stimmen, die miteinander redeten. Neugierig schlich sie auf bloßen Füßen an die Ecke. Da sah sie zwei Zwerge stehen, die das rote Tuch bewunderten.

„Ich bin so alt", sagte der eine, „daß ich mich noch gut erinnere, wie man in die Klamm des Felitsòn mit einem Schritt hinuntersteigen konnte. Und jetzt ist sie so tief ausgehöhlt, daß der höchste Baum darin Platz hätte. Aber so ein schönes Leinen und eine so schöne Farbe habe ich noch nie gesehen."

„Ja", antwortete der andere, „früher einmal, vor sehr langer Zeit, da hat es diese rote Farbe gegeben. Aber danach verstand niemand mehr, sie herzustellen. Ich habe lange vergeblich danach gesucht: denn ich habe mir immer so einen roten Rock gewünscht. Ich gäbe viel dafür, wenn ich ein Wämslein aus diesem Tuch bekäme."

Damit gingen sie bachaufwärts fort und verschwanden in den Büschen am Ufer.

Die Müllerin lief zu ihrem Mann und erzählte, was sie gesehen und gehört hatte.

„Das kann uns vielleicht helfen", sagte der Müller ganz aufgeregt. „Zwerge wissen mehr als sonst jemand. Sie sind auch recht putzsüchtig, und wenn ihnen das Tuch so gefallen hat, kommen sie gewiß wieder. Näh geschwind zwei Röcklein daraus und hänge sie morgen mittags hinter das Haus."

Die Frau gehorchte, nähte zwei kleine Wämslein aus der roten Leinwand und hängte sie draußen auf. Als es gegen Mittag ging, versteckte sich der Müller hinter dem Holzstoß und wartete. Es dauerte auch gar nicht lange, da sah er die beiden Wichtlein kommen.

Sie blieben verwundert stehen, als sie die roten Röcklein hängen sahen.

„Schau her, wie für uns gemacht!" wisperte der eine.

„Wir wollen fragen, ob sie feil sind", meinte der andere entschlossen und ging auf das Haus zu.

Da kam der Müller aus seinem Versteck und sagte: „Nein, kaufen könnt ihr sie nicht. Aber wenn ihr mir helft, meine Tochter wiederzufinden, dann will ich euch die Röcklein schenken."

Sie musterten ihn ein wenig mißtrauisch. „Ja“, sagte der Ältere endlich zögernd, „wir wissen, wo deine Tochter ist. Aber es gibt nur einen Weg zu ihr und den findet man nur in einer Vollmondnacht. Warte bis zum nächsten Vollmond, so werden wir dich zu ihr führen.“
Da freute sich der Müller und wollte ihnen gleich die Röcklein geben. Aber sie schüttelten den Kopf und sagten: „Wir dürfen keinen Lohn nehmen, ehe wir unseren Dienst geleistet haben; das ist bei uns so Brauch. Hätten wir erst die Wämslein, so dürften wir nicht wiederkommen.“
Und sie verabredeten, den Müller in der nächsten Vollmondnacht abzuholen.
Richtig klopften sie auch zur vereinbarten Zeit ans Fenster, der Müller stand auf, steckte die roten Wämslein in seinen Rucksack und machte sich mit den beiden Wichtlein auf den Weg. Sie überschritten die Brücke und stiegen am jenseitigen Ufer durch den Wald aufwärts gegen die Felsen der Felitsònschlucht: denn durch die Klamm hinein gab es immer noch keinen Weg.
Nach einer langen Weile gingen sie endlich droben am Rand der steilen Wände entlang, der Vollmond schien hell bis auf den Grund der Schlucht hinab, und drunten rauschte gewaltig der Bach. Die Zwerge spähten eifrig über die Felsen hinab und flüsterten miteinander. Endlich schienen sie etwas entdeckt zu haben: hastig winkten sie den Müller herbei und zeigten ihm eine Stelle in der Wand. „Siehst du die Stufen? Sie sind nur in der Vollmondnacht zu sehen. Morgen werden sie wieder verschwunden sein. Wenn du da hinabsteigst, wirst du deine Tochter finden. Aber nun können wir dich nicht weiter begleiten!“
Da dankte ihnen der Müller und gab ihnen die roten Röcklein. Flink schlüpften sie hinein, betrachteten einander im Mondschein von allen Seiten und hüpften und kicherten vor Vergnügen. Aber plötzlich wandte sich der Ältere wieder ganz ernst zum Müller. „Du hast uns mit den roten Wämslein eine große Freude gemacht. Darum will ich dir noch einen Rat geben: wenn du deine Tochter gefunden hast, so geh ehrlich zu Werke, was immer auch geschehen mag, und hüte dich vor Hochmut und Heimtücke, sonst könnte es dich reuen. Gehab dich wohl!“
Damit trollten sich die beiden und waren im Handumdrehen im Gestrüpp verschwunden, und der Müller schüttelte den Kopf, weil er nicht verstand, was der Zwerg gemeint hatte.
Aber er nahm sich nicht lange Zeit, darüber nachzudenken. Behutsam begann er über die sonderbaren Stufen hinabzuklettern, und bald gelangte er auf den Grund der Schlucht, das Wasser schoß an ihm vorüber, und alles lag in einem silbernen Licht. Die Felswände glänzten, und da und

dort gewahrte der Müller den dunklen Eingang einer Höhle. Aber kein lebendes Wesen war zu sehen.

Er ging ein Stücklein bachaufwärts weiter. Plötzlich hielt er erschrocken an: da lag eine alte Frau und schlief, und das Wasser floß über sie hinweg und nur ihr Kopf schaute heraus. Der lag auf einer Steinplatte am Ufer, die mit dickem Moos überzogen war.

„Das ist nicht geheuer", dachte der Müller und drückte sich an der wunderlichen Schläferin vorüber.

Aber ein paar Schritte weiter prallte er abermals zurück: da lag ein junger Bursche bis zum Halse im Wasser und schlief ebenfalls.

„Nein, das ist ganz und gar nicht geheuer", dachte der Müller, und es gruselte ihn. Er hätte sich gerne wieder davongemacht, aber er mußte ja seine Tochter suchen. Nur – da herunten war sie gewiß nicht: denn sie hätte wohl kaum so im Wasser liegen und schlafen können wie die beiden da. Sonst aber gab es keinen Platz.

Also mußte sie wohl in einer der Höhlen droben sein. Seufzend begann er wieder die Stufen hinaufzuklettern.

Er brauchte nicht lange zu suchen, und er erkannte seine Tochter auch sogleich, als er sie fand, obwohl sie so groß und schön geworden war in diesen sieben Jahren.

Der Müller öffnete schon den Mund, um sie anzurufen, aber er machte ihn schleunigst wieder zu. „Nein, ich darf die Wassermenschen da drunten nicht wecken", sagte er zu sich und schüttelte das Mädchen ein wenig.

Sie fuhr schlaftrunken in die Höhe und starrte ihn an. „Ich bin's, dein Vater!" flüsterte er. „Komm schnell mit mir, ehe die zwei Unholde erwachen!"

Sie war so aufgeschreckt, daß sie nicht recht wußte, was geschah: aber sie erkannte ihren Vater und stand auf. Hastig zog er sie hinter sich her zu den Stufen, die in die Höhe führten. Sie kamen glücklich an den Rand der Schlucht hinauf, und der Müller atmete auf, weil sich hinter ihnen nichts rührte.

„So, jetzt gehen wir heim, und die Wasserunholde sollen dich nicht wieder in die Gewalt bekommen. Dafür will ich schon sorgen", sagte er grimmig.

Die Tochter schwieg. Sie folgte ihm wohl, aber immer wieder wandte sie sich zurück nach der Schlucht, als warte sie, daß jemand komme. Doch es kam niemand.

Die Müllerin empfing ihre Tochter freilich voll Freude, aber sehr bald schon meinte sie beunruhigt, das Mädchen sei doch recht seltsam geworden: sie hatte ihre Kindheit im Mühlhaus fast ganz vergessen, war schweigsam und versonnen und starrte von ihrem Fenster oft lange gegen die

Felitsònschlucht hinauf. Wenn sie redete, erzählte sie nur immer von ihrem Leben bei den Wasserleuten, und das wollte den Eltern beileibe nicht gefallen.
Eines Morgens fand die Müllerin unter dem Kopfkissen ihrer Tochter ein herrliches Halsband aus grünen Perlen.
„Wo hast du das kostbare Geschmeide her?“ fragte sie mißtrauisch.
„Der Wassermann schenkte es mir, als ich ihm versprach, seine Frau zu werden“, antwortete die Tochter ruhig.
Die Müllerin wurde kreidebleich.
„Was – was hast du versprochen, du Unglückskind?“
„Ja“, sagte die Tochter, „ich muß bald wieder in die Schlucht zurückkehren. Aber ich werde oft kommen und euch besuchen.“
„Da haben dein Vater und ich auch noch ein Wörtlein mitzureden“, brummte die Müllerin und lief zu ihrem Mann.
Der Müller wurde furchtbar zornig. „Ei freilich!“ schrie er. „Das fehlte gerade noch, daß ich dem Fischmenschen meine Tochter gebe! Geh hinauf zur Schlucht und wirf dem Wassergesindel das Halsband hinunter! Sie werden schon verstehen, was das bedeutet.“
Das schien der Frau ein guter Rat, und sie machte sich sogleich auf den Weg. Atemlos langte sie droben am Rande der Klamm an, und weil sie doch ein wenig Angst hatte, warf sie das Halsband hastig über die Felsen hinab.
Im nächsten Augenblick sank sie vor Schrecken beinahe in die Knie. Ein furchtbares Getöse erhob sich, als die Perlenkette auf dem Felsen aufschlug und in die Tiefe fiel. Es war, als kollerten lauter riesige Steinkugeln in die Schlucht hinunter, und drunten rauschte es laut auf, als wälzten sich ungeheure Wassermassen durch die Klamm hinaus.
Dann wurde es wieder totenstill, und die Müllerin lief ganz verstört heim.
Ein paar Tage später schwemmte sie nicht weit vom Hause im Bòitefluß ihre Wäsche. Da stand plötzlich eine alte Frau in einem grünen Gewande vor ihr.
„Das Wasserweib!“ dachte sie erschrocken und musterte die Alte mit heimlicher Neugier. Was sie für sonderbare Haare hatte. Und Augen, so schwarz wie Moorlöcher! Es wurde der Müllerin recht ungemütlich und so fragte sie barsch: „Was willst du denn?“
„Ich bitte dich, laß deine Tochter wieder zu uns zurückkehren“, sagte das Wasserweib demütig.
„Was fällt dir ein?“ rief die Müllerin böse. „Wir sind froh, daß wir sie endlich wieder haben. Sie wird ganz gewiß nie mehr zu euch zurückkehren!“

„Aber mein Sohn grämt sich zu Tode“, sprach die Alte bekümmert. „Deine Tochter hat ihm versprochen, seine Frau zu werden.“

„Ach was, Versprechen hin, Versprechen her“, fuhr die Müllerin sie an. „Unsere Tochter wird einen unseresgleichen zum Manne nehmen und nicht einen von euch Wasserleuten. Dafür ist sie zu schade!“

Die Alte zuckte zusammen, und ihr trauriges Gesicht wurde zornig. „Du solltest nicht so hochmütig mit mir reden“, sagte sie langsam. „Vielleicht sind wir besser als ihr. Wir halten immer, was wir versprechen. Das wirst du vielleicht noch eines Tages merken. Bedenke, wenn ich deine Tochter nicht vor dem Wasser gerettet hätte, wäre sie längst tot.“

„Genug“, unterbrach sie die Müllerin hart. „Dafür habt ihr sie mit List sieben Jahre in der Schlucht zurückgehalten, du und dein Sohn. Also sind wir quitt und darum geh deiner Wege.“

Aber das Wasserweib trat ganz nahe an sie heran. „Gib acht, Frau“, sprach sie warnenden Tones. „Es könnte sein, daß sich mein Sohn die Braut selber holen kommt, wenn ihr sie ihm verweigert.“

Der Müllerin schien es, als liege eine dunkle Drohung in diesen Worten, und sie bekam Angst.

„Ich muß das Weib im guten loswerden“, dachte sie und besann sich schnell. Da kam ihr ein schlauer Gedanke: gewiß, so mußte es gehen!

„Ja“, sagte sie, als hätte sie es sich überlegt, „in dreizehn Jahren mag er kommen.“

Das war aber dazumal so eine Redensart bei den Ampezzanern, und wenn sie sagten „in dreizehn Jahren“, so bedeutete es „niemals“.

Die Müllerin wußte das natürlich ganz genau, aber das arme Wasserweib kannte die Redensart nicht und nahm die Worte für wahr.

„Gut“, meinte sie, „es ist freilich eine lange Zeit, aber mein Sohn wird gerne warten, jetzt, da er weiß, daß sie wiederkommt. Ich danke dir.“

Damit wandte sie sich um, wanderte mit großen Schritten, ohne sich um die hölzerne Brücke zu kümmern, ganz einfach durch den Fluß aufwärts gegen die Felitsònklamm und war bald im Walde verschwunden.

„Die sind wir los!“ murmelte die Müllerin und hätte gerne aufgeatmet: aber es lag ihr schwer auf der Brust, sie wußte nicht warum. Und plötzlich fiel ihr ein, was die Zwerge ihrem Mann gesagt hatten: „Hüte dich vor Hochmut und Falschheit, was immer auch geschehen mag.“

Und sie? Sie hatte das Wasserweib hochmütig behandelt und betrogen!

Von da an lebte die Müllerin in dauernder Furcht, was etwa geschehen würde, und sie wagte es niemanden zu sagen.

Aber die Zeit verging und es geschah nichts. Nur das, was immer geschieht, wenn die Zeit vergeht: daß die Menschen vergessen, was früher war.

Im Tale sprach es sich schnell herum, daß die verschwundene Müllerstochter wieder da sei und wie wunderschön sie geworden sei. Von weither kamen die Leute, um sie zu sehen und ihre seltsame Geschichte zu hören, und es behagte ihr nicht wenig, so bestaunt und bewundert zu werden.
Und als dann gar ein junger Mann nach dem andern erschien und sie zur Frau haben wollte, da stieg ihr die Eitelkeit zu Kopfe und sie meinte, das sei doch ein anderes Leben als in der Felitsònschlucht, wo jahraus, jahrein niemand da war als der Wassermann und seine Mutter. Und sie begriff endlich gar nicht mehr, wie es ihr jemals bei den Wasserleuten hatte gefallen können. An ihr Versprechen dachte sie kaum noch, und daß der junge Wassermann sich um sie grämte, kam ihr gar nicht in den Sinn.
Die Eltern bemerkten das alles mit großer Freude und sagten zueinander: ja, nun hätten sich doch die Dinge von selber zum Guten gewendet.
Und bald darauf verheirateten sie ihre Tochter mit einem reichen Kaufmannssohn, der viel Geld mitbrachte, das Mühlhaus vergrößern und verschönern ließ und selber das Handwerk erlernte, um gemeinsam mit dem alten Müller zu arbeiten.
Aber das Rad mußten sie immer noch mit den Händen drehen.
Wieder vergingen ein paar Jahre, die junge Frau bekam zwei Kinder und die alte Müllerin legte sich eines Tages zum Sterben hin.
Die zwei Männer arbeiteten einträchtig miteinander, und jeder meinte schmunzelnd, der andere sei genauso hinter dem Gelde her wie er selber. Und damit hatten sie freilich recht: habgierig waren sie beide.
Als die Kinder ein wenig größer geworden waren, ging die junge Müllerin einmal mit ihnen nach Fernamusino zu Verwandten, wo sie eine Weile bleiben wollte, und die Männer wirtschafteten indessen allein in der Mühle.
Die Frau war noch nicht lange fort, da kam ein fremder Mensch in einem verschlissenen grünen Gewand an die Tür, klopfte an und fragte, ob der Müller einen Knecht brauche.
Der Alte musterte ihn nicht gerade freundlich, denn der Bursche sah düster und abgehärmt und überhaupt recht merkwürdig aus.
„Verstehst du denn etwas vom Müllerhandwerk?“ fragte er.
„Nein“, antwortete der Fremde, „aber ich bin sehr stark und ausdauernd, besonders wenn ich im Wasser sein kann. Darum werde ich mich ins Wasser legen und von dort aus die Mühle drehen.“
Der Müller schüttelte den Kopf. „Aber wenn du im Fluß liegst, kannst du doch das Mühlrad gar nicht erreichen.“
„Es muß eine lange Achse bekommen und Schaufeln, die ins Wasser hinabtauchen“, erklärte der Fremde eifrig. „Da werde ich dann zugreifen, daß du staunen sollst. Ich arbeite sechzehn Stunden im Tag ohne Unterlaß.“

Dem alten Müller gefiel etwas nicht recht an dieser Geschichte. Es machte ihn mißtrauisch, daß der Bursche so erpicht darauf schien, bei ihm zu arbeiten. Außerdem meinte er, er müßte ihn schon einmal gesehen haben, aber es fiel ihm nicht ein, wo.
„Warte ein wenig", sagte er und ging zu seinem Schwiegersohn in den Mühlraum.
„Hast du so etwas schon gehört? Da draußen ist einer, der will das Mühlrad ins Wasser hängen und vom Wasser aus drehen!"
Zuerst lachten sie beide. Aber allmählich leuchtete es ihnen ein, und der Junge meinte: „Warum sollen wir es nicht einmal versuchen? Es geschieht allerhand Unsinn auf der Welt, und wenn der närrische Kauz beim Arbeiten im Wasser liegen will, so kann man ihm das Vergnügen wohl gönnen. Die Hauptsache ist, wenn er fest zugreift und seine Schuldigkeit tut."
So nahmen sie den fremden Knecht auf, vereinbarten mit ihm, daß er täglich sechzehn Stunden arbeiten müsse, an jedem siebenten Tag aber frei sein und seinen Lohn erhalten sollte.
Sie bauten miteinander das Rad um, und es erwies sich, daß der Fremde wirklich sehr stark und geschickt war. Und als das Rad fertig war und mit den Schaufeln ins Wasser ragte, da schlüpfte der Knecht – mir nichts, dir nichts – drunter und begann zu drehen, und den beiden Müllern blieb der Mund offenstehen, denn die Mühle lief dreimal so schnell wie sonst, förderte dreimal soviel Mehl, und das Mehl war so fein und gleichmäßig, wie sie noch nie eins gesehen hatten.
Da lachten sie sich ins Fäustchen und meinten, ja, mit dem Knecht hätten sie einen guten Fang getan. Er arbeitete geduldig und fleißig und schien nie müde zu werden. Aber wenn seine Zeit um war, sprang er aus dem Wasser und verschwand hinter den Büschen am Ufer, seine Herren wußten nicht, wohin. Freilich war es ihnen auch herzlich gleichgültig, nur reute sie die Zeit, während der er nicht unterm Rad lag, und sie meinten, eigentlich könnte er ganz gut Tag und Nacht arbeiten.
„Wir müßten noch viel mehr herausschlagen", rechneten sie aus, obgleich sie ohnehin schon genug Geld verdienten: denn es war bald weitum bekannt, daß die Mühle auf Nighelònte ein viel besseres Mehl lieferte als alle anderen.
Aber wie habgierige Leute nun einmal sind: je mehr sie haben, desto mehr wollen sie noch dazu.
So überlegten auch die beiden Müller hin und her, wie sie den fleißigen Knecht noch mehr ausnützen könnten.
Zu dieser Zeit kam die Frau mit den Kindern aus Fernamusino zurück. Während sie über die Brücke ging, sah sie mit Verwunderung das neue

Wasserrad, und eine böse Ahnung überkam sie: denn das Rad sah genau so aus wie jenes andere, das der Wassermann droben am Felitsòn gebaut hatte.
Hastig faßte sie die Kinder an den Händen und schlich sich an die Mühle heran. Das Rad stampfte und drehte sich schnell, und das Wasser troff blitzend von den Schaufeln. Atemlos spähte die Frau durch die Büsche. Im nächsten Augenblick fuhr sie zurück: sie hatte gerade unter sich das traurige, geduldige Gesicht des Wassermanns erblickt. Schnell zog sie die Kinder mit sich fort und verbot ihnen streng, jemals wieder dorthin zu gehen, wo der Knecht arbeitete: denn sie hatte Angst, schreckliche Angst. Warum war er gekommen? Gewiß, oh, ganz gewiß wollte er Rache nehmen, weil sie ihn verlassen hatte! Sie durfte ihm nie begegnen, nein, oder noch besser, er mußte sogleich wieder fort! Aber wie sollte sie ihn fortjagen? Sie dachte die ganze Nacht vergebens darüber nach und konnte vor Angst nicht schlafen.
Am Morgen regnete es. Als der alte Müller in den Mahlraum kam und durch die Luke hinausschaute, machte sich der Knecht eben an die Arbeit, und die Steine begannen sich alsbald zu drehen wie gewöhnlich.
Der Regen trommelte auf das Dach und bald floß aus der Sala, der Dachrinne, ein dünner Wasserstrahl. Nun stand aber die Sala so, daß das Wasser dem Knecht, der drunten arbeitete, gerade ins Gesicht lief.
Das war aber das Schlimmste, was dem Wassermann geschehen konnte. Darum ächzte er vor Entsetzen und suchte den Kopf wegzudrehen: aber es gelang ihm nicht. Da rief er um Hilfe. Der alte Müller kam heraus und fragte, was es denn gäbe.
„Dreh mir die Sala weg", keuchte der Knecht, „ich kann sie nicht vertragen!"
Aber der Müller hatte es gar nicht eilig. „Das kommt mir merkwürdig vor", meinte er kopfschüttelnd, „den ganzen Tag liegst du im Fluß, und da kannst du das bißchen Wasser aus der Sala nicht vertragen?"
„Ja", sagte der Knecht verzweifelt, „so ein Wasser, das auf schmaler Spur von oben kommt, ist mir gefährlich: es macht mich zum Gefangenen."
Schon wollte der Müller die Rinne wegdrehen, da hielt er plötzlich wieder inne und blickte nachdenklich auf den Knecht hinab. Der trieb in seiner Verzweiflung das Rad noch viel schneller als sonst, und das gefiel dem habgierigen Müller über alle Maßen.
„Ich werde mich hüten, die Sala wegzudrehen", dachte er schlau. „So fleißig hat er noch nie gearbeitet." Und er ging davon und ließ den Knecht unter der Sala liegen.
Der jammerte zwar, aber er drehte das Rad mit unheimlicher Schnelligkeit,

die Mühle arbeitete prachtvoll, und die beiden Männer hatten alle Hände voll zu tun.
Es tat ihnen recht leid, als die Stunde heranrückte, zu der der Knecht seine Arbeit einzustellen pflegte. Aber zu ihrer Verwunderung hörte er nicht auf, und die Mühle mahlte mit fürchterlicher Geschwindigkeit weiter. Endlich schien es ihnen doch nicht mehr mit rechten Dingen zuzugehen und sie liefen hinaus. Da sahen sie den Knecht mit Armen und Beinen arbeiten wie noch nie. Aber er sah ganz erschöpft aus und stöhnte zum Erbarmen. „Ich bitte euch, dreht mir die Sala weg", stieß er hervor, „sonst kann ich nicht aufhören: die schmale Spur ist mein Verderben."
Der junge Müller pfiff leise durch die Zähne, als er das hörte, und sah den Alten an. „Jetzt haben wir ihn!" flüsterte er ihm ins Ohr. „Wir brauchen nur immer Wasser durch die Sala laufen zu lassen, so kann er nicht mehr aufhören zu arbeiten. Gib acht, der Bursche soll uns noch allerhand Gewinn bringen."
Der Alte nickte beifällig: denn er hatte genau das gleiche gedacht.
„Es ist ganz einfach", meinte er vergnügt, während sie dem Knecht den Rücken kehrten und fortgingen. „Wir brauchen nur weiter droben am Fluß Wasser aufzufangen und eine Rinne bis auf das Dach zu legen."
Das taten sie auch noch in derselben Nacht, und als es aufhörte zu regnen, lief das Wasser aus der Sala immerfort weiter.
Da merkte der arme Wassermann, was die zwei habgierigen Männer im Sinne hatten, und er versuchte verzweifelt, sie durch Bitten und Vorstellungen davon abzubringen.
„Tut mir doch nicht ein so himmelschreiendes Unrecht an", flehte er, daß es einen Stein erbarmt hätte. „Ich habe euch redlich gedient, und nun wollt ihr es mir so übel lohnen."
Aber sie hörten ihn gar nicht an. Als er einsehen mußte, daß nichts ihre bösen Herzen rühren konnte, schwieg er und arbeitete weiter: Tag und Nacht, Jahr um Jahr. Sie gaben ihm auch am siebenten Tage nicht mehr frei und zahlten ihm keinen Lohn mehr. Niemand kümmerte sich um ihn, vergessen und von Wasserpflanzen umwuchert lag er unter dem Rade. Die Mühle aber drehte sich, und ihr Getriebe lief unermüdlich wie die Wellen des Flusses. Mit der Zeit dachte niemand mehr daran, daß es einmal anders gewesen war oder daß es wieder einmal anders werden könnte. Die beiden Männer arbeiteten abwechselnd, der alte bei Tag und der junge bei Nacht: der Knecht aber durfte niemals rasten.
Manchmal warf der junge Müller im Vorbeigehen einen Blick durch die Zweige in das stille, traurige Gesicht des Knechtes, aber er empfand keinen Funken Mitleid, denn er war ein roher, gefühlloser Bursche.

Manchmal auch murmelte der arme Wassermann noch bittend: „Ach, dreht mir doch die Sala weg!“ Aber niemand achtete darauf, und der junge Müller sang ein Spottliedlein, das er sich ausgedacht hatte. Das hieß so:

„Das Wasser kommt auf schmaler Spur,
mahle nur, mahle nur!
Ob recht, ob unrecht, einerlei,
wir geben dich doch nimmer frei.“

Die Frau wußte nicht, was das Liedlein bedeuten sollte: denn sie hatte längst vergessen, was der Wassermann ihr droben in der Felitsònklamm gesagt hatte. Und allmählich vergaß sie auch ihre Angst wieder und gewöhnte sich daran, daß er da drunten lag, wie sich Menschen eben mit der Zeit an böse Dinge gewöhnen und sie zuletzt nicht mehr sehen.

Aber eines Nachts – es war Hochsommer und die Luft ruhig und warm – erwachten die Kinder und begannen zu schreien, als hätte sie ein Traum geängstigt.

Die Mutter beruhigte sie und nach einer Weile schliefen sie wieder ein. Aber die Frau lag wach und horchte in die Dunkelheit hinaus. Irgend etwas war da draußen, ein ganz leises, fernes Geräusch. Es kam langsam näher und wurde deutlicher, und plötzlich erkannte sie es: jemand sang. Aber was war das für ein Singen? Es klang sonderbar, wie von gurgelnden Wellen, und jetzt konnte sie auch die Worte verstehen:

„Das Wasser kommt auf breiter Spur,
wartet nur, wartet nur!
In dreizehn Jahren gilt das Wort,
dann hole ich die Braut mir fort!“

Darauf wurde es wieder still.

„Was ist das?“ dachte die Frau, und ihr Herz klopfte laut vor Schrecken. In dreizehn Jahren? Sie rechnete hastig nach: ja, es wurden gerade dreizehn Jahre, seit sie aus der Felitsònschlucht zurückgekommen war und den Wassermann verlassen hatte.

Und jetzt? Jetzt lag er draußen, ganz nahe am Hause, und wer weiß, was er im Schilde führte!

Wieder kam die entsetzliche Angst und schnürte ihr die Kehle zu. Nein, sie konnte es nicht mehr ertragen, er mußte fort, sogleich morgen!

Aber am Morgen lachten sie die Männer aus, als sie ihnen sagte, sie sollten den Knecht fortschicken, denn er sei ihr unheimlich, wie er da Tag und Nacht arbeite und stumm wie ein Fisch im Wasser liege.

„Bist du närrisch?“ brummte der Vater. „Jetzt wo wir endlich auf dem Wege sind, reiche Leute zu werden, sollen wir wegen einer Weiberlaune alles aufgeben?“

Und ihr Mann meinte, sie möge sich nicht um Dinge kümmern, die sie nichts angingen: mit dem Knecht würden sie schon fertig.
Dabei blieb es. Aber die Frau hatte keine Ruhe. Zu Mittag schlich sie sich aus dem Hause und hinüber zum Rad. Sie konnte nicht anders, nein, sie mußte wenigstens einen Blick auf den Wassermann werfen, ohne daß er sie bemerkte. Sie sah ihn nicht gleich. Ringsum wuchsen dichte Tamariskenbüsche, die ihn verbargen. Die Frau hielt den Atem an und bog die Zweige auseinander. Im gleichen Augenblick schrie sie auf. Aus großen traurigen Augen starrte der Wassermann gerade zu ihr herauf und murmelte müde: „Ach, dreh mir doch die Sala weg!"
Da griff sie in ihrem Schrecken nach der Rinne und drehte sie zur Seite.
Kaum war es geschehen, da sprang der Knecht mit einem Satz aus dem Wasser, richtete sich auf, reckte und streckte sich und wuchs und wuchs vor den Augen der Frau, die ihn stumm und starr vor Entsetzen betrachtete. Jetzt ragte er schon über den Dachrand hinaus, und jetzt wandte er sich um, ohne sie eines Blickes zu würdigen, watete durch den Fluß und verschwand im Walde gegen den Felitsòn hinauf, ein gewaltiger, gefährlicher Riese.
Indessen war die Mühle stehengeblieben, und der Alte kam, als er das Stampfen des Rades nicht mehr hörte.
„Da hast du etwas Schönes angerichtet!" schrie er zornig, als sie ihm zitternd erzählte, was geschehen war.
Er weckte den Schwiegersohn, und sie berieten, was zu tun sei. Aber da war guter Rat teuer: denn es zeigte sich, daß sie das Mühlwerk nicht mehr in Gang zu bringen vermochten. Rad und Steine standen stocksteif still, als wären sie eingerostet.
Eine Weile hockten die beiden Männer sehr verdrossen da, dann meinte der Alte, da man nun doch einmal nicht mahlen könnte, wäre es am besten, mit den Mehlsäcken nach Milyéra zu fahren. „Und zwar gleich", fügte er hinzu und schaute zu den Berggipfeln hinauf, „denn es sieht mir nach einem Gewitter aus."
Sie luden also die Säcke auf den Wagen und machten sich auf den Weg. Als sie über die Brücke fuhren, sahen sie über den Zacken des Pomaganyòn ein Wölklein schweben, klein, schwarz und dicht geballt, mit einem sonderbaren trichterförmigen Auswuchs, unheimlich anzuschauen.
„Eine Godàra", murmelte der Alte besorgt, „das bedeutet nichts Gutes!"
„Wir müssen versuchen, nach Milyéra zu kommen, bevor das Unwetter losbricht", sagte der Junge und trieb die Ochsen an.
Bald stieg hinter den Fànesbergen dunkles Gewölk auf, und als sie Milyéra erreichten, fielen die ersten Tropfen, und der Donner grollte in der Ferne.

Danach kam es mit furchtbarer Schnelligkeit. Von allen Seiten türmten sich die Wolken hoch auf, bis der Himmel wie ein bleiernes Gewölbe über dem Tale hing. Hinter dem schwarzen Grat des Pomaganyòn, der sich geisterhaft von der Wolkenwand abhob, flammte unaufhörlich der Feuerschein der Blitze. Und dann begann mit einem Schlag das Wasser niederzustürzen. Schaudernd sahen sie zu, wie es in grauen Wellen herabkam, auf die Dächer prasselte, an die Mauern klatschte, als wollte die Flut vom Himmel alles hinwegschwemmen. Im Nu floß ein brauner Bach die Gasse entlang, das Wasser drang schon in die Häuser und in die Ställe und immer noch strömte der Regen dicht und schwer herab und wollte kein Ende nehmen.

„Meiner Lebtag habe ich keinen solchen Wolkenbruch gesehen“, sagte der alte Müller bleichen Gesichts.

Der Junge gab keine Antwort: er dachte an die Frau und die Kinder, die allein auf der Insel waren.

Über eine Weile lief draußen ein Mann mitten durch das tobende Unwetter auf das Haus zu. In einem Schwall Wasser stolperte er zur Tür herein.

„Der Bóite steigt!“ schrie er.

Im nächsten Augenblick standen die Männer von Nighelònte draußen. Sie begannen sofort zu gehen, ohne ein Wort miteinander zu reden. Die Köpfe gesenkt, die Schultern gegen die Regenflut gestemmt, gingen sie mit großen Schritten in der Richtung nach dem Fluß. Als die Leute von Milyéra sie sahen, holten sie stumm Spaten und Schaufel und folgten ihnen. Aber es gab keine Wege mehr: es gab nur noch Wasser und Schlamm, in dem die Füße versanken, und es war schwer zu gehen.

Dazu begann es schon zu dämmern. Während sie durch die nächste Ortschaft gingen, ließ plötzlich der Regen nach. Dennoch hörte das Rauschen nicht auf: aber es klang jetzt anders, dumpf und grollend, und dazwischen rumpelte es wie von fortgewälzten Steinen.

Als sie an den Fluß kamen, sahen sie es: da, wo der Bóite seicht und klar mit kleinen, sanften Wellen talaus gezogen war, wälzte sich jetzt ein riesiger dunkler Strom dahin, der längst die Ufer überflutet hatte. Die Leute von Milyéra blieben stehen, um zu beratschlagen, was zu tun sei. Nur die beiden Männer von Nighelònte hielten sich nicht auf und liefen flußaufwärts, so schnell sie konnten.

Es war schon fast Nacht, als sie endlich die Insel und das Mühlhaus vor sich sahen. Ja, das Haus stand zwar noch, aber es gab keinen Weg dorthin: die hölzerne Brücke war fort, und die dunkle Flut spülte auf allen Seiten über die Insel und war schon ein Stück an den Mauern der Mühle hinaufgestiegen.

Wo waren die Frau und die Kinder? Die Männer riefen. Aber es kam keine Antwort, und es war nun auch so finster geworden, daß sie nur noch undeutlich das helle Gemäuer sehen konnten.

„Wir müssen Fackeln haben und Stricke", sagte der alte Müller heiser. „Bleib du hier, ich laufe zu den nächsten Höfen."

Da stand nun der Junge allein in der rauschenden Finsternis, und es war ihm so übel zumute wie noch nie in seinem ganzen Leben, und sein hartes Herz war voll von Angst und Grauen.

Plötzlich fuhr er auf. Da hatte doch jemand gerufen! Er hob die Hände an den Mund und schrie, so laut er konnte.

Und dann hörte er ganz deutlich die Stimme seiner Frau: „Ich bin mit den Kindern aufs Dach gestiegen", rief sie. „Beeilt euch, drunten im Haus ist schon alles voll Wasser!"

Indessen liefen Leute mit Stricken und Fackeln herbei. Da ließ sich der junge Müller ein Seil um den Leib binden und ging ein Stück flußaufwärts, um von droben mit der Strömung schräg gegen die Insel zu schwimmen. „Wenn ihr mich rufen hört, dann holt das Seil ein!" sagte er und warf sich in den Strom.

Das Wasser faßte ihn mit Gewalt, aber er war stark und ein guter Schwimmer, und so kam er glücklich auf die Insel.

Die Frau kletterte mit den Kindern durch die Dachluke herab in die Kammer, und das Wasser ging ihr schon bis an die Knie, aber sie reichte dem Müller die Kinder durchs Fenster und sagte: „Bring sie zuerst hinüber, ich warte hier, bis du zurückkommst."

Da nahm er die Kinder, unter jeden Arm eins, und rief den Leuten am Ufer zu, sie sollten das Seil anziehen.

Mit einem Ruck war er abermals in der Strömung. Es warf ihn auf und ab, er ruderte mit den Beinen, so gut er konnte, dann und wann versank er samt den Kindern in den Wellen, aber er ließ sie nicht los und tauchte wieder auf, halb von Sinnen und halb ertrunken. Nein, lange durfte es nicht mehr dauern, fühlte er. Er wurde weit flußabwärts getrieben, aber allmählich kam er dem roten Licht der Fackeln immer näher, und endlich zogen sie ihn mehr tot als lebendig ans Ufer, wo er fürs erste einmal liegenblieb und keuchend zu Atem zu kommen suchte.

Die Kinder rührten sich nicht, ihre kleinen Arme und Beine hingen kraftlos herab, ihre Augen waren geschlossen und sie antworteten auf keinen Anruf. Aber als erst ein paar fürsorgliche, geschickte Frauen das Wasser aus ihnen herausgeschüttelt und sie tüchtig mit rauhen Tüchern gerieben hatten, kamen sie bald wieder zu sich.

Der Müller raffte sich auf: die Frau! Nun mußte er die Frau holen. Während er taumelnd wieder flußaufwärts ging, merkte er, daß da, wo vorher noch fester Boden gewesen war, schon das Wasser um seine Füße rieselte. Der Fluß stieg immer noch. Die Männer mußten ein wenig seitwärts den Hang hinauf ausweichen. Wenn es nur nicht so undurchdringlich schwarze Nacht gewesen wäre! Vom Mühlhaus und von der Insel war kein Schimmer mehr zu erblicken. Es schien nichts mehr auf der Welt zu geben als Wasser und Finsternis, und darin rumpelte und knirschte und rollte es manchmal, daß die Leute einen Augenblick den Schritt verhielten und beklommen lauschten.

Endlich meinte der Müller, dies müßte die Stelle sein, wo er das erste Mal über den Strom geschwommen war.

„Wenn ich rufe, zieht das Seil an“, sagte er abermals, und dann verschlang ihn die bodenlose Schwärze.

Die Männer hielten das Seil in den Fäusten und warteten.

„Jetzt könnte er drüben sein“, sagte einer von ihnen nach einer Weile.

Und wieder nach einer langen Weile ein anderer: „Gebt gut acht, gleich muß er rufen!“

Sie horchten mit angehaltenem Atem.

Aber er rief nicht. Als ihnen schien, es wäre schon allzuviel Zeit vergangen, holten sie das Seil ein.

Er sah aus wie ein Toter, als sie ihn ans Ufer zogen.

Sie leuchteten ihm mit den Fackeln ins Gesicht, da schlug er die Augen auf. Niemand wagte ihn zu fragen.

Endlich fing er selber zu reden an, mit einer fremden, eintönigen Stimme:

„Ich bin geschwommen, und es kam mir so weit vor bis zur Insel. Dann fühlte ich Grund. Aber es war nicht die Insel, es war das jenseitige Ufer. Da bin ich wieder zurückgeschwommen. Aber die Insel ist nicht mehr da!“

Er schwieg einen Augenblick, richtete sich auf einem Arm in die Höhe und blickte ringsum in ihre verstörten Gesichter. „Hört ihr?“ schrie er plötzlich. „Nicht mehr da!“ Dann sank er wieder zusammen und rührte sich nicht mehr. Sie mußten ihn auf einen Hügel tragen, weil ringsum schon wieder Wasser war.

Als nach dieser furchtbaren Nacht der Morgen dämmerte, kauerten die Wälder kohlschwarz am Fuß der Felsen und troffen vor Nässe. An der hohen Wand des Pomaganyòn hing eine weiße Wolkenbank.

Von der Insel Nighelònte war keine Spur mehr zu erblicken, ein breiter brauner Strom wälzte sich über die Stätte, wo das Mühlhaus gestanden war.

Die Frau aber sah niemand je wieder.

DAS ROTE HALSBAND

An der Südgrenze von Fassa türmt sich mit brüchigen Graten und weit hinabreichenden Geröllhalden eine zackige Bergkette auf, die den Namen „Caděna de Costabèla" hat. Es ist eine wilde, einsame Berglandschaft, durch die nur zwei wenig begangene Pfade führen. Auf den zerrissenen Gipfeln horsten zahllose Raubvögel, über den Karen schreien die Dohlen und mitten in dem bleichen Dolomitengestein klafft plötzlich der pechschwarze Schlund eines erstorbenen Vulkans auf.
Es ist nicht geheuer da droben, schon seit uralter Zeit. Zuweilen sehen Gemsjäger drüben beim Sass de Om oder in den Schneekaren über Sayùk ein wunderschönes Mädchen. Sie steht bald auf einem Felszacken, bald in einer Gratlücke und schaut regungslos, mit todtraurigem Gesicht hinüber nach der Marmolèda. Sie spricht nie, und wenn man ihr in die Nähe kommt, ist sie plötzlich verschwunden. Ihr Kleid ist schneeweiß, nur um den Hals trägt sie ein blutrotes Band. Das Mädchen ist Cadina. Sie lebte zu einer Zeit, als das Pellegrintal, das Nikolaustal und die Höhen dazwischen noch dicht besiedelt waren. Wo heute kaum Schafe Futter finden und öde Schuttfelder die Hänge bedecken, dehnten sich üppige Fluren, auf denen riesige Rinderherden weideten.
Mehrere Stämme eines längst verschollenen Volkes hausten dort, und einer ihrer reichsten und stolzesten Häuptlinge war Cadinas Vater. Seine Tochter gab ihm an Hochmut nichts nach, sie hatte ein kaltes Herz und wußte nichts von Liebe und Treue.
Sie war mit Werrenes, dem tapfersten Krieger und kühnsten Jäger ihres Stammes, verlobt.
Aber kurz vor der Hochzeit brach Krieg aus mit den Trusanern, Leuten aus der Marca Trevisana, die in das Pellegrintal einfielen. Da zog auch Werrenes mit den anderen Kriegern des Stammes gegen die Feinde zu Felde.
Als er von seiner Braut Abschied nahm, schenkte er ihr ein seltsames graues Halsband, altes Silber von kostbarer Arbeit, das er einst von einem Zwerg im Berge Látemar erhalten hatte, und sagte: „Versprich mir, es nicht abzulegen, bis ich zurückkehre oder bis du sichere Nachricht von meinem Tode hast."
Cadina versprach es: denn sie war sehr stolz auf den glänzenden Krieger.
Mit dem Halsband hatte es eine besondere Bewandtnis, aber davon ahnte weder sie noch Werrenes etwas.

Der Krieg dauerte nicht lange, denn Cadinas Vater besiegte mit seinen Männern in einem furchtbaren Kampf auf dem Pellegrinpaß die Feinde, die schleunigst das Land räumen mußten.
Da war die Freude im Tal groß, als die Sieger heimkehrten. Nur Cadina freute sich nicht: denn Werrenes kam nicht zurück, und niemand konnte genau sagen, was aus ihm geworden war.
Die Männer hatten nur gesehen, daß er verwundet wurde, aber unter den Toten fand man ihn danach nicht, und so mußte er wohl in die Gewalt der Feinde gefallen sein, die ihn mit sich fortschleppten.
Das verdroß Cadina sehr, denn in ihrem maßlosen Stolz gefiel es ihr ganz und gar nicht, als Braut eines Gefangenen dazustehen.
Monate vergingen. Cadinas Vater wurde zum Oberhäuptling aller Stämme in den beiden Tälern gewählt und war mächtig und angesehen wie ein Fürst. Seine Tochter freute sich über den neuen Glanz, der sie umgab, und die Erinnerung an den verschollenen Bräutigam verblaßte mehr und mehr. Nur das Halsband trug Cadina immer noch, da sie es nun einmal versprochen hatte. Aber manchmal dachte sie verdrießlich, es schicke sich überhaupt nicht mehr für sie, die Frau eines einfachen Kriegers zu werden, da sie doch nun so vornehm sei wie eine Prinzessin.
Als nun gar eines Tages ein fremder Fürst mit großem Gefolge geritten kam und um ihre Hand warb, da gab sie sich alle Mühe, Werrenes gänzlich zu vergessen. Sie redete sich so lange ein, er sei gewiß längst tot, bis sie es zuletzt wirklich glaubte.
Und ehe ein Jahr um war, verlobte sie sich mit dem fremden Fürsten. –
Indessen war Werrenes bei den Trusanern viele Monde lang an seinen schweren Wunden darniedergelegen. Als sie endlich zu heilen begannen, dachte er immer sehnsüchtiger an die Heimat und an Cadina, und kaum war er wieder ein wenig bei Kräften, da floh er in einer dunklen Sturmnacht, wandte sich nach den argordinischen Bergen und kam endlich nach vieler Mühe heim.
Aber daheim kannte ihn niemand mehr, so abgemagert und verwildert, wie er nach der langen Gefangenschaft aussah, und mit der roten Narbe über der Stirn. Kehrte er in einem Gehöft ein, so gaben ihm die Leute Essen und Trinken und fragten ihn neugierig und wohl auch mitleidig, woher er denn käme und was ihm widerfahren sei. Aber wenn er dann sagte, er sei Werrenes, schwiegen sie erschrocken, warfen einander heimlich sonderbare Blicke zu und schienen zuletzt froh, wenn er wieder ging. Noch merkwürdiger aber betrugen sie sich, sobald er nach Cadina fragte.
„Ja", brachte einer oder der andere zögernd hervor und wand sich vor Verlegenheit, „Cadina ist ja nun eine Prinzessin geworden. Da kann man

freilich nicht mehr verlangen, daß sie sich mit unsereinem abgibt! Ein wenig hoch droben war sie ja immer. Aber jetzt, heißt es, müßte man schon ein Fürst sein, damit man Gnade vor ihr findet."

Solche Reden beunruhigten Werrenes sehr, und das Herz war ihm schwer, als er endlich vor der prächtigen Burg stand, in der Cadina und ihr Vater wohnten.

Der Diener, der ihm das Tor öffnete, starrte ihn an wie ein Gespenst: er hatte neben ihm gegen die Trusaner gekämpft und erkannte ihn.

„Du . . . du bist es, Werrenes?" stotterte er. „Lieber Himmel, wir glaubten alle, du wärest tot!"

„Und Cadina?" stieß Werrenes hastig hervor und packte ihn am Arm.

„Cadina? Ja . . . sie glaubte es wohl auch", murmelte der Diener und blickte Werrenes nicht an.

„Und dann?" Werrenes wartete atemlos.

Der Diener schüttelte heftig den Kopf. „Dann? Nichts! Ich weiß gar nichts", sagte er und Werrenes dachte: „Er lügt, es steht ihm auf dem Gesicht geschrieben. Etwas ist geschehen. Aber was?"

„Warte ein wenig hier vor dem Tor", redete der Diener eilfertig weiter. „Ich will sogleich zu Cadina gehen und ihr melden, daß du gekommen bist." Und ehe Werrenes noch ein Wort sagen konnte, war er verschwunden und das Tor fiel zu.

Der Diener lief nach Cadinas Gemächern. Sie saß im Erker zwischen den Mägden und stickte an ihrem Hochzeitskleid.

Verwundert betrachtete sie den verstörten Burschen.

„Werrenes ist zurückgekommen", sagte er.

Sie schrie leise auf. Das kostbare Gewand glitt zu Boden.

„Nein", flüsterte sie, „so muß er schnell wieder fort! Was soll ich denn noch mit Werrenes?" Finster starrte sie vor sich hin: warum mußte er ihr im Wege stehen, jetzt, da sie eine reiche Fürstin werden sollte!

Plötzlich tat sie einen keuchenden Atemzug und ihre Hand griff nach dem Hals: dieses gräßliche Ding da war mit einem Male so eng geworden . . . aber sie hatte keine Zeit, sich um das Halsband zu kümmern! Hastig dachte sie nach.

„Geh hinunter", befahl sie, „und sage Werrenes, ich kann ihn jetzt nicht empfangen, aber ich werde ihm morgen Botschaft senden."

Todmüde und traurig ging Werrenes heim nach seiner leeren Hütte.

In der Nacht konnte er nicht schlafen: die Narben schmerzten ihn, und noch mehr schmerzte es, daß Cadina ihn nicht einmal sehen wollte. Aber ihr Herz war so kalt und eigensüchtig, daß sie gar nicht an Werrenes dachte. „Ich kann nicht die Frau eines gewöhnlichen Kriegers werden",

wiederholte sie sich zum hundertsten Male. „Es steht mir viel besser an, eine Fürstin zu sein.“
Und so sandte sie am Morgen einen Mann zu Werrenes, der ihm kühl und ohne Schonung die Botschaft wiederholte, die Cadina ihm aufgetragen hatte: „Es ist besser, du gehst fort von hier. Denn meine Herrin wird bald Hochzeit mit dem Fürsten halten, dem sie sich versprochen hat. Cadina hofft, daß du genug Verstand hast, um einzusehen, daß sie den vornehmen Herrn nicht deinetwegen abweisen kann.“
Der arme Werrenes konnte und wollte es kaum glauben, daß Cadina ihn so unbarmherzig fortschickte und nichts mehr von ihm wissen wollte. Aber was half es? Er mußte sich wohl dareinfügen und gehen: es war ihm in seinem Kummer gleich, wohin.
Und so wanderte er über die Berge gegen das obere Fassatal: dort konnte er einsam in der Wildnis als Jäger leben.
Cadina aber sprach leichten Herzens zu sich selber: „Nun habe ich den Weg frei und nichts soll mich mehr aufhalten.“
Sie warf einen stolzen Blick in den silbernen Spiegel. Ihr Gesicht wurde finster. Ja, da war aber noch etwas. Da war dieses Halsband, dieses wunderliche graue Halsband. Das mußte noch fort: denn sie mochte nicht mehr an Werrenes erinnert werden. „Ich werde es in seine Hütte hinunterschicken“, dachte sie und wollte das Halsband öffnen. Aber – wo war denn das Schloß? Es mußte doch . . . es mußte doch ein Schloß haben. Aber, wie ihre Finger auch suchten und zerrten, da war kein Schloß, und das Halsband öffnete sich nicht, es lag um ihren Hals wie festgeschmiedet . . . und es wurde immer enger und würgte sie und nahm ihr den Atem . . . Cadina schrie.
Die Mägde stürzten herbei.
„Das Halsband“, sagte Cadina heiser, „nehmt mir das Halsband ab.“
Sie versuchten es, eine nach der andern, und eine nach der andern gab es auf: denn das unheimliche Ding rührte sich nicht von der Stelle. Da lief eine von ihnen, den Schmied zu holen. Aber der zog nach einer Stunde kopfschüttelnd wieder ab: es gab kein Werkzeug, das dieses merkwürdige Metall zerschnitt!
Da begriff Cadina mit Entsetzen, daß sie das Halsband immer würde tragen müssen, immer, solange sie lebte.
Sie dachte an Werrenes, und etwas Reue ergriff sie: aber sie hatte nicht etwa Mitleid mit ihm, sondern nur mit sich selber, weil sie nun diese Strafe leiden mußte.
„Aber das soll mich nicht hindern“, dachte sie trotzig. „Jetzt will ich erst recht reich und mächtig werden!“

Die Zeit verging, der Tag der Hochzeit kam immer näher. Da ging Cadina eines Morgens in den Garten. Sie war trüber Laune, weil sie gegen ihren Willen immer an Werrenes denken mußte, und daran war nur dieses abscheuliche Halsband schuld, meinte sie.

„Was gäbe ich dafür, wenn ich das greuliche Ding los wäre", seufzte sie. „Dann hätte ich endlich Ruhe und könnte wieder fröhlich sein." Aber sie wußte nicht, daß es ihr böses Gewissen war, das ihr keine Ruhe ließ.

Plötzlich sah sie draußen an der Mauer einen Mann vorübergehen. Sie erkannte an seiner Tracht, daß er ein Krieger aus dem oberen Fassatal war. Er blieb stehen, als er sie erblickte, und musterte sie mit finsteren Augen.

„Bist du Cadina?" fragte er barsch.

„Ja", antwortete sie erschrocken.

„So habe ich dir eine Botschaft zu bringen. Dein Verlobter, Werrenes, der bei uns lebte, zog mit in den Kampf gegen die Trusaner. Wir haben sie auf dem Fedájapaß, jenseits der Marmolèda, geschlagen. Aber Werrenes ist in der Schlacht gefallen. Ehe er starb, bat er mich, dir dies zu sagen."

Damit wandte sich der Fremde ohne Gruß ab und ging fort. Cadina stand da wie versteinert vor Schrecken.

Und dann begann abermals das furchtbare Halsband sie zu würgen, es schnürte ihr die Kehle zusammen, daß sie nicht einmal mehr schreien konnte . . . besinnungslos stürzte sie zu Boden. So fanden sie die Mägde.

Als sie wieder zu sich kam, blickte sie ringsum in lauter bleiche verwirrte Gesichter, angstvolle Augen starrten sie an . . . nein, nicht sie . . . ihren Hals starrten sie an. Was war denn mit ihrem Hals?

Mühsam richtete sie sich auf, bis sie in den Spiegel sah, der gegenüber an der Wand hing.

Sie schrie vor Entsetzen auf: das Halsband war plötzlich blutrot geworden, und ein unheimliches Leuchten ging von ihm aus.

Verzweifelt versuchte sie abermals, es abzureißen: aber es half nichts. Es half auch nichts, daß ihr Vater Ärzte, Gelehrte und Handwerker kommen ließ und demjenigen eine hohe Belohnung verhieß, der seine Tochter von dem Halsband befreie.

Am Abend darauf kam der Fürst: denn es waren nur noch drei Tage bis zur Hochzeit.

Totenbleich ging ihm Cadina entgegen, um ihn zu begrüßen. Er stutzte, als er das blutrote Gefunkel an ihrem Hals sah.

„Du hast da einen seltsamen Schmuck", sagte er verwundert, „ich habe nie einen ähnlichen gesehen. Willst du ihn nicht abnehmen, damit ich ihn genauer betrachten kann?"

Aber Cadina schüttelte nur stumm den Kopf, drehte sich um und lief davon.
Das schien dem Fürsten sonderbar. Er forschte nach und erfuhr auch alsbald, was es mit dem Halsband für eine Bewandtnis habe. Da faßte ihn ein Grausen an und er verließ eilig Burg und Tal, um nie wiederzukommen.
Von da an war es aus mit Cadina. Sie verfiel immer tiefer in Trübsinn, wollte nicht mehr essen, nicht mehr sprechen und niemanden mehr sehen.
Und die Leute im Tal sagen, daß sie nach ihrem Tode keinen Frieden finden konnte, weil sie im Leben keine Liebe und kein Erbarmen kannte.

DIE QUELLE DES VERGESSENS

Weit hinten im Fassatal liegt westwärts auf einer Bergterrasse, am Fuße senkrechter Felswände, das Dörflein Monzòn. Da öffnet sich das Vajoléttal, der Sojàlbach fließt mitten zwischen grünen Almwiesen hindurch, und die Gegend ist hell und freundlich.
Aber dort, wo das Weideland aufhört, steigen dunkle Schrofen empor, die „Porte neygre“, die Schwarzen Tore, und jenseits davon beginnt das verzauberte Gebirge. Da liegt der steinerne Rosengarten mit seinem zerklüfteten Gewände und seinen öden Karen, in denen das Geröll unmerklich langsam niederrieselt. Auch an der Südseite bei den Mugòni und im Baèl ist alles eine einzige starrende Felswildnis.
Irgendwo da droben aber, in einer der vielen dunklen Klüfte, fließt die Quelle des Vergessens, und wer daraus trinkt, der vergißt im selben Augenblick alles, was vorher war, und muß sein Leben wieder neu beginnen.
Darüber erzählten in früheren Zeiten die Fassaner viele merkwürdige Geschichten. Aber wo die Quelle wirklich war, wußte niemand genau anzugeben: denn um keinen Preis hätte sich jemand hinaufgewagt in die Felseinöde hinter den Schwarzen Toren.
Hinter den Schwarzen Toren begann das Reich der Hexen, das wußte jedes Kind im Fassatal. Und den Hexen durfte man beileibe nicht in die Hände geraten, wenn einem das Leben und die geraden Glieder lieb

waren! Sonst konnte es ganz leicht sein, daß sie nur ein paar Finger krumm machten und dazu eines ihrer Sprüchlein murmelten, und flugs war man in einen Vogel oder in einen Baum oder in eine Kröte verwandelt! Oh, die armen Fassaner hatten eine gewaltige Angst vor Hexen und ähnlichem Nachtvolk. Und das Schlimmste war: je mehr sie Angst hatten, desto mehr schien das Hexenunwesen zuzunehmen.
Wenn man wenigstens noch sicher gewesen wäre, daß die unholden Weiber da hinten in ihrer Steinwüste blieben! Aber im Herbst, wenn die Hirten mit dem Vieh zu Tal gezogen waren und die Almweiden verlassen dalagen, kamen die Hexen hinter den Porte neygre hervor und tanzten in Mondnächten auf dem ebenen Wiesenboden von Ciampedìe ihre greulichen Tänze.
Und sogar in den Dörfern – nein, nicht einmal da war es überall recht geheuer, und die Fassaner behaupteten, wenn man nur den Mut hätte, einmal nachts hinaufzugehen auf den Ciampedìe, könnte man manche mit ihrem Besen tanzen sehen, die das ganze Jahr scheinbar ehrbar in ihrer Hütte hausten, insgeheim aber allerhand böse Künste trieben. Freilich, laut zu sagen traute sich das niemand vor lauter Angst.
Nun lebte in Monzòn ein junger Bursche namens Gordo, der hatte weder Eltern noch sonst jemanden auf der Welt, und so wohnte er bei einer alten Verwandten, die er Anda nannte. Sie ließ es ihm an nichts fehlen, aber dennoch mochte er sie nicht recht leiden, er wußte nicht, warum. Und so wie ihm erging es jedermann im Tal.
„Sie versteht mehr als essen und trinken“, hieß es in Monzòn und Sojàl und Pera, und die Leute gingen der Alten sorgfältig aus dem Weg. Sie mieden aber auch Gordo ein wenig. „Denn“, sagten sie unter sich, „viel Gutes wird nicht an dem Verwandten der alten Hexe sein. Der Apfel fällt nicht weit vom Stamm.“ Die Menschen sind eben meist recht schnell fertig mit ihrem Urteil.
Sie taten Gordo unrecht, denn er war ein braver Bursche und ahnte nichts von dem bösen Treiben der Alten. Aber er war doch immer recht froh, wenn er im Sommer mit den anderen Hirten aus den Dörfern das Vieh auf die Almweiden treiben konnte und die Anda eine Weile nicht mehr zu sehen brauchte.
In der letzten Zeit gab es auch noch etwas anderes, was ihm das Leben daheim verleidete: das war die reiche Witwe aus Pera, die immer kam, die Anda zu besuchen. Sie gefiel ihm ganz und gar nicht, obgleich sie jung war und kein häßliches Gesicht hatte. Aber ihre Augen glitzerten so sonderbar und ihr Blick war so stechend, daß es Gordo gruselte, sooft sie ihn ansah. Und das Schlimmste war, daß er von der Anda jeden Tag ein

paarmal hören mußte: „Das wäre eine Frau für dich. Sie wird dich gern nehmen, und du bist ein Dummkopf, wenn du sie nicht nimmst."
„So will ich zehnmal lieber ein Dummkopf sein!" sagte Gordo zornig und ging mit dem Vieh ins Vajoléttal hinauf.
Aber ein Sommer ist schnell herum, und als die kalten Nächte kamen und das Gras auf den Weiden karg und gelb wurde, begannen die Hirten allmählich vom Heimfahren zu reden.
„Ja", sagten sie, „es wird auch Zeit, daß wir uns davonmachen. Bald werden die Hexen hinter den Schwarzen Toren hervorkommen und dann ist es aus mit uns. Gib gut acht, Gordo! Auf dich haben sie es gewiß besonders abgesehen! Um uns werden sie sich vielleicht nicht viel kümmern. Aber du bist so groß und schön, und das sticht den häßlichen alten Hexen in die Augen. Mach dich nur ja früh genug aus dem Staub! Denn wenn dich die Striòna, die Oberhexe, ersieht, behält sie dich ganz gewiß für sich!"
Gordo lachte, obleich er es nicht leiden mochte, wenn sie ihn wegen der Hexen hänselten. Sie taten es oft, er wußte nicht warum. Die anderen lachten auch, aber sie dachten an die Anda und schielten ihn doch mit einem leisen heimlichen Mißtrauen an. Gordo merkte nichts davon, und weil er sich ärgerte und auch keine Angst vor Gespenstern, Hexen und dem übrigen Nachtgesindel hatte, sagte er trotzig: „Was gilt's? Wenn ihr heimfahrt, bleibe ich allein heroben! Ich will doch sehen, ob ein einziges wahres Wort an den ganzen Hexengeschichten ist!"
Zuerst machten sie wohl betretene Gesichter, aber schnell gewann die Neugier die Oberhand. „Ja, tu das, Gordo", eiferten sie ihn an. „Dann kannst du uns erzählen, wie es gewesen ist!"

Gesagt, getan! Als die Hirten ein paar Tage später mit den Herden ins Tal zogen, blieb Gordo wirklich allein zurück.
Er hockte vor einer Heuhütte auf dem Ciampedìe, aß Brot und Speck und horchte, wie drunten das Geläut der Glocken und das Brüllen der Tiere immer leiser wurde und endlich verstummte. Als er satt war, kroch er ins Heu und gedachte bis zum Abend zu schlafen, damit er später in der Nacht wach bleiben könnte.
„Es wird zwar gar nichts geschehen", meinte er, schon halb im Einschlafen, „aber vielleicht sehen die anderen dann endlich ein, daß sie ganz umsonst so viel Wesens mit den Hexen machen."
Es mußte schon spät sein, als Gordo wieder erwachte. Draußen schien der Mond sehr hell, und zwischen den Balken der Hütte fiel das Licht in silbernen Streifen herein.
Aber das Mondlicht war es nicht, was ihn geweckt hatte, das wußte er

sogleich. Er richtete sich auf und horchte. Da mußte doch vorher irgendein abscheulicher Lärm draußen in der Nacht gewesen sein! Aber jetzt war alles still. Vielleicht hatte er doch nur geträumt!

Im nächsten Augenblick fuhr er in die Höhe. Oh, du lieber Himmel, was war denn das? Es kreischte und pfiff, es schrie und lachte da draußen, als wäre eine Horde Teufel losgelassen! Gordo krallte die Hände ins Heu und hockte da und spürte, wie sich ihm vor Grauen die Haare sträubten. „Huiiiii . . .“, sauste es mit grellem Pfeifen um die Hütte. „Hi, hi, hi“, kicherte es boshaft an der Wand. „Da steckt einer drin, da steckt einer drin!“ johlte es und klopfte zu Gordos Entsetzen mit knochigen Fingern an die Tür.

Gerade vor ihm war ein breiter Spalt zwischen den Balken, durch den er die Wiese überblicken konnte. Aber er hätte viel lieber die Augen zugemacht, um nichts zu sehen.

Es war unheimlich lebendig geworden rings um die Hütte. Dunkle Gestalten kauerten an der Holzwand und lugten durch die Spalten zu ihm herein. „Da sitzt er, da sitzt er“, wisperte es höhnisch, und den armen Gordo überlief eine Gänsehaut dabei. Hinter Büschen und Bäumen schlichen sie hervor, schwangen sich mit wehendem Kittel an ihren Besen im Kreise und kreischten dazu, daß es einem durch Mark und Bein fuhr. Und immer kamen noch mehr, da und dort und überall, wo er auch in seiner Verzweiflung den Kopf hindrehte, liefen sie heran, und eine sah greulicher aus als die andere. Der Mond leuchtete unbarmherzig in ihre wilden, häßlichen Gesichter, und Gordo dachte schaudernd, nein, er würde nie wieder sagen, es gäbe keine Hexen! Jetzt reute es ihn freilich bitterlich, daß er nicht mit den andern heimgefahren war. Aber was half das? Da saß er wie eine Maus in der Falle, weiß Gott, was die unholden Weiber mit ihm beginnen mochten, wenn sie ihn bekamen! Denn daß er ihnen nicht entrinnen würde, das dünkte ihn gewiß.

Indessen tanzten und wirbelten sie da draußen um die Hütte, daß ihm ganz schwindlig im Kopfe wurde, und wie er sich auch die Augen ausschaute, nirgends gab es ein Flecklein zum Entkommen.

Dann wurde es mit einem Mal still. Gordo hielt den Atem an.

Aus dem Kreis der andern trat eine große, dürre Hexe mit einem uralten Gesicht, die Nase hing ihr fast bis auf das spitze Kinn herab, und Gordo hätte es nie für möglich gehalten, daß jemand so unbeschreiblich häßlich sein konnte. Die Alte kam auf die Tür zu und schlug mit ihrem langen schwarzen Birkenbesen dagegen.

„Aufmachen!“ befahl sie mit einer Stimme, die knarrte wie eine rostige Angel.

„Das ist die Striòna!" dachte Gordo, rührte sich nicht und schwitzte vor Angst. Da bückte sie sich und spähte zu ihm herein, gerade mitten in sein Gesicht. „Wenn du nicht aufmachst, steigen wir aufs Dach und kommen von oben hinunter", drohte sie.
Da schien es Gordo immer noch besser, die Tür zu öffnen, und weil es nun doch einmal keine Rettung mehr gab, nahm er allen Mut zusammen, riß die Tür auf und sprang mit einem Satz hinaus. Im Nu hatten sie ihn umringt, lachten und schrien vor Vergnügen, fuhren ihm ins Gesicht mit ihren Fingern, an denen die Nägel lang und schwarz wie Vogelklauen waren; sie zogen ihn an den Haaren und zupften ihn hinten und vorne am Gewand, daß er am liebsten mit Händen und Füßen um sich geschlagen hätte.
„He, das ist ja noch ein ganz grasgrünes Bürschlein!"
„Dich hat gewiß die Neugier hergetrieben!"
„Warte nur, du sollst allerhand erleben!"
„Ja, gib acht, du wirst nicht so leicht wieder auf etwas neugierig sein!"
So schrien sie durcheinander, daß ihm Hören und Sehen verging. Dann begannen sie langsam im Kreis um ihn herumzutanzen, und er hatte Zeit genug, sie genau zu betrachten, obgleich es ihn ganz und gar nicht danach gelüstete.
Plötzlich stutzte er. Diese da – die sah doch wahrhaftig beinahe aus wie die Anda! Aber sie hielt den Kopf weggewendet und versteckte sich ein wenig hinter den andern. Abermals zuckte Gordo zusammen. Dort hinten – das war ja die reiche Witwe aus Pera, nur sah sie viel wilder und häßlicher aus als sonst! Aber ehe er sie genau zu erkennen vermochte, kamen andere Gesichter dazwischen, und er verlor sie aus den Augen.
Auch die Anda konnte er nicht mehr entdecken, und so meinte er schließlich kopfschüttelnd, er müsse sich wohl geirrt haben in seiner Angst und Aufregung. Denn wie sollte die Anda hieherkommen oder die Witwe? Nein, gewiß hatte ihn nur eine Ähnlichkeit genarrt.
Indessen stand wieder die große Alte vor ihm. „Hast du uns nun alle gut angesehen?" fragte sie barsch. „Dann such' dir eine Königin!" Sie nahm einen kleinen Kranz aus dürrem Reisig, der an ihrem Besen hing, und drückte ihn Gordo in die Hand.
„Eine Königin?" stotterte er verständnislos.
„Freilich, du Tölpel", sagte sie ungeduldig. „Du sollst derjenigen von uns, die dir am besten gefällt, den Kranz aufsetzen, sie ist dann deine Gebieterin, und du mußt ihr treulich dienen. Vorwärts, wähle!"
Aber jetzt wurde Gordo zornig. Das fehlte noch, daß er einem dieser greulichen Weiber dienen sollte!

„Oho!" schrie er wütend. „Da habe ich auch noch ein Wörtlein mitzureden! Schert euch fort alle miteinander! Ihr habt mir nichts zu befehlen, und ich werde froh sein, wenn ich keine von euch mehr zu sehen brauche, so häßlich wie ihr seid!"

Im gleichen Augenblick merkte er, daß sie sehr böse wurden. Sie zischten und flüsterten miteinander, ihre Augen glitzerten gefährlich und ihre wirren Haarsträhne begannen sich knisternd aufzurichten wie Stacheln.

„Das hätte ich nicht sagen dürfen!" erkannte Gordo erschrocken. Aber die Reue kam schon zu spät, und das Unheil war geschehen.

Die Striòna gab einen kurzen Befehl und zugleich fühlte sich Gordo von allen Seiten ergriffen, er wurde geschoben und gestoßen und unbarmherzig vorwärtsgezerrt, fort über die Wiese, und ehe er sich's versah, waren sie drüben am Fuße der Felsen, wo seitwärts der Wald begann. Da stand ein wenig entfernt von den andern ein einzelner Krüppelbaum, daran banden die Hexen den armen Gordo mit langen Wurzelfasern fest, ohne daß er sich zu wehren vermochte. Dazu murmelten und murmelten sie böse Sprüche, die er nicht verstand. Und zuletzt sagte die Striòna: „So, nun hast du Zeit, nachzudenken. Heute in einem Jahr kommen wir wieder. Dann darfst du dir abermals eine Königin wählen! Bis dahin bleibst du im Baum."

Damit gingen sie fort und überließen ihn dem Schicksal, zu dem sie ihn verzaubert hatten.

Gordo aber wurde langsam starr und hart und dunkelbraun wie Holz, verlor seine Gestalt und wuchs in den Baum hinein. Sein Gesicht wurde grau und rissig wie Rinde, Harz floß darüber hinab und allerlei Getier kroch auf ihm herum. Und nach kurzer Zeit hätte niemand mehr sehen können, daß in dem Krüppelbaum ein Mensch verschwunden war. Nur die rechte Hand, die noch den Reisigkranz hielt, ragte heraus wie ein verdorrter Zweig ...

Drunten in Monzòn und Sojàl warteten die anderen Hirten neugierig auf Gordo. Aber Tag um Tag verging und Gordo kam nicht. Da wurden sie allmählich besorgt und das Gewissen drückte sie. Ein paar von ihnen machten sich eines Tages auf, ihn zu suchen. Sie streiften das ganze Vajoléttal ab, aber von Gordo fanden sie keine Spur.

Jetzt begannen die Leute in den Dörfern freilich aufgeregt zu raten und zu fragen. Die einen sagten, die Hexen hätten ihn gewiß längst in Staub und Rauch verwandelt und man werde ihn nie wiedersehen. Die anderen zuckten die Achseln und meinten mißtrauisch, vielleicht sei Gordo freiwillig droben geblieben, weil er eben auch zu dem Nachtgesindel gehöre. Nur die Anda sagte nichts, und niemand wagte sie zu fragen. Sie lief mit

finsterem Gesicht herum, und wenn ihr jemand in die Nähe kam, schlurfte sie eilig davon. Manchmal kam die reiche Witwe aus Pera, und dann hockten die zwei die halbe Nacht in der dunklen Stube und beratschlagten, was zu tun sei: denn die Witwe hätte Gordo gern zum Mann gehabt. Aber sie vermochte nichts gegen die Striòna und alle die anderen Hexen.
„Geduld", sagte die Anda. „Du sollst ihn doch noch bekommen. Laß mir nur Zeit, es wird mir schon etwas einfallen."
Als es gegen den Winter zu ging, redeten die Leute immer weniger von Gordo und vergaßen ihn endlich ganz.
Nur ein Mädchen in Sojàl vergaß ihn nicht: denn sie hatte ihn sehr lieb und wollte nicht glauben, daß er nie wiederkommen sollte.
Sie hieß Vinella und lebte, seit sie denken konnte, bei den Holzhauersleuten in der Hütte am Rande des Dorfes. Freilich, wie sie dorthin gekommen war, davon hätte der Holzhauer eine recht merkwürdige Geschichte erzählen können.
Einmal, als es Tag und Nacht und wieder Tag und Nacht geregnet hatte, schwoll der Sojàlbach so bedrohlich an, daß sich die Männer aufmachen mußten, das Wasser vom Dorf abzuwehren. Der riesige Holzhauer ging ein Stück talauf, sein Werkzeug auf der Schulter: denn er gedachte an einer Biegung des Baches weiter droben einen Damm aufzuwerfen. Er arbeitete gern allein, richtete soviel aus wie drei andere und war froh, wenn er nichts zu reden brauchte.
Neben ihm wälzte sich die wilde braune Flut daher, es rumpelte und polterte darin von den großen Steinen, die das Wasser mit sich führte, Sträucher kamen vorbeigeschwommen und manchmal ein paar Bretter von einer Heuhütte, die der Bach irgendwo mitgenommen hatte.
Plötzlich, als der Holzhauer just anfangen wollte zu arbeiten, sah er etwas. Und als er erkannte, was es war, warf er sein Werkzeug fort und watete schnell ins Wasser: denn mitten in den erdfarbenen Wogen war eine Frau aufgetaucht. Er hätte nicht sagen können, wie es zuging, sie war eben auf einmal da, und zu seiner Verwunderung schien sie in dem reißenden Wasser aufrecht zu stehen, das ihr fast bis an die Brust reichte. Sie hielt ein Kind in den Armen, das sie fürsorglich an sich drückte, und blickte bittend und angstvoll zu ihm herüber. Der Holzhauer warf sich mit aller Kraft gegen die Flut, und er war stark wie ein Bär. Dennoch vermochte er kaum der furchtbaren Gewalt zu widerstehen, mit der das Wasser an seinen Beinen zerrte und ihn um ein Haar zu Fall gebracht hätte. Die Frau aber – die stand da drüben, schmal und zierlich, mit einem Gesichtlein, das wie blasses Mondlicht schimmerte, das lange goldene Haar floß um ihre Schultern, und sie hielt das Kindlein fest und schwankte nicht einmal.

Er hatte sie gewiß noch nie gesehen, sie konnte nicht aus dem Tale sein. Und sie schien ihm auch recht merkwürdig, je länger er sie betrachtete, ganz anders als alle Frauen, die er kannte.
Als der Holzhauer ihr so nahe war, daß er ihre Augen sehen konnte, so hell und durchsichtig wie Kristalle, da kam ihm ein absonderlicher Gedanke . . . Aber zugleich kam auch eine riesige Welle, riß der Frau das Kind aus den Armen und warf es dem erschrockenen Holzhauer gerade in die Hände. Und während er es mit diesen Händen, die so groß waren wie Schaufeln, hastig an seine gewaltige Brust drückte, sah er voll Entsetzen, wie die Frau vor ihm im Wasser versank, so schnell, als hätte sie jemand in die Tiefe gezogen.
Er stand und stemmte die Füße gegen den Grund und starrte auf die Stelle, wo sie verschwunden war: aber da war nichts mehr als braune Wogen, die sich talaus wälzten.
Da drehte sich der Holzhauer um, watete ans Ufer und ging heim nach Sojàl, das triefnasse weinende Bündelchen im Arm, voll Angst, er könnte es zerbrechen, weil es gar so klein und seine Hände gar so groß waren.
Unterwegs kamen ihm die absonderlichen Gedanken wieder: Droben im Berge Larsèk wohnten die Vivàne, die geheimnisvollen Bergfräulein. Ihr Haar war wie gesponnenes Gold und ihre Augen hell wie Bergkristall. Manchmal sah sie einer, der in der Vollmondnacht übers Joch ging, droben auf den Felsen sitzen, regungslos, das leuchtende Gesicht dem Himmel zugewandt, und sie waren so schön, daß er sich sein Leben lang sehnte, sie wiederzusehen. Früher waren sie manchmal herabgekommen ins Tal, wenn irgendwo Menschen in Not waren, und hatten ihnen geholfen.
Das alles fiel dem Holzhauer ein, während er mit riesigen Schritten heimzu lief: und er meinte, die Frau im Wasser habe gewiß kein bißchen anders ausgesehen als die Bergfräulein droben auf dem Larsèk.
Als er endlich daheim in der Hütte ankam, schwitzte er vor lauter Denken und auch, weil er das Bündelchen so krampfhaft halten mußte, daß seine Arme schon ganz lahm waren.
Die Frau riß die Augen auf, aber sie machte nicht viele Worte, nahm ihm das kleine weinende Ding ab, und der Holzhauer hatte sich selten in seinem Leben so erleichtert gefühlt.
„Frau“, sagte er, „hör zu, ich muß dir etwas erzählen.“
Sie dachte ein wenig nach, als sie alles erfahren hatte, und weil sie eine gute Frau war und gern ein Kind haben wollte, sagte sie: „Wir wollen es behalten, ob es nun von den Vivàne stammt oder ob seine Eltern landfahrende Leute waren, die bei dem Hochwasser umgekommen sind. Gewiß ist, daß es eine Mutter braucht.“

So wuchs Vinella bei den Holzhauersleuten auf, wurde ein schmales, zierliches Mädchen mit großen, ein wenig scheuen Augen, war freundlich gegen Mensch und Tier, half, wo sie konnte, und jedermann mochte sie gern.
Aber seit Gordo verschwunden war, hatte sie keine frohe Stunde mehr, weinte oft heimlich und dachte immerfort darüber nach, wie sie ihm helfen könnte.
„Ich weiß ganz gewiß, daß er nicht tot ist. Aber die Hexen haben ihn in der Gewalt. Die Anda könnte mir wohl sagen, wo er ist, wenn ich nur nicht so sehr Angst hätte, sie zu fragen."
So überlegte Vinella hin und her, und als sie keinen anderen Ausweg fand, faßte sie sich ein Herz und ging dennoch in die Hütte der Anda. „Ich bitte dich, sage mir, wo Gordo ist."
Die Alte sah sie böse an. „Woher soll ich das wissen? Und was geht es dich an?"
Vinella schluckte tapfer die Tränen hinunter. „Ich möchte ihm so gern helfen. Aber ich weiß nicht, wie ich es anfangen soll. Du kannst mir gewiß einen Rat geben."

„Ich? Bist du närrisch?" fuhr die Anda sie an. „Zwar einen Rat will ich dir geben: kümmere dich ja nicht um Gordo! Es könnte dir übel bekommen. Und jetzt mach, daß du fortkommst!"
Damit stieß sie das Mädchen hinaus und schlug die Tür hinter ihr zu.
Traurig ging Vinella heim. Aber sie wollte die Hoffnung nicht aufgeben. Als der Sommer kam, zog sie mit den Hirten auf die Alm im Vajolèttal. „Da komme ich weit in der Gegend herum, wo Gordo verschwunden ist", dachte sie. „Vielleicht finde ich eine Spur von ihm." Aber der Sommer verging, und sie wußte nicht mehr als zuvor. Tagsüber lief sie hinter den Schafen her, streifte durch den Wald, kletterte auf Felsen und spähte in Klüfte hinab, abends half sie der alten Frau, die in der Hütte Butter und Käse machte.
Es wurde Herbst, und bald war ein Jahr um seit Gordos Verschwinden. Da brachte eines Tages der Bub, der die Ziegen hütete, einen großen Sack mit Zirbelnüssen. Er lachte, als ihn die Hirten fragten, wo er sie denn gefunden hätte. „Drüben bei den Wänden des Tjadenàtsch", sagte er. „Ich habe gesehen, wie die Gayòles, die Nußhäher, immer zu dem einzelnen Krüppelbaum hinflogen. Da ist zwischen den Wurzeln eine kleine Höhle und darin habe ich die Nüsse gefunden. Jetzt können wir Zirbelnüsse essen, soviel wir wollen."
Dazu ließen sich die Hirten freilich nicht zweimal bitten. Nur Vinella wollte nicht essen. „Das ist der Vorrat, den die Gayòles für den Winter

gesammelt hatten", sagte sie. „Nun hast du ihn genommen und die armen Vögel müssen hungern."

Die andern lachten sie aus und aßen, bis sie genug hatten. Aber zuletzt blieb doch noch eine große Menge übrig. Vinella tat sie wieder in den Sack, lief damit zu dem Krüppelbaum hinüber und schüttete sie in die Höhle zwischen den Wurzeln.

Da sah sie über sich auf einem Ast eine Gayòla sitzen, die mit ihren glänzenden schwarzen Augen zu ihr herabblickte. Und plötzlich hub der Vogel an zu reden.

„Ich danke dir", sagte er. „Du bist sehr gut gegen uns gewesen und ohne dich müßten wir wohl in diesem Winter Hungers sterben. Dafür will ich dich belohnen. Nimm dir drei Nüsse und verwahre sie gut. Und wenn du einmal etwas erfahren willst, was dir sonst niemand sagen kann, so lege die drei Nüsse in deine linke Hand: dann werde ich sogleich zur Stelle sein. Ich kenne alle Geheimnisse des Gebirges." Damit flog die Gayòla davon, und Vinella lief zur Hütte zurück.

In dieser Nacht konnte sie nicht schlafen. Sie lag auf ihrem Strohsack und dachte über das sonderbare Geschenk des Vogels nach.

Plötzlich setzte sie sich kerzengerade auf. „Ich kenne alle Geheimnisse des Gebirges", flüsterte sie atemlos vor sich hin. Wenn die Gayòla die Wahrheit gesagt hatte, dann mußte sie auch wissen, wo Gordo war! Oh, ganz gewiß wußte sie es!

Von diesem Augenblick an wartete Vinella sehnsüchtig, die Augen auf das winzige vergitterte Fenster gerichtet, auf den Morgen.

Kaum war es ein wenig grau geworden, da stand sie auf, warf ihren Kittel über, nahm die drei Nüsse und verließ leise die Hütte. Ein Stücklein entfernt setzte sie sich auf einen Felsblock und hielt die linke Hand mit den Nüssen vor sich hin. Wenn nun die Gayòla nicht kam, war sie wieder um eine Hoffnung betrogen, und morgen mußte sie mit den anderen das Vajoléttal verlassen und nach Sojàl heimkehren.

Aber im selben Augenblick war der Vogel da. „Du hast mich gerufen?"

„Ja", antwortete Vinella hastig, „da du alle Geheimnisse des Gebirges kennst, bitte ich dich, sage mir, was aus Gordo geworden ist."

Die Gayòla wiegte das Köpfchen hin und her. „Ich weiß es freilich", sprach sie zögernd. „Aber es ist eine böse Geschichte und vielleicht sollte ich sie dir lieber nicht erzählen!"

„Ach, tu es doch", bat Vinella inständig. „Ich muß ihm helfen, wenn es nur irgendein Mittel dazu gibt!"

„Es gibt wohl ein Mittel", meinte die Gayòla nachdenklich. „Aber ich weiß nicht, ob du imstande sein wirst, es herbeizuschaffen. Du kennst den

Krüppelbaum drüben beim Tjadenàtsch. Da haben die Hexen Gordo hineinverzaubert. Er kann nur erlöst werden, wenn jemand eine Trosilla, eine weiße Alpenrose, findet und sie in die Rinde des Baumes steckt, an der Stelle, wo Gordos Herz ist. Aber die Trosilla ist sehr selten und wächst nur hinter den Schwarzen Toren, dort, wo das Gebirge Vajolòn am wildesten ist. Du weißt, was für eine Gefahr es bedeutet, durch die Schwarzen Tore hinaufzusteigen, und du wirst dich gewiß fürchten."

„Ja", sagte Vinella, und ihr Gesichtlein wurde ganz spitz vor Angst, „ja, ich fürchte mich entsetzlich. Aber das tut nichts. Ich habe Gordo so lieb, daß ich gern mein Leben wagen würde, um ihn zu retten."

„Dann ist es gut", sprach die Gayòla freundlich, „du hast die rechte Liebe, die stärker ist als alles auf der Welt, selbst als das Böse. Geh getrost durch die Schwarzen Tore, die Unholden werden dir nichts anhaben können, und du wirst auch die Trosilla finden. Helfen kann dir freilich jetzt niemand mehr, du wirst allein den Kampf gegen die Hexen aufnehmen müssen. Sie sind leider sehr mächtig und werden alles daransetzen, Gordo zu behalten. Aber du hast Glück: morgen wird es gerade ein Jahr, seit er im Baume steckt. Wenn du ihm die Trosilla bringst, bevor es dunkel wird, so ist er gerettet. In der Nacht aber kommen die Hexen wieder, und was sie dann mit ihm anfangen, weiß ich nicht."

„Oh, ich werde vor ihnen da sein, und wenn ich mir die Füße wundlaufen müßte", rief Vinella voll Eifer, strich der treuen Gayòla dankbar über das Köpfchen und lief davon: sie mußte heute noch viel Arbeit tun, denn morgen – morgen würde sie nicht mehr da sein. Da würde sie hinter den Schwarzen Toren umherirren, mutterseelenallein, und die weiße Alpenrose suchen . . . Nein, sie mochte nicht gerne daran denken: aber es mußte sein!

Die Alte in der Sennhütte riß vor Schrecken die Augen auf, als Vinella ihr sagte, sie wolle nicht mit ihnen ins Tal hinab. Sie schimpfte und jammerte, und auch die Hirten schalten Vinella ein närrisches Mädchen, aber sie blieb dabei, und als die anderen mit den Herden abwärts zogen, war sie schon unterwegs nach den Schwarzen Toren.

Sie ging hastig vorwärts, in den trüben Morgen hinein, das Vajoléttal schien ihr so düster wie noch nie, seitwärts standen die Bäume wie ertrunken im Nebel, selbst der Bach, der sonst so hell und fröhlich schwätzte, schlich still an ihr vorüber, als kenne er sie nicht mehr, und Vinella kam sich so verlassen vor wie noch nie in ihrem Leben. Aber sie lief weiter und kam endlich an den Fuß der dunklen Wände. Ja, da war die hohe Felsenstufe, die mußte man umgehen und dann war man drüben. Und dann? Vinella blieb stehen, weil ihr ganzer mühsam zusammengeraffter Mut mit einem Mal wieder fort war. „Gordo", sagte sie leise vor sich hin und schlang die eiskalten Finger ineinander. „Gordo, ich gehe gleich. Ich weiß ganz gewiß, daß ich hinübergehen werde. Nur noch eine kleine Weile muß ich warten, bis ich mich nicht mehr so sehr fürchte."

Aber im nächsten Augenblick lief sie schon. Sie bog um den Felsen, es war nicht schwierig und nicht gefährlich, und dann lagen die Schwarzen Tore hinter ihr, und ringsum war die ungeheure steinerne Öde des verzauberten Gebirges, das seit eh und je von allen gemieden wurde.

Da stand sie, ein kleines blasses Mädchen, und wagte kaum hinaufzublicken zu den himmelhohen Gipfeln, die so feindselig und erbarmungslos aussahen wie nirgends sonst. Aber wohin sollte man denn schauen? In die dunklen Klüfte, aus denen die Nebel auf einen zukrochen wie riesige graue Ungeheuer? Oder in die tiefen Tobel hinab, in denen es brodelte und wallte wie Dampf? Nein, nirgends konnte man hinschauen: es war alles gleich furchtbar in dieser verwunschenen Landschaft.

Aber irgendwo wuchs die Trosilla, die weiße Alpenrose, die man finden mußte.

Vinella lief durch die Wildnis, sie wußte nicht, wie lange schon. Sie hatte keinen Weg, sie lief, wo ihre Füße einen Halt fanden. Die Trosilla konnte überall stehen oder nirgends.

Der Nebel wanderte neben Vinella her, und wenn sie in die Höhe kletterte, stieg er mit. Oh, er war unheimlich, dieser Nebel: er ballte sich so wunderlich zusammen, und wenn man genau hinsah, hatte er auf einmal ein Gesicht, ein greuliches Gesicht, daß einem der Atem stockte und man sich schnell festhalten mußte, um nicht hinabzustürzen.

Manchmal schrie Vinella laut auf: das war, wenn aus einer Kluft, in die sie just hineinspähen wollte, plötzlich ein dürrer Arm fuhr und mit der Faust drohte, oder wenn einer dieser uralten entsetzlichen Köpfe aus einer Spalte hervorschoß, eine wilde Fratze schnitt und wieder verschwand. Bald da, bald dort schlich etwas eine Weile neben ihr her, zischte böse und verlor sich wieder im Nebel. Ach, wer weiß, was es war: es kam nicht mehr darauf an.

Vinella stolperte weiter. Ihre bloßen Füße brannten wie Feuer: sie achtete nicht darauf. Sie sah auch gar nicht, daß sie auf den Steinen rote Spuren hinterließen. Sie wußte nicht einmal, daß sie schon todmüde war, selbst zu müde zum Fürchten. Und die Trosilla hatte sie immer noch nicht gefunden.

Halb blind vor Erschöpfung, tastete sie sich um einen Felsen herum. „Gordo", murmelte sie und hielt sich irgendwo fest, weil alles um sie schwankte. „Gordo, du mußt noch ein wenig Geduld haben. Aber ich

finde die Trosilla ganz gewiß! Nur – hier ist so vieles, was mir Angst einjagt! Oh, Gordo, ich fürchte mich! Aber es tut nichts, nein, es tut nichts! Siehst du, ich gehe schon wieder weiter."

Aber sie ging nicht: denn in diesem Augenblick sah sie die Trosilla. Die Blume stand gerade gegenüber auf einer dunklen Steinwand, ein wenig höher als Vinella. Sie hatte nur eine einzige Blüte, die war weiß wie Schnee und neigte sich ein wenig über den Rand des Felsens herab, als warte sie darauf, daß das Mädchen sie pflückte.

Ja, Vinella hätte nur noch drei Schritte zu tun brauchen und die Hand auszustrecken. Aber es blieb ihr keine Zeit dazu. Rings um sie brach mit einem Schlag ein so höllisches Toben los, daß ihr vor Schrecken das Blut in den Adern gefrieren wollte; es war, als hätten die Unholden sich alle miteinander verschworen, sie zu vernichten. Der Nebel wurde jäh schwarz und begann um sie im Kreis zu wirbeln wie Rauch, es heulte und pfiff darin, greuliche Gestalten stürzten daraus hervor und griffen mit Krallenfingern nach ihr. Vinella wußte nicht, daß sie selber laut schrie. Aber sie hörte, wie die Hexen vor Wut kreischten, sie sah ihre Haare wie Stacheln um die wilden Gesichter starren, sie merkte, wie sie ratlos innehielten, sich duckten und zurückwichen.

Und plötzlich begriff sie mitten in ihrer entsetzlichen Angst, daß die Unholden nicht an sie heranzukommen vermochten: sie sprangen vor und prallten heulend vor ohnmächtigem Grimm wieder zurück.

Ein Hagel von Steinen prasselte ringsum nieder. Vinella traf kein einziger. Ein Felsblock krachte dicht neben ihr zu Boden, aber er streifte sie nicht einmal.

Da ging sie einfach vorwärts, geradeaus in das schwarze Gewimmel hinein, geradeaus zwischen den wilden Weibern hindurch, die ihr vergebens den Weg zu versperren suchten: Vinellas große Liebe war stärker als sie. Im nächsten Augenblick hielt sie die weiße Alpenrose in der Hand. Da war mit einem Mal der grausige Spuk zu Ende, der Nebel verkroch sich, geduckte Gestalten huschten eilig in Klüfte und Spalten, und über dem verzauberten Gebirge stand ein Stücklein heller Himmel.

Vinella drückte die Trosilla an sich vor lauter Glückseligkeit. Oh, nun war alles gut! Nein, noch nicht alles! Sie blickte besorgt in die Höhe. Dieses Blau gefiel ihr nicht. Es war so silbern, wie der Himmel gegen Abend wird, wenn die Sonne untergegangen ist. Gewiß war es schon sehr spät. Und der Weg nach dem Berge Tjadenàtsch war so weit! Nein, sie hatte keine Zeit zu rasten, sonst würden die Hexen vor ihr bei Gordo sein – und alles war umsonst.

So begann sie hastig wieder zurückzuwandern gegen die Schwarzen Tore mit ihren schmerzenden Füßen, denen jeder Stein von neuem wehtat. Aber wenigstens war nichts und niemand mehr da, um sie zu erschrecken – und endlich kam sie wieder hinaus ins Vajoléttal. Sie begann den Bach entlang zu laufen, der Rasen war kühl und feucht und tat ihren Füßen wohl.

Aber indessen begann es zu dämmern, und als sie die Hütten erreichte, war es fast vollends Nacht geworden. Ohne Aufenthalt ging sie weiter, hinüber zum Berge Tjadenàtsch, und just als sie den Krüppelbaum in der Dunkelheit verschwommen auftauchen sah, rollte der Mond hinter dem Berge hervor.

Vinella stand vor dem Baum und das Herz klopfte ihr ganz laut. Scheu ließ sie die Augen über den merkwürdigen verwachsenen Stamm gleiten und über den knorrigen Ast, der an der rechten Seite herausragte. Der Mond schien hell darauf, und da sah sie plötzlich ganz genau, daß der Ast eine vertrocknete Hand war, die ein dürres Reisigkränzlein hielt. Und weil es gerade ein Jahr war, seit Gordo verzaubert im Baum saß, begab sich noch etwas sehr Sonderbares. Je länger Vinella hinschaute, desto deutlicher erkannte sie in der dunklen Rinde Gordos Gesicht und die Umrisse seiner Gestalt. Und als er so deutlich sichtbar geworden war, daß sie meinte, er blicke sie kummervoll an, da stiegen ihr vor lauter Mitleid die Tränen in die Augen. Hastig trat sie an den Stamm heran, suchte die Stelle, wo Gordos Herz sein mußte, und steckte die Trosilla mit zitternden Fingern in einen Riß der Rinde.

Da ging ein Knirschen und Brechen durch den Baum, als berste er auseinander, und Vinella sprang erschrocken zurück. Im nächsten Augenblick stand Gordo vor ihr.

Keines brachte ein Wort hervor: eine Weile sahen sie einander nur an. – Dann war es Gordo, als wache er aus einem tiefen, bösen Traum auf und zugleich fiel ihm alles wieder ein, was sich vor einem Jahr mit ihm zugetragen hatte. Und als er an die letzten Worte der Striòna dachte und Vinella so vor sich stehen sah, schmal und lieblich und noch sehr erschrokken, da packte er in seiner Freude das dürre Kränzlein und drückte es auf ihren Kopf. „Du sollst meine Königin sein“, sagte er ernsthaft.

Aber die arme Vinella verstand nicht, was das bedeuten sollte, und weil sie an diesem Tage schon so viel Schreckliches ausgestanden hatte, meinte sie, es nähme immer noch kein Ende und Gordo habe vielleicht den Verstand verloren in der langen Zeit da drinnen im Baume. Und da schluchzte sie vor lauter Kummer und Elend auf, drehte sich um und lief davon.

Gordo wäre ihr gern gefolgt, aber seine Füße wollten nicht recht gehorchen. Er kam nur langsam vorwärts und mußte sich immer wieder an den Wegrain setzen, um zu rasten.

Unterdessen lief Vinella schon längst weit draußen durchs Tal gegen Sojàl.
Es war spät in der Nacht, aber in der Hütte der Holzhauersleute brannte noch Licht, ein paar junge Burschen waren da, und sie hatten gerade beschlossen, am Morgen ins Vajoléttal hinaufzugehen und, wenn es sein mußte, sogar hinter die Schwarzen Tore, um das unglückliche Mädchen zu suchen. Aber wohl war ihnen ganz und gar nicht bei diesem guten Vorsatz.
So atmeten sie samt und sonders recht erleichtert auf, als plötzlich Vinella unter der Tür stand.
Im ersten Augenblick redeten und fragten sie alle durcheinander, aber alsbald blieb einem nach dem andern das Wort im Halse stecken. Die Blicke der tapferen Burschen von Sojàl hefteten sich verdutzt und neugierig auf Vinellas Gesicht, und zuletzt starrten sie alle auf ihren Kopf, als gäbe es da etwas Merkwürdiges zu sehen. Auch die Pflegemutter betrachtete sie voll Verwunderung: es war wohl die gleiche Vinella, die sie alle kannten, nur schien sie viel schöner als zuvor.
„Wo hast du denn den goldenen Brautkranz her?" fragte die Frau endlich.
Vinella wurde feuerrot. Sie hatte Gordos Reisigkränzlein ganz vergessen! Jetzt würden gleich alle sie auslachen! Hastig nahm sie das Kränzlein vom Kopf. Aber was war das? Es wog so schwer in der Hand, und es glänzte und glitzerte hell im Kerzenlicht, und als sie es genau ansahen, da fand es sich, daß das Reisigkränzlein wahrhaftig zu lauter Gold geworden war.
Da mußte Vinella erzählen, wie alles zugegangen war, und zuletzt meinten die Holzhauersleute, ein goldener Brautkranz sei noch lange nicht das Schlechteste für ein armes Mädchen, und weil es ja nun erwiesen sei, daß Gordo nichts mit den Hexen zu schaffen habe, könnte man ihm Vinella wohl zur Frau geben, wenn er käme und sie danach fragte.
Dazu machten freilich die jungen Männer von Sojàl lange Gesichter, denn sie wären lieber selber an Gordos Stelle gewesen, allein was half es? Wohl oder übel mußten sie sich damit zufriedengeben.
Vinella aber lief in ihre Kammer, verbarg den kostbaren Schatz in einer Truhe und hätte für ihr Leben gern gewußt, wie Gordo zu dem goldenen Kranz gekommen sein mochte.
„Ich hätte nicht fortlaufen dürfen", dachte sie traurig und sorgenvoll. „Wer weiß, was nun aus ihm geworden ist." –
Indessen wanderte Gordo langsam und müde die ganze Nacht hindurch, und als der Morgen graute, kam er nach Monzòn.
Er wollte just auf die Hütte der Anda zugehen, da sah er die Alte von der anderen Seite kommen. Sie schlurfte so hastig daher, daß sie ihn gar

nicht bemerkte, ihr Gesicht war finster, und er konnte sie zornig vor sich hinmurmeln hören. Gleich darauf war sie in der Hütte verschwunden.
Gordo ahnte nicht, daß sie geradewegs vom Ciampediè kam, wo sie und die anderen Hexen verdutzt und wütend vor dem leeren Krüppelbaum gestanden waren und nicht wußten, wo ihre Beute mitsamt dem kostbaren Kränzlein hingekommen sein mochte.
Gordo stand an die Stallmauer gedrückt und starrte verwundert hinter ihr drein. Wo kam die Anda zu dieser frühen Stunde her? Und sie hatte so absonderlich ausgeschaut, fast wie . . . die Hexen droben! Nein, er empfand nicht die geringste Lust, zu ihr in die Hütte zu gehen: aber er war so todmüde, daß er es endlich dennoch tat.
Die Alte hockte vor dem Herd und blies in die Glut, daß die Funken durch den Rauchfang hinaufstoben. Sie schoß in die Höhe wie gestochen, als er eintrat.
„Du? Wo kommst du denn her?“ fuhr sie auf ihn los, und ihre dürren Finger krallten sich in seinen Arm. Er schüttelte sie ab und tat den Arm hinter den Rücken.
„Von droben. Vom Ciampediè“, antwortete er kurz.
Sie blinzelte heftig mit den roten Lidern, an denen keine Wimpern saßen, und duckte sich ein wenig. „Vom Ciampedìe?“ murmelte sie. „Bist du – bist du ein ganzes Jahr auf dem Ciampedìe gewesen?“
„Ja. Sie haben mich in einen Baum hineinverwunschen, die Hexen“, sagte er müde. Er setzte sich auf das steinerne Herdmäuerlein und fing an zu erzählen. Die Anda hörte ihm wohl zu, aber ihr Gehaben dünkte ihn recht merkwürdig. Sie lief hin und her, als lasse ihr etwas keine Ruhe, ihre Augen fuhren wie der Blitz über ihn hinab, ein paarmal tat sie den Mund auf, als wollte sie etwas fragen, und wenn er einen Augenblick schwieg, sagte sie sogleich ungeduldig: „Ja, und dann?“
„Dann drückte mir die Striòna ein dürres Reisigkränzlein in die Hand und . . .“ Er brach verdutzt ab, denn die Anda stieß auf ihn zu wie ein Geier. „Wo hast du denn das Kränzlein?“ forschte sie begierig.
„Das habe ich Vinella aufgesetzt, als sie mich aus dem Baume befreite“, sagte er ruhig. „Die Striòna hatte mir ja selbst befohlen . . .“
„Oh, du elender Narr!“ schrie die Anda außer sich vor Wut. „Da hast du etwas Schönes angerichtet!“
Gordo schüttelte den Kopf. „Ich verstehe dich nicht. Hätte ich vielleicht einer von den abscheulichen Hexen den Kranz aufsetzen sollen?“
„Jede wäre sofort schön geworden, du Dummkopf!“ fuhr sie ihn an.
„Woher weißt du denn das?“ fragte Gordo, dem es immer unheimlicher zumute wurde.

Die Alte zuckte zusammen und drehte hastig den Kopf zur Seite. „Ich? Oh, man erfährt so allerhand ...“ murmelte sie unsicher.
„Aber ich hätte doch niemals einer Hexe gedient, auch wenn sie noch so schön wäre!“ sagte Gordo. „Ich nehme Vinella zur Frau, sie ist gut und freundlich, und ich muß es ihr mein Leben lang danken, daß sie mich erlöst hat.“
„Jetzt habe ich aber genug von deinem Geschwätz!“ kreischte die Alte. „Wenn du schon selbst keinen Funken Verstand hast, so muß eben ich ihn für dich haben. Du wirst die Betteldirn laufen lassen und die reiche Witwe in Pera draußen heiraten. Sie hat einen großen Hof, und ihr silberner Brautgürtel ist allein mehr wert als drei Kühe.“
„Aber sie gefällt mir nicht und ich will keine andere als Vinella“, sagte Gordo, ließ die Anda stehen und ging nach seiner Kammer überm Stall, um endlich zu schlafen.
Aber die Alte gedachte nicht so schnell locker zu lassen. Am Morgen steckte sie Gordo frische Blumen und neue Federn auf den Hut und befahl ihm abermals, sich sogleich auf den Weg nach Pera zu machen und um die Witwe zu freien.
Gordo schwieg und ging fort. Aber er ging nicht nach Pera, sondern geradewegs nach Sojàl, zur Hütte der Holzhauersleute und fragte Vinella, ob sie seine Frau werden wolle.
„Ach, bin ich froh, daß du wieder da bist!“ sagte sie darauf nur, und die hellen Tränen liefen ihr über die Wangen. Daß sie ihm auf seine Frage nicht einmal geantwortet hatte, vergaßen sie beide, so glücklich waren sie. Heimlich mußte aber Gordo das Mädchen immer wieder ansehen: er hatte nie gewußt, daß Vinella so wunderschön war! So schön, daß sie ihm fast ein wenig fremd erschien.
Sie beredeten mancherlei miteinander, und zuletzt holte Vinella den goldenen Kranz aus der Truhe und legte ihn vor Gordo auf den Tisch. Heimlich hoffte sie, er werde nun erzählen, wie er dazugekommen sei. Aber Gordo sagte nur: „Ei, da bist du ja ein reiches Mädchen mit einem so kostbaren Brautkranz!“, und es fiel ihm gar nicht ein, daß es sein armseliges Reisigkränzlein sein könnte.
Vinella wunderte sich zwar, aber dann meinte sie, er wollte vielleicht nicht gerne von all dem kaum überstandenen Ungemach reden, und sie fragte nicht weiter.
Als Gordo am Abend heimkam, erzählte er der Anda, was er getan hatte, und erwartete, sie würde gleich wieder in Wut geraten. Aber sie erwiderte gar nichts und hieß ihn nur mürrisch schlafen gehen.
Kaum war er fort, hing sie eilig ihren Mantel um, band sich ein Tuch

über den Kopf, daß man ihr Gesicht nicht erkennen konnte, und verließ die Hütte. Sie ging nach Pera.

An der Tür der Witwe kratzte sie mit den Fingernägeln auf eine besondere Weise. Gleich darauf öffnete sich ein Spalt und sie schlüpfte hinein.

„Gordo ist da und der Tölpel ist auf dem besten Weg, alles zu verderben", sagte sie übellaunig, als die Witwe das winzige Talglicht entzündet hatte, und berichtete hastig, was sich indessen zugetragen hatte. Die andere kauerte in ihrer Ecke und hörte schweigend zu.

„Schuld an allem ist dieses Mädchen Vinella mit ihrer Liebe", zischte sie endlich böse, und ihr Gesicht sah in dem flackernden Lichtschein so wild aus, daß Gordo gewiß sofort die Hexe vom Ciampedìe wiedererkannt hätte. „Gegen die große Liebe sind wir machtlos, du weißt es, und auch gegen die weiße Alpenrose vermögen wir nichts. Seit Vinella die Trosilla durchs Vajoléttal getragen hat, dürfen selbst die Striòna und die Berghexen nicht mehr dorthin kommen, sondern müssen droben auf dem Grat des Masaré bleiben."

„Ja, und das ist gerade gut für uns", kicherte die Anda schadenfroh. „Denn käme die Striòna herab, so hätte sie im Handumdrehen den goldenen Kranz wieder an sich gebracht und wir hätten das Nachsehen. So aber können wir wenigstens alles versuchen, um ihn Vinella abzujagen. Dann sollst du ihn haben, ich verspreche es dir: beide sollst du haben, den Kranz und Gordo."

„Einstweilen hat beide noch Vinella", widersprach die Witwe finster, „weißt du ein Mittel dagegen?" Sie lachte hämisch. „Vergiß nur nicht, daß die Liebe stärker ist als alles auf der Welt, selbst als das Böse. So heißt es doch?"

„Wir werden dafür sorgen, daß die Liebe ein Ende nimmt! Gib acht, es ist ganz einfach! Gordo hat mir selbst gesagt, er könnte niemals einer Hexe dienen. Wir werden ihm eben beweisen, daß Vinella eine Hexe ist! Der Narr wird darüber traurig sein, aber er wird es glauben müssen, verlaß dich auf mich! Und wenn es aus ist mit der Liebe, so habe ich wieder Macht über ihn: dann werde ich ihm ein Tränklein mischen, das ihn willenlos macht. Verstehst du, was das für uns bedeutet? Er muß tun, was ich ihm befehle. Und ich werde ihm befehlen, nach Pera zu gehen und um dich zu freien! Bist du jetzt zufrieden?"

„Noch nicht", sagte die Witwe zögernd. „Ich muß den goldenen Kranz haben. Du weißt, er verleiht Schönheit." Sie starrte finster vor sich hin. „Ich mag gar nicht daran denken, wie schön die Betteldirn aus Sojàl geworden sein muß, seit sie den Kranz besitzt", stieß sie hervor. „Schaffe ihn herbei, aber sofort, hörst du?"

„Sachte, sachte!“ warnte die Anda. „Mit Gewalt ist da nichts zu machen. Sonst zerstören wir den Zauber und der Kranz ist nicht mehr wert als ein alter Besen. Aber ich habe schon einen Plan, einen schönen, guten Plan! Wir müssen Gordo selbst den Kranz in die Hände spielen, damit er ihn dir aufsetzt: sonst nützt er dir gar nichts. Hör gut zu!“
O ja, es war wirklich ein sehr schlauer Plan, und er mußte gelingen.
So machte sich endlich die Alte recht zufrieden auf den Heimweg, als just der erste Hahn verschlafen krähte.
Als Gordo aus seiner Kammer herüber kam, werkte sie längst wieder in der Hütte herum, als hätte sie die ganze Nacht geschlafen. Sie stellte ihm sein Essen hin und machte sich so fürsorglich und eifrig um ihn zu schaffen, daß es ihm auffiel. Dazwischen seufzte sie und schüttelte mit bekümmertem Gesicht den Kopf, als machte ihr etwas große Sorgen.
„Ach, Gordo“, sagte sie endlich, „es tut mir leid um dich. Nun habe ich dich großgezogen und du bist ein tüchtiger, braver Bursche geworden. Und jetzt gerätst du dieser Hexe in die Hände!“
„Was für einer Hexe?“ fragte Gordo und hörte verwundert auf zu essen.
„Du weißt es freilich nicht“, tat die Anda mitleidig. „Aber Vinella ist gar nicht so brav und gut, wie du meinst. Sie versteht sich trotz ihrer Jugend schon recht gut auf allerhand böse Künste!“
Gordo mußte lachen. „Bist du närrisch, Anda?“
„Nein, nein, es ist leider wirklich wahr, mein armer Gordo“, beteuerte die Alte. „Vinella hat ihre Sache so gut gemacht, daß du ihr richtig auch flink ins Garn gegangen bist.“
Gordos Gesicht war düster und zornig geworden. „Hör auf!“ sagte er barsch. „Ich will deine Lügen nicht hören.“
„Ich lüge nicht! Aber ich sehe schon, daß du mir nicht glauben willst. So werde ich es dir beweisen! Erinnerst du dich an das Reisigkränzlein der Striòna? Nun, Vinella hat es flugs in Gold verwandelt: du hast es ja selbst gesehen! Ein ganz nettes Hexenstücklein, meine ich, he, mein armer Gordo! Was sagst du denn nun zu deiner tugendhaften Vinella?“
Gordo saß da, als hätte der Blitz vor ihm eingeschlagen, und starrte die Anda an. Vinellas goldener Brautkranz! Wenn er es recht bedachte, hatte er wahrhaftig aufs Haar genauso ausgesehen wie sein Reisigkränzlein, nur daß er eben auf einmal aus Gold war!
Er sprang auf. „Gib acht, Anda!“ sagte er heiser. „Ich weiß, daß es nicht wahr sein kann. Aber ich gehe jetzt zu Vinella, da werde ich bald genug erfahren, daß du mich belogen hast. Und dann werde ich nie mehr hieher zurückkehren.“
Damit wollte er zur Tür hinaus. Aber sie hielt ihn noch einmal auf.

„Auch recht!“ sagte sie beleidigt. „Aber damit du siehst, daß ich es gut mit dir meine, will ich dir noch einen Rat geben. Laß dir von Vinella den goldenen Kranz noch einmal zeigen, rühre ihn heimlich an und sage ganz leise den Spruch dazu, mit dem man Hexenwerk erkennt. So wirst du alsbald sehen, was es mit Vinella und ihrem Kränzlein für eine Bewandtnis hat.“
Sie sagte ihm ein wunderliches Sprüchlein vor, und obgleich er es nicht verstand und es sich gar nicht merken wollte, blieb es ihm sofort ganz deutlich im Gedächtnis.
Auch unterwegs nach Sojàl schoß es ihm immer wieder durch den Kopf, bis er ganz wirr davon wurde. Zuletzt wußte er vor lauter Denken nicht mehr aus noch ein. Freilich war alles sehr merkwürdig, aber eine Hexe – nein, das konnte und wollte er nicht glauben! Dennoch ließen ihm die Reden der Anda keine Ruhe mehr.
Schweigsam und mißmutig saß er nach einer Weile in der Stube der Holzhauersleute, und Vinella fragte besorgt, was ihm denn fehle.
„Ach, nichts“, antwortete er mürrisch und fügte, ohne sie anzusehen, hinzu: „Zeig mir doch noch einmal deinen goldenen Brautkranz.“
Sie lief eilig und holte ihn, und er glänzte und schimmerte in der ärmlichen Stube, daß es eine helle Pracht war. Aber Gordo betrachtete ihn mit Mißtrauen, und auf einmal, ehe er es selber recht wußte, streckte er den Finger aus, rührte eines der goldenen Zweiglein an und murmelte schnell das Sprüchlein der Anda vor sich hin.
Er ahnte nicht, daß die alte Hexe ihn abermals betrogen hatte: denn es war ein Zauberspruch, der Gold vernichtete. Im nächsten Augenblick sah er voll Entsetzen, wie das Gold verblich, der Glanz erlosch und nichts mehr da war als ein kleines dürres Reisigkränzlein.
„Gordo!“ schrie Vinella auf und starrte das armselige Ding an, das sie in den Händen hielt. „Gordo, was ist das? Schau, der Kranz!“
Aber Gordo war so erschrocken, daß er gar nicht auf sie hörte. Er meinte nicht anders, als daß die Anda nun doch die Wahrheit gesagt habe und Vinella also eine Hexe sei. Und da drehte er sich um, ohne noch ein Wort zu sagen und lief zur Tür hinaus.
Die Anda spähte durchs Fenster und sah ihn kommen. Neugierig musterte sei sein trauriges ratloses Gesicht. „Aha! Wir haben gewonnen“, murmelte sie befriedigt und ließ ihn ein.
Bald hatte sie aus ihm herausgefragt, was geschehen war.
„Siehst du, sie taugt also wirklich nichts“, sagte sie eifrig. „Sei froh, daß du sie los bist und ohne Schaden davonkommst.“
Aber Gordo war ganz und gar nicht froh: er war so unglücklich wie noch nie in seinem Leben.

Vinella erging es nicht besser. Sie verstand nicht, was plötzlich in Gordo gefahren war, weinte von früh bis spät und wartete sehnsüchtig, ob er nicht wiederkäme. Aber Tag um Tag verging und Gordo kam nicht.
Eines Abends saß sie allein in der Stube. Sie hatte den unglückseligen Kranz aus der Truhe genommen und vor sich auf den Tisch gelegt. Er jagte ihr Furcht ein, seit sie wußte, daß er sich auf so geheimnisvolle Weise verwandeln konnte: aber dennoch mußte sie ihn immer wieder ansehen.
Sie schrak zusammen, als es an die Tür klopfte. Eine landfremde Bettlerin trat herein und bat um eine Gabe.
„Was soll ich dir denn geben?“ sagte Vinella. „Ich habe ja selber nichts.“
Die stechenden Augen der Fremden wanderten flink durch die Stube. „Oh, ich kann alles brauchen, selbst das Geringste, selbst wenn es nur dieses Reisigkränzlein wäre“, erwiderte sie und starrte den Kranz an.
„Oh nein, das bekommst du nicht“, rief Vinella erschrocken. Aber dann fiel ihr etwas ein.
„Zwar – wozu brauche ich den Kranz, da mich Gordo so treulos verlassen hat“, dachte sie trotzig. Und da sagte sie schnell: „Ja, nimm ihn nur. Vielleicht bringt er dir mehr Glück als mir.“
Die Bettlerin griff hastig nach dem Kranz, murmelte einen Dank und lief aus der Stube wie ein Wiesel.
Kaum war sie fort, da packte Vinella die Reue und sie hätte den Kranz gern wieder gehabt.
Sie rannte vors Haus, um die Fremde zurückzurufen, aber die war verschwunden, als hätte der Boden sie verschluckt.
Da ging Vinella hinüber zum Waldrand, setzte sich auf einen Baumstrunk und weinte bitterlich. Plötzlich kam von irgendwoher der laute Ruf eines Nußhähers.
„Wenn es meine Gayòla wäre!“ dachte Vinella und hob den Kopf. „Ich habe sie ganz vergessen und sie war doch so freundlich zu mir. Gewiß könnte sie mir auch jetzt raten.“
Im gleichen Augenblick zuckte ein Schatten durch die Luft und die Gayòla ließ sich vor ihr auf einem Ast nieder.
„Warum weinst du denn?“ fragte sie. Da klagte Vinella dem Vogel ihr Leid und sagte zuletzt: „Ich habe Gordo ganz gewiß nichts zuleide getan. Aber wenn er mich nicht mehr lieb hat, so will ich ihn vergessen. Ich weiß nur nicht, wie ich es anfangen soll: denn ich muß immer an ihn denken. Kannst du mir nicht helfen?“
„Ich weiß es nicht“, entgegnete die Gayòla mitleidig. „Du hast Gordo zwar vor der Striòna und den Berghexen gerettet“, fuhr sie fort. „Aber

dafür sind jetzt andere hinter ihm her. Seine Anda ist eine Hexe und auch die reiche junge Witwe in Pera draußen, die ihn gern für sich haben möchte. Sie setzt alles daran, ihn zu bekommen, und die Alte hilft ihr nach Kräften." Wieder zögerte die Gayòla. „Es ist besser, wenn du es erfährst", sagte sie dann behutsam. „Ich habe Gordo heute gesehen, wie er in das Haus der Witwe in Pera ging. Gewiß haben ihn die beiden Hexen schon ganz in ihre Gewalt bekommen: sie besitzen allerhand geheime Mittelchen und gehen viel schlauer zu Werke als die groben Berghexen. Ich fürchte, du wirst es diesmal noch schwerer haben, wenn du Gordo helfen willst, armes Kind", schloß sie bekümmert.

Vinella schüttelte heftig den Kopf. „Ich will ihm gar nicht mehr helfen! Er ist schlecht und undankbar! Wenn er mich lieb hätte, dann ginge er nicht zu dieser Witwe, trotz aller Zauberkünste", schluchzte sie. „Nein, ich will nichts mehr von ihm wissen! Sag mir schnell, wie ich ihn für immer vergessen kann!"

„Es gibt nur einen Weg", antwortete die Gayòla sehr ernst. „Aber wenn du diesen wählst, so mußt du auch dein ganzes Leben bis zu diesem Tag vergessen und neu beginnen. Darum überlege es dir gut."

„Oh, ich will gern alles vergessen, wenn ich nur nicht mehr an Gordo zu denken brauche", rief Vinella.

„So komm!" sprach die Gayòla. „Ich werde dich zur Quelle des Vergessens führen. Sie fließt droben bei der Pala de Yátia und du würdest sie allein nicht finden. Du würdest auch den Rückweg nicht mehr finden, wenn du getrunken hast. Aber ich werde schon dafür sorgen, daß dir nichts zustößt."

Damit flog der treue Vogel voran, von Baum zu Baum, von Fels zu Fels, und Vinella folgte ihm, so schnell sie laufen konnte. Bald kamen sie an die hohen Wände des Larsék. Wildes Geklüfte tat sich vor ihnen auf und endlich hielt die Gayòla auf einem spitzen Felsturm dicht unter der Scharte inne. Dahinter führte eine schmale Spalte in den Berg. Sie war so eng, daß sich ein Mensch nur mit Mühe zwischen den senkrechten Felsen hindurch zwängen konnte, die vor Nässe schwarz glänzten. Die Schlucht führte steil abwärts, und ein wenig weiter drinnen war es schon fast ganz dunkel.

„Wir sind da", sagte die Gayòla. „Steig hinab in die Kluft, drunten wirst du die Quelle finden."

Ein wenig furchtsam schlüpfte Vinella zwischen die schwarzen Wände. Vor ihr senkte sich der Boden in die Tiefe und verlor sich in der Dämmerung. Wie sollte sie da hinunterkommen? Aber plötzlich sah sie mit Verwunderung, daß winzige Treppen in den Felsen gehauen waren, über die man ganz leicht hinabsteigen konnte.

„Die Zwerge vom Lausagebirge haben sie gebaut, damit die Vivàne, die freundlichen Bergfräulein, zur Quelle kommen können", sagte die Gayòla, die ihr getreulich in die Schlucht gefolgt war. „Sie kommen freilich nicht, um zu vergessen wie du, mein armes Kind", fügte sie hinzu und zwinkerte mit den glänzenden schwarzen Augen: denn über Vinellas Wangen liefen schon wieder die Tränen. Ach, was gingen sie die Vivàne an! Sie konnten ihr gewiß nicht helfen in ihrem Unglück, niemand konnte das! Darum mußte sie es vergessen, so schnell wie möglich! Schluchzend stolperte sie die letzten Stufen hinab. Sie sah nicht, daß neben ihr an der Felswand eine schlanke Frau in einem grünen Gewand stand und sie ernsthaft prüfend betrachtete. Aber die Gayòla erkannte sogleich eine der Vivàne vom Larsék, und als die Frau ihr winkte, flog sie gehorsam heran.

„Du weißt, daß Vinella das Kind unserer Schwester ist, die der Wassermann geraubt hat", sprach die Vivàna. „Eines Tages wird sie zu uns zurückkehren. Aber noch ist es nicht Zeit: denn sie hat nicht den Willen zu helfen, den wir alle haben müssen. Darum können wir noch nichts für sie tun, und sie muß, wenn sie getrunken hat, wieder für eine Weile hinab zu den Menschen gehen. Sie wird lernen, nicht mehr an sich selbst zu denken, sondern nur daran, anderen zu helfen. Dann wird sie zum zweitenmal hierherkommen und du sollst sie zu unserem Berg führen: denn dann werden wir sie und Gordo bei uns aufnehmen. Bis dahin achte gut auf sie!"

„Ja", sagte die Gayòla und verbeugte sich so tief, daß ihr Schnabel den Boden berührte, während die Vivàna die Schlucht verließ und droben im hellen Eingang verschwand, als wäre sie selbst zu Licht geworden.

Vinella stand vor der Quelle. Das Wasser schimmerte matt in der flachen Grube, die es sich ausgehöhlt hatte. Dünn und silbern rieselte es über eine kleine Felsplatte herab, fast ohne Laut.

Hastig bückte sie sich nieder und hielt die hohlen Hände unter das Rinnsal: nun würde also gleich alles vorüber sein und sie würde nichts mehr von Gordo wissen und das Herz mußte endlich aufhören, so weh zu tun.

Sie hob die Hände an den Mund und trank.

Einen Augenblick später war alles schwarz und leer in ihrem Kopf und rings um sie.

Dann sagte eine Stimme in der lautlosen schwarzen Leere: „Komm, Vinella, komm!"

Als die Stimme es zum zweiten Male sagte, schaute Vinella auf. Über ihr, auf einem winzigen Felszacken, saß ein Vogel.

„Komm", wiederholte er abermals und flatterte vor ihr her durch den schmalen Spalt, in dem sie sich befand. Da folgte sie ihm. Bald wurde es sehr hell. Vinella starrte in den blendenden Himmel hinauf und auf die wilden, einsamen Berge, die sie umgaben, und hinab auf das grüne Tal, das sich drunten weit hinzog: aber sie wußte nicht mehr, daß es das Vajoléttal war. Wie im Traum ging sie hinter dem sonderbaren Vogel her, aber sie hatte vergessen, daß es ihre Gayòla war. Sie kam an den Bach, aber sie erkannte ihn nicht wieder. Bei den Almhütten blieb sie stehen und starrte grübelnd das alte Gemäuer an. Es schien ihr, als hätte sie es schon einmal gesehen, an mehr aber vermochte sie sich nicht zu erinnern. Da ging sie weiter, immer hinter dem Vogel her, weil sie nicht wußte, was sie sonst tun sollte. Nach langer Zeit kam sie an ein Dorf. Auch daran schien ihr etwas bekannt, und sie wurde sehr unruhig, als sie schnell auf die Häuser zuschritt: aber daß es Sojàl war, davon hatte sie keine Ahnung.

Ein Mann und eine Frau kamen ihr zwischen den Feldern entgegen.

„Vinella, wo bist du denn gewesen?“ riefen sie aufgeregt. Vinella blickte sie verwundert an, sagte nichts und ging weiter.

Die zwei standen verdutzt da, schauten hinter ihr drein und schüttelten die Köpfe. Ein Mädchen lief quer über die Wiese auf sie zu.

„Hast du uns einen Schrecken eingejagt, Vinella! Alle im Dorfe glauben, es sei dir etwas zugestoßen! Aber – was hast du denn? Warum schaust du mich so merkwürdig an? Lieber Himmel, mir scheint, sie ist närrisch geworden!“

Und das erschrockene Dirnlein lief, so schnell es die Beine trugen, ins Dorf und zur Hütte der Holzhauersleute.

Vinella folgte ihr zögernd. Was wollten die fremden Leute nur von ihr? Sie zuckte zusammen, als der Vogel wieder anfing zu reden.

„So, jetzt bist du daheim, und ich kann dich alleinlassen. Lebe wohl!“ sprach die Gayòla, machte kehrt und strich davon.

In diesem Augenblick kam das Weib des Holzhauers aus der Hütte gerannt.

„Vinella“, rief sie. „Weil du nur wieder da bist!“

Aber Vinella starrte sie nur stumm und grüblerisch an, daß es der armen Frau angst und bange dabei wurde.

„Warum sagt ihr denn alle Vinella zu mir?“ murmelte sie endlich ratlos. Da schluchzte die Holzhauerin laut auf. „Sie hat wirklich ganz und gar den Verstand verloren, selbst ihren eigenen Namen hat sie vergessen, das arme Ding“, sagte sie traurig und zog Vinella mit sich in die Hütte.

Von da an hieß es im ganzen Tal, Vinella sei närrisch geworden vor lauter Kummer, weil Gordo sie verlassen habe.

Aber es mußte eine recht merkwürdige Art von Verrücktheit sein, meinten die Leute: denn seit Vinella wieder da war, betrug sie sich genauso vernünftig wie andere Menschen, nur vermochte sie sich an nichts mehr zu erinnern, was vorher gewesen war.

Gordo erschrak, als er es erfuhr, und das Gewissen drückte ihn. Nein, das hatte er ganz gewiß nicht gewollt! Und wenn Vinella sich alles so sehr zu Herzen genommen hatte, konnte sie gewiß nicht so schlecht sein, wie die Anda behauptete!

„Du bist schuld!" sagte er zornig zu der Alten. „Vinella hat mich also doch lieb gehabt und sich so um mich gegrämt, daß sie davon krank geworden ist."

Die Anda wackelte mit dem Kopf, daß es Gordo ein wenig gruselte.

„Hi, hi", kicherte sie, „du bist so einfältig, daß du mir leid tun könntest! Vinella ist gar nicht krank. Sie hat nur aus der Quelle des Vergessens getrunken, weil sie von dir nichts mehr wissen will. Bilde dir ja nicht ein, daß sie noch ein einziges Mal an dich denkt."

Gordo wußte nicht, was er davon halten sollte. Er kannte die Geschichten wohl, die man im Tal von der Quelle des Vergessens erzählte: aber wer konnte sagen, was daran wahr war?

Vor lauter Reue und vergeblichem Nachdenken wurde er ganz trübsinnig. Aber weil er nie mehr von Vinella redete, meinte die alte Hexe nach einer Weile, er habe sich das Mädchen endlich aus dem Kopf geschlagen.

„Jetzt kommt unsere Zeit", sagte sie zu der Witwe in Pera. „Ich habe dir ja versprochen, daß du ihn doch noch bekommen sollst. Warte heute, wenn es dunkel geworden ist, mit dem Kranz bei uns hinter dem Hause. Und wenn Gordo in seine Kammer geht, so sorge dafür, daß er den Kranz mitnimmt."

„Dafür will ich schon sorgen", sprach die Witwe. „Diesmal soll er mir nicht entgehen."

Die Anda ging heim, suchte aus einer versperrten Truhe, die voll von allerlei wunderlichen Zeug war, eine Handvoll Kräuter hervor und braute ein Tränklein daraus: das sollte dem, der es trank, für dreizehn Tage den eigenen Willen nehmen, so daß er alles tat, was man von ihm verlangte.

Abends, als Gordo wieder recht traurig und ratlos in der Stube saß, stellte sie eine irdene Schale vor ihn hin.

„Du gefällst mir nicht, Gordo", tat sie besorgt und mitleidig, „schon seit einer Weile nicht. Gewiß liegt dir eine Krankheit im Blut. Die müssen wir vertreiben. Darum habe ich dir da ein Säftlein gekocht, ein wunderbares Säftlein, Gordo. Es ist gut gegen alle böse Sucht, auch gegen schweres Gemüt und Trübsinn. Trink es nur gleich, du wirst sehen, wie schnell es hilft."

„Ach, Anda, mir hilft kein Säftlein", sagte Gordo, aber weil ihm alles gleich war, nahm er die Schale und trank. Es schmeckte ein wenig bitter, aber er merkte es gar nicht. Er merkte auch nicht, wie die Alte sich frohlockend die Hände rieb und heimlich lachte.
In der Stube wurde es langsam dunkel und Gordo befiel eine entsetzliche Müdigkeit. Der Kopf wurde ihm schwer und wirr und ringsum verschwamm alles.
Die Anda betrachtete ihn aufmerksam.
„Geh schlafen, Gordo", sagte sie jetzt befehlenden Tones.
„Ja", antwortete Gordo gehorsam und stand auf.
„So ist's recht, mein Söhnchen", murmelte die Alte befriedigt. „Es wirkt schon, das Tränklein!"
Gordo schwankte, als er zur Tür ging, aber das wußte er nicht. Er stolperte über den Hof, und weil ihn seine Füße kaum mehr trugen, lehnte er sich einen Augenblick an die Stallmauer, ehe er die steile hölzerne Stiege zu seiner Kammer hinaufkletterte.
Da stand plötzlich in der Dunkelheit jemand neben ihm. Undeutlich erkannte er, daß es eine Frau sein mußte.
„Was willst du denn?" fragte er schlaftrunken.
„Nur ein kleines Almosen", antwortete sie hastig und trat ganz nahe an ihn heran.
Die Stimme schien ihm bekannt, aber er war viel zu müde, um darauf zu achten.
Die Frau nahm ohne zu danken die Münze, die er ihr hinstreckte.
„Ich will dir auch etwas dafür geben", sagte sie, und zugleich fühlte er einen kleinen rauhen Gegenstand in der Hand. Im nächsten Augenblick war sie fort, verschwunden, als hätte sie die Nacht verschluckt.
Aber während er mühselig das Stieglein hinaufklomm, schlüpfte die Fremde schon lautlos durch die Haustür, hinter der die Anda wartete.
„Hat er den Kranz?" fragte sie begierig.
„Ja", antwortete die Fremde. „Und der Trank?"
„Hat gewirkt, hat ausgezeichnet gewirkt", kicherte die Alte. „Er ist schon willenlos und gehorcht mir wie ein kleines Kind. Morgen früh schicke ich ihn zu dir nach Pera mitsamt dem goldenen Brautkranz. Jetzt kannst du ruhig heimgehen: alles läuft nach unserem Willen."
Aber die alte Hexe irrte sich: denn Gordo war nicht willenlos. Er war nur krank geworden von dem Trank. Als er sich auf seinen Strohsack warf, klapperten ihm die Zähne und es fror ihn bis ins Mark, indes ihm der Schweiß über die Stirne lief.
Erst nach einer Weile merkte er, daß er noch immer das kleine Ding in

der Hand hielt, das ihm die Bettlerin gegeben hatte. Aber – das war doch recht merkwürdig: das Ding war nichts anderes als ein dürres Reisigkränzlein, und es sah ganz genau so aus wie das Kränzlein der Striòna, das er Vinella geschenkt hatte. Später war es zu Gold geworden und dann wieder zu Reisig und . . . und Vinella war eine Hexe. Nein, Vinella nicht! Aber vielleicht die Anda und die Witwe mit den stechenden Augen . . . wenn es nur nicht so eiskalt wäre . . . und in meinem Kopf dreht sich alles rundherum . . . Ich muß Vinella sagen, daß ich sie nicht für eine Hexe halte und daß ich sie immer noch lieb habe . . .
Über eine Weile mußte Gordo doch eingeschlafen sein. Er fuhr in die Höhe, weil irgendein sonderbares Geräusch ihn geweckt hatte.
Es war ein wenig heller geworden und der Mond schien durchs Fenster. In der Kammer raschelte und kratzte es wie Hühner im Stroh oder Mäuse im Gebälk.
Und plötzlich sah es Gordo: da drüben . . . da drüben bewegte es sich, und das war der Reisigkranz, der wie auf Spinnenfüßen über den Boden kroch nach der Tür zu. Daran begann er hin und her zu laufen, als suche er einen Ausweg. Aber die Tür war zu. Da sah Gordo mit Entsetzen, wie der Kranz die Mauer hinaufkroch zum Fenster: aber er konnte auch da nicht hinaus. Da wanderte er durch die Kammer, immer hin und her, ohne Rast und Ruh, bis der Morgen graute: dann lag er wieder still an der Stelle, wo ihn Gordo hingelegt hatte.
Gordo fühlte sich so müde, als hätte er eine schwere Krankheit überstanden. Aber er erhob sich, sobald es hell wurde, warf noch einen scheuen Blick auf den wunderlichen Kranz und verließ die Kammer.
Es ließ ihm keine Ruhe mehr: er mußte Vinella suchen.
Er ging hinter dem Dorf aufwärts, bis er an den Sojàlbach kam, dem folgte er eine Weile durch den Wald. Als er jenseits die Wiesen von Sojàl vor sich liegen sah und just ins Freie treten wollte, fuhr er erschrocken zurück und verbarg sich eilig hinter den letzten Bäumen: draußen weidete eine Herde Schafe, und auf einem Stein saß Vinella und flocht an einem Korb aus Weidenruten.
Gordo starrte hinüber und das Herz klopfte ihm laut in den Ohren. Nein, sie schien weder traurig noch fröhlich, vielleicht nur ein wenig ernst und nachdenklich. Aber ihre braunen Wangen waren schmal geworden und in ihrer Haltung lag eine leise Angst und eine unendliche Einsamkeit.
Da tat sie Gordo so leid, daß es ihn nicht mehr in seinem Versteck litt. Vinella konnte ihn noch nicht sehen, aber sie hob plötzlich den Kopf, als hätte er sie angerufen. Über ihr Gesichtlein flog es wie ein Schimmer

von Freude, als sie ihn erblickte. Aber nur einen Augenblick. Als Gordo schon auf sie zulaufen wollte und aufatmend meinte, es sei alles gar nicht wahr und Vinella habe weder den Verstand verloren noch aus der Quelle des Vergessens getrunken, da löschte das leuchtende Gesichtlein jäh wieder aus und wurde so still und ernst wie zuvor.

Da begannen seine Füße ganz von selber immer langsamer zu gehen, und weil sie ihm so fremd und verwundert entgegensah, brachte er zuletzt kaum einen Gruß hervor, als er endlich vor ihr stand.

Sie dankte ihm zwar freundlich, aber erkannt – nein, erkannt hatte sie ihn nicht.

Da ging er vorbei, ohne noch ein Wort zu sagen, und es war ihm sterbenstraurig zumute.

Er lief über die Weiden und durch den Wald, wohin ihn seine Füße gerade trugen, bis er zum Umfallen müde war. Da kroch er in eine Heuhütte und schlief bis zum Morgen.

„Ich muß mit ihr reden", war sein erster Gedanke, als er erwachte, und er machte sich abermals auf den Weg gegen Sojàl.

Wie am Tage zuvor saß Vinella auf der Wiese und hütete Schafe.

Gordo grüßte.

Sie sah ihn mit einem schüchternen Lächeln an.

„Kennst du mich denn?"

Er schluckte. „Ja, Vinella".

Sie schüttelte unsicher den Kopf. „Alle sagen, sie kennen mich. Ich aber kenne niemanden. Nur du – ich weiß gewiß, daß ich dich schon einmal gesehen habe. Ich muß immerfort darüber nachdenken seit gestern, aber ich komme nicht darauf. Wie heißt du denn?"

„Gordo", sagte er bedrückt, und es schien ihm, sein Name habe auf einmal einen bösen Klang.

Er sah auch sogleich, wie sie erschrak. „Gordo", murmelte sie und war ganz blaß geworden. „Sie sagen, jemand der Gordo hieß, habe mir ein großes Unrecht getan, aber ich weiß nichts davon. Du kannst es nicht gewesen sein, sonst hätte ich dich gewiß wiedererkannt. Und du siehst auch gar nicht so aus, als ob du jemandem etwas Übles zufügen könntest."

Ihre großen braunen Augen blickten so zutraulich und ahnungslos zu ihm herauf, daß es ihm ins Herz schnitt.

„Nein", sagte er heiser, „nein, dir könnte ich ganz gewiß nichts zuleide tun . . . nie mehr", fügte er leise hinzu, wandte sich um und lief so schnell fort, daß sie ihm verwundert nachblickte.

Aber am nächsten Morgen war er schon wieder da, als sie mit den Schafen kam.

Sie betrachtete ihn aufmerksam. „Warum siehst du immer so traurig aus?"
„Vielleicht, weil mir so viel Trauriges begegnet ist", sagte er düster, und als sie ihn mitleidig danach fragte, erzählte er, wie übel es ihm seit seiner Kindheit ergangen wäre und wie er in seinem Leben bis zum heutigen Tage so wenig Glück gehabt habe.
„Du mußt es vergessen", meinte Vinella ernsthaft. „So wie ich. Die Leute sagen, ich wisse nichts mehr von allem, was früher geschehen sei."
„Ja, du!" fuhr es Gordo heraus. „Du hast eben aus der Quelle des Vergessens getrunken!"
Vinella starrte ihn an: aber es war, als sähe sie ihn gar nicht.
„Hoch droben bei der Pala de Yàtia", sagte sie endlich langsam, mit einer sonderbaren, traumverlorenen Stimme, „da ist eine schmale dunkle Kluft. Darin führen Stufen hinab zu einem kleinen Wasser. Von dort bin ich nach Sojàl gekommen."
„Und – und würdest du den Weg dorthin wiederfinden?" forschte Gordo atemlos. Die Quelle – summte es in seinem Kopf –, die Quelle des Vergessens!
„Ach, ich weiß nicht", antwortete Vinella abwesend, als hätte sie schon wieder alles vergessen. Sie redete auch in den nächsten Tagen nicht mehr davon. Es gab so viele andere Dinge, über die sie reden mußten, daß ihnen die Zeit wie im Fluge verging.
Tagsüber saßen sie auf der Wiese hinter dem Wald, wohin um diese Herbstzeit niemals ein Mensch kam, es war so friedlich und still und schön, und sie dachten kaum mehr daran, daß sie nicht allein auf der Welt waren, bis sie wieder recht unsanft daran erinnert wurden.
Wenn sie hungerte, aßen sie miteinander, was Vinella in ihrem Korb hatte: Brot und Speck und einen Krug Milch. Und abends, wenn sie die Schafe heimtrieb, ging er in seine Heuhütte schlafen. Etwa wieder zur Anda zurückzukehren – nein, das fiel ihm beileibe nicht ein!
Und weil er merkte, wie sich Vinella jeden Tag von neuem freute, wenn er kam, wurde er selber auch allmählich wieder ein wenig fröhlicher und meinte, es könnte vielleicht doch alles noch gut werden.
Er versuchte nie mehr, von früheren Zeiten zu sprechen, weil sie dann immer so unglücklich und verwirrt dreinsah, daß sie ihm leid tat.
Aber manchmal hielt sie selbst mitten im Reden inne, ihre Augen wurden starr und ihr Gesichtlein ganz klein und furchtsam. „Wenn ich nur wüßte, wo ich dich schon gesehen habe", murmelte sie ratlos. „Aber du kannst mir nichts Böses getan haben ... nein, nein, ganz gewiß nicht ..."
Gordo wußte es freilich besser, schwur sich, alles wieder gutzumachen und meinte, er sei schon auf dem besten Weg dazu.

Aber zuweilen machen es die Menschen einander recht schwer, einen guten Vorsatz auszuführen: das sollte auch Gordo bald erfahren.
Am zwölften Tage nahm er allen Mut zusammen und fragte Vinella, ob sie seine Frau werden wolle.
Sie schien gar nicht verwundert darüber.
„Ja", sagte sie ernsthaft, „ich glaube, es muß so sein. Ich . . . es ist sehr merkwürdig, Gordo: als ich dich zum ersten Male dort über die Wiese herkommen sah, da war es mir plötzlich, als hätte ich dich einmal, vor langer Zeit, sehr lieb gehabt. Und dann . . .", wieder glitt das zögernde, ratlose Lächeln über ihr Gesicht, „dann wußte ich doch nicht einmal deinen Namen!"
An diesem Abend ging Gordo mit ihr heim nach Sojàl.
„Ich will Vinella zur Frau nehmen", sagte er zu den Holzhauersleuten, die ihn anstarrten, als wäre er der leibhaftige Teufel.
„Getraust du dich wirklich noch einmal zu kommen?" sagte die Pflegemutter böse. „Scher' dich schleunigst fort, es ist genug damit, daß du Vinella schon einmal unglücklich gemacht hast!"
Und ihr Mann ergriff stumm einen dicken Holzknüppel, stellte sich neben Gordo auf und deutete mit dem Kopf zur Tür hinaus.
Da blieb dem armen Gordo nichts anderes übrig, als traurig fortzugehen. Vinella weinte, aber die Holzhauersleute redeten ihr gut zu, es wäre nur zu ihrem Besten, und Gordo sei ein Lump und Betrüger und auch in der schwarzen Kunst recht wohl bewandert, wie der verzauberte Kranz beweise.
„Du hast das freilich alles vergessen, aber wir werden schon gut auf dich achtgeben und nicht leiden, daß er sich noch einmal an dich heranmacht", versprachen sie und meinten es von Herzen gut mit ihrer Pflegetochter.
So sah es wieder einmal aus, als sollte Gordo und Vinella auf dieser Welt kein Glück beschieden sein.
Gordo wanderte durch die Dunkelheit fort nach der Wiese hinter dem Wald: denn er hätte nicht gewußt, wohin er sonst gehen sollte. Neben dem Stein, auf dem Vinella zu sitzen pflegte, warf er sich ins Gras und wäre vor lauter Traurigkeit am liebsten gestorben.
„Sie jagen mich fort wie den ärgsten Bösewicht", dachte er zornig, „und ich habe ihnen doch gewiß nichts zuleide getan! Nur gutmachen wollte ich, aber sie erlauben es mir ja nicht! Nie haben mir die Menschen zeitlebens etwas Gutes getan, niemand außer Vinella. Immer haben sie mich scheel angesehen, ich weiß nicht, warum! Ach, ich wollte, ich könnte auch aus der Quelle des Vergessens trinken, dann wüßte ich nichts mehr von allem!"

Es war eine sehr böse Nacht für den armen Gordo.
Aber es war auch eine böse Nacht für die Anda und die Witwe: denn in dieser Nacht schwand ihre letzte Hoffnung, Gordo doch noch in ihre Gewalt zu bekommen. Morgen war der dreizehnte Tag, seit er verschwunden war, und sie wußten nicht einmal, wo er sich befand, geschweige denn, daß er wiedergekommen wäre.
Umsonst hockten sie vor dem winzigen Zauberspiegel aus Kristall, vergebens murmelte die Anda ein ums andere Mal ihr Sprüchlein: der Spiegel ließ sich nicht herbei, Gordos Aufenthalt zu verraten. Manchmal zuckte ein roter Blitz darin auf, dann fuhr die Alte erschrocken zurück.
„Eine stärkere Macht ist gegen uns", stöhnte sie und wischte sich die triefenden Augen, die vor lauter Schauen schon wie Feuer brannten.
„Ach, gib es auf, gib es auf", sagte die Witwe, und ihr Gesicht sah vor Wut ganz grün aus. „Du bist eine elende Stümperin. Ich sage dir, Gordo liebt diese Betteldirn genau wie zuvor, und darum hat dein lächerlicher Trank nicht gewirkt. Hast du nicht gesagt, du würdest die Liebe zum Sterben bringen, du alte Närrin? Ich habe keinen Augenblick daran geglaubt. Hast du vergessen, daß die Liebe stärker ist als das Böse? Und das Böse – das sind wir, verstehst du das, du . . . du Hexe?" Sie lachte so grausig, daß es selbst die Anda schauderte. Im nächsten Augenblick hatte sie die Tür aufgerissen und war draußen in der Nacht verschwunden.
„Undank ist der Welt Lohn", knurrte die Anda, hockte noch eine Weile da und starrte den widerspenstigen Spiegel an. Dann packte sie ihn und warf ihn mit einer Verwünschung in die Truhe.
Zögernd ging sie nach ihrer Kammer. Aber an der Tür blieb sie wieder stehen. Nein, sie hatte nicht die geringste Lust, schlafen zu gehen: denn sie wußte genau, was nun kam. In der Kammer war der Kranz, der machte der Alten das Leben sauer.
Seit zwölf Nächten ging es so. Der elende Kranz begann zu wandern, sobald sie die Kammer betrat, und wanderte die ganze Nacht, kroch raschelnd über den Boden, die Mauer hinauf und hinab, kratzte an Tür und Fenster und lag dann am Morgen in einer Ecke und rührte sich nicht.
Die Anda hätte ihn schon längst fortgeworfen: aber war er schon einmal zu Gold geworden, so konnte es auch noch ein zweites Mal geschehen, hoffte sie.
Freilich, sie hatte gewiß ein dutzendmal ihre stärksten Sprüchlein gesagt, und der Kranz hatte nichts dergleichen getan, als gedenke er jemals wieder etwas anderes als dürres Reisig zu sein.
Und weil die alte Hexe in dieser Nacht gründlich genug hatte von aller mißglückten Zauberei, da packte sie den Kranz, der sich eben anschickte,

ihr entgegenzukriechen, trug ihn hinaus zum Herd, warf ein Büschel Reisig in die Glut und den Kranz mitten hinein. Das Reisig loderte auf, und der Kranz – die Anda sank ächzend auf den Herdrand . . . nein, der Kranz brannte nicht . . . der kroch aus dem Feuer, fiel auf den Fußboden und begann sogleich wieder zu wandern.

„So geh, wohin du willst", schrie die Alte, ergriff ihn abermals, warf ihn zur Tür hinaus auf den Hof, schob den Riegel vor und ging schlafen.

Aber da kratzte es an der Tür und eine Weile später am Fenster. Im Mondlicht sah sie ihn emsig hin und her huschen auf hundert dünnen Beinchen.

„Jetzt habe ich es satt!" kreischte sie und fuhr aus dem Bett.

„Warte nur, ich will dich schon loswerden!"

Sie lief aus dem Haus, holte den Kranz vom Fenster herunter und rannte damit an den Bach hinab.

„So, gehab dich wohl!" sagte sie schadenfroh und warf ihn ins Wasser. Sie sah ihn ein wenig auf den Wellen tanzen, dann verschwand er.

Die Anda machte sich erleichtert auf den Heimweg. „Endlich werde ich wieder einmal schlafen können", dachte sie. Aber im nächsten Augenblick zuckte sie zusammen: hinter ihr scharrte es leise auf den Steinen. Sie blieb stehen wie angewurzelt, aber sie wagte sich nicht einmal umzusehen. Ja, da war es wieder, das greuliche Rascheln, und jetzt . . . sie kreischte auf und tat einen entsetzten Satz zur Seite: da krabbelte der Kranz an ihren nackten Füßen vorüber und lief eilfertig auf seinen Spinnenfüßchen voraus.

Und weil er viel schneller lief als sie, lag er schon vor der Haustür, als sie ankam.

„Oh, du Scheusal", stöhnte die Anda, „soll ich denn niemals Ruhe vor dir haben?"

Sie hockte sich auf die Türschwelle und begann den Kranz mit allen Verwünschungen und bösen Sprüchen zu überschütten, die sie kannte.

„Vielleicht, wenn du schon nicht mehr zu Gold werden willst, wirst du wenigstens zu Staub und Rauch", dachte sie, starrte voll Haß auf das kleine stachelige Ding nieder und murmelte und murmelte.

Aber als sie just mit stockendem Atem meinte, der Kranz sei plötzlich viel heller geworden und vielleicht sei er gerade dabei, sich dennoch in Gold zu verwandeln, da merkte sie, daß die erste Morgenröte am Himmel stand.

Da mußte die Hexe wohl oder übel einsehen, daß alle ihre Künste nichts halfen, und daß sie nie mehr Ruhe haben würde, ehe sie den Kranz wieder dahin zurückbrachte, wohin er von Rechts wegen gehörte.

Seufzend packte sie den erbarmungslosen kleinen Peiniger und machte sich abermals auf den Weg. Sie humpelte mühselig vorwärts, weil sie steif und müde war, aber, ob sie wollte oder nicht, sie mußte nach Sojàl und Vinella den Kranz zurückgeben, sonst würde ihr das Unglücksding noch den Garaus machen.

Aber Vinella war zu dieser Stunde längst nicht mehr in der Hütte der Holzhauersleute.

Sie hatte in der Nacht, als sie vor lauter Kummer nicht schlafen konnte, die Pflegeeltern drüben in ihrer Kammer miteinander reden gehört.

„Wir brauchen uns keine Sorgen mehr um Vinella zu machen", sagte der Holzhauer, der noch spät am Abend zu den Nachbarn gegangen war. „Die jungen Leute von Sojàl sind sehr zornig über Gordo und haben geschworen, ihm das Wiederkommen für alle Zeit zu verleiden. Morgen, ehe es Tag wird, wollen sie hinaus auf die Weide hinter dem Wald und dort auf ihn warten. Ich glaube nicht, daß sie sonderlich sanft mit ihm umgehen werden, wenn sie ihn in die Hände bekommen."

Vinella erschrak, als sie das hörte. Sie überlegte keinen Augenblick.

„Ich muß Gordo warnen", dachte sie, „und er muß fort von hier: denn sie werden ihm niemals Frieden geben und er würde immer unglücklich und verfolgt unter ihnen sein. Seit ich mich erinnern kann, reden sie böse über ihn. Und ich weiß doch gewiß, daß alles nicht wahr ist!"

Leise stand sie auf und verließ Kammer und Hütte. Draußen war es noch stockfinstere Nacht, ein paar verlorene Sterne schimmerten, und den Bach entlang wanderte ein grauer Nebelstreifen langsam talauf.

Vinella lief durch das taunasse Gras. Sie lief immer schneller, je weiter sie sich von den Häusern entfernte. Manchmal horchte sie hinter sich, ob nicht etwa die Burschen aus dem Dorfe schon kämen, um auf Gordo Jagd zu machen. Aber noch war alles still: es mochte ja kaum drei Stunden nach Mitternacht sein. Lautlos wie ein blasses Nebelgespenstlein flog sie am Waldrand entlang.

Gordo sprang auf, als er sie erblickte: irgend etwas war geschehen, und gewiß nichts Gutes: nein, ihm widerfuhr nie etwas Gutes, dachte er bitter.

Sie schlang ihm hastig die Arme um den Hals. „Oh, Gordo", stieß sie atemlos hervor, „es ist gut, daß ich dich hier gefunden habe. Du mußt schnell fort. Die Männer von Sojàl wollen dir ans Leben!" Und sie erzählte, was sie gehört hatte.

„Ja, ja", stieß Gordo finster hervor. „Ich habe vorausgesehen, daß sie es soweit treiben werden." Er schob sie von sich, und sie fühlte, daß er sich vor Trauer und Zorn keinen Rat mehr wußte. „Dann will ich also gehen", fuhr er trotzig fort und starrte vor sich auf den Boden. „Und du wirst einen von ihnen zum Mann nehmen und froh sein, daß du den Lumpen und Betrüger los bist.“ Ja, nun hatte er in seiner Bekümmernis etwas sehr Böses gesagt.

Aber als er erschrocken in Vinellas Gesicht blickte, sah er in der Dämmerung, daß sie lächelte.

„Nein, sondern ich werde mit dir gehen“, sagte sie.

Später wanderten sie das Vajoléttal hinauf. Sie redeten nicht viel, und Vinellas Gesichtlein war sehr ernst: sie hatte einen Entschluß gefaßt.

Sie wußte, Gordo würde nie wieder fröhlich sein nach all den bösen Dingen, die ihm widerfahren waren: denn er hatte ein schweres Gemüt und vermochte sich nicht leicht etwas aus dem Sinn zu schlagen, was ihn bedrückte.

Darum mußte sie ihm helfen. Und darum führte sie ihn jetzt den Weg zurück, den sie einmal gekommen war: zur Quelle des Vergessens.

Sie hatte viel darüber nachgedacht, und es schien ihr allmählich gewiß, daß sie daraus getrunken hatte. Wenn sie die Augen schloß, konnte sie ganz deutlich die schmale Schlucht vor sich sehen, die Quelle schillerte auf dem Grunde, und von ihren Händen tropfte noch das Wasser, während die Gayòla rief: „Komm, Vinella, komm!“

Was vorher war, hatte die Quelle ausgelöscht. Nur Gordo vermochte sie nicht auszulöschen: denn wen man lieb hatte, den konnte man wohl nie vergessen.

„Und ich habe Gordo gewiß immer schon liebgehabt. Ich weiß es nur nicht mehr. Aber ich habe es gefühlt, als ich ihn wiedersah. Vielleicht hat er mich wirklich einmal gekränkt: ich habe es vergessen, und das ist gut.“

„Gordo“, sagte sie und ein sehr entschlossenes Gesichtlein hob sich zu ihm auf. „Gordo, weißt du, wohin dieser Weg führt?“

Er lachte verwundert. „Ei freilich, zur Vajolétalm und weiter hinauf zur Pala de Yàtia und dann . . .“

„Und dann zur Quelle des Vergessens“, redete Vinella weiter, und ihre Stimme klang ganz feierlich, „Gordo, willst du daraus trinken und alles Böse vergessen?“

„Mir könnte nichts Besseres geschehen“, antwortete er grimmig. „Dann müßte ich nicht mehr an die Anda denken, die mich beinahe vergiftet hätte, und nicht mehr an die Witwe in Pera, die immer so tut, als gehöre ich ihr mit Haut und Haaren. Oder an die braven Männer von Sojàl, die meinen, sie müßten dich vor mir retten, und an die greulichen Hexen vom Ciampedìe und an das Jahr im Baum . . . ach, Vinella, es gibt hundert Dinge, die ich gern vergessen möchte!“

„So komm!“ Sie gingen über die verlassenen Weiden, vorüber an den Almhütten, weder Mensch noch Tier begegnete ihnen, es war, als wanderten sie durch ein ausgestorbenes Land.
Als sie schon über die Felsen hinaufstiegen, kam von irgendwoher ein Ton durch die Stille.
Vinella blieb stehen. „Hast du nichts gehört? Mir schien, als hätte ein Häher gerufen.“ Sie lauschte, aber der Ton kam nicht wieder.
Da schüttelte sie enttäuscht den Kopf und kletterte weiter.
Aber als sie an den Eingang der Schlucht kamen, saß davor auf dem spitzen Felsen ein Vogel, drehte das Köpfchen hin und her und blickte sie freundlich an.
„Die Gayòla!“ rief Vinella voll Freude. „Sie hat mir schon einmal geholfen und gewiß will sie es wieder tun!“
Der Vogel sagte nichts, sondern hob sich vom Felsen und flatterte voran in die Schlucht.
Vinella faßte Gordos Hand. „Komm, wir wollen schnell trinken, damit du nicht mehr traurig zu sein brauchst.“
Gordo zauderte ein wenig, als er vor dem kleinen schillernden Wasserspiegel stand.
Er sah, wie sich Vinella bückte und die hohlen Hände unter das silberne Rinnsal hielt. Da tat er einen tiefen Atemzug. Nein, es war nicht schade, wenn er sein bisheriges Leben vergaß: viel Gutes war gewiß nicht daran!
Vinella richtete sich auf: ihr Gesichtlein war ganz nahe und leuchtete blaß in der dunklen Schlucht. „Man vergißt alles, wenn man davon trinkt“, sagte sie leise, „nur wenn man jemanden sehr lieb hat, das vergißt man nicht. Glaube mir, ich weiß es. Darum sollst du ruhig trinken.“
Sie tranken beide zugleich.
Auf einem Stein saß die Gayòla und blinzelte mit den glänzenden schwarzen Augen.
Jetzt flatterte sie auf: „Folgt mir nur! Folgt mir nur!“ lockte sie und flog durch die Schlucht hinaus. Geduldig wartete sie, kehrte wieder um und rief abermals.
Sie gingen dem Vogel nach wie im Traum. Über dem Gebirge lag das blasse Gold der Herbstsonne.
Sie wußten nicht, daß der Vogel sie fortführte vom Vajoléttal: denn sie hatten vergessen, daß es ein Vajoléttal gab.
Sie folgten der Gayòla hinauf zur Scharte, durch die der Pfad jenseits über fremde Berge in fremde Täler hinabführte.
Aber auch das wußten sie nicht. Sie hielten einander an den Händen und gingen, und alles mußte so sein: auch daß der Vogel ihnen vorausflog und

zum Larsék, wo die Vivàne wohnten. Denn so war es ihm befohlen worden.

Droben in der Scharte begegnete ihnen ein alter Gemsenjäger aus Sojàl. Der riß die Augen auf und rief ihnen verdutzt einen Gruß zu. Sie lächelten ihn an, daß es ihm ganz merkwürdig ums Herz wurde, und gingen vorbei. Noch nie in seinem langen Leben war der alte Jäger so schnell heimgelaufen.

Es war schon Nacht, als er in die Hütte der Holzhauersleute stolperte und erzählte, was er gesehen hatte.

„Ja, ja“, sagte die Frau seufzend, als er zu Ende war, „nun muß es gehen, wie es geht. Vielleicht ist Gordo doch nicht so schlecht, wie wir geglaubt haben. Heute früh ist die Anda, die alte Hexe, gekommen und hat Vinellas Kranz gebracht. Sie war sehr zornig, und ich habe mich kaum getraut, sie nach Gordo zu fragen: ‚Ich will nichts mehr wissen von dem elenden Narren‘, hat sie mich angeschrien. ‚Nichts als eure Betteldirn hat er im Kopf! Mag er meinetwegen mit ihr hingehen, wo er will!‘ Den Kranz hat sie mir vor die Füße geworfen und ist bei der Tür hinaus wie der Blitz.“ Sie warf einen furchtsamen Blick zum Ofen hinüber. „Ich mag den Kranz nicht gern im Hause haben und ich wollte ihn verbrennen: denn, nicht wahr, wenn so ein Ding heute aus purem Gold ist und morgen nichts als dürres Reisig, das geht doch nicht mit rechten Dingen zu. Aber da fiel mir ein, daß der Kranz von Rechts wegen Vinella gehört und so muß ich ihn wohl behalten. Ich habe ihn hinter den Ofen getan, siehst du, da ist er!“

Sie fuhr mit der Hand hinter den Ofen und zog den Kranz hervor. Aber im selben Augenblick schrie sie auf und ließ ihn fallen, als hätte sie eine giftige Schlange angefaßt.

„Was – was ist das?“ stotterte sie und spreizte vor Schrecken alle zehn Finger auseinander, während sie auf den Kranz hinabstierte wie närrisch. „Seht ihr's? Seht ihr's auch? Jetzt ist er wieder zu Gold geworden. O jeh, o jeh, was tun wir nur, Mann? Das ist kohlschwarze Zauberei!“ jammerte sie.

Aber der Holzhauer war nicht so leicht aus der Ruhe zu bringen. Eine Weile betrachtete er schweigend und genau das glänzende Ding, das da so mir nichts, dir nichts auf dem Stubenboden lag. Dann stand er gemächlich auf, nahm eine große Zange von der Wand, ergriff damit den Kranz – denn anrühren, nein, anrühren mochte er ihn doch auch nicht – und warf ihn durch die Luke hinauf in den Dachboden.

„So, da droben mag er bleiben“, sagte er befriedigt. „Da kann er zu Gold und wieder zu Reisig werden, so oft er will.“

Aber der Kranz wurde nicht wieder zu Reisig. In der Frühe plagte die Holzhauerin so heftig die Neugier, daß sie trotz ihrer Angst auf die Leiter stieg und in den Boden hinaufschaute. Da lag der Kranz und glitzerte und funkelte, als hätte er nie etwas anderes getan. Am Morgen darauf war er immer noch aus Gold und auch am dritten Tag.
Da wagte die Frau allmählich zu glauben, daß es so bleiben könnte, und als die Zeit verging, gewöhnte sie sich an den goldenen Schatz und meinte, er sei ihnen vielleicht als Lohn zugedacht, weil sie Vinella aufgenommen und großgezogen hatten.
„Es könnte doch sein, daß einmal etwas auf der Welt seinen Lohn findet", sagte sie zu ihrem Mann, weil sie doch nicht recht sicher war.
„Ganz unmöglich ist es nicht", meinte er nüchtern. „Aber ich verlasse mich lieber auf meine ehrliche Arbeit, da weiß ich wenigstens, woran ich bin. Reichtum ist schon oft über Nacht wieder zunichte geworden."
„Das ist wahr!" gab sie zu. „Hast du gehört, wie es der reichen jungen Witwe in Pera ergangen ist? An dem Tag, an dem Gordo und Vinella fort sind, ist ihr schöner Hof bis auf den Grund niedergebrannt, und so schnell hat ihn das Feuer aufgefressen, daß kein Mensch auch nur daran denken konnte, zu löschen. Seitdem ist die Witwe verschwunden, und niemand weiß, wohin."
Der Holzhauer hockte da, beide Fäuste unterm Kinn und starrte nachdenklich vor sich hin.
„Weißt du was, Frau?" sagte er nach einer Weile, „ich bin froh, daß Gordo dazumal fort ist: denn ich weiß nicht, was unsere Männer sonst etwa mit ihm angefangen hätten, so zornig, wie sie waren. Ein Unglück ist schnell geschehen, und oft kann man es nicht mehr gutmachen."
Die Frau nickte betrübt. Freilich mußte man darüber froh sein. Nur hätte sie gar zu gern gewußt, was aus Vinella geworden war.
Sieben Tage vergingen. Da klopfte es eines Abends in der Dämmerung ans Fenster, und als sie hinausblickte, stand draußen eine Frau, die war so schön, daß es ihr den Atem verschlug, lächelte sie freundlich an und sagte: „Ich bringe Botschaft von Vinella. Sie ist mit Gordo zum Larsék zurückgekehrt, wo wir wohnen und wo auch ihre Heimat ist. Zu euch kommen kann sie nicht mehr. Aber sie wird bei uns sehr glücklich sein. Den Kranz sollt ihr zum Dank behalten und gut verwahren, dann werdet ihr euer Leben lang keine Not leiden."
Darauf winkte ihr die schöne fremde Frau noch einmal und ging fort, den Bergen zu, und das Weib des Holzhauers schaute ihr nach, solange sie einen Schimmer ihres goldenen Haares erblicken konnte.
Das war die letzte Kunde, die von Gordo und Vinella zu den Menschen

gelangte. Aber man redete im Tal noch lange von ihnen, und manchmal fragte einer, der keine Angst hatte und die Anda ein wenig ärgern wollte, ob sie nichts von Gordo gehört habe. Aber sie warf ihm nur einen zornigen Blick aus ihren roten Augen zu und schlurfte weiter, ohne zu antworten.
Einsam und böse hauste sie in ihrer Hütte, vergaß allmählich ihre Zauberkünste und murmelte nur hie und da noch eines ihrer Sprüchlein vor sich hin.
Sie wurde uralt, kein Mensch wußte mehr, wie alt. Die Hütte zerfiel ihr langsam über dem Kopfe. „Seht ihr, da wohnt die Anda, die Hexe", sagten die Mütter zu ihren Kindern und erzählten ihnen die Geschichte von Gordo und Vinella und der „Fontèna del Omblìa", der Quelle des Vergessens.
Und weil immer wieder Mütter ihren Kindern Geschichten erzählen, so ist sie im Fassatal bis auf den heutigen Tag erhalten geblieben.
Und das ist gut so. Freilich muß man sie verstehen können. Aber das ist für die klugen Leute von heute gar nicht leicht.

DONA DINDIA

An der Gader, wo der Weg durch waldige Schluchten nach Süden führt, stand einst ein Schloß. Da wohnte jahrhundertelang ein stolzes und mächtiges Herrengeschlecht. Aber, wie es stets zu geschehen pflegt, wenn eine Sippe sehr alt geworden ist, wurden endlich keine Söhne mehr geboren, und zuletzt war niemand mehr da als ein junges Edelfräulein.
Es war, als hätte sich in der letzten Herrin der Gaderburg noch einmal der ganze Stolz und alle Herrschsucht der Vorfahren vereinigt.
Zwar sah sie zart und lieblich aus mit ihrem seidigen blonden Haar und ihrer anmutigen Gestalt. Aber sie war halsstarrig wie ein Maulesel, launenhaft und eitel, und wenn sie etwas nicht bekam, was sie sich in den Kopf gesetzt hatte, machte sie ihrer Umgebung das Leben recht sauer.
Es kamen zu dieser Zeit viele fremde Ritter und Edelleute auf die Gaderburg und freiten um die junge Schloßherrin. Aber einer nach dem andern mußte unverrichteter Dinge wieder fortreiten; ja nicht genug

damit: sie wurden auch noch mit Spott und Schande aus dem Schlosse gewiesen.
Denn das Fräulein pflegte zu sagen: „Wer meine Hand erringen will, der muß ein Sänger und ein Held sein, und er muß außerdem die Spiegelprobe bestehen."
Aber ach – wer war wohl ein Sänger und ein Held zugleich? Und schon gar die Spiegelprobe – wer sollte die bestehen?
Es hatte damit nämlich eine sonderbare Bewandtnis.
Das Fräulein hatte einst von einem Salwán, einem wilden Bergmännlein, einen Spiegel zum Geschenk bekommen. „Ich habe ihn vom Grunde des Lee vard, des grünen Sees auf der Fànisalm, heraufgeholt", sagte der Salwán. „Er hat Zauberkraft und verrät dir die geheimsten Gedanken der Menschen, die du hineinschauen läßt."
„Ei, das ist gut", frohlockte das Fräulein, „so werde ich endlich erfahren, wer von meinen Freiern mich wirklich liebt und wer es nur auf mein reiches Erbe abgesehen hat."
Seitdem erging es den Freiern, die auf die Gaderburg kamen, recht übel. Schwuren sie hoch und teuer, sie liebten die junge Schloßherrin so sehr, daß sie ohne sie nicht leben könnten, so ließ sie sie einfach in den Spiegel schauen; und wenn es dann an den Tag kam, daß ihnen die reiche Herrschaft doch mehr in die Augen stach, so ließ sie die Bedauernswerten durch zwei alte taube Kriegsknechte aus dem Schlosse jagen, und ihre Ritter und Knappen lachten dazu.
Eines Tages aber kam ein junger Sänger in die Burg geritten. Um seine Wangen sprießte kaum der erste Flaum, aber er war groß und stark, hatte helle Augen und ein redliches Gesicht.
Als er am Abend in der Halle sang, schauten die Ritter einander verwundert an, und das Fräulein saß ganz still da: denn ein solcher Gesang und so kunstvolles Saitenspiel war auf der Gaderburg noch nie gehört worden.
„Ja", sagte die Schloßherrin, als er geendet hatte, „ein Sänger bist du wohl! Aber morgen sollst du zeigen, ob du auch ein Held bist!"
Als der nächste Tag um war, mußte etwa ein Dutzend Ritter von der Gaderburg seufzend eingestehen, daß der flaumbärtige Sänger auch ein gewaltiger Kämpfer war, der sie nicht übel zerbläut hatte.
Beim Mahle durfte er neben der Schloßherrin sitzen. Sie sah ihn oft heimlich von der Seite an, denn er gefiel ihr sehr.
Er machte kein Hehl daraus, daß er arm war und nichts sein Eigen nannte als einen alten Turm, in dem er mit seiner Mutter wohnte.
Nach ein paar Tagen begann sich das Fräulein zu wundern, weil der junge Gast niemals auch nur die leiseste Andeutung machte, daß er etwa als

Freier gekommen sei. Zwar sang er ihr seine schönsten Lieder, sooft sie es wünschte, begleitete sie, wenn sie ausritt, und war stets zu jedem Dienste bereit.

Aber weil er so arm war und sie so reich, hätte er nie gewagt, seine Augen zur Herrin der Gaderburg zu erheben.

Freilich gefiel sie ihm über die Maßen wohl, und weil sie sich von ihrer besten Seite zeigte, konnte er auch nicht ahnen, daß sie in Wirklichkeit nur ein eigennütziges, herrschsüchtiges und launisches kleines Ding war.

Als wieder eine Weile vergangen war, ohne daß der Sänger mit einem Wort oder auch nur mit einem Blick eingestanden hätte, daß er sie liebte, wurde sie allmählich ärgerlich. Ihre Eitelkeit litt es nicht, daß gerade er sich keine Mühe gab, sie zu erringen; ja es sah aus, als wäre sie ihm samt ihrer Schönheit und ihrem Reichtum völlig gleichgültig.

Und so beschloß sie endlich, selbst zu handeln: denn sie wollte den tapferen jungen Sänger für sich haben, genau wie alles, was ihr sonst gefiel.

So sagte sie eines Tages: „Du hast genugsam bewiesen, daß du ein Sänger und ein Held bist! Ich wüßte gern, ob du auch die Spiegelprobe bestehst."

Er lachte. „Warum sollte ich nicht? Versuche es doch! Ich pflege nicht zu lügen!"

Das hörte sie mit heimlichem Vergnügen.

„So komm mit mir!" befahl sie, verließ den Saal, winkte draußen auf dem Gang den beiden alten tauben Knechten und begab sich mit ihrem Gast in eine leere Kammer, deren Tür sie sorgfältig hinter sich verschloß.

Dann zog sie einen kleinen Spiegel hervor. Einen Augenblick sah sie zaudernd darauf hinab. Was sollte sie den Sänger fragen, um zu erfahren, ob er die Wahrheit redete oder log? Der Spiegel würde es ihr sogleich verraten! Aber – vielleicht würde sie darin lesen müssen, daß sie diesem jungen Ritter da gar nicht gefiel oder daß er eine andere Frau liebte oder daß er auch nur gekommen war, um die reiche Herrschaft zu gewinnen! Das alles wäre sehr schlimm für sie. Aber was half es? Sie mußte endlich Gewißheit haben!

So hielt sie ihm den Spiegel vors Gesicht und fragte: „Hast du schon einmal um eine Frau gefreit?"

„Nein", entgegnete er ohne Zögern. Schnell blickte sie selbst in den Spiegel und sah zu ihrer Freude, daß er die Wahrheit gesagt hatte.

„Und wie muß die Frau sein, um die du einmal freien wirst?" forschte sie begierig weiter.

Weil sie aber da so schön und anmutig vor ihm stand, dachte der junge Ritter: „Ach, sie müßte wohl so sein wie du!" Freilich erschrak er im selben Augenblick. Der Spiegel! Er würde ihr alles verraten!

Da hatte sie ihn auch schon flink umgedreht und hineingeschaut, ehe er noch ein Wort sagen konnte.
Ein strahlendes Lächeln zog über ihr Gesicht. „Nun, warum antwortest du nicht?" fragte sie, denn sie wollte gerne aus seinem eigenen Munde hören, was ihr der Spiegel bereits erzählt hatte.
Er war feuerrot geworden. „Ich ... du weißt es doch schon!" sagte er kleinlaut und wäre lieber draußen vor dem Tore gewesen.
Aber ihr Lächeln wurde nur noch strahlender: denn jetzt war sie ja am Ziel ihrer Wünsche.
„Wenn es so ist, sollst du mein Gemahl werden", sprach sie sehr befriedigt. „Du hast alle drei Prüfungen bestanden! Wir wollen in den Saal gehen und es den Rittern sagen!"
Sie ergriff seine Hand und führte ihn aus der Kammer, und die Knechte, die schon ihre Spieße gefällt hatten, um ihn aus der Burg zu jagen wie die anderen Freier, standen vor Verwunderung mit offenem Munde da.
So wurde auf der Gaderburg die Verlobung des armen Ritters mit der reichen Schloßherrin gefeiert, und der Bräutigam meinte, er sei sehr glücklich.
Nach ein paar Tagen nahm er Abschied und ritt heim zu seiner Mutter. Sie hörte ihm ernsthaft zu, als er erzählte, wie alles gekommen war. Allein zuletzt sagte sie: „Ja, mein Sohn, es sieht so aus, als ob es ein großes Glück für dich wäre. Aber es gefällt mir nicht, daß deine Braut sich mit so merkwürdigen Dingen abgibt. Alles, was Zauberwerk ist, bringt eines Tages Unheil! Verlange von ihr, daß sie diesen Spiegel zwischen zwei Mühlsteinen zermahlen läßt und den Staub in alle Winde verstreut."
Das versprach der Sohn, und als er wieder zurückkam auf die Gaderburg, redete er mit seiner Braut darüber. Aber sie wollte nichts davon hören und meinte verdrießlich, sie sei nicht gewohnt, sich etwas befehlen zu lassen, und den Spiegel behalte sie. Er wunderte sich zwar, weil er sie noch nie so mürrisch gesehen hatte, aber er schwieg.
Sie blieb jedoch tagelang übler Laune, und als es ihm endlich gelungen war, sie zu versöhnen, zeigte es sich alsbald, daß sie sich schon wieder etwas Neues in den Kopf gesetzt hatte.
„Willst du mir einen Wunsch erfüllen?" fragte sie eines Tages mit ihrem lieblichsten Lächeln.
„Jeden, den ich erfüllen kann", versprach er bereitwillig.
„Siehst du, ich möchte gerne bei unserer Hochzeit die Rayéta tragen: das ist das herrlichste Schmuckstück der Welt. Es ist irgendwo auf dem Berge Gardenàzza verborgen, und du würdest mir eine sehr große Freude machen, wenn du es für mich holen wolltest."

Kopfschüttelnd fragte sich der Ritter, wie ihm das wohl gelingen sollte; aber am nächsten Morgen machte er sich dennoch auf den Weg und stieg zur Gardenàzza hinauf.

Das ist ein mächtiger Gebirgsstock, der auf seinem Rücken eine weiße Wüste trägt. Blendendweiße Hügel von feinstem Schutt liegen umher und sehen aus wie zusammengewehte Aschenhaufen. Die steinerne Öde der Hochwelt wäre in unendliches Schweigen gehüllt, wenn nicht ab und zu ein heulender Sturm die Felsen peitschte und die Schuttmassen herumwirbelte. Wer durch die Mündung des Langentales nach Norden schaut, der sieht diese weiße Wüste abschreckend kalt und tot herunterstarren. Die Örtlichkeiten dort droben haben seltsame Namen: Púetz, Col de la Soné, Kedùl, Sóngher und Col da Oy. Niemand weiß, was diese Namen bedeuten: sie sind uralt. –

Der Sänger irrte stundenlang auf der einsamen Höhe umher, wo es außer ihm kein lebendes Wesen zu geben schien, und er wußte noch immer nicht, wie er es anfangen sollte, die Rayéta zu suchen.

Endlich, als es schon gegen den Abend ging, kam er an einen See, der mit seinem dunklen Wasserspiegel zwischen dem weißen Gestein so seltsam aussah, als läge ein schwarzer Sumpf mitten in einem Schneefeld.

Am Ufer aber kniete eine Frau und wusch Wäsche.

Er atmete erleichtert auf. Sie mußte eine Cristàna sein, eine von den wilden Frauen, die auf der Gardenàzza wohnten und von denen man sagte, sie wüßten alles, was sich im weiten Gebirge zutrug. Sie konnte ihm gewiß helfen.

Die Cristàna hörte ihn gleichmütig an, als er ihr sein Anliegen vortrug. „Nein“, sagte sie dann, „die Rayéta ist nicht mehr hier auf der Gardenàzza. Ein Zauberer hat sie mit Hilfe seiner schwarzen Kunst in seinen Besitz gebracht. Ich weiß nicht, wo sie sich jetzt befindet!“

Sie brach ab, und der Sänger fuhr erschrocken zusammen: Vom See herüber scholl ein dumpfes Brüllen, als käme es aus der Tiefe des Wassers herauf.

„Der See grollt“, sagte die Cristàna, „es ist eine unruhige Nacht! Bald werden auch die Mäuse kommen. Dann will ich sie befragen.“

Es dauerte auch wirklich nicht lange, da kamen durch die Luft große Scharen feuriger Mäuse einhergesaust und stürzten sich in den See.

Der Sänger gewahrte mit Entsetzen, wie die Frau eine von ihnen mit der bloßen Hand fing und flüsternd mit ihr redete.

Nach einer kurzen Weile nickte sie und warf das Tierchen wieder in die Luft. „Die Rayéta befindet sich im Walde Amarìda, unter dem Schloß von Dòna Dìndia“, sprach sie zu dem Sänger, „mehr kann ich dir nicht sagen.“ Und sie ging fort.

Er stand da und dachte bekümmert, daß er keine Ahnung hatte, wo der Wald Amarìda sein mochte. Und wer war Dòna Dìndia?
Zum Glück fand er eine Höhle, in der er die Nacht zubrachte, und am Morgen stieg er ins Tal hinab.
Drunten begegneten ihm einige Knappen von der Gaderburg, die sehr erleichtert schienen, ihn zu sehen.
„Unsere Herrin hat uns ausgeschickt, dich zu suchen", berichteten sie. „Jemand hat ihr gesagt, die Rayéta zu erwerben sei ein sehr gefährliches Abenteuer, und wenn sie dich lebend wiedersehen wolle, möge sie dich schleunigst zurückrufen. Wir bitten dich also, kehre mit uns heim!"
Das war aber keineswegs nach dem Sinn des jungen Helden. „Ei, was denkt sich eure Herrin?" fragte er unmutig. „Zuerst sendet sie mich auf Abenteuer aus und dann läßt sie mich wieder zurückrufen! Soll ich etwa unverrichteter Dinge heimkehren und mich auslachen lassen? Nein! Sagt dem Fräulein, ich werde erst zurückkommen, wenn ich die Rayéta gewonnen habe."
Und er machte sich auf, den Wald Amarìda zu suchen.
Zwei Tage lang wanderte er über das Gebirge und durch mehrere Täler und fragte von Zeit zu Zeit nach dem Walde Amarìda.
Aber den kannte niemand.
Endlich kam er in die Berge, wo die Fànes wohnten. Dort fand er Leute, die ihm Auskunft geben konnten. „Den großen Wald Amarìda kennen wir wohl", sagten sie. „Er liegt im Lande der Lastoyères, nicht weit von dem verzauberten Berge Formìn. Mitten im Walde steht auf einem Felsen ein purpurnes Schloß: darin wohnt Dòna Dìndia."
So wanderte der Sänger weiter in das Land der Lastoyères. Und endlich am dritten Tag erreichte er den Wald Amarìda.
Als er eine Weile darin fortgegangen war, kam er auf eine Lichtung. Da erhob sich ein felsiger Hügel und darauf stand ein purpurnes Schloß.
Am Fuße des Hügels aber befand sich im Felsen eine Höhle, darin lag ein gefleckter Drache, und hinter ihm, auf einem steinernen Tische, leuchtete etwas im Dunkel wie eine winzige Sonne: die Rayéta, der Strahlenstein.
Der Sänger blieb stehen und betrachtete den herrlichen Stein. Dann musterte er nachdenklich den Drachen. Der rührte sich nicht, und seine grauen, faltigen Lider waren geschlossen, als schliefe er.
Langsam griff die Hand des jungen Ritters nach dem Schwerte. Aber er ließ sie wieder sinken. Nein, er wollte zuerst hinaufgehen in das Schloß und Dòna Dìndia begrüßen, wie es die Sitte verlangte.
Also stieg er den schmalen Reitweg hinauf und kam bald ans Tor. Das stand offen, und kein Wächter war zu sehen.

So ging er weiter in den Hof, aber auch da war niemand.
Zögernd betrat er das Schloß, stieg die Treppe hinauf und öffnete die Tür zum Saale. Aber er blieb auf der Schwelle stehen wie angewurzelt.
Im Saale saßen an einem langen Tisch etwa zwanzig Ritter und ganz oben eine Frau.
Sie trug ein Gewand aus schwarzer Seide, ihr Haar lag wie ein dunkelglänzender Helm um den Kopf, und ihr Gesicht schien blaß und traurig.
Aber sie war unbeschreiblich schön.
Der Sänger starrte sie an, und erst nach einer Weile fiel ihm ein, daß er immer noch wie ein rechter Tölpel da an der Tür stand, anstatt hineinzugehen und die Burgfrau zu begrüßen.
„Das also ist Dòna Dìndia", dachte er.
Wie im Traum schritt er durch den Saal hinauf, als sie ihm winkte, näher zu treten. Die Ritter sah er nicht einmal an.
„Sei willkommen!" sagte Dòna Dìndia und reichte ihm die Hand. „Willst du mir sagen, was dich herführt?"
„Ich habe gehört, daß sich in diesem Walde unter deinem Schlosse die Rayéta befindet, der kostbare Strahlenstein", antwortete er. „Und da ich meiner Braut versprochen habe, ihr den Stein zu bringen, bin ich hergekommen, ihn zu holen."
Er merkte, wie sie erschrak.
„Hast du den Stein gesehen?" fragte sie.
„Ja, Herrin."
„So hast du auch den Drachen gesehen, der ihn bewacht! Du wirst mit ihm kämpfen müssen, wenn du die Rayéta holen willst", sagte Dòna Dìndia und sah ihn bekümmert an.
„Das weiß ich, und ich werde es auch tun", entgegnete er ernsthaft.
Sie schüttelte langsam den Kopf, und ihr Blick glitt über die Tafel hinab.
„Die Ritter, die du hier siehst, haben es auch versucht", sagte sie traurig. „Aber es ist keinem gelungen, das Ungeheuer zu töten."
Zum ersten Male sah jetzt der Sänger die Männer an, die da am Tische saßen. Fast hätte er einen Schrei ausgestoßen. Wie sahen sie denn nur aus? Ihre Gesichter waren totenbleich, die Augen lagen erloschen in den Höhlen; sie sprachen kein Wort und nickten nur immerzu leise mit den Köpfen.
Schaudernd wandte er sich zu Dòna Dìndia zurück und sah, daß in ihren Augen Tränen standen.
„Sie haben es nicht um der Rayéta willen getan", fuhr sie fort, „sondern sie wollten mich befreien: denn der Drache bewacht nicht nur den Stein, sondern er hält auch mich gefangen!"

„So werde ich erst recht mit ihm kämpfen!" rief er voll Eifer. „Ich schwöre dir, ehe die Sonne untergeht, bist du frei – oder ich bin tot!"
„Nein!" sagte sie heftig, „nein, ich will es nicht! Du sollst nicht das gleiche Schicksal erleiden wie sie, so jung wie du bist! Aber sage mir: wer ist deine Braut, die dich zu diesem gefährlichen Abenteuer ausgesandt hat?"
„Das Fräulein von der Gaderburg", antwortete er.
Dòna Dìndia runzelte die Brauen. Sie schien verwundert und beinahe zornig. „Die kleine Närrin!" sagte sie finster. „Sie weiß wahrhaftig nicht, was sie tut! Aber – da sie deine Braut ist, mußt du wohl ihre drei Prüfungen bestanden haben! Du bist also ein Sänger?"
Jetzt vermochte er wieder zu lächeln. „Ich singe für mein Leben gern."
Sie warf einen sehnsüchtigen Blick hinüber zur Harfe, die verhängt in der Ecke stand. „Es ist sehr lange her, seit in dieser Burg jemand gesungen hat."
„So erlaube, daß ich heute abend für dich singe!" rief er schnell. „Morgen aber werde ich für dich kämpfen!"
Ehe sie Zeit fand zu antworten, hatte er schon die Hülle von der Harfe genommen. Alsbald huben die Saiten unter seinen Händen an zu tönen, und als er zu singen begann, vergaß er alles andere: die gespenstige Gesellschaft im Saale, die Rayéta und den Drachen, mit dem er morgen kämpfen sollte.
Er sang für Dòna Dìndia, die so schön und so traurig war. –
Spät in der Nacht führte ihn ein alter schweigsamer Diener nach seinem Schlafgemach. Aber er fand nicht viel Ruhe, und früh am Morgen stand er auf, holte aus der Waffenkammer Schwert und Schild und gedachte, schnurstracks hinabzusteigen zur Drachenhöhle.
Aber auf dem Gang begegnete ihm Dòna Dìndia.
„Ich habe es ja gewußt", sagte sie sorgenvoll, als sie ihn so gewaffnet sah. „Darum habe ich auf dich gewartet. Ich bitte dich, kämpfe heute nicht mit dem Drachen! Du sollst am Abend noch einmal zur Harfe singen! Ich habe nicht viel Freude: willst du es für mich tun?"
Was blieb ihm übrig, als ihrem Wunsche zu willfahren und Schwert und Schild wieder in die Waffenkammer zu tragen?
Am Abend sang er wieder für Dòna Dìndia.
Er sang auch am nächsten Abend und danach noch an vielen anderen Abenden. Bald wußte er nicht mehr, wie viele es waren.
Er hatte längst gemerkt, daß Dòna Dìndia ihn damit nur vom Kampfe mit dem Drachen abhalten wollte, weil sie Angst um ihn hatte.
Und das machte ihn merkwürdig glücklich.
Freilich drückte ihn das Gewissen, wenn er an seine Braut dachte und

an das Versprechen, das er ihr gegeben hatte. Aber die Rayéta lag ja sicher genug da drunten in der Höhle, und der Drache lief ihm ganz gewiß nicht davon. Und eines Tages würde er ihn ja doch töten!
Zwar schien es ihm allmählich, als blickten ihn die bleichen Ritter höhnisch an: vielleicht meinten sie, er wage aus Feigheit den Drachenkampf nicht. Bei dem Gedanken stieg ihm das Blut zu Kopfe.
Aber war nicht Dòna Dìndia ein wenig fröhlicher geworden in dieser Zeit? Das dünkte ihn wichtiger als alles andere. Mochten sie doch grinsen mit ihren ausgemergelten Gesichtern, dachte er trotzig.
Zwei Monde mochten so verstrichen sein, da schien Dòna Dìndia eines Abends wieder sehr trüben Mutes, und als er zur Harfe griff, um sie ein wenig zu erheitern, sagte sie: „Nein, du sollst heute nicht singen! Komm, setze dich neben mich, ich will dir etwas erzählen!"
Er gehorchte verwundert.
„Heute sind es genau fünf Jahre, seit ich hier gefangen bin", begann sie. „Und nun sollst du erfahren, wie alles gekommen ist. Als ich ein junges Mädchen war, kam einmal ein fremder Mann in die Burg meines Vaters. Er schien sehr reich, aber mir graute vor ihm, obgleich ich damals noch nicht wußte, daß er ein mächtiger und sehr böser Zauberer war. Er sah mich und beschloß, daß ich seine Gemahlin werden müßte. Aber als er um mich warb, wies ich ihn ab. Er ging, und sein Gesicht war so vor Wut verzerrt, daß ich es nie mehr vergessen konnte.
Ein Jahr später vermählte ich mich mit Zhan-de-Rame, dessen Namen du gewiß gehört hast, denn er war weitum berühmt.
Zu meiner Hochzeit erschienen viele Gäste, und alle brachten Geschenke. Plötzlich stand zu meinem Entsetzen der Zauberer vor mir. Niemand hatte ihn geladen, aber er war dennoch gekommen. Er überreichte mir einen kleinen grünen Spiegel und sprach: ‚Der Spiegel hat Zauberkraft und verrät dir die Gedanken eines jeden Menschen, den du hineinschauen läßt!"
Als sie sah, wie der Sänger bei diesen Worten auffuhr, legte sie schnell die Hand auf seinen Arm. „Ich weiß, was du sagen willst; aber höre mich erst bis zum Ende an! Mir schien der Spiegel ein herrliches Geschenk. Ich war sehr jung und hatte noch nicht begreifen gelernt, wie weise es eingerichtet ist, daß wir die Gedanken unserer Mitmenschen nicht erkennen können: denn es gäbe sonst noch viel mehr Haß und Feindschaft in der Welt.
So dankte ich dem Zauberer, der alsbald wieder verschwand. Mit dem Spiegel aber hatte er das Unheil in mein Leben gebracht, und das war seine Rache. Er wußte genau, was geschehen würde.

Bald begann ich den Spiegel nach allem und jedem zu befragen. Ich wollte die geheimsten Gedanken meines Gemahls erforschen; ich wollte wissen, was meine Freunde über mich dachten und ob die Menschen, mit denen ich zu tun hatte, mich etwa belogen und betrogen. Ich war allmählich von Mißtrauen geradezu besessen, das mir Tag und Nacht keine Ruhe ließ. Da beschloß ich endlich voll Verzweiflung, mich des teuflischen Spiegels zu entledigen. Ich tat ihn in eine eiserne Truhe, die ich mit zusammengeschmiedeten Bändern verschließen ließ, damit ich sie nie mehr öffnen könne. Jetzt wagte ich wieder aufzuatmen. Aber am Abend desselben Tages erschien abermals der Zauberer bei mir. Er lachte höhnisch und sagte, ich hätte mir die Mühe ersparen können: denn ich würde den Spiegel sehr bald wieder hervorholen.
Er sollte recht behalten. Ich fing jetzt an zu glauben, mein Gemahl denke unfreundlich über mich, meine Freunde redeten nur heuchlerische Worte und meine Dienstleute versuchten mich zu betrügen, wo sie konnten.
Es dauerte nicht lange, da ließ ich die Truhe wieder aufbrechen, weil mir schien, nur der Spiegel könnte mir helfen, die Wahrheit zu erfahren. Und alles Elend begann von neuem.
Ehe zwei Jahre um waren, starb mein Gemahl. Ich war so traurig, daß ich nicht mehr in unserem Schlosse bleiben mochte. Mit ein paar Knechten und Mägden zog ich fort in eine andere Gegend, wo ich bei Verwandten lebte. Aber der Zauberer spürte mich auch hier auf. In der Burg meiner Verwandten tauchten allerlei Spukgestalten auf, schreckten uns und machten uns das Leben zur Hölle. Abermals mußte ich fort, damit die anderen wieder Ruhe hätten.
Eine Weile zog ich durchs Land, auf der Suche nach einem Platz, wo ich mich niederlassen könnte.
In den Fànesbergen ritt ich einmal an einem See vorüber. Da kam mir ein Gedanke: ich wollte den Spiegel, der an soviel Elend schuld war, da hinein werfen, damit ich ihn für alle Zeiten los wäre!
Im nächsten Augenblick hatte ich ihn auch schon hervorgeholt und schleuderte ihn mit aller Kraft mitten in den See hinein. Ich sah ihn blitzend in die Luft fliegen, dann schlug er auf dem Wasser auf und versank.
Ein wenig leichteren Herzens ritt ich fort.
Allein ein Salwàn, der in der Nähe wohnte, hatte mich beobachtet. Er holte am nächsten Morgen den Spiegel vom Grunde des Sees herauf. In dieser einen Nacht aber war das Wasser von seinem Gifte ganz grün geworden!"
Dòna Dìndia hielt inne und blickte den Sänger an. „Nun, du weißt, in wessen Besitz der Spiegel dann gekommen ist!"

Er nickte unbehaglich, weil ihm dies alles ganz und gar nicht gefiel.
„Wenn ich dir einen Rat geben soll“, fuhr sie indessen ernst fort, „so sage deiner Braut, sie möge den Spiegel schleunigst vernichten, ehe er auch über sie Unheil bringt – und über dich“, fügte sie leise hinzu.
„Ja“, antwortete er bedrückt, „das hat mir meine Mutter auch schon geraten, aber meine Braut weigerte sich und wurde sehr böse.“
„Freilich, das Fräulein von der Gaderburg hat seinen eigenen Willen“, sagte Dòna Dìndia unmutig, „und ich wünsche dir nur, daß du nicht eines Tages dafür büßen mußt! Aber nun höre, was weiter geschah!
Am Tage darauf kam ich mit meinen Dienstleuten in eine Herberge, und weil es schon spät war, beschloß ich, dort zu übernachten. Aber kaum war ich droben in meiner Kammer, da pochte es an der Tür und zu meinem Schrecken trat der Zauberer herein.
‚Du hast mein Geschenk in den See auf der Fànisalm geworfen‘, sagte er finster. ‚Nun, mag es so sein! Ich will dir etwas anderes schenken, wenn du einwilligst, meine Gemahlin zu werden, da ja Zhan-de-Rame tot ist!‘ Und er zog die Rayéta aus seinem Gewand hervor und hielt sie mir vor die Augen. ‚Sieh her‘, fuhr er fort, ‚das ist der Strahlenstein, das kostbarste Schmuckstück der Welt!‘ Aber ich wollte den Stein nicht einmal ansehen und schrie dem Zauberer ins Gesicht, daß ich ihn und seine schwarze Kunst verabscheute! Da meinte er wütend, ich wüßte wohl nicht, was ich mir da für immer verscherzte: denn auch der tapferste Ritter würde niemals imstande sein, die Rayéta für mich zu erringen. Er aber lege sie mir zu Füßen, wenn ich ihn erhöre.
Die prahlerische Rede verdroß mich, und in meinem Zorn sagte ich, ich wolle mit ihm wetten, daß eines Tages ein Ritter kommen und die Rayéta erkämpfen werde. ‚Die Wette gilt‘, sagte er schnell, und in seinen Augen blitzte es frohlockend auf. Wir vereinbarten dann, wenn es binnen sieben Jahren einem Ritter gelänge, den kostbaren Stein zu gewinnen, so dürfe der Zauberer sich nie wieder in meiner Nähe zeigen. Vermöchte es aber niemand, so müßte ich nach dieser Zeit seine Gemahlin werden. Heute weiß ich freilich, daß es sehr unklug war, diese Wette einzugehen. Aber damals dachte ich: ‚Sieben Jahre sind eine lange Zeit, und ganz gewiß wird einmal ein tapferer Ritter dem elenden Schwarzkünstler den Stein abjagen.‘ Aber ich irrte mich: denn der Zauberer hatte sich einen teuflischen Plan ausgedacht.
Bald nach diesem Tage kam ich auf meinen Irrfahrten in den großen Wald Amarìda. Darin war es sehr still und einsam, und das gefiel mir. Ich beschloß, hier zu bleiben und ließ mir dieses Schloß bauen.
Aber kaum war ich eingezogen, da erschien drunten am Fuße des Hügels

der Zauberer mit einem abscheulichen gefleckten Drachen. Er brachte die Rayéta in die Höhle und befahl dem Untier, sich vor den steinernen Tisch zu legen, um das Kleinod zu bewachen. Dann kam er zu mir in den Saal herauf. ‚Du siehst, ich habe Vorsorge getroffen, unsere Wette zu gewinnen', sprach er mit einem tückischen Lachen. ‚Der Drache wird niemanden belästigen, und jedermann kann ungehindert im Schlosse aus und ein gehen. Wollte aber jemand versuchen, die Rayéta zu holen, so wird er mit dem Drachen kämpfen müssen. Demjenigen, der ihn etwa zu besiegen vermag, gehört freilich auch der Stein; aber es wird keinem gelingen', fügte er höhnisch hinzu.
Dann ging er fort, und mir war sehr elend zumute: denn nun hatte ich keine Hoffnung mehr, daß mich jemand vor dem Bösewicht retten könnte. Schon am nächsten Tage wußte ich, daß mich der Zauberer auch noch betrogen hatte. Zwar konnten wirklich alle anderen ungehindert aus und ein gehen. Aber wenn ich das Schloß verlassen wollte, schoß der Drache sogleich zischend und pfeifend aus der Höhle hervor und versperrte mir den Weg. Wohl war mein Schicksal bald weitum im Lande bekannt, und viele Ritter kamen, um den Drachen zu erlegen und mich zu befreien; es hat ein schreckliches Ende für sie genommen, du weißt es. So bin ich seit fünf Jahren hier gefangen. Und bald werden auch die sieben Jahre um sein", schloß Dòna Dìndia, und es klang so hoffnungslos traurig, daß der Sänger sich insgeheim schwur: nein, nun sollte ihn nichts und niemand mehr von dem Kampfe mit dem Drachen abhalten.
In dieser Nacht dachte er lange und ernsthaft nach. Und als der Morgen graute, hatte er einen Entschluß gefaßt. Er stand auf, begab sich leise zur Waffenkammer und holte Schild und Schwert. Dann schlich er die Treppe hinab und zum Tore hinaus; niemand begegnete ihm, aus den Kammern drang kein Laut: jedermann in der Burg schien noch zu schlafen.
Das war gut. Zwar hätte er wohl von Dòna Dìndia Abschied nehmen sollen, ehe er zu diesem Kampfe ging; wußte er doch nicht, ob er wieder zurückkehren würde. Aber nein, sie würde ihn zurückhalten wie stets, wenn er davon geredet hatte. Mochte sie ruhig schlafen! Wenn sie erwachte, würde alles vorüber sein. Dann war sie frei – oder er war nicht mehr am Leben.
Er dachte an seine Braut, die ihn in dieses Abenteuer gejagt hatte. Er mußte es auch um ihretwillen bestehen: denn er hatte ja versprochen, ihr den Stein zu bringen.
Ihm selbst lag nichts daran, die Rayéta zu gewinnen; nur eben, daß er sein Versprechen einlösen mußte.
Aber kämpfen – kämpfen würde er für Dòna Dìndia!

Unter solchen Gedanken war er den Burgweg hinabgestiegen und wandte sich jetzt zur Rechen gegen die Drachenhöhle.
Da hielt er plötzlich an: im Eingang der Höhle stand ein Mann!
„Der Zauberer!“ dachte er sogleich und betrachtete den Fremden neugierig und mit heftiger Abneigung.
Er war in einen langen, schwarzen Mantel gehüllt, ein schwarzer Bart umrahmte sein bleiches Gesicht, in dem die Augen wie Kohlen glühten.
Auch er schien keine Freude an dem Sänger zu haben. „Was willst du hier?“ herrschte er ihn an.
„Ich will den Drachen erlegen, um Dòna Dìndia zu befreien und die Rayéta meiner Braut zu bringen“, antwortete der Sänger furchtlos.
Der Zauberer starrte ihn an, und langsam wurde sein Gesicht dunkel vor Wut. Und dann begann er so laut zu lachen, daß es schaurig im Walde widerhallte.
„Du Narr!“ schrie er, „du hast dir nicht wenig vorgenommen! Zwei Frauen zugleich willst du dienen? Ich rate dir, schleunigst deiner Wege zu gehen, wenn du deine Braut noch einmal wiedersehen willst: denn der Kampf mit dem Drachen ist kein Spiel für törichte Knaben!“
Da erschrak der junge Ritter und wurde sehr nachdenklich. Und mit einem Male wußte er nicht mehr, ob er überhaupt noch heimkehren wollte zu dem Fräulein von der Gaderburg oder ob er für immer hierzubleiben wünschte in Dòna Dìndias purpurnem Schloß.
Verwirrt setzte er sich auf einen Stein und versuchte, Ordnung in seine Gedanken zu bringen. Aber es wollte ihm nicht gelingen.
Über das Gesicht des Zauberers, der ihn aufmerksam beobachtete, glitt ein hämisches Grinsen, als er die Verwirrung sah, die auf dem jungen, arglosen Gesicht geschrieben stand. Nein, der Knabe da war jetzt nicht gefährlich: er dachte an andere Dinge als an den Drachenkampf!
Er glitt mit einem lautlosen Schritt hinter einen Baum und war verschwunden.
Der Sänger achtete nicht darauf. Nach einer langen Weile erhob er sich, nahm Schild und Schwert auf und stieg langsam wieder zur Burg hinauf. Er war so traurig und ratlos wie noch nie in seinem Leben. –
Als er zur Tür des Saales kam, glaubte er drinnen Gelächter zu hören. Aber – es war ein gräßliches Lachen, dünkte ihn: es klang wie das Klappern von hohlen Schädeln und Totengebein. „Sie wissen alles und sie lachen über mich, weil ich den Drachenkampf noch immer nicht bestanden habe! Aber sie sollen nicht mehr lange lachen“, dachte er trotzig und öffnete die Tür.
Allein drinnen war alles wie sonst; oben am Tische saß Dòna Dìndia und

ringsum die bleichen Ritter stumm und regungslos. Nur ihre Köpfe nickten leise und gespenstisch.

Während er an diesem Abend sang und spielte, daß die Saiten der Harfe wie Glocken tönten, wandte er kaum die Augen von der Burgfrau. „Heute singe ich zum letzten Male für dich, Dòna Dìndia! Du weißt es nicht, und es ist gut, daß du es nicht weißt. Morgen werde ich den Drachen töten und du wirst frei sein! Ich aber werde fortgehen, zurück zu meiner Braut. Und ich werde ihr die Rayéta bringen, weil ich es versprochen habe! Aber ich werde nie wieder glücklich sein!“

Nur dies vermochte er immer zu denken. –

Drunten im Walde war es noch dämmerig, als er am nächsten Morgen hinabstieg zur Drachenhöhle. Nur die ersten, verschlafenen Vogellaute kamen da und dort aus dem Gezweig, sonst war alles still.

Er blickte in die Höhle. Da lag der Drache und schlief, grau und ungefüge anzusehen, als wäre er aus Stein gehauen. Und drinnen im Dunkel leuchtete die Rayéta wie eine winzige Sonne.

Der Sänger tat einen tiefen Atemzug, zog sein Schwert und ging vorwärts.

Als er den ersten Schritt in die Höhle tat, schoß der Drache in die Höhe, der unförmige Leib warf sich flink herum, und der scheußliche Schädel fuhr auf ihn los. Kalte, bösartige Augen starrten ihn an mit einem fahlen grünen Schein, daß es ihm kalt über den Rücken lief. Er sprang zurück, schwang das Schwert hoch über den Kopf und ließ es auf den Schädel des Untieres niedersausen. Es klang, als träfe es auf Stein. Stinkender, heißer Atem schlug ihm entgegen wie Dampf.

Abermals fuhr das Schwert herab. Nein, das half nichts, durch den Hornpanzer drang keine Klinge!

Jetzt schob sich der Drache ein wenig seitwärts, als wollte er den Schlägen ausweichen. Und dann schnellte plötzlich der lange Schwanz nach vorne und wand sich um die Beine des Sängers, ehe dieser noch begriff, was geschah.

Einen Augenblick später freilich wußte er es. Fester und immer fester zog sich der fürchterliche Ring zusammen mit einer unwiderstehlichen Gewalt. Schon vermochte er keinen Fuß mehr zu rühren. Bald, sehr bald würde er auch nicht mehr stehen können und hilflos niederstürzen: dann war er verloren . . .

Aber als er fühlte, wie der Drache an seinen Beinen zu zerren anfing, packte ihn eine entsetzliche Wut. Oh nein, das Scheusal sollte ihn nicht bekommen! Er warf den Schild fort und packte das Schwert mit beiden Händen. Auf und nieder, auf und nieder schwang er die Waffe wie einen Schmiedehammer. Immer auf dieselbe Stelle sauste sie hinab. Einmal mußte

ja der Schwanz durchhauen sein! „Und so lange muß ich eben stehen bleiben", dachte er, biß die Zähne zusammen und schlug und schlug.
Da . . . jetzt! Um ein Haar wäre er dennoch vornübergestürzt! Aber zugleich merkte er mit unsäglicher Erleichterung, wie sich die Umklammerung lockerte. Er schielte auf seine Füße hinab: ja, da glitt just der abgehauene Schwanz kraftlos zur Erde und zuckte noch ein wenig . . .
Ein schrilles, wütendes Pfeifen warnte ihn. Blitzschnell warf er sich zur Seite, und der stinkende Rachen klaffte eine Handbreit vor seinem Gesichte zu.
Jetzt versuchte der Drache, zischend und pfeifend vor Wut und Schmerz, sich auf den Hinterbeinen aufzurichten; aber es gelang ihm nicht, weil er keinen Schwanz mehr hatte, auf den er sich stützen konnte.
Da begann er zurückzukriechen: fast sah es aus, als krieche er in sich selbst hinein. Der Sänger war auf seiner Hut. Was kam jetzt?
Im nächsten Augenblick schnellte sich der zusammengezogene Drachenleib mit fürchterlicher Kraft in die Höhe, um sich auf ihn herabzustürzen. In diesem einzigen Augenblick, der ihm noch blieb, sah er über sich die weiche, faltige Haut am Bauche des Ungetüms. Dahin richtete er die Spitze seines Schwertes.
Und als der Drache sich herabfallen ließ, drang ihm die Klinge tief in die Eingeweide.
Der Sänger vermochte nicht mehr auszuweichen: als das Ungeheuer niederstürzte, riß es ihn mit sich, und im Sturze schlug es die Krallen tief in seine Brust. Dann rollte es mit einem grausigen Röcheln zur Seite und lag still. –
Mühsam richtete sich der Sänger auf. In seinem Kopfe schien es sonderbar leer und dunkel, und er wußte eine Weile nicht genau, was geschehen war. Dann sah er, daß sein Wams über der Brust zerfetzt war und rot von Blut. Warm rieselte es aus der Wunde über seine Hand herab. „Ich werde verbluten, wenn ich nicht schnell Hilfe bekomme", dachte er. Aber er empfand keine Furcht. Er lag da, auf den Ellbogen gestützt, und betrachtete lange den toten Drachen. Dann ließ er sich zufrieden zurücksinken. „Nun ist Dòna Dìndia frei", murmelte er noch mit einem glücklichen Lächeln. Dann wußte er nichts mehr. –
Später schien es ihm, als höre er Hufschlag und Stimmen. Nein, nur eine einzige Stimme war es jetzt . . . Als er die Augen aufschlug, kniete Dòna Dìndia neben ihm, hielt seinen Kopf im Arm, und ihre Tränen fielen auf sein Gesicht herab.
„Du hast mich gerettet, ich danke dir", sagte sie leise und küßte ihn auf beide Wangen.

Er mochte nicht sprechen. Er lag nur ganz still und blickte sie an, und alles war gut.
Aber es schien doch nicht alles gut zu sein! Denn jetzt sagte Dòna Dìndia hastig und angstvoll zu den Rittern, die hinter ihr standen: „Schnell! Macht eine Bahre aus Zweigen! Ihr müßt ihn sofort in die Burg hinaufbringen, damit ich seine Wunde verbinden kann! Beeilt euch, sosehr ihr könnt!"
Der Sänger runzelte die Stirn: das Denken fiel ihm schwer. Diese Ritter – es mußten wohl die Ritter aus dem Saale droben sein, dünkte ihn. Aber sie waren nicht mehr bleich und stumm, und sie nickten auch nicht gespenstisch mit den Köpfen, sondern sie hatten fröhliche Gesichter und hielten ihre Schwerter in den Händen, mit denen sie jetzt eifrig Zweige von den Bäumen hieben.
Im Handumdrehen hatten sie eine Bahre daraus geflochten. Sie legten ihn behutsam darauf, und dann hoben ihn vier von ihnen auf und begannen langsam den Burgweg hinaufzusteigen. Aber das merkte er schon nicht mehr, denn er hatte wieder das Bewußtsein verloren.
Dòna Dìndia ließ sich auf ihr Pferd heben. Sie warf noch einen Blick auf den toten Drachen; auch die Rayéta sah sie, die in der dunklen Höhle leuchtete wie eine winzige Sonne. Allein was kümmerte sie der Stein? Sie wußte ihr Retter befand sich in großer Gefahr, denn seine Wunde war schwer. Aber sie kannte vielerlei heilkräftige Salben und Säfte aus Wurzeln und Kräutern, und sie verstand sich auf Wunden. „Nein, er darf nicht um meinetwillen sterben", dachte sie und trieb ihr Pferd an, um zur Burg hinauf zu reiten.
In diesem Augenblick hörte sie etwas. Es war ein so ungewohnter Lärm in dem stillen Walde Amarìda, daß sie anhielt und sich umwandte.
Voll Verwunderung sah sie, daß sich zwischen den Bäumen eine Reiterschar näherte. Voran ritt eine Frau, prächtig gekleidet wie eine Fürstin.
Als Dòna Dìndia das Fräulein von der Gaderburg erkannte, wurde ihr Gesicht sehr finster. Sie blickte schnell den Schloßpfad hinauf, wo die Ritter mit der Bahre eben um eine Biegung verschwunden waren. Nun, sie würde sie bald wieder einholen, da sie mit dem Verwundeten behutsam gehen mußten. So blieb ihr ein wenig Zeit.
Sie wandte ihr Pferd und ritt langsam den Fremden entgegen. –
Das Fräulein von der Gaderburg war sehr übler Laune. Tag um Tag hatte sie vergeblich auf ihren Bräutigam gewartet, der ihr endlich die Rayéta bringen sollte. Denn als sie damals die Knappen auf die Gardenàzza schickte, ihn zu suchen, hatte es sie fast im gleichen Augenblick wieder gereut. Und so war sie ganz zufrieden, als die Abgesandten ohne den

Sänger zurückkehrten: denn auf die Rayéta zu verzichten – nein, das vermochte sie einfach nicht! So wartete sie, immer ungeduldiger und mißmutiger, und die Dienstleute auf der Gaderburg konnten ein Liedlein davon singen.

Und eines Tages trug ihr jemand zu, der Sänger sitze fröhlich in Dòna Dìndias purpurnem Schloß und denke gar nicht daran, für seine Braut um die Rayéta zu kämpfen. An diesem Tage zerschlug das Fräulein einige kostbare Dinge in den Gemächern der Burg, verprügelte eigenhändig einen Troßbuben und warf einer jungen Magd, die das Unglück hatte, auf der Schwelle zur Kemenate zu stolpern, einen Schemel an den Kopf.

Am nächsten Tage aber rief sie ein Dutzend Ritter und Knappen zu sich und sagte mit düsterer Stimme: „Wir reiten in den Wald Amarìda zu Dòna Dìndias Schloß."

Denn die stolze Gaderburgerin gedachte weder auf das berühmte Kleinod noch auf den berühmten Ritter zu verzichten, von dem man einst überall erzählen würde, er habe die Rayéta in einem schrecklichen Kampfe für sie gewonnen; so würde von seinem Ruhme auch ein Schein auf sie fallen. –

Jetzt hielten sie einander gegenüber: das blonde Fräulein und die schöne, dunkle Dòna Dìndia. Eine Weile sahen sie einander schweigend an.

„Was suchst du hier?" fragte Dòna Dìndia endlich kühl.

„Ich suche meinen Bräutigam", antwortete das Fräulein hochmütig. „Ich habe ihn ausgesandt, für mich die Rayéta zu gewinnen. Seitdem ist viel Zeit vergangen. Nun habe ich gehört, er sei hier auf deinem Schlosse. Ich wüßte gerne, ob das wahr ist!"

„Ja, er ist hier", sagte Dòna Dìndia ruhig. „Aber du kannst ihn nicht sehen, denn er ist schwer verwundet, und es wäre wohl nicht gut für ihn, wolltest du seine Ruhe stören. Er hat den Drachen getötet, der den Strahlenstein bewachte", fügte sie hinzu.

Die Gaderburgerin riß die Augen auf. „Oh . . . so hat er dennoch für mich um die Rayéta gekämpft!" rief sie frohlockend.

Dòna Dìndia warf ihr einen sonderbaren Blick zu. „Er hat gekämpft, um mich von dem Drachen zu befreien, der mich gefangenhielt", sagte sie ernst.

Das Fräulein zuckte zusammen. „Wie kannst du es wagen, das zu behaupten?" schrie sie, feuerrot vor Zorn.

Aber Dòna Dìndia achtete nicht darauf. „Ich muß jetzt fort!" sagte sie. „Nur eines noch: der Sänger wird in meinem Schlosse bleiben, bis er genesen ist; denn jetzt würde eine Reise seinen Tod bedeuten. Später mag er zu dir zurückkehren, wenn . . . wenn es sein Wunsch ist! Gehab dich wohl!"

Sie warf ihr Pferd herum und ritt schnell den Burgpfad hinauf.
Die Gaderburgerin blickte ihr nach. Und plötzlich, während sie da regungslos im Sattel kauerte, überkam sie die Gewißheit, daß der Sänger nie mehr zu ihr zurückkehren werde.
Einen Augenblick saß sie da, wie zu Stein erstarrt. Dann fuhr sie auf. Mochte also der Sänger bleiben, wo er war, dachte sie trotzig: aber die Rayéta mußte sie haben!
Hastig trieb sie ihr Roß vorwärts, hinter Dòna Dìndia her.
„Warte!" rief sie. „Ich will wissen, wo die Rayéta ist! Sie gehört mir!"
Dòna Dìndia wandte kaum den Kopf nach ihr um. „So hole sie dir!" sagte sie voll Verachtung. „Sie liegt auf dem Steintisch in der Drachenhöhle!"
Im Nu war das Fräulein aus dem Sattel, ließ das Pferd stehen, wo es stand, und lief hinüber zur Höhle.
Freilich, da lag der tote Drache und sah greulich aus. Sie raffte ihr Gewand zusammen und drückte sich an ihm vorbei durch den Eingang. Es war ziemlich dunkel da drinnen, aber sie konnte den Steintisch deutlich unterscheiden. Nur – wo war die Rayéta? „Man sagt doch, sie strahle wie eine kleine Sonne", dachte sie beunruhigt, während sie die Augen schnell überall umherschweifen ließ. Aber nicht der kleinste helle Schein war zu sehen: nichts, rein gar nichts glänzte in dem grauen Dämmerlicht der Höhle. Es half nichts, daß sie mit den Händen die Steinplatte abtastete, daß sie auf den Knien herumkroch und den ganzen Boden absuchte – die Rayéta war und blieb verschwunden.
Als sie es endlich glauben mußte, setzte sie sich auf den Steintisch und begann vor Zorn und Enttäuschung zu weinen.
Nach einer Weile ging sie hinaus, kletterte in ihrem beschmutzten Gewand wortlos und mit finsterem Gesicht auf ihr Pferd und ritt davon, ohne sich auch nur nach ihren verdutzten Dienstmannen umzusehen, die ihr wohl oder übel in vorsichtiger Entfernung folgten.
So kehrte sie zurück auf die Gaderburg, und es erging ihr nicht besser als manchem anderen Menschen, die alles haben wollen und zuletzt nichts bekommen. –
Wo aber war die Rayéta?
Während der Sänger mit dem Drachen kämpfte, hockte in einem Dickicht, nicht weit von der Höhle, der Zauberer. Voll ohnmächtiger Wut mußte er dem Kampfe zusehen: denn er wußte genau, daß er gegen den ehrlichen, jungen Ritter mit seiner schwarzen Kunst nichts ausrichten konnte.
Als der Drache tot war und der Sänger ohne Bewußtsein dalag, wollte er sich eilig in die Höhle schleichen, um den kostbaren Stein in Sicherheit zu bringen. Aber da kam Dòna Dìndia mit ihren Rittern, und er mußte sich

schleunigst wieder verstecken und mitansehen, wie sie sich um den flaumbärtigen Knaben mühte und sorgte.
Und er – er besaß keine Macht mehr über sie: denn er hatte die Wette verloren!
„Ich habe die Wette verloren und Dòna Dìndia und die Rayéta", dachte er zähneknirschend. „Allein noch ist nicht aller Tage Abend! Noch hat sich niemand um den Stein gekümmert, obgleich er jetzt dem Knaben gehört: das habe ich ja Dòna Dìndia selbst gesagt. Aber er soll ihn nicht haben! Ich werde warten, geduldig warten: vielleicht kommt noch ein günstiger Augenblick für mich!"
Und er hockte im Dickicht und wartete.
Und als das Fräulein von der Gaderburg erschien, ersah er flink seinen Vorteil. Ungesehen schlüpfte er in die Höhle, nahm die Rayéta an sich und war im nächsten Augenblick verschwunden.
Er begab sich zurück in die Fànesberge, wo er hauste, und freute sich, daß er den kostbaren Stein behalten hatte.
Aber er sollte sich nicht lange freuen. Ehe ein Jahr um war, jagte ihm Ey-de-Nét, der junge Krieger der Duránni, die Rayéta im Kampfe ab und schenkte sie Dolasílla, der Tochter des Fàneskönigs. *

---

* Siehe Seite 245 Spina de Mul und der junge Duránni-Krieger

DIE KÖNIGIN DER CRODERES

Geht man von Cortina d'Ampezzo über das Joch, wo die drei Kreuze stehen, zum Misurinasee, so erblickt man im Süden eine gewaltige Gebirgskette. Eine unendliche Einsamkeit liegt über der öden Felsenwildnis. Steil und trotzig recken sich zwischen frostigen, schneegefüllten Karen die Gipfel auf, alle einander ähnlich an Höhe und Gestalt, als wollte keiner hinter dem andern zurückstehen.
Diese wilden Berge sind die Marmaròles.
Kein Gehöft, ja kaum eine Hirtenhütte liegt an ihren Hängen: denn allzu jäh steigen sie an. Über der Waldgrenze gibt es keine grünen Almen, sondern unvermittelt beginnen die Felsen und mit ihnen die riesige Einöde.

Man braucht einen ganzen Tag, um den Grat zu überschreiten und auf den geröllerfüllten Piàn de la Gravìna hinabzugelangen, von wo das Otental nach Cadóre führt.
Am Fuße dieser ungeheuren Gebirgskette liegt zwischen Auronzo und Misurína die „Argentièra", ein altes Bergwerk, einst weitläufig und ergiebig, später aber immer mehr verarmend.
Wenn die Knappen, die da in jener alten Zeit nach Silber und Gold schürften, ins Tal herabkamen, erzählten sie wunderliche und geheimnisvolle Geschichten: vom Eispalast auf dem Cornón de Fròpa und von den Crodères, den Felsensöhnen, die dort droben wohnten.
Sie sahen aus wie Menschen; aber sie kannten weder Liebe noch Haß, sie fühlten keinen Schmerz und keine Freude, und nichts vermochte je ihren Gleichmut und ihre Ruhe zu stören. Sie taten niemandem mit Absicht etwas zuleide, aber sie rührten auch niemals einen Finger, um jemandem zu helfen.
All dies kam daher, daß sie steinerne Herzen hatten.
Nur ganz selten, in vielen Jahren einmal, geschah es, daß einer von ihnen mit einem menschlichen Herzen geboren wurde: dann entstand stets große Verwirrung im Reiche der Crodères.
Freilich waren die Wohnungen der Felsensöhne den Menschen verschlossen.
Aber die Knappen wußten zu erzählen, daß einmal in jedem Jahre, am „stillen Tage", alle Tore offenstünden, die in die Felsenkammern und unterirdischen Gänge der Marmaròles führten.
„Dann kann jeder, der so ein Tor findet, ungehindert in den Berg hineingehen, denn da lehnen die Crodères am Felsen und schlafen; kein Lufthauch regt sich über dem ganzen Gebirge, kein Sandkorn rieselt in die Kare hinab, kein Stein stürzt von den Wänden. In den Gängen aber liegen die Gold- und Silberadern offen zutage, und wer Glück hat, kann mit einem Schlage ein reicher Mann werden. Und wem es gelingt, in den Eispalast des Cornón de Fròpa einzudringen, der sieht in einem dämmerigen Gemach eine Frau in dunklem Gewande zwischen zwei goldenen Särgen sitzen. Sie trägt einen Schleier vor dem Gesicht und eine blaue Krone auf dem Haupte. Das ist Tanna, die Königin der Crodères, die mit einem menschlichen Herzen geboren wurde."
Und darum geschahen viele merkwürdige und schreckliche Dinge.
Die Knappen erzählten noch mehr:
Tanna war sehr jung, als sie nach dem Gesetz der Crodères zur Königin bestimmt und mit der blauen Krone gekrönt wurde. Niemand unter den Felsensöhnen wußte damals, daß sie ein menschliches Herz hatte.

Aber es kam bald an den Tag.
Erschlug ein herabstürzender Stein drunten auf einer Alm einen Hirten, so verbot sie, daß sich noch jemals Steine aus dem Gewände lösten.
Vermurte ein Wildbach die Weiden, so taten ihr die Bauern leid, die nun zuwenig Futter für ihr Vieh hatten, und von Stund' an mußten die Bäche ruhig und sanft zutal fließen.
Begrub ein Felssturz eine Hütte samt ihren Bewohnern, so weinte die Königin der Crodères vor Kummer. „Dies darf in meinem Reiche nie wieder geschehen!" befahl sie, und es geschah nicht wieder.
Beklagten sich die Menschen, daß Sand und Geröll immerzu von den Bergen herabriesle und allmählich ihre Wiesen zerstöre, so ließ Tanna da, wo ehemals Schutthalden gewesen waren, saftiges Gras wachsen.
Und als sie vernahm, wie die Leute drunten im Tale Angst hatten vor den Lawinen, da durfte keine einzige Lawine mehr von den Hängen der Marmaròles niedergehen.
Die Felsensöhne sahen dies alles mit wachsendem Befremden.
„Unsere Königin hat ein menschliches Herz", sagten sie untereinander, und dies schien ihnen das Schlimmste, was geschehen konnte. „Sie bricht die Gesetze der Berge den Menschen zuliebe! Die Ordnung in unserem Reiche ist gestört!"
Aber sie vermochten nichts zu tun: denn Tanna trug die blaue Krone, die ihr alle Macht verlieh.
Sie begaben sich zur Königin. „Bedenke, daß du die Königin der Crodères bist! Du aber richtest dich nur nach den Wünschen der Menschen!"
„Ihr wißt eben nicht, wie schön es ist, Gutes zu tun!" sprach Tanna.
Nein, sie wußten es nicht. Und so gingen sie wieder fort mit ihren unbewegten Gesichtern und ihren steinernen Herzen.
Aber es geschah noch mehr, was ihnen mißfiel. Tanna verließ jetzt zuweilen den Eispalast im Cornón de Fròpa und stieg ins Tal hinab, um unter den Menschen zu sein, die sie liebte. Und wenn sie hörte, wie sie froh und dankbar davon redeten, daß das Leben in den Bergen jetzt viel schöner und leichter und ohne Gefahr sei, freute sie sich sehr.
Kehrte sie zurück, dann empfingen sie die Crodères mit strengem Tadel. Sie blickte sie mit strahlenden Augen an. „Ihr solltet hören, wie dankbar mir die Menschen sind und wie sie mich verehren!"
„Das mag sein!" antworteten sie kühl. „Sie verehren dich, weil sie wissen, daß du die Macht hast, jeden Tag wieder die Lawinen und die Wildbäche auf sie niederstürzen zu lassen! Aber wehe dir, wenn du eines Tages diese Macht nicht mehr besäßest und auf das Wohlwollen der Menschen angewiesen wärest!"

Allein Tanna wollte es nicht glauben.
Sie ließ sich drunten im Walde eine Hütte bauen und blieb viele Tage und Nächte im Tal.
Es kümmerte sie wenig, daß droben auf den Gipfeln Schnee und Eis sich allmählich in gewaltigen Massen auftürmten, weil ja keine Lawine niedergehen durfte. Es störte sie auch nicht, daß die früher so stillen Marmaròles zum Tummelplatz der Menschen wurden, jetzt, da es keine Gefahr mehr für sie gab.
Indessen hatten aber die Crodères beschlossen, die Unordnung in ihrem Reiche nicht länger zu dulden. Freilich, nach ihrem Gesetz konnten sie Tanna die blaue Krone nicht nehmen, und so suchten sie lange vergeblich nach einem Ausweg.
Da geschah abermals etwas. Als die Felsensöhne davon Kunde erhielten, vermochten sie es zuerst nicht zu glauben. Dann aber erkannten sie, daß dies der Ausweg war.
Drunten in den Wäldern am Fuße der Marmaròles, wo Tannas Hütte stand, jagte manchmal ein fremder Graf, der von jenseits der „Splanèdis", der großen Ebene, kam. Er war ein mächtiger Herr, der stets mit vielen Knechten und Hunden und großem Prachtaufwand erschien. Man konnte ihm leicht ansehen, daß er gewohnt war zu befehlen und zu nehmen, was ihm gefiel.
Eines Tages, als er über den Almboden ritt, begegnete ihm Tanna. Sie wollte an ihm vorüber, aber er warf blitzschnell seinen Hengst herum, daß sie stehenbleiben mußte. „Meiner Treu, ich habe niemals eine so schöne Frau gesehen wie dich!" rief er und blickte mit seinen schwarzen Augen lachend zu ihr hinab.
Von diesem Augenblick an vergaß Tanna vollends, daß sie die Königin der Crodères war.
Und als der Graf, ehe er fortritt, sagte: „Du sollst meine Gemahlin werden!" – da meinte sie, ja, dies müßte nun wohl das Glück sein, das nur die Menschen kannten und von dem die Felsensöhne nichts wußten. –
Die Crodères erfuhren es sehr schnell. Sie sandten noch in derselben Nacht Boten hinab zu Tanna.
„Ist es wahr, daß du dich mit einem armseligen Menschen vermählen willst?" fragten die Abgesandten.
„Ja", antwortete Tanna, „ich kann nicht anders, und ihr müßt euch damit abfinden!"
Sie gingen.
Darauf beriefen die Crodères eine Versammlung ein, zu der sie auch Tanna luden. Sie wußte, daß sie kommen mußte.

Und als sie dann in der großen schimmernden Halle des Eispalastes stand, wußte sie, daß es das letzte Mal war.

Fast neugierig blickte sie in die kalten, steinernen Gesichter der Felsensöhne, während sie, einer nach dem andern, Anklage gegen sie erhoben. Es war ihr, als ginge sie dies alles nichts mehr an.

Als alle gesprochen hatten, holten sie aus der tiefsten Tiefe des Berges den Ältesten der Crodères herauf, damit er das Urteil verkünde.

Zwar hatten sie ihn seit eh und je im Verdacht, auch er trage ein menschliches Herz in der Brust, weil er zuweilen Dinge sagte oder tat, die sie nicht begreifen konnten.

Aber er war der Älteste, und so stand ihm dieses Amt zu.

Er sah Tanna mit seinen müden alten Augen an, ehe er sprach. Allmählich verloren seine steinernen Züge ihre Härte, und als er dann zu reden begann, war in seiner Stimme etwas, das die Crodères aufhorchen ließ. Aber sie erkannten nicht, daß es Mitleid war.

„Nein, jetzt kannst du nicht mehr Königin der Crodères sein“, sagte er. „Da du mit einem menschlichen Herzen geboren bist, mußt du zuerst dein Menschenschicksal durchleiden. Dann wirst du hieher zurückkehren und die würdigste Königin sein, die je die blaue Krone getragen hat.“

Tanna tat einen tiefen Atemzug. Ja, nun war es vorbei. Langsam hob sie die Hände, nahm die blaue Krone vom Kopfe und legte sie auf das Tischlein mit der kristallenen Platte.

Dann ging sie.

Nein, sie würde niemals hieher zurückkehren: denn drunten wartete das Glück der Menschen auf sie! –

Aber alles vergeht, Zeit und Leid und Glück. Und eines Tages kehrte Tanna dennoch zurück auf die Marmaròles.

Sie kam allein mit Salwanèl, ihrem Söhnchen, denn ihr Gemahl hatte sie längst verlassen. Ihn trieben seine Abenteuerlust und sein wildes Blut rastlos in der weiten Welt umher.

Zwar hatte er versprochen wiederzukommen, aber seitdem waren Jahre verflossen, und sie hatte gelernt, daß man Menschenworten nicht immer trauen konnte.

Da meinte Tanna, sie könne in der großen Stadt am Meer nicht mehr leben, so allein unter den vielen Menschen, die achtlos an ihr vorübergingen.

Und als ihre Sehnsucht nach dem Frieden der Berge immer größer wurde, machte sie sich mit dem Knaben auf den Weg.

Sie gedachte, wieder in der Hütte zu wohnen, in der sie einst gewohnt hatte. Aber als sie hinkam, hausten fremde Leute darin. Da ging sie weiter über die Almwiesen, vorüber an den anderen Hütten, die sie so gut kannte. Aber auch da überall nur fremde Gesichter, die sie mißtrauisch musterten. Fast ohne es zu wissen, schlug sie den Pfad ein, der durch den Wald hinaufführte zu den Felsen der Marmaròles, die jetzt wie eine letzte Zuflucht vor ihr lagen.

Sie waren beide todmüde, als sie endlich zu einer kleinen Felsenkammer kamen, die dicht unter dem Grat lag.

„Hier will ich bleiben", dachte Tanna, „die Crodères werden mich nicht fortweisen: denn ihnen ist es gewiß gleichgültig, ob ich hier bin oder anderswo."

Sie sollte recht behalten. Niemand im ganzen Gebirge kümmerte sich um sie und Salwanèl.

Saß sie an hellen Tagen droben auf dem Grat in der Sonne, um Ausschau zu halten, ob nicht endlich von irgendwoher eine Reiterschar käme, da gingen manchmal einige von den Crodères an ihr vorbei, aber sie blickten sich nicht einmal nach ihrer einstigen Königin um. Warum sollten sie auch? Ihre steinernen Herzen fühlten ja nichts!

Zuweilen stieg jetzt etwas wie Neid in Tannas Brust auf. „Könnte ich nur sein wie sie!" dachte sie dann. „Freilich, sie kennen weder Liebe noch Freude: aber auch das Leid bleibt ihnen erspart!"

Doch da war Salwanèl! Und sie liebte ihn so sehr, daß sie um keinen Preis der Welt ihr menschliches Herz gegen die steinernen Herzen der Felsensöhne eingetauscht hätte.

Aber Salwanèl wuchs heran, und sie sah mit Sorge, daß er die dunklen Augen seines Vaters, seine hohe Gestalt und sein wildes Blut geerbt hatte.

Immer öfter begann er davon zu reden, daß er fort wolle, hinaus in die weite Welt, um seinen Vater zu suchen und herrliche Abenteuer zu bestehen wie er. Vergebens bat sie ihn, doch bei ihr zu bleiben – eines Morgens war Salwanèl fort. –

Der Knabe wanderte über die weite Ebene nach der Stadt am Meere und fragte und forschte unterwegs überall nach seinem Vater.

Als er in die Stadt kam, erfuhr er, ja, der Graf sei gerade vor drei Tagen heimgekehrt, aber er gedenke wohl nicht zu bleiben, und der junge Fremdling müsse sich beeilen, wenn er ihn noch antreffen wolle.

Da ließ sich Salwanèl den Weg zum Schlosse zeigen und bat, vor den Grafen geführt zu werden.

Im Hofe wimmelte es von Kriegsvolk und Pferden. Man ließ ihn bereitwillig ein, weil die Leute meinten, er wolle Dienste bei ihrem Herrn nehmen; denn der Graf rüstete eben zur Fehde gegen einen Herzog, mit dem er in Feindschaft lebte.

Als Salwanèl vor seinem Vater stand und sich zu erkennen gab, verfinsterte sich das Gesicht des Grafen sogleich. Nein, was sollte er mit diesem Sohne und seiner Mutter, die irgendeinem geheimnisvollen Volke von Wilden aus den Bergen entstammte?
Und er winkte kurzerhand den Knechten, die Salwanèl hinausführten vor das Tor und ihm bedeuteten, er möge sich davonmachen.
Salwanèl ging voll Zorn und Schmerz fort. Er begab sich zu dem Herzog, der der Todfeind seines Vaters war, und bot ihm seine Dienste an.
Bald begann der Kampf. Und einmal, mitten in dem Getümmel, standen Vater und Sohn einander gegenüber.
Der Graf erkannte Salwanèl nicht und spaltete ihm mit einem Schwerthieb den Helm, daß er schwerverwundet niederstürzte.
Man brachte ihn in die Burg des Herzogs, und Marcòra, dessen Tochter, pflegte ihn; sonst wäre er wohl gestorben.
Aber ein Winter verging und ein Sommer, ehe er wieder gesund war.
Dann sprach eines Tages Marcòra zu ihrem Vater: „Ich will Salwanèl zum Gemahl nehmen!“
Aber dem Herzog gefiel das keineswegs, und er ließ Marcòra aus der Burg fortbringen, in einen einsamen Turm.
Allein sie sandte Salwanèl heimlich Botschaft, und eines Nachts, als die Wächter seelenruhig schliefen, weil sie meinten, da in der Einöde hätte es keine Gefahr, kam er und führte das Mägdlein mit sich fort.
Aber nun war guter Rat teuer: denn wo sollten sie hin? Bald genug würde man ihre Flucht entdecken und sie verfolgen!
„Wir wollen zu meiner Mutter in die Berge!“ sagte Salwanèl, während sie durch die Dunkelheit jagten. „In den Felsenkammern der Marmaròles werden uns die Verfolger nicht finden!“
Sie ritten, so schnell Salwanèls Pferd laufen konnte. Über die weite Ebene fuhr der Herbststurm: denn es war spät im Jahr.
Als sie gegen die Berge kamen, trieb ihnen der schneidende Wind schon den Schnee ins Gesicht, und sie froren bis ins Mark.
Der Tag hatte nur eine graue Helligkeit, und während sie über die verschneiten Almwiesen ritten, begann es bereits wieder zu dämmern.
Am Fuße der Felsen sprang Salwanèl aus dem Sattel. Er hob Marcòra vom Pferde, das sich kaum mehr auf den Beinen halten konnte.
„Nun muß ich den Pfad suchen, der zum Grat hinaufführt“, sagte Salwanèl. Aber er wußte im selben Augenblick, daß er ihn nicht finden würde, denn der Schnee lag hier schon hoch und die Dunkelheit sank schnell herab.
Und dann hörten sie die Hörner rufen. Marcòra schrak zusammen. „Das

sind die Knechte meines Vaters!“ stieß sie hervor. „Ich kenne den Klang der Hörner!“
Da wußte Salwanèl, daß sie verloren waren, wenn es ihnen nicht gelang, eines der Tore zu erreichen, die in den Berg führten.
Aber vor ihnen stiegen die steilen, vereisten Wände auf, der Sturm jagte den Schnee daran vorüber wie wehende weiße Fahnen.
Salwanèl blickte mit halbblinden Augen zum Grat hinauf, auf dem sich gewaltige Mauern von Eis und Schnee türmten und drohend über dem Rand der Wände hingen.
„Nun kann uns nur eins noch retten . . . vielleicht!“ dachte Salwanèl verzweifelt. Er hob die Hände an den Mund und rief laut hinauf in die Nacht und in das Toben des Sturmes: „Mutter, Mutter!“
Tanna stand in dem sausenden Wind droben auf dem Grat.
Irgend etwas hatte sie aus ihrer Felsenkammer herausgetrieben in die stürmische Nacht; sie wußte nicht, was es war.
Aber alsbald vernahm sie den Ruf aus der Tiefe und eine unsägliche Freude überkam sie jäh: Salwanèl war zurückgekehrt!
Doch – er befand sich in höchster Gefahr, fühlte sie zugleich, und sein Ruf war ein Hilferuf!
Tanna lief den Grat entlang, über Firn und Eis, bis dahin, wo die Felsen jäh abstürzten. Sie beugte sich weit über den Rand hinaus.
Undeutlich unterschied sie in dem weißen Gewoge drunten zwei dunkle Gestalten.
Auch Salwanèl hatte sie gesehen. „Mutter!“ rief er abermals, „zeig mir den Weg zum Grat hinauf, ich kann ihn nicht mehr finden! Marcòra ist bei mir, die mir das Leben gerettet hat! Aber die Verfolger sind uns auf den Fersen! Komm schnell, sonst ist es zu spät!“
Aber Tanna begriff mit Entsetzen, daß auch sie den Weg nicht mehr finden würde. Denn Eis und festgefrorener Schnee bedeckten in ungeheuren Mengen die Höhen der Marmaròles, seit keine Lawinen mehr zutal stürzten. Und der Pfad war längst darunter begraben.
„Ich kann nicht, Salwanèl!“ rief sie voll Verzweiflung. „Denn es gibt keinen Pfad mehr hier herauf. Aber ich werde schon einen Ausweg finden, habt nur Geduld! Sucht Obdach unter dem überhängenden Felsen dort und wartet den Morgen ab. In der Dunkelheit können euch die Verfolger nicht finden, und indessen schaffe ich Hilfe!“
Sie gehorchten und kauerten sich unter dem Felsen dicht aneinander.
Da war ein wenig trockener Boden und Schutz vor dem Sturm.
Tanna aber dachte hastig nach, und plötzlich atmete sie auf. Ja, das bedeutete die Rettung! Sie würde die Lawinen lösen, die sich seit vielen

Wintern da in der Höhe aufgestaut hatten, und sie würden hinabstürzen ins Tal. Sie sollten niemanden töten; aber sie sollten einen unüberwindlichen Schutzwall aus Schnee und Eis zwischen Salwanèl und seinen Verfolgern aufrichten.

Schon öffnete sie den Mund, um ihren Befehl über das nächtliche Gebirge zu rufen – da durchzuckte sie eisiger Schrecken: nein, alles war umsonst, sie trug ja die blaue Krone nicht mehr, und sie hatte keine Macht mehr, den Lawinen zu befehlen!

Einen Augenblick stand sie da, wie zu Stein erstarrt. Dann ging sie langsam auf das Tor zu, das in den Berg führte. Denn nun mußte sie das letzte tun, was ihr noch zu tun blieb, wenn sie Salwanèl retten wollte: sie mußte die Crodères um Hilfe bitten.

Aber als sie vor ihnen stand und in ihre steinernen Gesichter blickte, wußte sie, daß sie vergebens bitten würde.

Sie schüttelten nur mit kühler Verwunderung die Köpfe. „Hast du nicht selbst einst den Lawinen Stillstand geboten, und nun willst du, daß sie niedergehen sollen? Dein Sinn ist unstet, Tanna! Nein, wir können nichts für dich tun." Und sie führten Tanna hinaus, ohne Zorn und ohne Mitleid. –

Abermals stand sie draußen auf dem eisigen Grat, und der Sturm peitschte ihr den Schnee ins Gesicht und riß ihr fast das Gewand vom Leibe.

Einmal dann, nach langer Zeit, merkte sie, daß der Himmel im Osten grau wurde.

Sie blickte erschrocken um sich. Der Tag brach an, und die Verfolger würden alsbald Salwanèl wieder zu jagen beginnen! Was sollte sie nur tun?

Da fiel ihr Blick auf den Gletscher, der sich seitwärts gegen den Piàn de la Gravìna hinabzog, und sie sah, daß der Sturm in der Nacht dort den Schnee weggefegt hatte. Grau lag das Eisfeld in der Dämmerung, da und dort gähnten dunkle Spalten.

Der Gletscher fiel nicht sonderlich steil ab, und das Eis war an vielen Stellen rauh. Vielleicht gelang es –

„Salwanèl!" rief sie. Er kam sogleich unter dem Felsen hervor. „Geht hinüber zum Gletscher und versucht über das Eisfeld heraufzukommen. Ich werde euch entgegengehen!"

„Ja, Mutter", sagte Salwanèl ohne Hoffnung. Aber er ergriff Marcòras Hand, und sie liefen und stolperten und taumelten durch Schnee und über Steinblöcke zum Gletscher hinüber.

Es hatte aufgehört zu schneien, und allmählich wurde es ein wenig heller. Mit behutsamen Schritten begannen sie über das Eisfeld aufwärts zu steigen.

Da scholl vom Piàn de la Gravìna herauf frohlockendes Geschrei: die Verfolger hatten sie wieder entdeckt.

Die Jagd begann.
Marcòra, der winterlichen Berge ungewohnt, kam nur langsam vorwärts, und Salwanèl war noch schwach von seiner schweren Verwundung.
Er blickte sich nicht um; er horchte nur auf die Stimmen, die immer näher kamen, und er wußte schon, daß sie verloren waren.
Er sah, wie seine Mutter über den Gletscher herabstieg. Viele Male glitt sie aus und hielt sich mühsam wieder fest, an einem Felsvorsprung oder an einem rauhen Eiswulst, der ihr die Haut an den Händen zerriß.
Auch sie kam immer näher, ja, aber sie würde dennoch zu spät kommen.
Jetzt stand sie an einer Stelle, wo unter ihr eine mannshohe Mauer aus Eis senkrecht abfiel. Dicht daneben klaffte der blaue Schlund einer breiten Spalte.
„Es ist aus", dachte Tanna, „hier komme ich niemals hinunter, und ich habe keine Zeit mehr, die Eismauer und die Spalte zu umgehen!"
Salwanèl und das Mägdlein waren jetzt bis an den Fuß der Eismauer gekommen. „Mutter", rief Salwanèl keuchend, „ich hebe Marcòra hinauf! Bringe sie in Sicherheit! Ich gehe dann an der Spalte entlang und steige jenseits hinauf!"
Und er hob Marcòra in die Höhe, so hoch, daß Tannas ausgestreckte Hände sie erreichten und sie über den Rand der Eismauer zogen. Noch hörte er das Wutgebrüll der Verfolger dicht hinter sich; aber jetzt war seine Kraft zu Ende. Er taumelte, glitt aus und stürzte in die Spalte hinab, zwischen turmhohe Wände aus blankem Eis. –
Der Piàn de la Gravìna war eine karge Hochalm, auf der nur ein paar armselige Hirtenhütten standen. Zwischen Felsen und Geröll wuchs gerade genug Gras, daß die Schafe, die man aus dem ganzen Tal zu Beginn des Sommers da herauftrieb, davon satt wurden.
Die Hirten waren meist arme Burschen, von rauher Art und wohl auch nicht sonderlich gescheit; und sie hatten Angst vor allerlei Unholden, die da im wilden Gebirge ihr Unwesen treiben mochten. Am Abend hockten sie beisammen, erzählten einander die greulichsten Geschichten und gruselten sich.
In einer unbenützten, schon halbverfallenen Hütte am Rande der Alm wohnten Tanna und Marcòra. Sie hatten da Zuflucht gesucht, weil es keine andere für sie gab und weil sie in der Nähe des Gletschers bleiben wollten. Denn Tanna hatte gesagt: „Einmal gibt der Gletscher seine Opfer wieder zurück."
So warteten sie und gingen jeden Morgen am Fuß des Eisfeldes entlang, das bis zur Alm herunterreichte.
Die Hirten sahen die beiden fremden Frauen voll Mißtrauen an. Keiner

wußte, woher sie plötzlich gekommen waren: eines Sommers, als man die Schafe vom Tal herauftrieb, waren sie eben da. Und was sollte es bedeuten, daß sie Tag für Tag rings um die Gletscherzunge gingen, hinaufblickten zu dem Tor in der Eiswand und wieder in ihre armselige Hütte zurückkehrten?

Es schien den Hirten unheimlich, und sie redeten viel über die „dòi Striës de la yàtha", die beiden Eishexen. So nannten sie untereinander Tanna und Marcòra.

Und dann machten sie eine Entdeckung, die sie erst recht in Schrecken und Verwunderung stürzte: der Gletscher schob sich langsam, aber stetig immer weiter in den Piàn de la Gravìna herein! Sie merkten es deutlich an bestimmten Felsen, die umherlagen, und an den kümmerlichen windzerzausten Bäumen, die noch da und dort wuchsen. Plötzlich war eben das Eis da, wo vor kurzem noch grüner Rasen oder steiniger Grund gewesen war.

Nein, das konnte nicht mit rechten Dingen zugehen, und wenn es so weiterging, konnten sie sich ausrechnen, wie lange es noch dauern würde, bis ihre Alm unter dem Gletscher begraben lag.

Und als sie lange genug darüber geredet und sich die Köpfe zerbrochen hatten, meinten sie es zu wissen: schuld daran waren die beiden Eishexen! Ei, sie liefen doch gewiß nicht umsonst immer so um den Gletscher herum, einen Tag wie den andern! Wer weiß, was das für ein böser Zauber war, den sie da trieben, zum Schaden der armen Hirten, die dann keine Weide mehr für ihre Schafe hatten!

Sie begannen mit drohenden Gesichtern um die Hütte zu schleichen, freilich in einem weiten Bogen, weil sie Angst hatten.

Marcòra achtete nicht darauf. Sie war ganz in ihren Schmerz um Salwanèl versunken.

Tanna aber fühlte die Feindschaft, die sie umgab. „Was habe ich ihnen getan, daß sie mich so scheel ansehen?" fragte sie sich bekümmert. „Ich habe die Gesetze der Berge den Menschen zuliebe gebrochen und die blaue Krone für sie geopfert. Sie aber hassen mich!"

An einem Morgen, während die Frauen zum Gletscher gingen, steckten die Hirten die Hütte in Brand: denn sie hatten beschlossen, die Hexen vom Piàn de la Gravìna zu vertreiben.

Trauer und Ratlosigkeit überkamen Tanna. Waren das die Menschen, die sie geliebt hatte? Hatten die Crodères recht, als sie sagten: „Wehe dir, wenn du eines Tages deine Macht nicht mehr besäßest und auf das Wohlwollen der Menschen angewiesen wärest."

Sie zog mit Marcòra in eine Höhle am Fuß des Berges.

„Wir wollen sie schon ausräuchern!" sagten aber die Hirten, holten grünes Holz und zündeten vor dem Eingang ein Feuer an. Das grüne Holz qualmte fürchterlich und dichter Rauch zog in die Höhle.
Sie kamen jeden Morgen und schürten das Feuer von neuem.
Aber eines Tages blieben sie aus. Da standen sie alle drunten am Fuße des Gletschers und starrten hinauf zu dem Tore im Eis. Im Tore lag Salwanèl und sah aus, als schliefe er nur. –
Tanna hörte die Männer schreien und ahnte sogleich, was es bedeutete. Sie nahm Marcòra an der Hand und ging mit ihr hinüber zum Gletscher. Auch Marcòra schien zu wissen, was geschehen war. Blaß und still schritt sie neben Tanna her, und es sah aus, als koste sie jeder Schritt ihre letzte Kraft. Dann standen sie vor Salwanèl.
Einen Augenblick sah Marcòra auf ihn hinab, dann sank sie ohne einen Laut neben ihm nieder.
Tanna wußte, daß sie tot war. –
Eine lange Weile herrschte tiefe Stille über dem Piàn de la Gravìna und über den Marmaròles.
Langsam hob Tanna den Kopf und ließ ihren Blick über das Gebirge schweifen.
Etwas würde nun geschehen.
Sie hatte ihr Menschenschicksal durchlitten. Ihr Gemahl hatte sie verlassen. Salwanèl und das Mägdlein waren tot, und die Menschen, die sie geliebt hatte, haßten und verfolgten sie. Nein, es gab nichts mehr, was sie mit ihnen verband. Nichts mehr würde ihr in aller Zukunft Schmerz bereiten und nichts mehr Freude. Eine fremde, kalte Ruhe überkam sie, als wäre etwas in ihr zu Stein geworden.
Plötzlich sah sie, daß alle Felsentore in den Marmaròles offenstanden. Die Crodères kamen von überall her die Hänge herab, und der Älteste von ihnen trug die blaue Krone in den Händen.
Sie würde also zurückkehren in ihr Reich und seine Ordnung.
Wieder würde das Gesetz der Berge herrschen.
Zu seiner Zeit würde das Wildwasser von den Hängen stürzen, morsches Gestein in der Höhe droben losbrechen und irgendwo eine Alm oder ein Kar mit zerborstenen Trümmern bedecken. Der kurze Sommer würde über die Berge ziehen und die grünen Almen mit Menschen und Tieren bevölkern. Und dann würde wieder alles unter Eis und Schnee erstarren und nur der Wintersturm über die verödeten Hochflächen und um die Gipfel der Marmaròles heulen und die Lawinen loslösen, daß sie donnernd zutal fuhren und alles, was auf ihrem Wege lag, vernichteten.
Die Lawinen? Prüfend haftete Tannas Blick droben auf dem Grat. Wenn

die ungeheuren Massen von Schnee und Eis und Firn, die jetzt da droben hingen, herabstürzten, würde das ganze Hochtal, Wald und Almen eine einzige Wüste sein, in der es kein lebendes Wesen mehr gab.

Während sie noch hinaufsah, drang ein Ton von der Höhe herab, der sie aufhorchen ließ, denn sie kannte ihn nur allzugut: ein knirschendes, malmendes Geräusch und dann ein dumpfes Grollen in der Luft, als erhöbe sich in diesem Augenblick der Wind.

Sie nickte. Ja, so mußte es kommen. Das Gebirge machte sich bereit, die Last abzuschütteln, die ihm aufgebürdet worden war, und seine alte Ordnung wieder herzustellen.

Sie widerstand seinem Gesetz nicht mehr.

Aber da waren die Hirten. Stumm und verstört standen sie da mit ihren einfältigen Gesichtern und starrten Tanna an.

Da wachte noch einmal, wie eine schon ganz ferne Erinnerung, etwas in Tannas Brust auf.

Sie wandte sich zu den Hirten. „Flieht von hier, so schnell euch eure Füße tragen!" sprach sie. „Lauft durchs Tal hinaus und schaut nicht zurück, wenn hinter euch die Lawinen donnern! Hört ihr es? Schon beginnen sie sich droben vom Grat zu lösen!"

Abermals kam der schreckliche Ton aus der Höhe, lauter und drohender als zuvor.

Da erfaßte entsetzliche Angst die Hirten und die Schafe. Sie begannen zu laufen. Sie rannten den Piàn de la Gravìna hinab und durchs Tal hinaus, durch Wald und Unterholz, ohne Weg und Steg. Sie wußten alle, Mensch und Tier: sie liefen um ihr Leben. –

Droben setzten die Crodères ihrer Königin wieder die blaue Krone aufs Haupt. Sie legten Salwanèl und Marcòra in goldene Särge und trugen sie hinauf in den Eispalast des Cornón de Fròpa.

Als sich die Felsentore hinter ihnen geschlossen hatten, brach draußen das Grauen los.

Vom Grat stürzten Berge von Schnee und Eis und schoben sich mit furchtbarer Gewalt die Hänge hinab, alles zermalmend und mit sich reißend. Felsen lösten sich von den Gipfeln und sprangen in die Tiefe, wo sie krachend zerschellten. Der Gletscher barst mit einem grausigen Klirren entzwei, und aus dem Riß schoß ein Wildwasser hervor. Die Marmaròles dampften von oben bis unten im Silberstaub des zermalmten Eises und des aufsprühenden Firns. –

Tanna war zurückgekehrt in das Reich der Crodères, die keine Freude und keinen Schmerz, keinen Zorn, keine Liebe und kein Mitleid kennen.

„Weil sie aber im letzten Augenblick noch einmal ihrem menschlichen

Herzen gefolgt ist und die Hirten gewarnt hat, muß sie nach dem Gesetz der Crodères an einem Tag in jedem Jahr wieder leiden wie ein Mensch. Das ist der ‚stille Tag‘ der Marmaròles. Dann sitzt sie im Eispalast auf dem Cornón de Fròpa zwischen den beiden goldenen Särgen und trauert um das, was sie verloren hat.“

So erzählten die Knappen der Argentièra, wenn sie abends drunten im Tal in einer Stube saßen, für eine kurze Weile von Wärme und Sicherheit umgeben.

DAS REICH DER FANES

Zwischen der Gader und dem Ampezzaner Tal, wo die Dolomitenlandschaft am wildesten ist, wo die korallenroten Klippen der Antruíles aufragen und der Saß dla Pòrta hoch über dem Pragser Wildsee steht, wo die Hohe Geisl im Osten und die Sennesberge im Westen sich aus felsenstarrenden, geröllübersäten Hochflächen emporrecken, wo gegen Süden zu die Varèla, die Kette der Conturìnes und das Gebirge Lagazuòi sich aneinanderreihen und das Tal von Travenànzes tief unter den eisgepanzerten Gipfeln der Tofàna nordwärts zieht, da gab es in grauer Vorzeit ein großes, mächtiges Reich. Es ist längst verschollen und keine Spur mehr von ihm zu finden: nur der Name ist geblieben und viele uralte Sagen vom Reiche der Fànes.

Es sind wunderliche Sagen, fast wie Märchen klingen manche von ihnen: voll fremdartigen Zaubers, voll Schönheit und leiser Trauer; zuweilen wild und schrecklich, wie ja auch die Landschaft, aus der sie hervorgegangen sind, schön und wild zugleich ist.

Niemand weiß, wann die Fànes in das Gebiet zwischen der Gader und dem Boitefluß einwanderten. Niemand weiß auch, wann ihr Reich wieder unterging: dies alles ist in das Dunkel der Sage gehüllt.

Sie siedelten wohl am Ufer der Seen und Bäche und im Tale von Groß-Fànes, wo es Weide für ihr Vieh gab; denn überall sonst war das Land steinig und unwirtlich, nur selten fand sich ein Streifen grünen Rasens auf den öden Hochflächen oder ein paar windzerzauste Zirbelbäume fristeten ihr kümmerliches Dasein zwischen den Felsen.

Freilich, in den Wäldern gab es viel Wild, im Innern der Berge zogen sich Goldadern durch das Gestein, und zuweilen fand man irgendwo in einer Höhle einen Haufen Silbererz, das die Zwerge da zusammengetragen haben mochten.
Die Fànes merkten bald, daß allerlei wilde Leute im Gebirge hausten, die lange vor ihnen dagewesen waren.
Manchmal begegnete man irgendwo in der Einöde einem von den bärtigen Männern, die man Salwàns nannte. Sie waren nicht unfreundlich und gaben mancherlei Ratschläge, wenn man sie darum bat. Sonst aber pflegten sie den Menschen aus dem Wege zu gehen.
In Sommernächten, wenn man an einem See entlangging, konnte es sein, daß aus der Tiefe plötzlich zauberhaft schöne, seltsame Weisen aufstiegen. Dann sagten die Leute: „Die Anguànes singen!" Man sah sie nur selten, diese geheimnisvollen Frauen, die in Gewässern oder Berghöhlen wohnten. Aber wenn man sie traf, war es stets ein Gewinn: denn man konnte von ihnen alles erfahren, was sich im Gebirge zutrug.
Suchte man im Bergesinnern nach Erz, so stieß man oft auf die Spuren der Zwerge, die schon vor undenklichen Zeiten da geschürft hatten. Und die Fànes meinten seufzend, es wäre recht erfreulich, wenn man wüßte, wo die kleinen Bergleute ihre Schätze verborgen hatten. Dann wäre man im Handumdrehen steinreich.
Indessen gelangten sie auch durch Fleiß und Glück bald zu Wohlstand. Sie bauten sich feste Hütten, und am Fuße der Conturìnes erhob sich ein herrliches Schloß, die Königsburg.
Eine friedliche Zeit verstrich, niemand machte ihnen das Land streitig, in dem sie sich angesiedelt hatten. Sie rodeten in den Wäldern und gruben in den Bergen, und ihre Herden mehrten sich.
Aber wie es stets zu gehen pflegt, erregte ihr wachsender Reichtum den Neid der umwohnenden Stämme, und es dauerte nicht lange, da erfuhren die Fànes durch ihre Späher, daß die Nachbarvölker zum Kampfe gegen sie rüsteten.
Darüber gerieten sie in große Sorge: denn sie waren friedliche Leute und wenig geübt im Gebrauch der Waffen.
Außerdem hatten sie just zu dieser Zeit keinen König, der sie gegen den Feind führen konnte.
So sah es recht übel für sie aus. Aber ehe noch der Krieg begann, sollte ihnen ein günstiges Geschick zu Hilfe kommen.

Die Murmeltierprinzessin

In einer Felsenhöhle am Fuße der Hohen Geisl wohnte eine alte Anguàna. Sie war stets ganz allein da droben, nur die Murmeltiere, die scharenweise in den Klüften des Berges hausten, hatte sie zur Gesellschaft.

Aber sie konnte diese wunderlichen Tiere nicht recht leiden, weil sie soviel Ähnlichkeit mit den Menschen hatten und sehr dumm waren; so meinte sie wenigstens.

Es verdroß die Alte, daß sie jeden Morgen, sobald es hell wurde, aus ihren Löchern schlüpften, sich um sie scharten und die Sonne mit ihrem durchdringenden Pfeifen begrüßten.

Aber dagegen ließ sich nichts machen: so waren sie nun einmal.

Gerne hätte sie manchmal die anderen Anguànes aufgesucht, die weiter nordwärts im Gebirge und in den Seen wohnten; aber da sie so alt war, scheute sie den weiten Weg.

Endlich, an einem Sommerabend, während sie vor ihrer Höhle saß und ringsum die Berggipfel schon im letzten Sonnenschein glühten, hörte sie leise Schritte auf dem Felsenpfad, der vom Tal heraufführte. Verwundert blickte sie sich um.

Den Pfad entlang kam eine junge Frau, die ein schlafendes kleines Mädchen auf dem Arm trug. Sie schien so müde, daß sie bei jedem Schritt taumelte, und ihr Gesicht war totenbleich.

Die Anguàna runzelte die Stirn: sie kannte dieses Gesicht, aber es war sehr lange her, daß sie es zum letzten Male gesehen hatte!

Hastig stand sie auf und ging der Frau entgegen. „Molta!" sagte sie erschrocken, „wo kommst du her und wie siehst du denn aus?"

Aber die Frau konnte nicht mehr antworten. Sie sank auf einen Stein nieder, lehnte sich zurück an einen Felsen und schloß die Augen.

Schnell nahm ihr die Alte das Kind ab, weil es sonst zu Boden gefallen wäre.

„Molta!" sagte sie noch einmal. Aber sie wußte schon, daß die junge Frau tot war.

Langsam ging sie mit dem Kinde zurück zur Höhle, setzte sich auf den Felsblock am Eingang und dachte nach.

Es mochten vier oder fünf Sommer vergangen sein, seit Molta den Berg verlassen hatte. Auch sie war eine Anguàna: aber sie war einem jungen Jäger gefolgt und zu den Menschen ins Tal gegangen ...

Als die Alte nach einer Weile aus ihren traurigen Gedanken aufblickte, sah sie, daß die Murmeltiere überall aus den Klüften gekommen waren und die Tote umstanden.

Sie hörte, wie sie miteinander redeten. Freilich, sie hatten Molta sogleich wiedererkannt! Hatte sie doch früher tagaus, tagein mit ihnen gespielt, ehe der Fremde kam und sie mit schmeichelnden Worten fortlockte.
Jetzt mußten sie wohl beschlossen haben, die Tote zu begraben, denn sie machten sich alsbald an die Arbeit. Und weil Murmeltiere flink und geschickt sind, hatten sie schon nach kurzer Zeit zwischen den Felsen eine Grube ausgehöhlt; da legten sie Molta hinein und deckten sie sorgsam mit Erde und Steinen zu.
Dann gingen sie fort in ihre Klüfte, und die alte Anguàna empfand zum ersten Male etwas wie Zuneigung für ihre seltsamen kleinen Gefährten.
Indessen war das Kind erwacht und betrachtete sie verwundert aus großen hellen Augen. Alle Anguànes hatten solche Augen, so klar wie Bergkristall.
„Du sollst bei mir bleiben", sagte die Alte und drückte das kleine Mädchen zärtlich an sich. „Ich will dich Moltina nennen! Du wirst es gut bei mir haben und nie fortgehen wie deine arme Mutter!"
So meinte die Anguàna. Aber sie irrte sich. –
Moltina wuchs auf dem Berge auf. Sie spielte mit den Murmeltieren und redete mit den Bergdohlen, und als sie größer wurde, kletterte sie mit den Gemsen um die Wette in den Felsen der Hohen Geisl.
Sie liebte den großen schönen Berg, als gehöre er ihr, und manchmal meinte sie, er hätte ein geheimnisvolles Leben. Wenn die Sonne schien, lehnte sie sich gern an die Felswand, fühlte, wie warm der Stein war, und strich mit den Händen sachte darüber hin.
„Ich werde nie von dir fortgehen", sagte sie dann oft: denn es schien ihr unmöglich, daß sie irgendwo anders leben könnte.
Abends kroch sie zu den Murmeltieren in die Klüfte, rollte sich zusammen und schlief mitten unter ihnen. Sie nahm ihre Gewohnheiten an, ahmte ihre Bewegungen nach und redete in ihrer Sprache mit ihnen. „Ich werde niemals von euch fortgehen", sagte sie auch zu den Murmeltieren.
„So wollen wir dich lehren, unsere Gestalt anzunehmen", versprachen sie.
Die Anguàna sah diese Freundschaft recht ungern. Aber sie ließ das Mädchen gewähren.
Einmal freilich wurde sie zornig. Sie ertappte Moltina just dabei, wie sie sich flink in ein Murmeltier verwandelte und in ein Erdloch schlüpfen wollte.
Aber die Alte packte sie im Genick und schüttelte sie. „Was fällt dir ein?" schrie sie. „Als ob es nicht schon genug wäre, wenn du Tag und Nacht bei diesen dummen Tieren steckst! Mußt du jetzt auch noch ihre Gestalt annehmen?"

Fast mußte sie lachen, weil im nächsten Augenblick wieder Moltina vor ihr stand und nichts anderes war als ein erschrockenes kleines Mädchen.
„Versprich mir, daß du das nicht wieder tust", sagte sie ein wenig sanfter und fügte hinzu: „Es sei denn, du wärest in Gefahr!"
Moltina versprach es, und sie hielt Wort.
Die Zeit verging. Immer öfter blickte jetzt die Anguàna das Mädchen heimlich und sehr nachdenklich an.
„Sie gleicht ihrer Mutter, und sie ist ebenso schön", sagte sie dann stets sorgenvoll zu sich. „Ich will nur hoffen, daß sie nicht auch eines Tages fortgeht. Freilich, noch denkt sie nicht daran, sich von ihrem Berg und den Murmeltieren zu trennen!"
Nein, noch dachte Moltina nicht daran. Aber an einem Morgen im Frühsommer streifte sie über die kleine Wiese, die sich am Fuße der Hohen Geisl hinzog und auf der gerade die ersten Bergblumen blühten. Während sie da umherging und sich nach den schönsten Kelchen bückte, fiel mit einem Male ein dunkler Schatten vor ihr über das Gras.
Erschrocken richtete sie sich auf.
Da stand ein junger Mann vor ihr, der trug einen Bogen über der Schulter, einen Köcher mit Pfeilen an der Seite und einen Jagdspeer in der Hand. Dennoch konnte er keiner von den Jägern sein, die zuweilen heraufkamen, um Gemsen zu jagen. „Er sieht ganz anders aus als sie", dachte sie und betrachtete ihn neugierig und ein wenig furchtsam. Sein Wams war aus feinem dunklen Tuch und reich bestickt, der Köcher schön geschnitzt und der Bogen mit Gold und Silber beschlagen.
Endlich hob sie die Augen auch zu seinem Gesicht, und da sah sie, daß er lächelte.
„Wer bist du denn?" fragte er freundlich.
„Ich bin Moltina", antwortete sie zutraulich. „Und du?"
„Ich bin der älteste Sohn des Königs der Landrìnes", sagte er. „Die Burg meines Vaters steht drunten im Popénatale. Unser Land reicht bis zum Dürrensee und den Drei Zinnen, und nordwärts grenzt es an das Gebiet der Bedoyères. – Aber warum siehst du mich denn so an?"
Einen Augenblick stand Moltina da und starrte ihn an. Plötzlich warf sie sich herum und sprang davon wie ein aufgescheuchtes Reh. „Ein Königssohn!" dachte sie. Die Anguàna hatte oft genug von den mächtigen Männern erzählt, die über viele Menschen und Länder und großen Reichtum geboten. Und sie? Nein, sie konnte ihm nicht sagen, daß sie in einer Höhle der Hohen Geisl wohnte und bei den Murmeltieren schlief! Gewiß würde er sie verachten, wenn er es erfuhr. Aber er sollte es nicht erfahren! Sie sprang hinter einen Felsen, verwandelte sich in ein Murmeltier und

schlüpfte in eine schmale Kluft. Da wartete sie, im Dunkeln zusammengekauert, und spähte hinaus.
Bald sah sie den Prinzen draußen vorübergehen. Er blickte sich suchend nach allen Seiten um, schüttelte den Kopf und ging zögernd weiter.
Als sie sich nach einer Weile ins Freie wagte und an den Felsen entlangglitt, sah sie ihn ein wenig entfernt auf einem Steine sitzen. Sein Gesicht war so verwirrt und ratlos, daß sie fast lächeln mußte. Sie blieb einen Augenblick stehen, um ihn zu betrachten. Ihre kleine Murmeltiergestalt ragte kaum über die Felsklötze hinaus, die da überall herumlagen. Und selbst wenn der Prinz sie bemerkte, hatte es keine Gefahr: denn niemand tötete ein Murmeltier.
Endlich erhob er sich und ging langsam den Pfad hinab, der talwärts führte. Daß er zur Jagd heraufgekommen war, schien er vergessen zu haben. Sie blickte ihm nach, so lange sie ihn noch sehen konnte. –
Am Abend saß sie bei der Anguàna in der Höhle. Sie war nachdenklich und schweigsam. Aber nach einer Weile fuhr sie aus ihren Gedanken auf. „Erzähl mir von den Königen drunten!“ sagte sie. Die Anguàna wunderte sich zwar, aber sie begann allerlei zu erzählen, was sie einmal gehört hatte. Manchmal nickte Moltina still vor sich hin, und ihr Gesichtlein wurde immer trauriger.
Später ging sie fort und kroch in die Felsenkluft zu den Murmeltieren, die sie freundlich beschnupperten und sich im Kreise um sie zum Schlafen niederlegten. Aber Moltina konnte in dieser Nacht nicht schlafen. –
Indessen war der Prinz hinabgestiegen bis zu der Hirtenhütte, in der er seinen Knecht und sein Pferd zurückgelassen hatte.
„Wir reiten heim!“ sagte er zum Knecht, der mit Verwunderung bemerkte, daß sein Herr keine Jagdbeute mitbrachte, ja daß nicht ein einziger Pfeil aus dem Köcher fehlte und die Speerspitze blitzblank war.
Kopfschüttelnd sattelte er den Hengst des Prinzen. Aber als er ihn gesattelt hatte, sagte sein Herr: „Nein, wir bleiben hier! Ich will morgen früh noch einmal zur Hohen Geisl hinauf.“
So ging es sieben Tage lang. Jeden Morgen stieg der Prinz zu den Felsen hinauf, lief kreuz und quer über die öde Hochfläche, über Geröll und Steintrümmer, an kleinen Bergseen vorüber, durch Schluchten und an grausigen Abstürzen entlang.
Er mußte das Mädchen wiederfinden, dessen Augen so hell waren wie Bergkristall!
Aber Moltina blieb verschwunden, als hätte die Erde sie verschlungen.
Endlich, am siebenten Tag, als der Prinz müde und traurig herabstieg gegen den Wald, kam er zu einem kleinen Hügel, auf dem viele wilde Himbeeren

wuchsen. Zwischen den Sträuchern gewahrte er eine alte Frau, die eifrig mit Pflücken beschäftigt war.
„Das ist eine Anguàna!“ dachte er hoffnungsvoll. „Ich will sie nach dem Mädchen fragen!“
Die Alte antwortete ihm zuerst ganz freundlich, als er sie anredete. Sie fragte ihn, woher er komme und wer er sei, wie es eben alte Frauen auch sonst zu tun pflegen. Dazwischen musterte sie ihn neugierig und nicht ohne Wohlwollen mit ihren hellen Augen.
Als er meinte, sie hätte nun Zutrauen zu ihm gefaßt, sagte er: „Kennst du ein Mädchen, das Moltina heißt und hier auf dem Berge wohnt?“
Sogleich wurde ihr Gesicht mißtrauisch und verschlossen.
„Was willst du von ihr?“ fragte sie statt einer Antwort.
Er merkte wohl, daß sie das Mädchen kannte, und fuhr fort: „Ich bin ihr da droben in den Felsen begegnet und nun ... ja, siehst du, nun suche ich sie seit sieben Tagen, denn ich muß sie wiedersehen!“
„So, mußt du das?“ sagte die Alte mürrisch. „Ich rate dir, schlag dir das Mädchen lieber aus dem Kopf. Ich kenne Moltina! Sie steckt nur immerzu bei den Murmeltieren oder klettert in den Wänden der Hohen Geisl herum. Sonst weiß und kann sie nichts, und das taugt nicht für den Sohn eines Königs! Suche dir eine Prinzessin und laß Moltina in Ruhe!“
So redete die Alte und dachte schlau, wenn sie das Mädchen in seinen Augen nur recht herabsetzte, würde das den Prinzen wohl abschrecken.
Aber sie sollte bald genug erfahren, daß ihre Mühe vergeblich war.
Als kaum der Morgen graute, war der Prinz schon wieder unterwegs nach der Hohen Geisl. Er stieg hinauf zum Gipfel, setzte sich zwischen zwei Felsen, die ihn verbargen, und wartete.
Richtig sah er auch, als es gegen Mittag ging, Moltina den steilen Hang heraufklimmen, anmutig und behend wie eine Gemse. Sie bemerkte ihn nicht, bevor sie dicht vor ihm stand. Einen Augenblick schien es, als suche sie einen Weg zur Flucht. Aber wohin sollte sie da auf dem Berggipfel wohl fliehen? So blieb sie stehen und blickte ihn ernsthaft und schweigend an.
„Ich habe auf dich gewartet“, sagte er, und vor Freude wollte ihm die Stimme kaum gehorchen.
Sie mußte es wohl merken: denn jetzt flog ein Lächeln über ihr Gesicht. „Woher hast du gewußt, daß ich kommen würde?“
„Die alte Anguàna hat es mir gesagt! Sie meinte, du stiegest immer nur hier auf dem Berge herum oder stecktest bei den Murmeltieren!“
Moltina wurde rot. „Das ist wahr!“ sagte sie trotzig. „Ich bin eben keine Königstochter, die in einem prächtigen Schlosse wohnt und viele Diener hat und seidene Gewänder und Gold und Edelsteine ...“

Sie brach ab, weil der Prinz laut zu lachen anfing. „Gold und Edelsteine habe ich, auch ein Schloß und viele Diener“, sagte er. Dann wurde er plötzlich wieder ernst. „Aber ich habe niemanden, der mich liebt. Als ich dich sah, dachte ich, du könntest es sein ... und vielleicht würdest du einwilligen, meine Gemahlin zu werden. So habe ich dich sieben Tage lang gesucht, um dich danach zu fragen!“ fügte er hinzu.

Eine Weile schwiegen sie beide, und Moltina wußte nicht, ob ihr froh oder schwer ums Herz war. Wenn sie daran dachte, daß sie die Gemahlin des Prinzen werden sollte, meinte sie, sie sei über alle Maßen glücklich. Aber im selben Augenblick fiel ihr ein, daß sie dann die Berge verlassen mußte, die Murmeltiere und die gute alte Anguàna – und der Kummer darüber trieb ihr die Tränen in die Augen.

Allein was half es? Sie wußte schon, daß sie mit dem Prinzen fortgehen würde.

„Ich fürchte, ich werde es wohl tun müssen“, sagte sie endlich und lächelte, während ihr noch die Tränen über die Wangen liefen. –

Später stiegen sie miteinander hinab zur Höhle der Anguàna.

Die Alte hörte sie schweigend an, und ihr Gesicht war traurig und sorgenvoll. „Ich wünsche dir, daß du glücklicher wirst als deine Mutter“, sagte sie zuletzt nur. Mehr redete sie nicht darüber; denn sie wußte, daß es umsonst sein würde.

Der Prinz nahm Abschied, um heimzureiten nach der Burg im Popénatale. Aber je näher er dem väterlichen Schlosse kam, desto langsamer ließ er sein Pferd gehen.

Er ahnte, daß ihm ein harter Kampf bevorstand, und er sollte sich nicht irren.

Jedermann am Hofe der Landrìnes war entsetzt und entrüstet, als er verkündete, er wolle ein wildfremdes Mädchen, das er auf der Hohen Geisl aufgelesen hatte, als seine Braut heimführen.

Der König fragte ihn zornig, ob er den Verstand verloren habe; die stolze Königin sagte, sie werde nie erlauben, daß dieses Mädchen, das nicht einmal eine Familie habe, das Schloß betrete. Die Prinzessinnen weinten und behaupteten, eine solche Schwägerin brächte ihnen allen Schande, und die Brüder lachten den ältesten ganz einfach aus.

Sogar Knechte und Mägde schüttelten die Köpfe und meinten, sie würden sich von der Murmeltierprinzessin ganz gewiß nichts befehlen lassen.

Aber nichts wird so heiß gegessen, wie es gekocht wird.

Allmählich beruhigte man sich wieder in der Königsburg; und als noch eine Weile vergangen war, die der Prinz klug und geduldig nützte, kam schließlich alles in Ordnung. Freilich herrschte noch immer keine Freude über diese Heirat, aber man war nun doch bereit, Moltina aufzunehmen. Dem Prinzen fiel ein Stein vom Herzen, und er machte sich sogleich auf den Weg, um seiner Braut die freudige Botschaft zu bringen, auf die sie gewiß schon lange wartete.

Ach, und wie die arme Moltina gewartet hatte!

Tag für Tag lief sie den Felsenpfad zur Hohen Geisl hinauf, bis dahin, wo man von einer schmalen Stufe in der Wand hinabblicken konnte auf den Weg, der vom Tale heraufführte.

Aber Tag für Tag verging, der Pfad blieb leer und der Prinz kam nicht.

Moltinas Wangen wurden blaß und schmal, und ihr Herz war sehr traurig, wenn sie da droben saß, sich an die warme Felswand lehnte und sehnsüchtig in die Tiefe schaute. „Sie wollen mich nicht da drunten, ich weiß es“, sagte sie zum Berge, „weil ich keine Prinzessin bin und nur unter Murmeltieren, Gemsen und Krähen gelebt habe.“

Dann mußte sie vor lauter Kummer weinen, und da schien es ihr manchmal, als ginge es wie eine Welle durch den Berg und als überziehe für einen Augenblick zornige Röte das bleiche Gestein. Aber es war immer so schnell vorüber, daß sie danach nie genau wußte, ob nicht alles eine Täuschung gewesen war.

Einmal redete sie mit ihrer Pflegemutter davon. Die Alte schien gar nicht verwundert. „Du bist eine Anguàna“, sagte sie nur. „Wir sind der Erde näher als die Menschen drunten. Wir gehören zu dem Berge, auf dem wir wohnen, und der Berg gehört zu uns.“

Über diese Rede mußte Moltina oft nachdenken.

Als der Prinz wiederkam, vergaß sie in ihrer Freude darauf; allein viel später einmal, an einem sehr bösen Tag, sollte sie ihr wieder in den Sinn kommen. –

In der Königsburg der Landrìnes wurde bald darauf mit großer Pracht die Hochzeit gefeiert, und die Braut sah so lieblich aus und hatte ein so freundliches bescheidenes Wesen, daß sie alle Herzen gewann.

So begann eine glückliche Zeit für Moltina. Der Prinz sah ihr jeden Wunsch von den Augen ab, und niemand tat ihr etwas zuleide. Ihr Wohngemach lag auf der Seite der Burg, von der man zur Hohen Geisl hinaufsehen konnte. Und wenn sie zuweilen die Sehnsucht überkommen wollte, ließ sie draußen vor den Mauern ein mächtiges Feuer entzünden: das bedeutete ihren Gruß an die Anguàna, an den Berg und die Murmeltiere.

Als ein paar Monde vergangen waren, luden der König und die Königin zu einem großen Feste.

Viele fremde Gäste kamen in die Burg, Fürsten und vornehme Herren aus den Nachbarreichen und anderen Ländern.

Der Prinz hatte zu Moltina gesagt: „Du sollst bei diesem Feste dein schönstes Gewand tragen und den kostbarsten Schmuck anlegen, den ich dir geschenkt habe. Denn es werden Königinnen und Fürstinnen kommen, die ihren Reichtum zur Schau stellen wollen. Meine Gemahlin soll ihnen nicht nachstehen."

Moltina versprach es; und als sie dann an der Seite des Prinzen den Saal betrat, sah sie so wunderschön aus, daß die Gäste sie voll Staunen betrachteten.

Sie selbst wußte nicht einmal, wie schön sie war, und sie merkte auch nichts von dem Neid, von der Bewunderung und der Neugier der anderen.

Sie hatte nur Angst vor den vielen fremden Menschen und Angst davor, etwas falsch zu machen; denn sie hatte in dieser Zeit gelernt, daß höfische Sitte sehr streng war und nicht übertreten werden durfte.

Sie ging an der Hand des Prinzen auf eine große hagere Frau zu, die so viel Schmuck an sich trug, daß es überall, wo man hinschaute, von Gold und Edelsteinen funkelte und glitzerte. Aber ihr Gesicht war streng und hart, und ihre grauen Augen blickten Moltina mit kaltem Hochmut entgegen.

„Die Königin der Bedoyères", sagte der Prinz leise. „Sie ist die stolzeste, reichste und mächtigste Frau im Gebirge."

Moltina verneigte sich tief: sie mochte die Frau nicht ansehen. Die Königin hauchte einen kühlen Kuß an ihrer Wange vorüber. „Du bist also Prinzessin Moltina", sprach sie, und ihre Stimme war so kalt wie ihre Augen. „Nun – du wirst mir später von dir erzählen! Ich habe noch nie von dir und deiner Sippe gehört!"

Damit wandte sie sich ab, und der Prinz ging mit seiner jungen Gemahlin weiter, um die anderen Gäste zu begrüßen. Sein Gesicht war rot geworden bei der hochmütigen Rede der Königin, und er warf einen schnellen Blick zu Moltina hinüber. Sie sah beschämt und furchtsam aus. „Du darfst mich nicht mit ihr allein lassen", flüsterte sie hastig. „Sie ist böse, und ich will ihr nichts erzählen!" Der Prinz nickte begütigend. Aber er konnte nicht Wort halten.

Nach dem Mahle verlangten die Männer, er möge ihnen den neuen Bogen zeigen, den er von einem berühmten Waffenmeister erworben hatte und von dessen Stärke viel geredet wurde.

Da konnte der Prinz nicht widerstehen; denn er war ein großer Krieger und Jäger, und er war stolz auf diesen Bogen, der alle anderen, die er kannte, an Stärke und Schönheit der Form übertraf.

Er ging also mit den übrigen Fürsten und Herren fort in den Hof hinab, um die Waffe zu erproben.

Kaum waren die Frauen allein geblieben, da sagte die Königin der Bedoyères: „Das ist eine gute Gelegenheit! Nun sind hier so viele von uns beisammen, und manche haben einander noch nie gesehen und wissen nichts voneinander. So mag jetzt jede erzählen, woher sie stammt, wer ihre Ahnen waren, wo ihre Länder und Burgen liegen und wessen sie sich sonst besonders rühmen kann! Ich will gleich selber beginnen!"
Und ohne zu fragen, ob es den übrigen auch gefiel, fing sie an von ihren Vorfahren, deren Kämpfen und Abenteuern zu erzählen, von den Reichtümern, die sie erbeutet, und von den Ländern, die sie erobert hatten.
Danach sprach die Königin der Cayútes, später die Königinnen der Lastoyères und der Peleghétes und einige andere Fürstinnen.
Die Königin der Landrìnes und ihre älteste Tochter saßen starr aufgerichtet in ihren Stühlen und blickten mit finsteren Gesichtern vor sich hin. „Das kann gut werden, wenn die Reihe zu erzählen an Moltina kommt", murmelte die alte Königin. „Dann erfahren alle, daß sie weder Land noch Burg, geschweige denn berühmte Ahnen aufzuweisen hat, sondern überhaupt keine Familie, und daß sie bei den Murmeltieren aufgewachsen ist! Ich sage dir, die Schande wird mich töten!"
Die Tochter warf einen bösen Blick auf Moltina, die ihr gegenübersaß, vor Angst bald rot und bald blaß wurde und nicht mehr aufzuschauen wagte.
„Einmal hat es ja so kommen müssen! Ich habe es gewußt, seit unser Bruder die Murmeltierprinzessin hiehergebracht hat!" zischte sie wütend. „Aber ich gedenke es nicht mitanzuhören! Ich mache mich davon!"
Und sie winkte dem Oberkämmerer, der eben eintrat, und ging unter irgendeinem Vorwand mit ihm aus dem Saale.
Das Unheil aber wälzte sich immer näher an die arme Moltina heran. Ihr war, als drehe sich der Saal um sie im Kreise, und sie hörte kaum mehr, wie ihre Schwiegermutter zu erzählen begann.
Ja, und dann waren sie alle still, merkte sie nach einer Weile.
„Jetzt ist die Reihe an mir", dachte sie verzweifelt. „Aber ich werde nichts erzählen, um keinen Preis! Denn die anderen alle würden mich verachten und verlachen, der König und die Königin aber würden es mir nie verzeihen, daß ich die Schmach über sie gebracht habe: und zuletzt würden sie mich mit Schimpf und Schande aus dem Schlosse jagen! Wenn mir nur jemand zu Hilfe käme!"
Aber der Prinz war nicht da, und ihre Schwiegermutter blickte starr an ihr vorüber und wischte sich den Schweiß von der Stirn.
„Nun, Prinzessin Moltina, willst du uns nichts erzählen?"
Sie zuckte zusammen, als die harte Stimme an ihr Ohr drang; freilich, das

war die Königin der Bedoyères! Sie würde es ihr nicht erlassen, das wußte Moltina genau! Sie war boshaft und neugierig und würde nicht ruhen, bis sie alles erfahren hatte. Ach, was sollte sie nur tun?
In diesem Augenblick wurde von draußen die Saaltür aufgerissen, und bleich vor Schrecken stürzte der Oberkämmerer herein.
„Der Berg! Der Berg im Westen!“ stieß er hervor. „Seht ihn an: er ist plötzlich feuerrot geworden!“
Sie liefen alle zu den Fenstern und starrten zur Hohen Geisl hinauf. Verwirrt und erschrocken riefen sie durcheinander, und niemand konnte sich erklären, was die seltsame Erscheinung zu dieser Stunde, kurz nach Mittag, zu bedeuten hatte.
Moltina warf nur einen Blick durchs Fenster, während sie unbeachtet durch den Saal zur Tür lief. Der Berg – er war ihr zu Hilfe gekommen! „Du bist eine Anguàna! Wir gehören zum Berg, und er gehört zu uns!“ zuckte es durch ihren Kopf, während sie schon die Treppe hinunterjagte zum Seitenpförtlein, das in den Hof führte. Aber unter der Tür prallte sie zurück: draußen im Hofe standen die Männer und starrten auch zur Hohen Geisl hinauf. Sie würde nicht ungesehen an ihnen und den Torwächtern vorbeikommen!
Nur eins konnte sie jetzt retten!
Ein paar Augenblicke später schlüpfte ein kleines braunes Murmeltier durch das Pförtlein in den Hof, schlich an der Mauer entlang und glitt flink an den verdutzten Wächtern vorbei zum Burgtor hinaus.
Es lief und lief, über Wiesen und durch Wald, und später den felsigen Pfad hinauf, bis es zur Höhle der Anguàna am Fuße der Hohen Geisl kam. Die Alte hockte auf dem Stein am Eingang, blickte zu dem roten Berg hinauf und fragte sich, was wohl geschehen sei.
Da hörte sie das freudige Pfeifen der Murmeltiere, und dann stand Moltina vor ihr.
„Du bist es also?“ sagte die Anguàna ohne sonderliche Verwunderung und musterte die junge Prinzessin aufmerksam. „Komm, setze dich zu mir und erzähle! Ich habe mir schon gedacht, daß irgend etwas mit dir nicht in Ordnung ist!“
„Ich bin fortgelaufen von der Burg der Landrìnes!“ sagte Moltina trotzig. „Und ich gehe auch nicht mehr dahin zurück. Sie sind alle hochmütig und böse da drunten! Die fremden Königinnen wollten von mir wissen, ob ich wohl ein Stammschloß und berühmte Ahnen hätte wie sie; meine Schwiegermutter hat sich meinetwegen halb zu Tode geschämt, und meine Schwägerin hat sich davongemacht, weil sie die Schande nicht ertragen konnte, die ich über sie bringe! Nein, sie sollen mich nie wiedersehen!“

Moltina schluchzte vor Kummer und Zorn. Die Anguàna schüttelte seufzend den Kopf.
„Und der Prinz?“ fragte sie.
Moltina schluchzte noch bitterlicher. „Ich weiß nicht! Er war nicht im Saale! Vielleicht schämt auch er sich meiner und ist froh, wenn er mich los ist!“ –
Aber der Prinz war keineswegs froh, sondern sehr betrübt und beunruhigt, als er erfuhr, daß Moltina verschwunden war.
Man suchte sie vergebens im ganzen Schlosse, die Knechte durchstreiften den Wald ringsum und ritten das Popénatal hinauf und hinunter.
Als die Königin der Landrìnes ihrem Sohne endlich zögernd eingestand, was sich im Saale begeben hatte, da wußte der Prinz freilich sogleich, wohin sich Moltina gewandt hatte. Er lief hinab zum Stall, sattelte eigenhändig seinen Hengst und jagte im nächsten Augenblick zum Tore hinaus. Obgleich er das arme Pferd fast zuschanden ritt, dunkelte es schon, als er bei der Höhle der Anguàna anlangte.
Die Alte schien ihn schon erwartet zu haben und kam sogleich aus ihrer Behausung.
„Wo ist Moltina?“ fragte er atemlos und wischte sich den Schweiß von der Stirn.
„Sie war hier“, antwortete die Alte und blickte ihn halb mitleidig, halb mißbilligend an. „Aber sie wollte nicht bleiben und weinte nur immerfort. Später ist sie fortgegangen, wohl zu den Murmeltieren! Heute wirst du sie gewiß nicht mehr finden. Komm herein, du kannst auf der Streu dort in der Ecke schlafen. Morgen, wenn es hell geworden ist, magst du dich auf die Suche machen!“
Der Prinz sah ein, daß sie recht hatte. Er verbrachte die Nacht auf dem rauhen Lager und mit seinen Sorgen, so gut oder so schlecht es eben gehen wollte, und als es kaum dämmerte, war er schon wieder draußen.
Abermals lief er, wie schon einmal, den ganzen Tag durch die felsige Einöde. Er spähte in alle Höhlen und Klüfte, in denen die Murmeltiere hausten. Aber die Murmeltiere schienen sich samt und sonders gegen ihn verschworen zu haben: nicht eines ließ sich blicken, und er hörte nur manchmal ihren warnenden Pfiff, wenn er sich ihren Schlupfwinkeln näherte oder wenn er vergeblich versuchte, sich durch einen der schmalen Felsenrisse zu zwängen, in die sie sich verkrochen hatten.
Moltina fand er nirgends. Auch am nächsten Tage nicht und nicht am Tage darauf.
Da kletterte er über die roten Felsen auf den Gipfel. Aber auch droben war keine Spur von ihr zu entdecken.

Die Anguàna seufzte vor Mitleid, wenn er des Abends todmüde zur Höhle zurückkam. Aber sie konnte ihm nicht helfen, weil sie selbst nicht wußte, wo sich Moltina befand.
Endlich, am siebenten Morgen, als der Prinz just ins Freie trat und sich wieder auf den Weg machen wollte, sah er Moltina eilig den Pfad entlangkommen, der zur Höhle führte. Sie blieb stehen wie angewurzelt, als sie ihn erkannte. Zögernd und unsicher sah sie ihn an. Aber der Prinz lief voll Freude auf sie zu und schloß sie in die Arme. „Endlich habe ich dich wiedergefunden!" rief er. „Was habe ich für Sorgen um dich ausgestanden! Aber jetzt ist alles gut, und wir wollen miteinander heimkehren!"
„Nein!" sagte sie erschrocken. „Ich . . . ich kann nie wieder in eure Burg zurückkehren! Ich fürchte mich! Und . . . ich will nicht, daß sie sich alle meiner schämen! Du weißt doch, daß sie das tun!"
Darauf vermochte der Prinz nichts zu antworten: denn sie hatte ja recht. Aber dennoch durfte sie ihn nicht verlassen!
„Kümmere dich nicht um die anderen!" bat er. „Ich liebe dich so sehr, daß ich keine frohe Stunde mehr hätte, wenn du von mir fortgingest!"
„So bleib du hier bei mir auf dem Berge!" sagte sie schnell.
Das dünkte den Prinzen zuerst freilich unmöglich. Aber weil sie nicht aufhörte zu bitten und weil er meinte, er könne drunten ohne sie nicht leben, gab er endlich nach.
In der Burg im Popénatale war die Bestürzung groß, als er seinen Entschluß kundtat.
„Du weißt, daß du dann niemals König der Landrìnes sein kannst", sagte sein Vater voll Zorn.
„Ich weiß es, und ich muß es eben auf mich nehmen", antwortete der Prinz.
„Auch dein Erbteil wirst du verlieren; denn ich denke nicht daran, die Reichtümer, die ich gesammelt habe, den wilden Weibern oder den Murmeltieren auf der Hohen Geisl zu überlassen!" schrie der König.
Der Prinz schüttelte ruhig den Kopf. „Deine Schätze würden mir nichts nützen. Mit Moltina aber werde ich glücklich sein!"
„Du hast zu wählen zwischen uns und ihr", sprach die Königin kühl.
Er sah seine Mutter traurig an. „Ich wollte, die Wahl wäre mir erspart geblieben."
Die Prinzessinnen atmeten auf. „Allmählich wird die Schande in Vergessenheit geraten", hofften sie, „wenn das Murmeltiermädchen für immer verschwunden ist."
Unter den Brüdern aber brach der Streit um die Krone der Landrìnes aus. – Der Prinz kehrte zurück zu Moltina auf den Berg. Sie fanden eine ge-

räumige Höhle in den Grundfelsen der Hohen Geisl, die bald mit Tierfellen und allerlei geflochtenen Matten warm und wohnlich ausgestattet war: denn der Prinz ging viel auf die Jagd, und Moltina verstand sich auf mancherlei kunstfertige Arbeiten. Niemand störte ihren Frieden, und beide wünschten sich nichts anderes, als daß es immer so bleiben sollte.

Aber es blieb nicht so.

Eines Nachts erwachte Moltina. Sie sah, daß das Mondlicht hell zwischen den Stämmen hereinfiel, mit denen der Eingang zur Höhle verschlossen war. Draußen herrschte eine lautlose Stille. Dennoch meinte sie, irgendein Geräusch hätte sie geweckt. Sie horchte auf die Atemzüge des Prinzen, der ruhig schlief.

Und dann war das fremde Geräusch plötzlich wieder da. Es klang wie Klirren und Stampfen von weit her, dazwischen ferne Stimmen.

Moltina erschrak. „Irgendwo im Gebirge wird gekämpft!" dachte sie und weckte eilig den Prinzen.

Eine Weile lauschten sie beide auf den ungewohnten Lärm, der mit dem Nachtwind bald lauter, bald leiser an ihre Ohren drang.

„Es ist wirklich Kampfgetöse", sagte der Prinz endlich. „Ich kann ganz deutlich das Klirren der Schwerter und Rüstungen unterscheiden. Auch das Stampfen der Pferde höre ich. Mich wundert nur, wer da kämpfen mag: denn ich weiß nichts von einem Kriege in den Bergen! Dennoch müssen wir auf der Hut sein!"

Sie schliefen nicht mehr in dieser Nacht. Als im Osten der erste helle Streifen am Himmel erschien, verstummte der Lärm, und als die Sonne hinter den Bergen der Landrìnes heraufstieg, war draußen alles wie sonst: die Murmeltiere standen wie winzige braune Männlein ringsum auf den Steinen und begrüßten den Tag mit ihrem fröhlichen Pfeifen. Ein wenig entfernt ging die Anguàna mit einem Korbe am Arm gegen den Wald hinab. Die Bergdohlen ließen sich schreiend aus der blauen Höhe herabfallen, und die Wände der Hohen Geisl glühten im Morgenlicht.

Aber in der nächsten Nacht begann der geheimnisvolle Lärm von neuem. Er klang weder näher noch ferner, und der Prinz meinte kopfschüttelnd, das müsse ein seltsamer Kampf sein: er scheine niemals heftiger oder schwächer zu werden und immer am selben Platze stattzufinden. „Ich muß wissen, was das zu bedeuten hat", sagte er entschlossen zu Moltina. „Begib dich in die Höhle zu den Murmeltieren! Ich will sehen, was dort geschieht."

Moltina schlüpfte durch den schmalen Spalt in die Kluft, wo die Murmeltiere schliefen, und der Prinz wälzte einen Felsblock vor den Eingang.

Dann holte er seine Waffen und machte sich auf den Weg.

Das Licht des Vollmondes lag über der einsamen Hochfläche, die Felsen warfen schwarze Schatten, und nichts regte sich.
Der Prinz ging dem Lärm nach, geradewegs gegen Westen.
Allmählich wurde das Kampfgetöse immer lauter und deutlicher, und als er ein Gewirr von zerborstenen Felsen überquert hatte, lag eine große Weidefläche vor ihm, die er von seinen Jagdzügen her gut kannte.
Blitzschnell sprang er zurück und duckte sich in den Schatten: denn da draußen auf der Bergwiese tummelten sich Scharen von gewaffneten Kriegern zu Fuß oder zu Pferde; sie kämpften mit Schwertern und rannten mit eingelegtem Speer gegeneinander.
Verdutzt sah der Prinz dem Getümmel zu. Er begriff sogleich, daß dies kein ernster Kampf war, sondern daß sich die Männer dort draußen nur im Gebrauch der Waffen übten. Aber wer waren sie? Ihre Rüstungen schienen ihm recht alt, und ihre Waffen waren wohl nicht viel wert. Auch hatten sie nur wenige Pferde.
Als der Prinz das Kampfspiel eine Weile neugierig beobachtet hatte, wußte er, daß die fremden Krieger vom Kämpfen nur wenig verstanden, daß sie ihre Waffen recht ungeschickt handhabten und daß selbst ihre Anführer keine Erfahrung besaßen. Das war leicht zu merken: denn es entstand bald da, bald dort ein heilloses Durcheinander unter den Kämpfenden, die einander schließlich ratlos gegenüberstanden.
Die Neugier des Prinzen wurde immer größer. Er wußte wohl, daß es ein Wagnis war, wenn er allein den fremden Kriegern gegenübertrat! Aber es ließ ihm keine Ruhe mehr. „Ach was", dachte er, „es wird nicht gleich den Kopf kosten, und ich muß endlich wissen, wer sie sind und was dieses nächtliche Spiel bedeutet."
Und als es draußen wieder einmal ruhig geworden war, warf er den Schild über die Schulter und den Bogen über den Rücken, lockerte das Schwert in der Scheide und trat hinaus in das helle Mondlicht.
Sie sahen ihn sogleich, und er merkte, wie sie wachsam wurden. Ruhig ging er über die Wiese auf sie zu.
Sie warteten schweigend, aber es lag keine Feindseligkeit in ihrem Schweigen, fühlte er.
Und dann, im Handumdrehen, hatten sie ihn von allen Seiten eingeschlossen.
Sie umstanden ihn in einem engen Kreis, aus dem es kein Entrinnen für ihn gab.
Dennoch empfand er keine Furcht; er hätte nicht sagen können, warum. Er blickte ringsum in ihre Gesichter, die er im Mondschein deutlich unterscheiden konnte.

„Wer seid ihr?“ fragte er.
„Wir sind Fànes“, kam die Antwort ohne Zögern. „Wir wohnen drüben auf Sennes und Vanna. Und du?“
„Ich wohne auf der Hohen Geisl. Früher einmal gehörte ich zum Volke der Landrìnes. Ihr König ist mein Vater.“
Er sah, wie sie stutzten. „Und jetzt? Du hast gewiß viele Krieger bei dir auf dem Berge, da du der Sohn des Königs bist?“ forschte einer, und Besorgnis lag in seiner Stimme.
Der Prinz lachte unfroh. „Ich habe nicht einen einzigen Krieger, denn mein Vater hat mich verstoßen. Aber sagt mir: warum haltet ihr hier zu dieser nächtlichen Stunde eure Kampfspiele ab? Ich habe nichts davon gehört, daß es irgendwo im Gebirge Krieg geben soll?“
„Ja, siehst du, Herr“, erzählten sie, schnell wieder beruhigt und zutraulich geworden, „siehst du, wir sind ein friedliches Volk. Aber dennoch gibt es keinen Frieden für uns. Eine alte Überlieferung sagt, daß wir einst aus der Splanèdis, der großen Ebene im Osten, herübergezogen sind in die Berge, weil es unsere Nachbarn nach unseren guten Wohnsitzen, nach unseren Herden und dem Reichtum gelüstete, den wir durch fleißige Arbeit erworben hatten. So mußten wir fort, weil wir keine Krieger sind und uns nicht verteidigen konnten. Jetzt sind wir endlich hier wieder zu Wohlstand gelangt: aber schon beginnen andere mit Neid über unsere Grenzen zu schielen. Wir haben von unseren Spähern erfahren, daß die Cayùtes und die Lastoyères zum Kriege gegen uns rüsten. Und weil wir uns nicht abermals kampflos alles fortnehmen lassen wollen, was wir redlich erworben haben, so üben wir uns jetzt heimlich im Kampfe. Freilich haben wir es noch nicht weit darin gebracht; auch fehlen uns Waffen und Pferde, und seit unser König ohne Söhne gestorben ist, haben wir auch niemanden, der uns anführt.“
Dem Prinzen taten die bedrückten Krieger leid. „Ihr müßt freilich noch viel lernen, habe ich gesehen! Hört zu! Vielleicht kann ich euch ein wenig raten und helfen, damit ihr euch eines Tages gegen eure Feinde zu wehren vermögt.“
Und er begann, ihnen allerlei Ratschläge zu geben, unterwies sie im richtigen Gebrauch der Waffen und erklärte ihnen, wie sie sich im ernsten Kampfe zu verhalten hätten.
Sie lauschten ihm begierig und gaben sich die größte Mühe, seine Ratschläge zu befolgen.
Ehe sie im Morgengrauen aufbrachen, traten ein paar von ihren Anführern auf den Prinzen zu:
„Herr, wir danken dir!“ sagten sie ehrerbietig. „Und erlaube uns eine Bitte:

Könntest du wohl in der nächsten Nacht wieder hierherkommen und uns noch mehr lehren?"

Der Prinz versprach es. Und von da an kam er Nacht für Nacht. Er hieß die Fànes neue Waffen und Pferde erwerben, lehrte sie, wie man am besten den Feind angriff und wie man sich verteidigte. Auch verriet er ihnen manche Kriegslist, mit der man den Gegner täuschen konnte.

Eines Nachts dann sagten sie: „Wir haben Botschaft erhalten, daß die Krieger der Cayùtes und der Lastoyères über das Joch im Süden des Lagazuòi heraufziehen gegen die Fànesberge. Bald wird es zum Kampfe kommen, und wir wissen nicht, wer uns führen soll. Es wäre ein großes Glück für uns, wenn du es tun wolltest!"

So kam es schließlich, daß der Prinz mit dem Heere der Fànes in den Kampf zog.

Sie schlugen die Krieger der Cayùtes und der Lastoyères in einer großen Schlacht, und als sie heimkehrten, riefen sie den Prinzen der Landrìnes zu ihrem König aus.

Sie erbauten ihm ein herrliches Schloß an den Conturìnes, und als es fertig war, stieg er zur Hohen Geisl hinauf, um Moltina zu holen, die indessen bei der alten Anguàna in der Höhle gewohnt hatte.

Beim Abschied sprach die Anguàna: „Ihr seid die Stammeltern eines großen Herrschergeschlechtes! Unter euren Nachkommen wird das Reich der Fànes groß und mächtig werden für eine lange Zeit. Aber wenn es seine höchste Macht erreicht hat, wird ihm sein eigener König den Untergang bereiten."

So zog Moltina fort von der Hohen Geisl. Sie blickte sich viele Male um, und ihre Augen waren trübe von Tränen. Noch immer saß die alte Anguàna vor ihrer Höhle, und auf allen Steinen und Felsblöcken standen die Murmeltiere wie winzige braune Männlein.

Und dann verschwamm alles im Dunst, der über den Bergen lag. Nur die Hohe Geisl leuchtete rot.

Der junge König ließ auf die Burgmauer ein großes weißes Murmeltier malen und befahl, daß alle Fànes das Murmeltier im Wappen führen sollten.

Der Adler mit den goldenen Krallen

Als das Reich der Fànes längst groß und mächtig geworden war, herrschte in der Burg an den Conturìnes ein König, dem alle Macht immer noch zu gering, aller Reichtum zu armselig und aller Landbesitz zu klein schien.

Tag und Nacht sann er nur darüber nach, wie er sein Eigentum vermehren könnte. Er führte Kämpfe mit den Nachbarn, um ein Stück von ihrem Gebiet zu nehmen; er ließ allenthalben im Gebirge nach Gold und Silber schürfen; seine Gemahlin, eine Prinzessin aus einem fernen Lande, hatte ihm reiches Brautgut zugebracht. Aber je mehr er besaß, desto mehr wuchs seine Begierde. Er hatte bei sich beschlossen, er müsse eines Tages einen Kronschatz sein eigen nennen wie kein anderer Fürst.

Nun war ihm zu Ohren gekommen, daß irgendwo in den Fànesbergen ein mächtiger Zauberer hauste, den man Spina de Mùl, das Maultiergerippe, nannte, und daß er die Rayéta besäße, den kostbaren Strahlenstein, von dem jedermann im Gebirge redete.

Seitdem ließ es dem König keine Ruhe mehr. Er mußte die Rayéta haben, koste es, was es wolle!

Er begann überall nach dem Zauberer zu forschen, aber Spina de Mùl war nicht zu finden. Zwar behauptete da und dort einer, er habe ihn gesehen in der scheußlichen Gestalt eines halbverwesten Maultieres, die er anzunehmen liebte, um die Menschen zu schrecken.

Aber wenn dann der König eilig der Spur folgen wollte, war sie jedesmal verschwunden.

So ging es, bis ihm eines Nachts das Glück hold war und der Strahlenstein ganz ohne sein Zutun in seine Hände kam.

Das hatte freilich einen wunderlichen Grund.

Eines Tages nämlich hatte der König auf der Jagd hoch droben in den Felsen des Nuvoláu einen jungen Adler gefangen. „Ich will ihn mitnehmen und zähmen", sagte er voll Freude zu sich und steckte den Vogel, der sich heftig sträubte, in den ledernen Sack, den er an der Seite trug.

Kaum war das geschehen, da scholl ein zorniger Schrei hoch aus der Luft, und in sausendem Fluge erschien der alte Adler.

Der König hatte gerade noch Zeit, sein Schwert herauszureißen, als sich das wütende Tier auch schon auf ihn herabstürzte. Und jetzt begann ein so höllischer Tanz, daß ihm Hören und Sehen verging. Der Adler kämpfte mit dem Schnabel, mit den Flügeln, mit den Fängen! Mit Entsetzen gewahrte der König, daß ihm vor Wut Flammen aus dem Schnabel fuhren. Er sah auch voll Verwunderung, daß der Vogel goldene Krallen hatte. Und während er sich mühsam mit dem Schwerte vor den wütenden Schnabelhieben und dem Griff der goldenen Fänge schützte, fragte er sich, was es wohl mit dem merkwürdigen Adler für eine Bewandtnis haben mochte.

Als sie eine Weile so gekämpft hatten, ohne daß einer den andern zu besiegen vermochte, schien der Adler den Kampf satt zu haben. Er flog auf einen Felsen und blieb eine Weile still sitzen, als denke er nach.

„Hör mich an, König!“ sprach er endlich. „Es dünkt mich sinnlos, daß wir kämpfen, bis einer von uns unterliegt. Wir wollen ein Bündnis miteinander schließen: gibst du mir meinen Sohn zurück, so sollst du an Reichtum und Macht so hoch über den anderen Fürsten stehen, wie ich über den Vögeln stehe.“
„Das läßt sich hören!“ sagte der Fàneskönig entzückt: denn die Rede entsprach ja genau seinen eigenen Wünschen.
„So soll der Vertrag gelten, und wir wollen ihn mit dem Zwillingstausch bekräftigen“, sprach der Adler.
„Zwillingstausch?“ fragte der König verdutzt. „Davon habe ich nie gehört!“
„Es ist ein uralter Brauch und früher viel geübt worden. Nichts ist einfacher: bekommst du Zwillinge, so soll eins davon mir gehören, und umgekehrt.“
Jetzt blickte der König freilich recht bestürzt drein, denn ein solcher Tausch schien ihm doch nicht recht geheuer. Aber zugleich sah er auch schon die verheißenen Reichtümer in nichts zerfließen, und das konnte er nicht ertragen.
Der Adler merkte wohl, wie der König zauderte. „Ich hätte dich für klüger gehalten“, sagte er spottend. „Dir gefällt es gewiß nicht, daß ein Mensch und ein Adler ihre Kinder tauschen sollen! Aber hast du noch immer nicht begriffen, daß ich kein gewöhnlicher Adler bin? So will ich dir etwas erzählen! Einst war ich der Herrscher eines fernen Inselreiches. Aber das Leben auf meiner Insel war mir zu eintönig, und ich wünschte mir immer, ein Adler zu sein und in der ganzen weiten Welt umherfliegen zu können. Eines Tages ging durch Zauber mein Wunsch in Erfüllung. Aber es war mein Unglück: denn nun kann ich aus meinem Adlerkleid nicht mehr heraus. Dein Kind aber würde ich auf meine Insel bringen, wo es ein herrliches Leben hätte!“
Das leuchtete dem König nicht übel ein, und alsbald gewannen auch sein Leichtsinn und seine Habgier wieder die Oberhand. „Ei was!“ dachte er, „Zwillinge sind selten! Warum sollte gerade ich Zwillinge bekommen?“
„Wenn es so ist, soll es mir recht sein!“ sagte er darum und holte den jungen Adler aus dem Sack. „Da hast du dein Junges wieder, und nun halte auch du dein Wort!“
Das versprach der Adler und flog mit dem Jungen über den Averàl davon.
Ein wenig nachdenklich ritt der König heim und beschloß, einstweilen keinem Menschen etwas von der Begegnung mit dem merkwürdigen Vogel zu erzählen, selbst seiner Gemahlin nicht. –

Von da an schien es, als sollte das Glück des Fàneskönigs keine Grenzen haben. Zog er zu einem Kampfe aus, so fiel ihm der Sieg fast mühelos zu. Ritt er auf die Jagd, lief ihm stets das schönste Wild über den Weg. In seinen Bergwerken fand sich mehr Gold und Silber als je zuvor.
Aber es war noch kein Jahr vergangen, da kamen in der Fànesburg Zwillinge zur Welt. Es waren zwei Mädchen, und der König betrachtete seine kleinen Töchter mißmutig: denn er hätte lieber Söhne gehabt. Indessen mußte er sich wohl oder übel damit zufrieden geben.
Er gab ihnen die Namen Dolasílla und Luyànta und kümmerte sich im übrigen nicht viel um sie. Und wenn er daran dachte, daß er eins von den Kindern dem Adler versprochen hatte, meinte er, es sei besser so, als wenn er einen Prinzen hergeben müßte: denn sein Versprechen mußte er halten, das schien ihm gewiß. Insgeheim hatte er nämlich große Angst, daß sonst die Quellen seines Reichtums und seiner Macht augenblicklich versiegen würden.
„In ein paar Tagen will ich die Kinder hinaufbringen zum Nuvoláu: dann mag sich der Adler eins von ihnen auswählen", beschloß er.
Allein am dritten Tage geschah etwas sehr Seltsames.
Als die Dienerinnen früh am Morgen die Kammer betraten, in der die Zwillinge schliefen, fanden sie zwar Dolasílla friedlich schlummernd in der Wiege, Luyánta aber war verschwunden und an ihrer Stelle lag ein kleines weißes Murmeltier.
Voll Schrecken liefen sie zur Königin; aber die schien gar nicht sonderlich verwundert.
Sie wußte längst, daß in diesem Lande mitten in den wilden Bergen viele merkwürdige Dinge geschahen. Sie wußte auch, daß seit uralter Zeit eine geheimnisvolle Freundschaft herrschte zwischen den Fànesleuten und den Murmeltieren, die überall im Gebirge wohnten.
So fügte sie sich darein. Der König kratzte sich bestürzt hinterm Ohr, als er das Murmeltierchen sah und zerbrach sich vergebens den Kopf darüber, wie das wohl zugegangen sein mochte.
Was sollte er nun dem Adler sagen, wenn er ihm das ungleiche Zwillingspärchen brachte? „Gewiß wird er glauben, ich wollte ihn betrügen", überlegte er sorgenvoll. „Dann ist es mit unserem Bündnis aus, und mit meinem Reichtum ist es auch aus."
Weil er sich aber keinen Rat wußte, erzählte er zuletzt seiner Gemahlin die Geschichte von dem Zwillingstausch und meinte, Frauen seien doch immer schlauer: vielleicht fände sie einen Ausweg.
Die Königin erschrak wohl zuerst, aber dann sagte sie: „Wer weiß – ein weißes Murmeltierchen ist etwas Besonderes –, es kann leicht sein, daß

es dem Adler gefällt! Dann wird er es mitnehmen und uns Dolasílla lassen! Du brachst ja auch nicht selbst zum Nuvoláu hinaufzureiten, wenn du dem Adler nicht vor die Augen treten willst! Sende doch deinen Knappen und sage ihm genau, was er zu tun hat!"

„Das ist ein guter Rat!" sagte der König erleichtert, stieg hinauf in den Saal und ließ seinen treuen Schildknappen zu sich kommen.

„Hör mir gut zu!" befahl er. „Du sollst morgen früh mit den Zwillingen hinaufreiten an den Fuß des Nuvoláu! Dort wartest du. Es wird ein Adler kommen, der goldene Fänge hat, und eins von den Kindern holen. Versuche nicht, ihn daran zu hindern: es ist sein Recht. Mit dem anderen Kinde kehrst du dann zurück, und über alles, was geschehen ist, schweigst du zu jedermann! Es ist keine Gefahr für dich dabei, wenn du nur tust, was ich dir sage!"

Dem Knappen schien das freilich ein merkwürdiger Auftrag; aber weil er ein treuer Diener war, gehorchte er ohne Widerrede. –

Am Morgen banden ihm die Mägde einen Korb auf den Rücken, in dem, sorglich eingehüllt und zugedeckt, zwei kleine weiße Bündelchen lagen. Behutsam ging er die Treppe hinab, bestieg im Hofe sein Pferd und machte sich auf den Weg.

Er konnte nicht schnell reiten, und so ging es schon gegen Mittag, als er das Joch erreichte, wo er drei Kriegsknechte des Fàneskönigs traf, die da Wache hielten: denn in der öden Felsenenge, die man Lòtja nannte, war damals die Grenze zwischen dem Gebiet der Fànes und der Cayùtes.

Die Knechte fragten ihn verwundert, wohin er denn wolle und was er da in den Bergen zu tun habe. „Geheimer Befehl des Königs", sagte er. Da forschten sie nicht weiter und meinten nur, ein Mann allein sei im Gebirge oft zuwenig, und wenn er Beistand brauche, so möge er nur zwischen den Fingern pfeifen: das höre man weiter als jeden Ruf, und sie würden ihm dann zu Hilfe kommen.

Der Knappe dankte und ritt den Saumpfad weiter zur Paßhöhe hinauf. Er kam an den Felsentürmen, den Tsínke Tóres, vorüber und gelangte endlich an die Wände des Auto Nuvoláu.

Da mußte er eine Weile warten, und das verdroß ihn sehr, denn es dämmerte schon und hinter dem Gipfel des Nuvoláu zog eine schwarze Wolkenwand herauf und kündigte ein Unwetter an.

Endlich sah er hoch über den Abgründen den Adler mit den goldenen Fängen heranschweben.

Er hielt den Atem an und zog den Kopf ein wenig zwischen die Schultern, als der riesige Vogel auf ihn zuglitt und sich auf dem Rand des Korbes niederließ. Er zog die wollene Decke fort, und dann reckte er vor Ver-

wunderung den Hals und stieß einen krächzenden Laut aus. Mit schrägem Blick betrachtete er eine Weile das seltsame Zwillingspaar.
Weil er aber noch nie ein weißes Murmeltier gesehen hatte und weil es ihn wunderte, was das wohl für ein merkwürdiges Wesen war, faßte er behutsam das Bündel mit dem Schnabel, hob sich vom Korbe in die Höhe und wollte zu seinem Felsenhorst hinauffliegen.
Aber dem Murmeltierchen schien das keineswegs zu gefallen. Es schrie und zappelte, und der Adler merkte, daß es gleich aus dem Bündel fallen würde. Da ließ er sich auf einem Felsen nieder. Im selben Augenblick schlüpfte das Murmeltierchen heraus und verschwand wie der Blitz in einer Felsspalte. Umsonst reckte der betrogene Adler den Hals und zwängte den Kopf in die schmale Kluft, um nach dem Verschwundenen zu suchen: er fand keine Spur mehr von ihm. Es lief wohl längst durch die unterirdischen Gänge, die die Sippe der Murmeltiere seit undenklichen Zeiten gegraben hatte. So gab er endlich das Suchen auf und flog zornig auf den Nuvoláu zurück, wo er fortan einsam hauste. –
Der Knappe hatte nur einen schnellen Blick auf Dolasílla geworfen und die Decke wieder über den Korb gezogen. Dann stieg er in den Sattel und machte sich schleunigst auf den Heimweg, denn mittlerweile war es fast Nacht geworden.
Die Wolken hingen tief herab und verhüllten die Gipfel, Regen peitschte über die öde Steinwüste, und Nebel kroch in dichten Schwaden von allen Seiten heran.
Über dem Nuvoláu heulte der Sturm, und die schlanken Zinnen des Lagazuòi tönten wie riesige Orgelpfeifen.
Der Knappe ließ sein Pferd gehen, wie es selber wollte. Manchmal wissen ja die Tiere mehr als die Menschen. Es würde den Weg schon wiederfinden, den es zuvor gegangen war.
„Ich will froh sein, wenn ich zur Lòtja komme", dachte der Knappe, „da ist ein überhängender Felsen, der Schutz gegen Wind und Regen gewährt, und die Knechte haben gewiß ein Feuer angezündet."
In diesem Augenblick scholl durch die Felseinöde ein so grausiger Schrei, daß der Knappe vor Schrecken vom Sattel in die Höhe fuhr und sein Pferd einen wilden Satz nach vorne tat.
„Das ist Spina de Mùl", murmelte er und fühlte, wie sich seine Haare sträubten.

Spina de Mùl und der junge Durànnikrieger

Auch die drei Wächter auf der Lòtja hörten den Schrei und wußten, was er bedeutete.
Es gab niemanden, der Spina de Mùl nicht fürchtete. Selbst wohlbewaffnete Krieger gingen ihm gern aus dem Wege: denn gegen ihn half weder Schwert noch Speer. Traf man ihn mit dem Schwerte, so flog einem die Waffe aus der Hand, man wußte nicht wie. Stieß man mit dem Speer nach ihm, so wurde man mit fürchterlicher Gewalt zurückgeschleudert und mußte froh sein, wenn man nicht auf den Rücken fiel und der Unhold einen kurzerhand zu Brei zerstampfte.
Spina de Mùl sah scheußlich aus, wußten die zu erzählen, die ihm begegnet waren. Kopf, Hals und Vorderläufe schienen zu einem richtigen Maultier zu gehören, alle anderen Teile aber waren nichts als ein abscheuliches Gerippe, das er hinter sich herschleifte.
Man sagte, es wäre wohl möglich, ihn zu töten, wenn man ihn mit einem Pfeil ins Auge oder ins Herz träfe. Aber Spina de Mùl kam stets in finsteren Gewitternächten, und wer sollte da wohl zielen können?
Die Wächter auf der Lòtja meinten, ja, das sei eine richtige Nacht für Spina de Mùl. Eilig warfen sie Erde über das Feuer, damit der Schein sie nicht verrate, und zogen sich in das Dickicht jenseits des Pfades zurück.
Bald hörten sie Spina de Mùl ganz in der Nähe vorbeitraben und unterschieden deutlich das häßliche schleifende Geräusch, mit dem er sein Gerippe hinter sich herzog.
Zum Glück schien er sie nicht zu bemerken, und nach einer Weile hörten sie seinen grausigen Schrei aus der Ferne gegen den Núvoláu zu. Zögernd wagten sie sich aus ihrem Versteck hervor. Aber sie krochen im nächsten Augenblick wieder zurück: denn auf dem felsigen Pfad näherten sich abermals Schritte.
Sie konnten niemanden sehen, denn es war finster wie in einem Sack.
Jetzt hielten die Schritte an. Der nächtliche Wanderer mußte wohl ihre Feuerstelle entdeckt haben, dachten sie verwundert. Sie hörten, wie er die Erde fortscharrte und Reisig auf die Glut warf. Aber wie konnte er denn bei dieser Finsternis ihren Reisigvorrat unter dem überhängenden Felsen gefunden haben?
„Er muß Augen haben wie ein Luchs", flüsterte einer.
Jetzt flammte draußen in der Felsenge das Feuer wieder auf, und da sahen sie den Fremden.
Er kauerte auf dem Boden und blies in die Flammen, die nur langsam wieder aufflackerten.

Ihr Schein zuckte über ein blutjunges, ernsthaftes und sehr wachsames Gesicht.
„Das ist ja noch ein Knabe!“ Der Wächter hatte es nur ganz leise gesagt: aber der Fremde mußte auch Ohren haben wie ein Luchs. Er schnellte augenblicklich in die Höhe, und sein Blick suchte die Dunkelheit jenseits des Pfades zu durchdringen, aus der die Stimme gekommen war.
Ganz ruhig und ohne Furcht sah er zu, wie die drei gewaffneten Männer aus dem Dickicht auftauchten und auf ihn zugingen. Sie musterten ihn aufmerksam. Er war ebenso groß wie sie und breit in den Schultern; dennoch mußte er sehr jung sein. Er trug ein ledernes Wams und eine Fellkappe auf dem Kopfe. Aber sie sahen mit Verwunderung, daß er keine Waffen bei sich hatte.
Ruhig abwartend stand er da, und es sah nicht so aus, als gedenke er als erster zu reden.
„Wer bist du?“ fragte also der Älteste der Fàneskrieger.
„Ich gehöre zum Stamme der Duránni“, kam sogleich die Antwort. „Aber ich habe noch keinen Namen, weil ich noch kein Krieger bin!“
„Und was tust du hier?“
„Es ist bei uns Sitte, daß jeder, der ein Krieger werden will, waffenlos ein gefährliches Abenteuer bestehen und eine kostbare Beute gewinnen muß. So bin ich ausgezogen, mein Abenteuer zu suchen!“
Die Wächter lachten. „Da ist es schade, daß du Spina de Mùl nicht begegnet bist! Sonst hättest du nicht lange nach Abenteuern zu suchen brauchen!“
Der Fremde horchte auf. „Das Maultiergerippe? Ich habe schon gehört, daß das Scheusal in den Fànesbergen sein Unwesen treibt!“
Sie schauten einander unbehaglich an.
„Ja, ja, Spina de Mùl ist hier vorbeigelaufen, vor gar nicht langer Zeit. Bald darauf bist du von der anderen Seite gekommen! Ob etwa der Knappe –“
Der Mann brach mit einem erschrockenen Seufzer ab, und der Mund blieb ihm offenstehen: denn jetzt scholl abermals der wilde Schrei durch die Nacht, der ihnen allen einen Schauder über den Rücken jagte. Er klang jetzt viel näher als zuvor.
Gleich darauf hörten sie noch etwas: es war ein schriller Pfiff, wie die Hirten auf den Bergweiden einander pfeifen.
„Das ist der Knappe!“ schrien die Wächter. „Er ist gewiß Spina de Mùl begegnet! Wir müssen ihm helfen!“
Sie packten ihre Waffen und liefen und stolperten davon, dahin, woher der Pfiff gekommen war.
Der Duránniknabe folgte ihnen langsam.

Es dauerte nicht lange, da hörten sie vor sich schnelle Hufschläge und das wilde Schnauben eines Pferdes, und dann jagte der Knappe aus dem Nebel auf sie zu. Sie sprangen zur Seite, sonst hätte er sie über den Haufen geritten, weil er sie erst sehen konnte, als er schon dicht vor ihnen war.

Er riß das Pferd zurück, daß es sich auf die Hinterhand setzte. Aber wie sah er aus! Ein Ärmel hing ihm zerfetzt herab, und über seinen Arm rann Blut. Die Haare hingen ihm naß und wirr ins Gesicht, und die Kappe hatte er verloren. Auch sein Schwert war fort! Nur einen einzigen Hieb hatte er getan, als Spina de Mùl ihn angriff: dann war ihm das Schwert aus der Hand geflogen, und das Scheusal hatte ihn in den Arm gebissen. Danach hatten ihn nur die Schnelligkeit und Klugheit seines Pferdes gerettet.

So erzählte der Knappe, stockend und atemlos von dem ausgestandenen Schrecken.

„Seid auf der Hut!" fügte er hinzu. „Er ist mir gewiß dicht auf den Fersen!"

Kaum hatte er das gesagt, als sie auch schon das schleifende Geräusch vernahmen, das sie nur allzugut kannten.

Im nächsten Augenblick tauchte wie ein abscheuliches Gespenst Spina de Mùl vor ihnen aus der Dunkelheit und dem Nebel auf.

Sie vermochten nur undeutlich die scheußliche Mißgestalt zu erkennen, denn das Feuer war wieder herabgebrannt und gab nur noch einen schwachen Schein.

Und jetzt geschah alles so schnell, daß nachher keiner wußte, wie es zugegangen war.

Der erste Wächter riß sein Schwert heraus und schlug voll Entsetzen zu, ohne zu wissen, wohin er traf: da durchzuckte seinen Arm ein gräßlicher Schmerz und das Schwert klirrte irgendwo auf die Steine. Den zweiten biß das Scheusal in die Schulter, ehe er noch gemerkt hatte, daß es ihm so nahe war. Der dritte stieß verzweifelt mit dem Speer nach der schattenhaften Gestalt, die auf ihn zusprang, und fiel im nächsten Augenblick rücklings in einen Dornstrauch.

Und dann wandte sich Spina de Mùl gegen den Duránniknaben.

Der bückte sich blitzschnell, hob einen scharfkantigen Felsblock auf, der da lag, und als der Zauberer herantobte, schlug ihm der Knabe den Stein gegen den Schädel, daß ihm das Nasenbein zerbrach. Spina de Mùl brüllte vor Schmerz und taumelte hin und her.

Aber dennoch griff er wieder an. Da warf der Knabe einen noch größeren Stein; der traf ihn so hart an der rechten Schulter, daß er ihm eine klaffende Wunde schlug; das Vorderbein hing kraftlos herab, und der Zauberer sank zu Boden.

Spina de Mùl wußte, daß sein Spiel für diesmal aus war. Mühsam raffte

er sich auf und wandte sich zur Flucht: in der Dunkelheit und dem Nebel würde es ihm ein Leichtes sein, zu entkommen, so meinte er.
Aber er irrte sich.
Dieser schreckliche Knabe, der die Augen einer Wildkatze und die Kräfte eines Bären besitzen mußte, verfolgte ihn unbarmherzig!
Er warf einen Stein nach dem andern, und jeder traf. Wie war das nur möglich in dieser rabenschwarzen Finsternis?
Spina de Mùl vermochte es nicht zu begreifen. Immer mühsamer schleppte er sich weiter; denn sein Schädel schmerzte abscheulich, das rechte Bein war fast lahm, und zwischen dem linken Vorderbein und dem Brustkorb hielt er krampfhaft etwas eingeklemmt, das er um keinen Preis verlieren durfte! Aber er konnte wahrhaftig kaum mehr gehen!
Und als ihn jetzt ein schwerer Stein im Genick traf, stürzte er nieder und vermochte sich nicht wieder zu erheben.
Ächzend schielte er zu seinem Überwinder hinauf. Fast mußte er den Knaben wider Willen bewundern! „Wer bist du denn?" stieß er hervor.
Der Knabe lachte. „Ich bin ausgezogen, mir den Namen eines Kriegers zu erwerben! Nun hast du mir zu dieser Ehre verholfen! Aber ich weiß noch nicht, wie ich mich nennen soll!"
„Das kann ich dir sagen!" knurrte der Zauberer. „Nenne dich Ey-de-Nét, Nachtauge: denn du kannst im Dunkeln sehen, habe ich zu meinem Schaden gemerkt! Nur deinen Augen verdankst du es, daß du mich besiegt hast."
„Ey-de-Nét!" wiederholte der junge Krieger nachdenklich. „Der Name gefällt mir! Du hast recht; so werde ich mich Ey-de-Nét nennen. Und zum Dank will ich dich jetzt gehen lassen."
Indessen waren die anderen neugierig herangekommen und sahen ganz ohne Mitleid zu, wie der zerbläute Zauberer seine Gliedmaßen zusammenraffte und mit wackelndem Kopfe davonschlich.
Sie beglückwünschten den Knaben zu seinem Siege und sagten: „Nun hast du ja dein Abenteuer bestanden und kannst dir einen Namen wählen!"
„Den hätte ich schon!" antwortete er. „Aber noch fehlt mir die Beute, und ich weiß nicht, woher ich sie nehmen soll!"
Plötzlich wurden seine Augen starr. Schnell lief er dahin, wo zuvor der Zauberer zusammengebrochen war.
Da lag etwas auf der Erde, das leuchtete wie eine winzige Sonne . . .
Er hob es auf und zeigte es den Männern. Sie schrien vor Verwunderung laut auf.
„Du hast ein unerhörtes Glück!" sagte der Älteste. „Weißt du, was du da erbeutet hast? Das ist die Rayéta, der kostbarste Edelstein der Welt!"

„Ei, das ist gut“, meinte der Knabe leichtherzig, „Aber noch viel besser ist es, daß ich jetzt den Namen eines Kriegers führen darf. Von nun an sollt ihr mich Ey-de-Nét nennen!“ –

Indessen fühlte sich aber der arme Knappe sehr unbehaglich.

Dolasílla war bei dem wilden Ritt aufgewacht und weinte und schrie jetzt zum Erbarmen. Der Knappe hatte den Korb vom Rücken genommen und auf einen Stein gestellt, und weil er nicht die geringste Ahnung hatte, wie man es anstellte, ein weinendes Kind zu beruhigen, stand er recht ratlos davor.

Allmählich gesellten sich auch die anderen zu ihm und standen ebenso ratlos da.

Da fiel Ey-de-Nét etwas ein. Er zog die Rayéta aus dem Wams und hielt sie der kleinen Prinzessin vors Gesicht.

Augenblicklich war sie still.

Aber als er den Stein fortnahm, begann sie von neuem zu weinen. So ging es noch ein paarmal. Dann sagte Ey-de-Nét: „Sei ruhig, kleines Mädchen: ich schenke dir die Rayéta.“ Er legte das kostbare Kleinod in den Korb neben Dolasílla. „Gehabt euch wohl!“ sprach er fröhlich, „ich muß nun fort!“ Und er lief schon den Pfad entlang, der südwärts gegen das Land der Duránni führte. –

Beim Morgengrauen kam der Knappe wieder in die Fànesburg. Die Königin war recht froh, daß er Dolasílla zurückbrachte und nicht das Murmeltierchen.

Der König aber vermochte sich vor Freude über die Rayéta nicht zu fassen, und es schien ihm nur merkwürdig, daß der Duránnikrieger sie so leichtherzig verschenkt hatte.

„Den Namen Ey-de-Nét wird man sich merken müssen“, sagte er zu sich. „Vielleicht begegnen wir uns später irgendeinmal!“

Er sollte recht behalten.

Aber als sie einander dann begegneten, geschah alles ganz anders, als der Fàneskönig meinte. –

Ungefähr zur selben Stunde wie der Knappe kam Spina de Mùl in seiner Höhle am verzauberten Berge Formìn an. Der Heimweg war ihm sehr sauer geworden, und er beschloß übellaunig, sich ein paar Tage nicht zu rühren.

Er nahm seine menschliche Gestalt wieder an, und da merkte er zu seinem Schrecken, daß die Rayéta nicht mehr da war! Er mußte sie verloren haben, als er niederstürzte und vor Wut und Schmerzen auf sie vergaß!

Wo mochte das kostbare Kleinod wohl sein? Er mußte schleunigst danach suchen, sobald er nur wieder gehen konnte!

Aber er erfuhr erst viel später, wo sich die Rayéta befand.
Und dies sollte für Ey-de-Nét, Dolasílla und den Fàneskönig allerlei merkwürdige Folgen haben.

Der Silbersee

Nicht weit von Canazei, in der großen Mulde am Fuße des Col da Rónk, lag in uralter Zeit ein See. Man nannte ihn Leek d'Ardjént, Silbersee, weil es hieß, daß auf seinem Grunde ein großer Silberschatz liege.
Freilich hatte niemand jemals etwas von diesem Schatz zu sehen bekommen; aber die Leute glaubten, daß er aus der Aurόna herbeigeschafft und in den See versenkt worden sei.
Die Aurόna aber habe sich in noch älterer Zeit irgendwo unter den düsteren Lavafelsen der Padόnberge tief im Innern der Erde befunden.
Nur durch ein schweres goldenes Tor hätten die Bewohner des unterirdischen Reiches an die Oberwelt gelangen können: aber dieses Tor war stets verschlossen, und niemals fiel ein Lichtstrahl von draußen herein. Darum hingen in den riesigen Hallen und Gängen unzählige goldene Lampen von der Decke, bei deren Schein man nach Gold, Silber und edlen Steinen grub, in den Öfen das kostbare Metall aus dem Erz schmolz und herrliches Geschmeide, Waffen und Gefäße daraus schmiedete.
Aber trotz des unermeßlichen Reichtums herrschte kein Glück in der Aurόna. Die Leute arbeiteten fleißig, aber ohne Freude. Keiner von ihnen hatte jemals die Sonne und den blauen Himmel gesehen oder die grünen Wiesen und die fröhlichen Bäche. Manchmal hörten sie von draußen den Gesang der Vögel und die Lieder der Hirten, die auf den Bergweiden ihre Herden hüteten. Dann standen sie still drinnen an dem goldenen Tor, lauschten sehnsüchtig und hätten gerne nur ein einziges Mal gesehen, wie es da draußen war.
Aber der König der Aurόna hatte mit dem Herrscher der Unterirdischen einen Pakt geschlossen, wonach er für sich und die Seinen auf das Tageslicht verzichtete, wenn er nur immer so viel Gold, Silber und Edelsteine fände, wie er sich wünschte. –
Dem Fàneskönig kamen die Geschichten zu Ohren, die man über die Aurόna und den Silbersee erzählte.
Er lebte zu dieser Zeit schon mit allen seinen Nachbarn in Feindschaft: mit den Duránni, den Lastoyères, den Cayùtes, den Peleghétes und selbst mit den Landrìnes, deren Könige seiner Sippe angehörten.
In seiner Habgier hatte er einen nach dem andern mit Krieg überzogen und

ihnen die fruchtbarsten Gebiete und die reichsten Bergwerke genommen. Jetzt sah er sich nach neuer Beute um, und da stachen ihm die Schätze in dem unterirdischen Reich und im Leek d'Ardjént immer mehr in die Augen.

Und eines Tages, als seine Tochter Dolasílla gerade zwanzig Jahre alt geworden war, ließ er sie zu sich rufen und sprach: „Mach' dich bereit, wir reiten morgen früh in das Fassatal, um die Auróna und den Silbersee zu suchen! Und wenn wir sie gefunden haben, werden wir so unermeßlich reich sein wie niemand sonst im ganzen Gebirge."

„Ja", sagte Dolasílla gehorsam; aber sie seufzte heimlich und dachte, wie schon oft, einmal werde die Jagd nach Reichtum ein böses Ende nehmen.

Am Morgen brachen sie mit einer großen Reiterschar von der Burg an den Conturìnes auf, ritten südwärts unter dem Gewände des Lagazuòi entlang und über den Paß hinab, bis sie im Lande der Lastoyères in ein Tal gelangten, das sich gegen Westen zog.

Eine Weile folgten sie dem Bach, und wenn sie an einer Siedlung oder einem Gehöft vorüberkamen, fragten sie nach der Auróna und dem Silbersee.

„Den Leek d'Ardjént kennen wir wohl", sagten die Leute und beschrieben ihnen den Weg. „Aber die Auróna findet niemand mehr. Längst haben Bergstürze das goldene Tor verschüttet, und ihr werdet es genauso vergebens suchen wie die anderen alle."

„Das wollen wir sehen!" sagte der König, und seine Augen funkelten gierig, während er sein Pferd vorwärts trieb.

Gegen Abend kamen sie an den Fuß des Col de Rónk, und als sie aus dem Walde ins Freie ritten, lag der See vor ihnen.

Seine Wasserfläche glänzte wie geschmolzenes Silber.

Sie blieben viele Tage. Der König ließ Boote bauen, in denen die Knechte auf den See hinausfuhren und mit langen Hakenstangen den Grund aufwühlten. Aber nicht ein bißchen Silber fand sich; das silberne Wasser wurde schwarz und häßlich, allein es gab sein Geheimnis nicht preis.

Da befahl der König, man solle die Umgebung durchforschen.

Abermals streiften die Fànesleute tagelang an den Hängen des Gebirges umher. Sie durchsuchten den Wald, stiegen in die Felsen hinauf, blickten in jede Kluft und krochen in jede Höhle.

Und dann, eines Abends, als es schon zu dämmern begann, entdeckten sie nordwärts des Sees in dem felsigen Hang drei Höhlen. Die erste war leer; in der zweiten befand sich allerlei Werkzeug, wie es die Bergleute brauchen. In der letzten aber waren eine Menge Silberbarren aufgehäuft, goldenes und silbernes Geschmeide und allerlei kostbares Gerät.

Auch eine kleine silberne Büchse war da, und als die Knechte sie neugierig öffneten, zeigte es sich, daß sie ein graues Pulver und ein Stücklein weißes Fell enthielt.
Hals über Kopf rannten die Männer zum Seeufer hinab, um ihrem Herrn den Fund zu melden.
Über das Gesicht des Fàneskönigs zuckte eine wilde Freude, als er die Botschaft hörte.
„Ich habe es ja gewußt!“ stieß er frohlockend hervor. „Ich will den Schatz sogleich selbst sehen! Vorwärts, zeigt mir den Weg! Und nehmt Säcke mit, damit wir alles herunterschaffen können!“
Die Knechte konnten ihm gar nicht schnell genug den Hang hinaufsteigen, und der Schweiß rann ihnen in Bächlein herab, als sie endlich bei den Höhlen anlangten.
Dolasílla blickte ihnen bekümmert nach; dann folgte sie ihnen zögernd. Es gefiel ihr nicht, daß ihr Vater den Schatz, den andere gesammelt und da aufbewahrt hatten, kurzerhand für sich zu nehmen gedachte.
Als sie die Höhlen erreichte, fand sie die Knechte schon damit beschäftigt, den kostbaren Fund in die ledernen Säcke zu füllen.
Der König stand da, hielt das silberne Büchslein in der Hand und starrte ein wenig ratlos seinen seltsamen Inhalt an.
„Was tut ihr da?“ sagte plötzlich eine Stimme.
Sie fuhren erschrocken herum: da standen im Eingang der Höhle drei kleine Männlein und blickten sie aus zornigen Augen an.
„Was kümmert es euch?“ fragte der König barsch, obgleich ihm schon eine Ahnung kam, wen er da vor sich hatte.
„Sehr viel“, antwortete einer von den dreien, der uralt schien. „Wir haben unser Leben lang gearbeitet, um diesen Schatz zusammenzubringen. Jetzt könnten wir in den Berg zurückkehren, wo wir daheim sind, und uns zur Ruhe setzen. Nehmt ihr uns aber alles fort, so müssen wir von neuem zu arbeiten beginnen.“
„Das wird euch nichts schaden“, lachte der König und winkte den Knechten, die auf dem Boden hockten und die drei Männlein ein wenig unbehaglich anschielten.
Als die Zwerge merkten, daß der König hart blieb, zog ein Ausdruck großen Kummers über ihre alten Gesichter. Eine Weile sahen sie stumm zu, wie ihre Habe Stück um Stück in den Säcken verschwand.
Endlich sagte der Älteste bittenden Tones: „So gib uns wenigstens das Büchslein mit dem Pulver zurück; dann magst du das übrige behalten, wenn du es nicht anders tust.“
Der König wurde sehr aufmerksam. „Ei, sieh da! So ist das Büchslein also

mehr wert als der ganze Schatz! Nimm es, Dolasílla, und verwahre es gut! Wir wollen sehen, was es damit für eine Bewandtnis hat!"

Dolasílla gehorchte, aber die armen alten Männlein taten ihr von Herzen leid. Betrübt blickte sie hinüber zu ihnen und erschrak: die Zwerge sahen den König mit unheimlich drohenden Augen an. „Das wird meinem Vater Unheil bringen", dachte sie beklommen.

Aber der König achtete auf nichts mehr und verließ hochbefriedigt mit den schwerbeladenen Knechten die Höhle, um zum Seeufer hinabzusteigen. Selbst Dolasílla schien er vergessen zu haben.

Zaudernd ging sie ein paar Schritte hinter den Knechten her. Plötzlich aber kehrte sie um und trat auf die Zwerge zu, die traurig vor der leeren Höhle standen. „Da – nehmt das Büchslein wieder und seid uns nicht gram!" sagte sie schnell.

Da wußten sich die Männlein vor Freude nicht zu fassen, drückten ihr die Hände und dankten ihr.

Dann sagte der Uralte: „Weil du so gut bist, wollen wir dich noch um etwas bitten. Geh mit uns zum Ufer des Sees und schütte das Pulver ins Wasser; denn wir selbst dürfen das nicht tun!"

Sie führten Dolasílla an eine kleine entlegene Bucht. Da schüttete sie das Pulver in den See.

„Jetzt wird der Schatz auf dem Grunde anfangen zu blühen", sagten sie überglücklich, „und wir dürfen heimkehren in den Berg, obgleich wir all unser Silber und Gold verloren haben. Dir aber wollen wir zum Dank das Büchslein schenken und das Stücklein Fell. Laß dir daraus ein Panzerkleid machen; denn du wirst eine große Kriegerin werden."

Als Dolasílla verwundert fragte, was er damit meine, nahm der Uralte noch einmal ihre Hand und blickte ernst zu ihr hinauf. „Wir können dein Schicksal nicht wenden: das liegt nicht in unserer Macht. Aber warnen wollen wir dich! Gib acht! Dein Panzerkleid wird weiß und glänzend sein wie der Firn der Marmoléda; verdunkelt es sich aber einmal, so ziehe nicht in den Kampf!"

Nachdem er dies gesprochen hatte, gingen die Zwerge fort und verschwanden bald in dem dunklen Tannenwalde, der sich zum Col de Téna hinaufzog. –

Der König war zuerst sehr zornig, als er hörte, daß Dolasílla das graue Pulver in den See geschüttet hatte.

Aber während sie ihm erzählte, was die Zwerge gesagt hatten, wurde er immer nachdenklicher.

Und dann faßte er einen Entschluß, der ihm sehr gefiel.

Kaum waren sie in die Fànesburg zurückgekehrt, da ließ er die kunst-

fertigsten Silberschmiede zu sich kommen, zeigte ihnen das Büchslein und das Stücklein Fell und befahl ihnen, beides genau zu untersuchen und ihm zu sagen, was sie davon hielten.

Sie gingen fort in ihre Werkstätte und kamen erst nach einer langen Weile wieder. „Herr", sagten sie voll Verwunderung, „das ist ein seltsames Silber! Je länger man es hämmert, desto mehr wird es! Man kann es ganz dünn und biegsam machen wie ein feines Gewebe. Das Fell aber ist Hermelin; es läßt sich dehnen, wie man will, und man könnte gewiß ein ganzes Gewand daraus machen!"

„Das ist gut!" sprach der König. „So sollt ihr für meine Tochter ein Panzerkleid aus Silber und Hermelin anfertigen!"

Als die Schmiede das Panzerkleid fertig hatten, war es wirklich dünn und biegsam wie ein feines Gewebe, aber so dicht und fest, daß weder Schwert noch Speer noch Pfeile es zu durchdringen vermochten.

Es war aber noch immer eine Menge Silber übriggeblieben. Da schmiedeten sie einen zierlichen silbernen Bogen für die Prinzessin und zwölf silberne Hörner, die einen wundersamen Klang hatten und sehr bald berühmt werden sollten in allen Reichen zwischen den gläsernen Bergen im Norden und der fernen Pregayànis.

Dolasílla gefiel das glänzende Panzerkleid und der silberne Bogen, und sie begann zum Zeitvertreib nach allerlei Zielen zu schießen. Bald lernte sie sicher zu treffen, und das machte ihr Freude.

Es gelüstete sie aber keineswegs danach, ihre Geschicklichkeit etwa im Kampfe zu erproben, und die Weissagung der Zwerge hatte sie fast vergessen.

Ein paar Monde vergingen, und den König plagte die Neugier immer heftiger, ob wohl der Schatz im Silbersee wirklich blühe, wie die Zwerge gesagt hatten. Und eines Tages brach er abermals mit Dolasílla und vielem Gefolge auf, um ins Fassatal zu reiten.

Als sie an den See kamen, wollten sie kaum ihren Augen trauen: da war das Ufer ringsum mit silbernem Schilf bewachsen, das wundersam im Winde klirrte und sang, und auf dem Wasser schwammen bunte Blumen, die in der Sonne glitzerten wie Edelsteine.

Aus dem singenden Schilf stiegen so seltsame Klänge auf, daß es den Männern ein wenig graute. Und sie meinten mit einem unsicheren Lachen, des Nachts wäre man vielleicht gar nicht gerne allein an diesem merkwürdigen See.

Weil es aber heller Tag war und die Sonne schien, ging einer hin, schnitt ein Dutzend von den silbernen Schilfrohren ab, schnitzte Pfeile daraus und brachte sie Dolasílla.

Die Prinzessin nahm ihren Bogen und sah sich nach einem Ziel um. Da stand nicht weit vom Ufer ein Baum mit einem gewaltigen Stamm, den ein Mann wohl nicht leicht umspannt hätte.
Sie befahl einem Knappen, eine Blume in die rauhe Rinde zu stecken, ging ein Stück von dem Baume fort und zielte. Sie gab sich nicht einmal sonderlich viel Mühe dabei; aber – siehe da! – der Pfeil schnellte von der Sehne, flog mit einem feinen singenden Ton auf den Baum zu, durchbohrte die Blume und den Stamm und fiel jenseits zu Boden.
Die Fànes rissen die Augen auf; denn daß ein Pfeil solche Kraft besaß, hatten sie noch nie gesehen! Und wie sicher die Prinzessin die Blume getroffen hatte! Es dünkte sie sehr ungewiß, ob sie es ihr nachzutun vermöchten.
Dolasílla lachte, und der Schuß schien ihr selber recht wunderlich.
„Jetzt will ich noch einmal auf dieselbe Stelle zielen!“ sagte sie und schoß. Der Pfeil fuhr durch das winzige Loch im Stamm und fiel neben dem ersten nieder. Jetzt schrien die Männer vor Erstaunen laut auf und meinten, das gehe nicht mit rechten Dingen zu: die Prinzessin möge noch ein drittes Mal schießen.
Atemlos warteten sie. Der Pfeil flog leise singend an ihnen vorbei und nahm haargenau den Weg, den die beiden anderen genommen hatten.
Dolasílla senkte den Bogen und blickte in die Gesichter der Krieger, die sie schweigend umstanden. Sie sahen verwirrt und unbehaglich drein, als gefiele ihnen etwas an diesen Pfeilen ganz und gar nicht.
Dolasílla wandte sich schnell nach ihrem Vater um: es war ihr unheimlich zumute.
Der König aber brach in lautes Lachen aus, als er ihr bestürztes Gesicht sah. „Das sind nie fehlende Pfeile!“ rief er voll wilder Freude. „Mit dir und diesen Pfeilen werde ich in jedem Kampfe siegen!“
Dolasílla wurde totenbleich. Jäh fiel ihr der Spruch der Zwerge wieder ein: „Du wirst eine große Kriegerin werden!“
Nein, sie wollte keine Kriegerin sein! Sie wollte nicht kämpfen und nicht mit ihren Pfeilen Menschen töten!
Ihre Augen suchten den König. Sie mußte ihm sagen ...
Aber der König achtete schon nicht mehr auf sie. Er befahl den Männern, sie sollten von dem Schilf abschneiden, soviel die Maultiere und die Pferde tragen könnten, damit Dolasílla für lange Zeit mit nie fehlenden Pfeilen ausgerüstet sei; denn er wußte, daß diese Pfeile nach dem ersten Schuß ihre Zauberkraft verlieren und wertlos werden. Als die Fànes heimkehrten, schwankten die Tragtiere unter der Last gewaltiger Bündel Schilfes. –
Der König brannte darauf, die nie fehlenden Pfeile zu erproben. Und als er

erfuhr, daß die Cayútes ein großes Heer gesammelt hatten, um ihm das geraubte Gebiet wieder abzunehmen, sagte er: „Sie kommen mir gerade recht!“ Und er befahl seinen Kriegern, sich in Eile zu rüsten. Dolasílla aber hieß er das Panzerkleid aus Silber und Hermelin anlegen, schenkte ihr ein herrliches weißes Pferd und gebot ihr, neben ihm an der Spitze der Fànes-krieger in den Kampf zu reiten. Ein Knappe mußte ihr den silbernen Bogen und die Pfeile tragen.

Sie zogen von der Königsburg aus, ritten über die Lòtja und weiter über den Paß nach Süden.

Drunten am Fluß erwartete sie das Heer der Cayútes. Es war ein gewaltiges Heer, wohl zehnfach in der Überzahl, und die Fàneskrieger machten bedenkliche Gesichter. Aber der König sprach: „Wir wollen sehen, ob sie den nie fehlenden Pfeilen widerstehen können!“ Und er winkte dem Knappen, Dolasílla den Bogen und einen Köcher mit Pfeilen zu reichen. Aber Dolasílla wollte die Waffen nicht nehmen. „Nein!“ rief sie heftig, „ich will nicht kämpfen! Ich weiß, daß diese schrecklichen Pfeile jeden töten, den sie treffen! Und ich will niemanden töten!“

„Du mußt!“ sagte der König hart. „Sieh hinüber zu den Feinden! Ihrer sind so viele, daß wir alle in diesem Kampfe sterben werden, wenn du uns im Stiche läßt!“

Dolasílla erschrak. Sie erkannte, daß er die Wahrheit sprach. Aber es durfte nicht sein, daß ihr Vater und alle die tapferen Krieger ihres Volkes starben, weil sie sich weigerte zu kämpfen!

Ach, was sollte sie nur tun? Ein verzweifeltes Schluchzen stieg in ihrer Kehle auf. Einen Augenblick starrte sie hinüber zu den Cayútes, die sich jetzt langsam in Bewegung setzten.

Dann griff sie nach dem Bogen, nahm einen Pfeil aus dem Köcher und trieb ihr Pferd an.

Sie schoß zum ersten Male, während sie auf die Feinde zujagte.

Sie zielte nicht, aber es war, als fänden die Pfeile mit schrecklicher Sicherheit selbst ihr Ziel.

Sie merkte nicht einmal, daß ihr Vater und das Heer der Fànes ihr folgten. Bald war der Köcher leer; aber der Knappe hielt schon einen neuen bereit. Pfeil auf Pfeil flog in die Reihen der Cayútes. Sie schoß wie blind: sie wollte nicht sehen, wie drüben die Männer niederstürzten, einer nach dem andern. Die Cayútes begriffen nicht gleich, was geschah. Starr vor Verwunderung hielten sie an. Wer war die Frau, deren Waffen aussahen wie Spielzeug und dennoch ihre besten Krieger hinwegrafften?

Sie sollten es sehr bald erfahren. „Dolasílla! Dolasílla!“ hallte der Schlacht-ruf der Fànes herüber.

Da fuhren sie auf. Im Nu umschwirrte ein Hagel von Pfeilen die silberne Kämpferin. Aber – was war das? Nicht einer schien durch das glänzende Panzerkleid zu dringen!
Und von drüben kamen ohne Aufhören diese furchtbaren blitzenden Geschosse geflogen, von der Sehne des silbernen Bogens geschnellt, wie kleine böse Schlangen, deren Biß tötete.
Als die Fàneskrieger dann gegen sie anstürmten, kämpften die Cayútes schlecht und unachtsam.
Immer wieder kehrten ihre Blicke zurück zu Dolasílla: und das kostete vielen von ihnen das Leben.
Als fast alle ihre Anführer gefallen waren, wandten sie sich zur Flucht. – Die Fànes jubelten über den leichten Sieg.
Am nächsten Tage holte der König die Rayéta aus der Schatzkammer, und die Goldschmiede mußten ein herrliches Diadem verfertigen.
Das setzte er vor dem ganzen Heere seiner Tochter aufs Haupt und nannte sie den Stolz der Fànes und den Stern des Reiches.
„Nun gibt es nichts mehr, was wir nicht erreichen können", sprach er in seinem Übermut.
Aber Dolasíllas Herz war traurig und voll Angst.

Ey-de-Nét und Dolasílla

Spina de Mùl schäumte vor Wut. Endlich, nach vielen Jahren, hatte er in Erfahrung gebracht, wo sich die Rayéta befand. Und was half es ihm nun? Nichts, rein gar nichts! Er konnte weder in die Schatzkammer des Fànes-königs eindringen, um den Stein zu stehlen, noch konnte er Dolasílla das Diadem vom Haupte reißen, wenn sie in die Schlacht ritt. Denn wie sollte er oder sonst jemand ihr überhaupt nur in die Nähe kommen, ohne sogleich von einem ihrer Pfeile durchbohrt zu werden? Er wußte genau, daß es gegen diese Pfeile keinen Schutz gab; auch für ihn nicht.
Als er lange genug nachgedacht hatte, schien ihm, es gäbe nur einen einzigen Weg, wieder in den Besitz des Kleinods zu gelangen: man mußte Dolasílla gefangennehmen!
Allein wer sollte das wohl tun?
Er hatte schon versucht, die Lastoyères zu einem neuen Kriege gegen die Fànes zu überreden; aber sie hatten ihn ausgelacht: nein, sie hätten schon zweimal durch die Pfeile Dolasíllas ihre besten Krieger verloren; nun verspürten sie nicht die geringste Lust, ihre Haut ein drittes Mal zu Markte zu tragen.

Ähnlich redeten die Landrìnes, die Peleghétes und die Cayútes.
So blieben nur noch die Duránni, die in der fernen Pregayànis wohnten. Sie waren berühmt wegen ihrer Tapferkeit, und es hieß, der Sohn ihres Königs sei noch niemals in einem Kampfe besiegt worden.
„Das ist meine letzte Hoffnung", sagte Spina de Mùl zu sich, nahm seine menschliche Gestalt an und begab sich in das Land der Duránni.
Dort fragte er nach dem Königssohne, der noch nie besiegt worden sei.
„Ja, das ist Prinz Ey-de-Nét", sagten die Leute stolz.
Spina de Mùl verschlug es den Atem. Das konnte nur der Duránniknabe sein, der ihn damals auf der Lòtja beinahe erschlagen hätte!
„Einerlei!" dachte er grimmig. „Hat er mich einmal zerbläut, so soll er mir dafür diesmal dienstbar sein!"
Und er ging in die Königsburg und verlangte, vor den Prinzen geführt zu werden.
„Ich bin Spina de Mùl", sagte er und warf seinem Überwinder einen finsteren Blick zu.
Ey-de-Nét stutzte und musterte den Zauberer mit gerunzelter Stirn. Plötzlich begann er zu lachen. „Nun, du hast ein wenig anders ausgesehen, als wir uns vor Jahren begegneten! Was führt dich zu mir?"
Da begann Spina de Mùl zu erzählen. Er redete von dem Übermut des Fàneskönigs und von seiner Habgier, die keine Grenzen mehr kannte. Seit die Prinzessin Dolasílla mit ihren nie fehlenden Pfeilen für die Fànes kämpfe, wage es allmählich niemand mehr, gegen sie aufzustehen, denn nur ihr verdankten sie alle Siege.
Nun aber sei es höchste Zeit, daß diesem Treiben ein Ende gemacht werde. Und wenn Ey-de-Nét einwillige, mit den berühmten Duránnikriegern den Kampf gegen den Fàneskönig aufzunehmen, würden gewiß alle die anderen, die Cayútes, die Peleghétes und die Landrìnes mit ihm ziehen. Dafür wolle er sich verbürgen, schloß der Zauberer.
Aber Ey-de-Nét schüttelte nur spöttisch den Kopf. „Ein solches Aufgebot wegen einer Frau, die mit silbernen Pfeilen um sich schießt? Nein, du alter Schwarzkünstler: gegen Frauen kämpfe ich nicht! Aber ich erbiete mich, dieser schrecklichen Dolasílla waffenlos gegenüberzutreten, ihr Pferd am Zügel zu nehmen und sie aus der Schlacht herauszuführen, wenn ihr mir nur die Fàneskrieger vom Leibe haltet!"
„Du würdest nicht so reden, wenn du ihr wirklich einmal gegenübergestanden wärest", sagte Spina de Mùl düster. „Aber meinetwegen mag es gelten! Mir ist alles recht, wenn ich nur die Rayéta wiederbekomme!" fügte er unbedacht hinzu.
Der Prinz horchte auf. „Die Rayéta? Ei, darum geht es dir also in Wirk-

lichkeit? Siehst du, mir liegt gar nichts an dem glitzernden Zeug! Ich habe die Rayéta einem weinenden kleinen Mädchen geschenkt, nachdem ich sie damals auf unserem Kampfplatz gefunden hatte!"

„Ja, und das kleine Mädchen war eben Dolasílla, die Tochter des Fànes-königs, du Narr!" schrie der Zauberer erbost.

„Nimm dich in Acht!" warnte ihn Ey-de-Nét. „Sonst könnte es sein, daß ich dich eigenhändig aus dem Schlosse werfe! Und du weißt aus Erfahrung, daß ich mit deinesgleichen nicht gerade sanft umzugehen pflege!"

Spina de Mùl zog den Kopf ein. „Nun, ich – ich wollte dich nicht beleidigen!" brummte er.

„Das würde ich dir auch nicht raten! Aber du hast mich neugierig gemacht, und jetzt will ich Dolasílla sehen! Wir werden also überlegen, was zu tun ist!"

Sie vereinbarten, daß sich in der Nacht des nächsten Vollmondes alle Verbündeten in dem weiten Talkessel am Boitefluß sammeln sollten, um gemeinsam in das Gebiet der Fànes einzufallen.

Kam es dann zur Schlacht, so sollten die Duránni Ey-de-Nét den Weg zu Dolasílla freikämpfen. Die anderen Krieger aber müßten die Fànes zurückdrängen und in Kämpfe verwickeln, damit der Prinz Dolasílla ungehindert vom Schlachtfelde fortführen konnte.

„Und es müßte wunderlich zugehen, wenn mir das nicht gelingen sollte", meinte der Prinz, als sie alles beredet hatten. „Aber merke dir: ich will nicht, daß ihr etwas geschieht!"

Der Zauberer zuckte die Schultern; in seinen Augen war ein falsches Funkeln. „Was soll ihr geschehen? Sie trägt doch das silberne Panzerkleid, das weder Pfeil noch Speer noch Schwert zu durchdringen vermag. Nun aber muß ich schleunigst fort! Ich habe einen weiten Weg!" –

Es schien, als ginge alles genau nach ihren Wünschen.

In der Vollmondnacht sammelten sich die Verbündeten am Boitefluß, und im Morgengrauen zogen sie gegen Norden.

Freilich hatten die Fànes durch ihre Späher erfahren, daß die feindlichen Heere heranrückten; und weil der König streng darauf hielt, daß seine Krieger stets schnell gerüstet waren, befanden auch sie sich bald unterwegs nach der Ebene von Fiàmes, wo sie mit den Feinden zusammentrafen, wie der König es vorausgesehen hatte.

Ey-de-Nét hatte sich mit den Duránni ostwärts von dem weiten Felde aufgestellt, wo ein flacher, mit allerlei Buschwerk und Bäumen bewachsener Hang gegen die Wände des Pomaganyón anstieg.

Von da konnte er die ganze Ebene überschauen, in der die Verbündeten Aufstellung genommen hatten.

Neugierig sah er zu, wie die ersten Reiter der Fànes jenseits aus dem Walde kamen, anhielten und zu den Feinden hinüberspähten. Hinter ihnen erschienen die langen Reihen der Bogenschützen zu Fuß, danach die Speerwerfer und zu beiden Seiten abermals Reiter, mit Schwert und Schild bewaffnet.
Eine Weile geschah nichts. Hüben und drüben wartete man und beobachtete einander.
Ey-de-Nét hatte sein Pferd an einen Baum gebunden und den gewaltigen Schild vor sich auf die Erde gesetzt.
Er befand sich in einem kleinen Gehölz, das ihn selbst verbarg; aber durch die Zweige konnte er deutlich sehen, was draußen geschah. Ringsum im Buschwerk und hinter den Bäumen warteten die Durànnikrieger.
Ein leises Rascheln hinter seinem Rücken ließ Ey-de-Nét herumfahren. Wie aus dem Boden gewachsen stand Spina de Mùl neben ihm. „Du bist es?“ fragte der Prinz stirnrunzelnd. „Was suchst du hier, da du doch kein Krieger bist?“
Er konnte den Zauberer nicht leiden und mißtraute ihm.
Spina de Mùl tat sehr demütig. „Erlaube mir, mich neben dich hinter deinen großen Schild zu stellen, da ich keinen besitze! Vielleicht kann ich dir von Nutzen sein.“
„Meinetwegen“, antwortete Ey-de-Nét widerwillig und betrachtete verwundert die merkwürdige Waffe, die der Zauberer in der Hand hielt. Es war ein kleiner Bogen aus einem dunklen schillernden Metall und ein einziger Pfeil, der eine schwarze Spitze hatte.
Aber ehe er noch danach fragen konnte, schollen aus dem Walde, vor dem die Fànes hielten, wundersame Töne, wie Ey-de-Nét dergleichen noch nie vernommen hatte.
„Was ist das?“ stieß er atemlos hervor.
„Das sind die silbernen Hörner!“ antwortete Spina de Mùl. „Sie ertönen immer, wenn Dolasílla kommt! Schau hinüber: gleich wird sie erscheinen!“
Einen Augenblick später war sie da. Sie ritt langsam zwischen den letzten Bäumen hervor auf einem milchweißen Pferd; ihr Panzerkleid schimmerte wie der Firn der Marmolèda, und den silbernen Helm krönte ein herrliches Diadem: darin glänzte ein Edelstein wie eine winzige Sonne.
Ja, dies war nun Dolasílla. Ey-de-Nét vergaß Spina de Mùl; er vergaß die Verbündeten und die Schlacht, die gleich beginnen mußte; er stand da wie verzaubert und vermochte die Augen nicht von der Prinzessin abzuwenden.
Der Zauberer blickte verstohlen in sein Gesicht: dann murmelte er eine Verwünschung in seinen Bart. Es war also genauso gekommen, wie er ge-

fürchtet hatte: diese Dolasílla verzauberte den tapferen Duránniprinzen ebenso wie die Fànes und alle anderen, die ihr begegneten! „Es ist gut, daß ich vorgesorgt habe“, dachte er und stieß Ey-de-Nét unsanft in die Seite.
„Jetzt gilt es!“ flüsterte er heiser. „Siehst du, der Knappe reicht ihr den silbernen Bogen und die Pfeile!“
Da wachte Ey-de-Nét aus seiner Verzauberung auf.
Drüben flog das weiße Pferd jetzt in langen anmutigen Sprüngen über die Wiese. Hinter ihm jagten die anderen Reiter vom Walde herab. Wie Hornissen schwärmten die Bogenschützen und die Speerwerfer über das grüne Feld.
Auch das Heer der Verbündeten kam jäh in Bewegung.
Eine Wolke von Pfeilen schwirrte auf und umflog Dolasílla; Speere sausten auf sie zu: sie schien es nicht einmal zu merken.
Sie hatte den Bogen gespannt und einen Pfeil an die Sehne gelegt.
Jetzt sprengte ein Reiter aus den Reihen der Verbündeten auf sie zu: der Prinz der Cayútes, erkannte Ey-de-Nét. Ihn traf der erste der silbernen Pfeile.
Dolasílla schoß. Mit unheimlicher Schnelligkeit sausten die kleinen blitzenden Geschosse durch die Luft.
Sie wandte sich dahin und dorthin, und wenn ihr jemand zu nahe kam, büßte er es mit dem Leben. Ihre Augen schienen überall zugleich zu sein.
Die Fànes kämpften wie die Löwen. Aber auch die Verbündeten wußten, wenn es ihnen diesmal nicht gelang, die mächtigen Feinde zu besiegen, dann gab es wenig Hoffnung für sie, jemals wieder in den Besitz ihrer geraubten Bergwerke und Weidegründe zu kommen.
Noch hatten die Duránni nicht in den Kampf eingegriffen.
Allein jetzt sah Ey-de-Nét, daß die Fànes, die drunten am Fuße des Abhanges kämpften, in Bedrängnis gerieten, weil die Cayútes, um ihren Prinzen zu rächen, sich voll Wut auf sie warfen.
Auch Dolasílla hatte es gesehen und eilte ihren Kriegern zu Hilfe. Sie war jetzt sehr nahe; da hob Ey-de-Nét den Arm; dies war das verabredete Zeichen für die Duránni. Sie jagten den Hang hinab wie ein Rudel Wölfe. Ehe die Fànes es sich versahen, schob sich ein gewaltiger Keil in ihre Reihen, Schild an Schild und Helm an Helm stürmten die Duránnikrieger vorwärts, dahin, wo das silberne Panzerkleid glänzte.
Hinter ihnen blieb eine schmale Gasse offen, und die überraschten Fànesleute vermochten sie nicht mehr zu schließen, weil die Duránni zu beiden Seiten standen wie eine Mauer und weil ihre Schwerter sehr schnell waren und sehr scharf schnitten.

Durch diese Gasse schritt Ey-de-Nét auf Dolasílla zu. Er ging zu Fuß, und sein Schwert steckte in der Scheide. Nur den großen Schild hatte er vor die Schulter gehoben.
Was dann geschah, merkten in dem Getümmel nur die, die am nächsten waren.
Dolasílla hatte ihr Pferd herumgeworfen, als die Duránni heranstürmten. Sie stutzte, als sie den fremden Krieger erblickte, der da so unbekümmert und ohne Waffe mitten durch das Kampfgewühl gegangen kam! Er mußte närrisch sein!
Blitzschnell richtete sie den silbernen Bogen auf ihn und legte einen Pfeil an die Sehne.
Aber da – ja, da blieb der Fremde stehen und stieß den Schild vor sich auf den Boden. Nur drei Schritte entfernt stand er da und blickte zu ihr herauf, ernsthaft und ohne Furcht. Eine sonderbare Verwirrung überkam sie. Was tat er nur? Im nächsten Augenblick würde der Pfeil von der Sehne schnellen und dann ...
Langsam, ohne daß Dolasílla es recht gewahr wurde, sank ihre Hand mit dem silbernen Bogen herab. Nein, sie konnte auf diesen Krieger nicht schießen!
Ey-de-Nét tat einen tiefen Atemzug: er wußte, sein Leben war an einem Haar gehangen!
Und nun brauchte er nur die Hand auszustrecken, das weiße Pferd am Zügel zu nehmen und Dolasílla fortzuführen, wie er es versprochen hatte; denn ringsum kämpften die Duránni und die Krieger der Verbündeten mit verbissenem Mut, um die Fànes zurückzudrängen.
Aber Ey-de-Nét schien völlig vergessen zu haben, wozu er gekommen war. Er nahm den Schild auf, und während ein ernsthaftes Lächeln über sein Gesicht zog, hob er die Hand zum Gruße. Dann wandte er sich zum Gehen.
Er würde sein Pferd holen und in den Kampf zurückkehren: vielleicht begegnete er dem Fàneskönig; dann würde er einem Zweikampf gewiß nicht ausweichen. Dolasílla aber wollte er meiden.
Er zuckte ein wenig zusammen, weil etwas dicht an seiner Wange vorüberflog. Ein Pfeil gewiß!
Da hörte er hinter sich einen leisen erschreckten Schrei.
Er fuhr herum. Zugleich meinte er, in dem Gewimmel Spina de Mùls wildes Gesicht zu erkennen; aber es verschwand sogleich wieder, und er hatte keine Zeit, sich darum zu kümmern: denn jetzt bemerkte er zu seinem Schrecken, daß Dolasílla totenbleich war und im Sattel schwankte, als könnte sie sich kaum aufrecht halten.

Und dann sah er noch etwas: in ihrer Schulter steckte ein Pfeil. Wie war das möglich, da ihr Panzerkleid doch undurchdringlich sein sollte?
Plötzlich erscholl ganz in der Nähe lautes frohlockendes Gebrüll. „Vorwärts, ihr Durànnikrieger! Dolasílla kann nicht mehr kämpfen! Schlagt die Fànes nieder und nehmt die Prinzessin gefangen!"
Ey-de-Nét schrie vor Zorn auf. Das war Spina de Mùl! Und er war es auch, der Dolasílla verwundet hatte!
Als er dies begriffen hatte, packte ihn eine unbändige Wut. „Das soll mir der heimtückische Schwarzkünstler büßen!" sagte er zu sich, und während sich um Dolasílla ein wildes Getümmel zwischen den Fànes und den Duránni entspann, machte sich Ey-de-Nét unbeachtet auf die Suche nach dem Zauberer.
Er brauchte nicht lange zu suchen. Denn Spina de Mùl hockte in einem Gebüsch und wartete auf den Ausgang des Kampfes, um dann sogleich zur Stelle zu sein und die Rayéta an sich zu nehmen. Das konnte in dem Durcheinander, das auf dem Schlachtfelde herrschte, nicht allzu schwierig sein, meinte er, insbesondere wenn man mit ein wenig schwarzer Kunst nachhalf. Aber dazu sollte er gar nicht kommen.
Denn mit einem Male fühlte er sich am Kragen ergriffen und mit unwiderstehlicher Gewalt aus seinem Versteck gezerrt.
„Habe ich dir nicht gesagt, daß Dolasílla nichts geschehen darf?" schrie ihn Ey-de-Nét wütend an. Und dann, ohne nur auf eine Antwort zu warten, packte er den entsetzten Schwarzkünstler, hob ihn hoch und warf ihn an den nächsten Baum, daß ihm die Sinne schwanden.
Ey-de-Nét ließ ihn liegen, wo er lag, bestieg sein Pferd und ritt zum Kampfplatz zurück.
Aber er sah sogleich, daß die Schlacht zu Ende ging und daß die Fànes gesiegt hatten.
Überall kamen ihm fliehende und verwundete Krieger von den Heeren der Verbündeten entgegen: Cayútes, Landrìnes, Lastoyères.
Die Duránni kämpften zwar noch, aber es waren nicht mehr viele; denn jetzt, da die Schlacht gegen die anderen entschieden war, hatten sich die Fànes mit ihrer ganzen Streitmacht gegen sie gewendet.
Voll Zorn und Trauer stürzte sich Ey-de-Nét in den aussichtslosen Kampf. Sie schlugen sich noch, bis die Dunkelheit herabsank und dem Streit ein Ende machte. –
In der Nacht stiegen sie hinauf in die Wälder an den Hängen des Pomagayón, wo sich allmählich die Reste der verbündeten Heere sammelten.
Sie machten Feuer, verbanden die Verwundeten und beredeten düsteren Mutes ihre Niederlage.

Lange nach Mitternacht erschien wankenden Schrittes Spina de Mùl am Lagerfeuer der Durànni. Er war so übler Laune, daß er am liebsten schnurstracks heimgelaufen wäre zu seiner Höhle am Fuße des verzauberten Berges Formìn. Aber das Schlimme war, daß er gar nicht laufen konnte: und schuld daran war wieder dieser gewalttätige Duránniprinz.
Als der Zauberer aus seiner Betäubung erwacht war, hatte er sich hastig nach Dolasílla und der Rayéta umgesehen: aber von beiden war keine Spur mehr zu entdecken.
Da hatte er sich wutentbrannt aufgemacht Ey-de-Nét zu suchen.
„Es ist ganz allein deine Schuld, daß wir die Schlacht verloren haben", begann er sogleich, nachdem er sich ächzend und stöhnend ans Feuer gesetzt hatte. „Anstatt, wie du es prahlerisch versprochen hast, Dolasíllas Pferd einfach am Zügel zu nehmen und sie vom Schlachtfeld fortzuführen, bist du wie ein dummer Knabe dagestanden und hast sie angestarrt. Es ist immer dasselbe, sobald diese silberne Prinzessin erscheint: ihre eigenen Krieger werden zu lauter Helden, die Cayútes vergessen aufs Kämpfen und du weißt nichts Besseres, als zu lächeln und sie zu grüßen, als wäre sie deine Herrin!"
Ey-de-Nét saß da, den Kopf in die Hände gestützt, und es war ihm so übel zumute wie noch nie in seinem Leben. Er, der Unbesiegte, hatte den Kampf verloren! Wie sollte er heimkehren in das Land der Duránni?
Und dann ... da war Dolasílla! Sie war verwundet, und er wußte nicht, ob ihre Wunde schwer war ... vielleicht sogar tödlich. Nein, nichts wußte er! Nur eins: daß er sie nie wieder vergessen konnte.
Er hörte kaum auf die erbosten Reden des Zauberers, der es nicht verwinden konnte, daß ihm die Rayéta abermals entgangen war.
Nur einmal hob er den Kopf und sagte müde: „Ach, scher dich fort!" Dann kümmerte er sich nicht mehr um Spina de Mùl, der sich beim ersten Dämmerlicht mühsam aufraffte und davonschlich. –
Am Morgen hatte Ey-de-Nét einen Entschluß gefaßt.
„Ich kehre nicht mit euch heim nach der Pregayànis", sprach er zu seinen Kriegern. „Zuerst will ich neuen Ruhm erwerben, da ich diese Schlacht verloren habe!"
Dann ging er fort in die Berge.
Viele Tage lang streifte er durch Wald und Felseinöde und dachte an Dolasílla. Und als er die Ungewißheit nicht mehr ertragen konnte, fragte er eines Tages eine alte Anguàna, die er am Costeànabach traf, ob sie etwas über Dolasílla wüßte.
Die Alte zuckte die Achseln. „Nun – ihre Herrlichkeit wird bald erblassen", sagte sie gleichmütig.

Ey-de-Nét erschrak. „Wird sie an ihrer Wunde sterben?“
„Nein“, erwiderte die Anguàna, „aber das Treiben des Fàneskönigs stürzt sie ins Verderben. Es tut nicht gut, wenn eine Frau leben und kämpfen muß wie ein Mann, und Dolasílla ist ja auch sehr unglücklich darüber! Aber ihr Vater zwingt sie immer wieder dazu. Das Reich der Fànes ist jetzt auf der Höhe seiner Macht: bald folgt der Sturz in die Tiefe, und der König selbst wird schuld daran sein.“
Sie ging fort, und Ey-de-Nét blieb sehr bekümmert zurück. „Ich muß Dolasílla vor ihrem bösen Schicksal retten“, dachte er. Aber er wußte nicht, wie ihm das wohl gelingen sollte. –
Indessen hatte der Fàneskönig sehr beunruhigt die Silberschmiede zu sich berufen und sie gefragt, wie es denn möglich sei, daß nun dennoch ein Pfeil Dolasíllas Panzerkleid durchbohrt habe.
„Der Pfeil hat Zauberkraft“, sagten die Schmiede, „und das silberne Gewand schützt nur gegen gewöhnliche Waffen. Du solltest für die Prinzessin einen zauberfesten Schild schmieden lassen; aber das können nur die Zwerge im Làtemar.“
Also begab sich der König zum Làtemar, wo im Gepléng unter den riesigen Felswänden die schmiedekundigen Zwerge wohnten.
„Es soll ein sehr großer Schild sein“, befahl er, „damit meine Tochter ganz sicher geschützt ist!“
Die Zwerge versprachen es.
Aber als dann die Fànesknechte den Schild in die Königsburg brachten, zeigte es sich, daß er viel zu schwer war.
Kaum einer von den Kriegern vermochte ihn aufzuheben, geschweige denn längere Zeit zu halten. Die Kunde davon verbreitete sich schnell unter den Fànesleuten, und es kam viel Volk auf den Platz vor der Burg, um den gewaltigen Schild zu bestaunen.
Immer wieder versuchte einer der Männer, ihn zu heben, aber keinem gelang es.
Eines Tages aber stand unter dem schaulustigen Volk auch ein junger Fremdling; der meinte bescheiden, er getraue sich wohl, den Schild zu tragen.
Man erzählte es dem König. Der befahl sogleich, den Fremden in den Burghof zu führen; er wollte doch sehen, ob er wirklich stärker war als alle Fàneskrieger.
Gesagt, getan. Der Fremde hob den Schild auf, und es sah aus, als koste es ihm nicht die geringste Mühe. Dann begann er damit im Hofe hin und her zu gehen, und den Fànesleuten blieb der Mund offenstehen vor lauter Verwunderung über seine Stärke.

„Wer bist du?“ fragte der König endlich, als ihm schien, nun sei es genug.
„Ich bin der Sohn eines Kriegers aus der Pregayànis“, antwortete der Fremde.
Der König musterte ihn aufmerksam. Vielleicht war es gefährlich, diesen jungen Mann, den niemand kannte, zum Schildknappen der Prinzessin zu bestellen.
Aber er sah redlich und tapfer aus, und außerdem – was nützte der zauberfeste Schild, wenn niemand da war, der ihn tragen konnte?
So sprach er endlich: „Du sollst also der Schildträger der Prinzessin Dolasílla sein! Du wirst sie in jede Schlacht begleiten und sie in allen Gefahren beschützen.“
„Das will ich tun und koste es auch mein eigenes Leben“, sprach der junge Fremdling mit großem Ernst.
So kam Ey-de-Nét an den Hof des Fàneskönigs. –
Dolasílla erkannte ihn sogleich, als er vor ihr erschien. Aber sie sagte nichts; nur ihr schmales braunes Gesicht wurde ein wenig dunkler.
Von diesem Tage an waren Ey-de-Nét und Dolasílla unzertrennlich.
Der Fàneskönig rieb sich die Hände; denn nun bedrohte nichts mehr das kostbare Leben seiner Tochter, die ihm einen Kampf nach dem andern gewann und seine Krieger zu den größten Heldentaten mitriß.
Manchmal freilich versank er ganz plötzlich in düsteres Schweigen; denn eins gab es, das konnten ihm weder Dolasílla noch seine tapferen Männer erkämpfen: das war der Schatz in der Auróna.
Der Gedanke daran ließ ihm Tag und Nacht keine Ruhe mehr, und seine Begierde nach den unermeßlichen Reichtümern, die im Innern der Padónberge liegen sollten, wurden immer heftiger. Alles, was er besaß, hätte er dafür gegeben, wenn er zeitlebens so viel Gold und Edelsteine aus der Auróna hätte holen können, als er sich nur wünschte. Selbst auf das Tageslicht hätte er verzichtet, genau wie einst der sagenhafte König des unterirdischen Reiches.
Aber wie sollte er jemals die Auróna finden? Tausende und Abertausende von Arbeitern müßten das ganze Padóngebirge umgraben, um das verschüttete goldene Tor zu finden ...
Es schwindelte den Fàneskönig bei diesem Gedanken: aber er wurde ihn nicht mehr los.
Indessen geschah etwas, das ihn für eine Weile die Auróna vergessen ließ.
Eines Tages erschien Dolasíllas Schildträger vor ihm. „Ich bitte dich, mir deine Tochter zur Gemahlin zu geben!“ sagte er.
Der König starrte ihn an, als habe er ihn nicht recht verstanden. Sein Gesicht lief feuerrot an. „Bist du toll geworden?“ schrie er. „Wie kannst

du, ein einfacher Krieger, es wagen, deine Augen zu meiner Tochter zu erheben!"
Der Schildknappe blickte ihn ruhig an. „Ich bin Ey-de-Nét, der Prinz der Duránni", sagte er.
Der König fuhr vor Überraschung in die Höhe. Dies war also Ey-de-Nét, der Dolasílla einst die Rayéta geschenkt hatte! Nun – er wäre sonst wohl willkommen gewesen; aber als Dolasíllas Gemahl – nein, daran war nicht zu denken! Er würde seine Tochter niemandem geben: sei es ein gewöhnlicher Krieger oder ein Fürstensohn! Denn wer sollte seine Schlachten gewinnen, wenn Dolasílla nicht mehr kämpfte?
Freilich durfte er Ey-de-Nét nicht beleidigen, sonst würde er vielleicht fortgehen, und das wäre schlimm, weil ihn niemand ersetzen konnte.
„Schlage dir das aus dem Kopfe", sagte er darum nicht unfreundlich, aber in eindringlichem Tone. „Meine Tochter bekommt keiner, weder du noch ein anderer!"
„Dolasílla hat mir versprochen, meine Gemahlin zu werden", erwiderte aber Ey-de-Nét zu seinem Schrecken.
Jetzt war freilich guter Rat teuer! Der König dachte schnell nach. Er wußte genau, daß seine Tochter nur ungern kämpfte und daß sie nach jeder Schlacht lange Zeit traurig umherging. Wenn sie ihm dennoch immer wieder gehorchte, so tat sie es nur, weil sonst die wütenden Nachbarn sogleich einmütig über die Fànes hergefallen wären und sie samt und sonders erschlagen hätten. War sie aber erst Ey-de-Néts Gemahlin, so würde sie nie wieder für ihn kämpfen, sondern fortziehen in das Land der Duránni und eines Tages dort Königin sein.
Bei diesem Gedanken stieg ihm abermals das Blut zu Kopfe; doch bezwang er sich noch einmal. „Ich will hören, was meine Tochter dazu zu sagen hat", sprach er finster. „Mach dir aber keine falsche Hoffnung; denn es wird alles nach meinem Willen geschehen."
Er schickte Ey-de-Nét fort und ließ seine Tochter zu sich rufen. Sie erschien, schön und ernst wie stets, und reich geschmückt, wie er es liebte.
„Ist es wahr, daß du deinem Schildträger versprochen hast, seine Gemahlin zu werden?" fragte er sogleich.
„Es ist wahr!" antwortete sie ruhig.
„Du Närrin!" schrie der König. „Wie konntest du es wagen? Ich sage dir, ich werde niemals meine Einwilligung dazu geben! Du weißt, daß ich dich brauche; denn wer sollte wohl für mich kämpfen und meine Krieger zum Siege führen, wenn du es nicht mehr tust?"
„Ey-de-Nét wird es tun", sagte sie, „er und die Duránni, da ich ja ihre Königin sein werde; er hat es dir gewiß gesagt! Er ist ein großer Krieger:

so mag er die Waffen führen! Ich aber will endlich leben wie andere Frauen. Sieben Jahre lang habe ich deinetwegen und dem Volke der Fànes zuliebe kämpfen müssen; nun soll es ein Ende haben!"

„Das kann nicht dein Ernst sein!" stieß der König, bleich vor Zorn, hervor. „Hast du alles vergessen, was ich für dich getan habe? Niemals ist eine Fürstin so geehrt worden wie du! Mit Geschenken habe ich dich überhäuft, und du hättest dich in Gold und Edelsteine einhüllen können! Ist das dein Dank? Willst du wirklich mich und unser Volk verlassen und uns der Wut der Feinde preisgeben? Sie werden über uns herfallen wie die hungrigen Wölfe, du weißt es doch!"

„Ich kann nicht anders!" sagte Dolasílla still, „es ist mein Schicksal!"

Der König wollte nicht glauben, daß er verloren hatte. „Du wirst dich besinnen!" mahnte er noch einmal. „Geh jetzt und denke über dies alles nach! Und morgen wirst du mir sagen, daß ich ohne Sorge sein kann!"

Aber Dolasílla schüttelte nur traurig den Kopf und ging.

Am Morgen erschien sie abermals vor dem König. Sie trug ein einfaches wollenes Gewand, keinen Ring, keinen Armreif, nicht ein einziges Stück von ihrem ganzen reichen Schmuck.

Der König betrachtete sie mit gerunzelter Stirn und eine böse Ahnung überkam ihn. „Was soll das heißen?" fragte er rauh. „Warum läufst du herum wie eine Dienstmagd!"

„Ich habe den Schmuck, den du mir geschenkt hast, in die Schatzkammer bringen lassen", sagte Dolasílla ernsthaft. „Denn, siehst du, ich kann dir nicht mehr gehorchen, und da dünkt es mich unrecht, deine reichen Geschenke zu behalten."

Da wußte der König, daß es keine Hoffnung mehr für ihn gab.

„Ich habe Ey-de-Nét versprochen", fuhr sie fort, „bis zum Tage unserer Hochzeit nur gemeinsam mit ihm in den Kampf zu ziehen, wenn dies noch einmal nötig sein sollte. Danach aber werde ich nie mehr kämpfen."

Eine Weile saß der König da und starrte stumm vor sich hin. Dolasílla wartete, aber er schien sie vergessen zu haben.

Später stand er auf, ging an ihr vorüber, ohne sie anzusehen, und verließ den Saal.

Er stieg hinauf in das Turmgemach und schloß sich ein. Niemand sah ihn an diesem Tage wieder.

Die Königin kam an die Tür, aber er schickte sie mit barschen Worten fort. Der treue Schildknappe hockte sich auf die Schwelle und wartete geduldig, ob sein Herr etwa seiner Dienste bedürfe.

Aber es wurde Nacht, und in der Kammer rührte sich nichts. Als der Morgen graute, öffnete der König die Tür, stieg leise über den Knappen hin-

weg, der vor lauter Müdigkeit eingeschlafen war, und ging hinab zu den Ställen.
Kein Roßknecht war noch wach; so sattelte der König selber seinen Hengst, nahm seine Waffen und ritt fort aus der Burg.
Er hatte sich in dieser Nacht einen Plan ausgedacht. Dieser Plan aber war nichts anderes als gemeiner Verrat an seinem Volke.
Er wollte zu den umwohnenden Stämmen reiten, die jetzt noch alle seine Feinde waren. Aber er gedachte einen Vertrag mit ihnen zu schließen: er wollte ihnen das Fànesreich überantworten, wenn sie ihm dafür halfen, die Auróna zu finden.
Denn auch dies hatte er in der verflossenen Nacht beschlossen: alles zu opfern, um in den Besitz der unermeßlichen Reichtümer zu gelangen, die im Innern der Padónberge lagen.
Etwas wie Wahnwitz hatte ihn ergriffen, daß er an nichts anderes mehr denken konnte.
„Ich brauche Tausende von Arbeitern, die das ganze Gebirge umgraben", erklärte er den Königen der Cayútes, der Lastoyères und der anderen Stämme. „Da ich aber nicht so viele Männer habe, sollt ihr mir helfen! Mich dünkt, das große Fànesreich wäre kein geringer Lohn für eure Hilfe! Ihr mögt es unter euch teilen, sobald wir die Auróna gefunden haben. Ich selbst aber werde dann für immer hinabsteigen in das unterirdische Reich. Meinen Kronschatz werde ich freilich mitnehmen!" fügte er schnell hinzu.
Sie schielten ihn verblüfft an und meinten, in seinem Kopfe sei es nicht ganz richtig. „Aber deine Krieger?" hielten sie ihm vor. „Und die Prinzessin Dolasílla mit ihren nie fehlenden Pfeilen? Sie werden uns das Fànesreich ganz gewiß nicht kampflos überlassen!"
Er lachte schlau.
„Ihr habt mindestens dreimal so viele Krieger wie ich! Und daß Dolasílla nicht kämpft – nun, dafür will ich mich verbürgen!"
So stimmten sie schließlich alle dem Vertrag zu; denn sie dachten bei sich: „Für uns hat es keine Gefahr, aber der Fàneskönig muß wahrhaftig den Verstand verloren haben! Kämpft Dolasílla nicht, so haben wir mit seinen Kriegern leichtes Spiel! Und dann? Wer will uns zwingen, die Padónberge umzugraben, wenn wir die Sieger sind?"
Und sie begannen in aller Eile zum Kriege zu rüsten. –
Düster und schweigsam kam der König zurück in die Burg an den Conturínes. Niemand im ganzen Reich erfuhr etwas von seinem abscheulichen Verrat. Selbst der Königin sagte er nicht, wo er diese ganzen Tage gewesen war.

Am Morgen nach seiner Rückkehr ließ er Ey-de-Nét zu sich rufen. Verwundert und von einer bösen Ahnung erfaßt, sah der Prinz, daß ringsum an den Wänden gewaffnete Krieger standen.
„Du hast ohne meine Einwilligung um meine Tochter geworben", sprach der König finsteren Gesichtes. „Du hast sie überredet, nicht mehr zu kämpfen und mir den Gehorsam zu verweigern! Dies bedeutet unermeßlichen Schaden für das Reich der Fànes, du weißt es wohl. Darum bist du des Landes verwiesen! Meine Krieger werden dich noch heute über die Grenze bringen, und du darfst nie wieder zurückkehren; sonst bist du des Todes!"
Ey-de-Nét war kaum merkbar zusammengezuckt. Einen Augenblick starrte er stumm zu Boden. Dann richtete er sich trotzig auf. „Mag es dich nicht eines Tages reuen, König!" sagte er kalt. „Du gewinnst nichts, wenn du mich aus dem Lande jagst; denn Dolasílla wird dann nie wieder kämpfen, da sie mir versprochen hat, bis zu unserer Hochzeit nur gemeinsam mit mir in den Kampf zu ziehen!"
Der König warf ihm einen hinterhältigen Blick zu. „Nun, darum brauchst du dir keine Sorge mehr zu machen", sagte er, und ein lautloses Lachen schüttelte ihn plötzlich. „Es wird alles nach meinem Willen geschehen – ja alles, das magst du mir glauben!"
Er winkte den Kriegern, und sie nahmen Ey-de-Nét, der waffenlos war und sich nicht wehren konnte, in die Mitte und führten ihn fort aus dem Saale und der Burg, hinab in den Hof. Da stand schon sein Pferd bereit; sie hießen ihn in den Sattel steigen und ritten mit ihm zum Tore hinaus, ohne daß er Dolasílla noch einmal sah.
Nach einem langen, schweigsamen Ritt kamen sie zur Felsenge der Lòtja, wo die Grenze des Fànesreiches war. Da verließen sie ihn. „Du weißt, daß du nie wieder zurückkehren darfst", warnte ihn ihr Anführer.
Dann war er allein.
Trauer und Zorn im Herzen, ritt er südwärts durch das Gebiet der Lastoyères, irrte durch Wälder und Felseinöden und wußte nicht, wohin er sich wenden sollte. Viele Male hielt er sein Roß an, um wieder umzukehren. Aber was konnte es ihm helfen? Dolasílla würde er nicht wiedersehen, und die Fàneskrieger würden ihn jagen, wo sie ihn fanden, und ihn zuletzt töten. Sollte er heimreiten in das Land der Duránni? Nein, die Kunde von seiner Niederlage war ihm gewiß längst vorausgeeilt, und Schande haftete an seinem Namen!
Müde und ratlos kam er eines Abends in eine Waldschlucht am Fuße des Naynòres; er setzte sich an das Ufer des Baches, den man Rù de la Gana nannte.

Droben in den Felsen über der Schlucht hauste ein alter Salwàn, den er kannte: vielleicht konnte der ihm einen Rat geben. Aber heute war es zu spät, da hinaufzusteigen.
So band er sein Pferd an einen Baum, kroch ins Gebüsch und legte sich zum Schlafen nieder. –
Ein mißtöniges Krächzen weckte ihn. Da schien schon die Sonne durch das Gezweig, und auf einem Ast über seinem Kopfe saß eine alte Krähe und äugte zu ihm herab.
„Was tust du hier?" fragte sie. „Du solltest doch in der Königsburg an den Conturìnes sein! Wer wird denn sonst der Prinzessin Dolasílla den Schild tragen, wenn sie in die Schlacht reitet!"
„Sie reitet nicht mehr in die Schlacht!" sagte Ey-de-Nét verdrossen. „Der Fàneskönig hat mich aus dem Lande gejagt, und ohne mich wird Dolasílla nicht mehr kämpfen: sie hat es mir versprochen!"
Die Krähe legte den Kopf schief und rollte häßlich die Augen zwischen den grauen faltigen Lidern. „So, hat sie es dir versprochen? Nun, es gibt Versprechen, die man nicht halten kann. Du weißt noch nicht, was geschehen ist! Die Fànes haben durch ihre Späher erfahren, daß alle Stämme ringsum wieder eifrig zum Kriege gegen sie rüsten. Allenthalben heißt es, Dolasílla kämpfe nicht mehr. Das hat den Feinden Mut gemacht; die Fàneskrieger aber hat es in große Sorge und Unsicherheit gestürzt. Nun ist heute nacht in der Königsburg ein Kriegsrat gehalten worden, und Dolasílla hat beschlossen, wieder in den Kampf zu ziehen!"
„Das lügst du!" fuhr Ey-de-Nét auf. „Dolasílla wird ihr Wort niemals brechen!"
„Sie wird es dennoch tun!" erwiderte die Krähe gleichmütig. „Jedermann im Fànesreiche weiß es schon und jubelt darüber!"
„So werde ich zurückkehren und mit Dolasílla in die Schlacht reiten!" rief Ey-de-Nét, „denn wie leicht kann sie wieder ein Pfeil treffen, wenn ich nicht da bin, um sie mit dem Schilde zu schützen." Aber während er voll Sorge so redete, packte ihn plötzlich etwas wie Mißtrauen. Warum hatte Dolasílla ihr Versprechen nicht gehalten? Hatte sich ihr Sinn so schnell gewandelt? Frauen waren wankelmütig, sagte man!
„Du mußt nicht bei Verstande sein", tadelte indessen die Krähe. „Hast du vergessen, daß sie dich töten werden, sobald du wieder ihr Gebiet zu betreten wagst? Und Dolasílla geschieht gewiß nichts! Du weißt, daß ihr Panzerkleid sich verdunkelt, sobald ihr Gefahr droht! Dann wird sie eben nicht in den Kampf ziehen, du armer Tor!"
„Das ist wahr!" sagte Ey-de-Nét ein wenig erleichtert. „Ich hatte es nur vergessen! Ich danke dir! Und nun gehab dich wohl! Ich will meinen alten

Freund, den Salwàn, aufsuchen, der da droben an der Costa de Mezanét, der Mitternachtsecke, wohnt."

Während er über die Felsen hinaufstieg, zerbrach er sich den Kopf darüber, warum Dolasílla plötzlich anderen Sinnes geworden war.

„Ihr liegt eben mehr an der Herrlichkeit des Fànesreiches als an mir", dachte er traurig und zornig, „sonst hätte sie es nicht getan! Gewiß ist sie jetzt schon froh, daß ich ihr und ihrem Ruhme nicht mehr im Wege stehe. Es war wohl nur eine Laune, daß sie einwilligte, meine Gemahlin zu werden und das Leben einer glänzenden Kriegerin aufzugeben! Vielleicht hat der König sie auch gezwungen; aber ich glaube es nicht, sonst hätte es die Krähe gesagt. Nein, nein – sie hat nur nicht auf ihr herrliches Panzerkleid, auf den silbernen Bogen und die nie fehlenden Pfeile verzichten können und auf die Pracht und den Reichtum am Fàneshofe! Und ich – ich habe geglaubt, sie würde um meinetwillen dies alles verlassen! Ach, was war ich für ein Narr! Ich sollte versuchen, sie zu vergessen: aber ich weiß, daß es mir nicht gelingen wird! Nein, ich werde sie nie vergessen können!"

Unter so trüben und bitteren Gedanken kam Ey-de-Nét endlich zur Höhle des Salwàns.

Der Alte empfing ihn freundlich. „Aber was hast du denn?" fragte er, als er den Prinzen einen Augenblick aufmerksam gemustert hatte. „Ist etwas Schlimmes geschehen?"

„Ja", antwortete Ey-de-Nét düster, „darum wollte ich deinen Rat hören; aber ich fürchte, mir ist nicht zu helfen!"

Er begann zu erzählen, was sich zugetragen hatte. „Und nun", sagte er zuletzt, „nun werde ich wohl fortziehen in irgendein fernes Land und nie mehr zurückkehren. Aber mich wird kein Tag meines Lebens mehr freuen. Und Dolasílla – einmal habe ich geglaubt, ich könnte sie vor ihrem bösen Schicksal bewahren! Aber jetzt habe ich keine Hoffnung mehr, da sie es ja selbst nicht anders will!"

Der Salwàn schüttelte unmutig den Kopf. „Wenn man so jung ist wie du, ist man schnell bereit, ein hartes Urteil zu fällen! Später, wenn man einmal alt und weise geworden ist, begreift man vieles. Ich sage dir, du tust Dolasílla unrecht. Zwar weiß ich nicht, was sie bewogen haben mag, ihr Wort zu brechen: aber leichten Sinnes hat sie es gewiß nicht getan!"

Allein es half nichts, was der Alte auch zum Guten redete.

Denn jetzt war Ey-de-Nét so tief in seinen Gram und Zorn verstrickt, daß er nichts mehr hören und nichts mehr glauben wollte.

Wenn es aber den Menschen so ergeht, dann tun sie manchmal etwas, was später nur schwer oder gar nicht mehr gutzumachen ist.

So geschah es auch Ey-de-Nét.
„Gib dir keine Mühe!" sagte er. „Ich weiß, du meinst es gut mit mir! Aber Dolasílla kann mich nie geliebt haben; sonst wäre sie nicht sogleich wieder anderen Sinnes geworden, als ich kaum fort war! Mag sie also glücklich werden mit ihrem Kriegsruhm, ihrem silbernen Panzerkleid und den nie fehlenden Pfeilen! Mich wird sie nicht wiedersehen!" –
So zog Ey-de-Nét fort aus dem Fànesreiche.

Dreizehn Pfeile

Indessen war in der Burg an den Conturìnes etwas sehr Geheimnisvolles geschehen.
Der König war verschwunden!
Kein Wächter hatte ihn gesehen, auch sein Schildknappe, der in der Kammer nebenan schlief, hatte nicht gemerkt, wie er fortgegangen war; weder der Königin noch Dolasílla hatte er ein Wort davon gesagt: aber eines Morgens war er fort!
Anfangs machte man sich wenig Sorge, denn der König pflegte oft in den frühen Morgenstunden allein auszureiten.
Diesmal jedoch stand sein Hengst im Stalle, nur seine Waffen mußte er mitgenommen haben. Man fand auch das kleine Mauerpförtlein offen, durch das wohl ein Mann, nicht aber ein Pferd hindurchgehen konnte.
War er aber zu Fuß fortgegangen – nun, so würde er bald zurückkehren.
Doch es wurde Mittag, es wurde Abend, und der König kam nicht.
Am nächsten Morgen begann man nach ihm zu suchen.
Tagelang durchstreiften die Krieger das ganze Land in weitem Umkreis um die Burg: der König blieb verschwunden!
Eine immer größere Unruhe und Besorgnis bemächtigte sich der Heerführer.
Was sollte daraus werden?
Der König war fort, Dolasílla weigerte sich zu kämpfen, seit Ey-de-Nét des Landes verwiesen war. Die Späher brachten eine üble Botschaft nach der andern. Von allen Seiten zogen die Heere der feindlichen Nachbarn gegen die Grenzen des Reiches. Schon sah man manchmal in der Nacht auf irgendeinem Joch ihre Wachtfeuer glühen.
Tiefe Niedergeschlagenheit hatte die Krieger ergriffen. Sieben Jahre lang war Dolasílla mit ihnen in jede Schlacht geritten. Immer hatte sie dort gekämpft, wo die Gefahr am größten war, und ihre nie fehlenden Pfeile hatten den Kampf entschieden.

Und nun hatte sie gesagt: „Ich kämpfe nicht mehr, denn ich habe Ey-de-Nét versprochen, nicht ohne ihn in die Schlacht zu reiten. Ey-de-Nét aber ist nicht da!"

In dieser Not hielten die Heerführer in der Fànesburg einen Kriegsrat.

„Wir sind verloren, wenn Dolasílla uns im Stiche läßt", sprachen sie. „Die Feinde sind uns an Zahl um ein Vielfaches überlegen, und unsere Krieger sind unlustig und mutlos, weil sie ohne ihre silberne Prinzessin kämpfen sollen. Es muß uns gelingen, Dolasílla umzustimmen! Wir wollen sogleich morgen früh zu ihr gehen, denn es ist keine Zeit zu verlieren."

Mit übernächtigen, sorgenvollen Gesichtern erschienen sie am Morgen vor Dolasílla.

„Wir bitten dich, dennoch mit uns in den Kampf zu ziehen", sagten sie.

„Ihr wißt, daß ich Ey-de-Nét mein Wort verpfändet habe", antwortete Dolasílla traurig. „Ich wollte, er wäre hier; dann würde ich mit ihm und unseren Kriegern in die Schlacht reiten. Aber da ihn der König des Landes verwiesen hat, kann ich euch nicht helfen!"

„Es bedeutet den Untergang des Fànesreiches, wenn du nicht kämpfst!" stellten sie ihr vor. „Die Krieger warten auf dich! Sie sind viel zu wenige gegen die große Zahl der Feinde. Nur du kannst uns retten!"

Dolasílla schwieg. Was hätte sie auch sagen sollen? Sie wußte, daß sie die Wahrheit sprachen! Das Herz lag ihr schwer wie ein Stein in der Brust, und sie mochte die treuen Männer nicht ansehen. Sie zürnte ihrem Vater, der dies alles verschuldet und sie dann in der höchsten Not verlassen hatte. Wo war der König und wo war Ey-de-Nét?

Die Königin kam und beschwor sie weinend, daran zu denken, daß gewiß alle Fàneskrieger in diesem Kampfe sterben müßten und daß dennoch alles umsonst sein würde.

„Du kannst nicht untätig zusehen, wie dein Volk zugrunde geht! Unser aller Schicksal liegt in deiner Hand!" So sprach die Königin. Und da schien es Dolasílla, als dürfte sie dies nicht auf sich nehmen. Nein, es wäre wohl ein so schreckliches Unrecht, daß sie es nicht zu tragen vermöchte!

„Ja", sagte sie mit einer ganz brüchigen Stimme, „ja, ihr habt recht! So will ich noch einmal mit unseren Kriegern in die Schlacht reiten! Aber dies wird das letzte Mal sein!" –

Sie lächelte traurig, als sie ihre Freude sah. Sie hatte Ey-de-Nét ihr Versprechen gebrochen!

Als es gegen Abend ging, ließ sie ihr Pferd satteln und ritt fort.

„Ich will allein sein", hatte sie zu den Männern gesagt, die sich anschickten, sie zu begleiten. „Ich nehme meinen Bogen und einen Köcher voll silberner Pfeile mit mir! So kann mir nichts geschehen."

Es war ein Tag im späten Sommer, das weite Gebirge lag in einem goldenen Licht, nur da und dort erhoben sich aus Schluchten und Klüften schon die ersten blauen Schatten der Nacht.
Dolasílla ritt über die Weiden von Armentàra und dann nordwärts über die Medèyes de Vanna bis zum Rande des Tales von Spessa. Vor ihr reckte sich der wilde Gipfel des Naynòres auf, und weit draußen in der steinernen Öde lag die Costa de Mezanét. Sie wußte, dort hauste der alte Salwàn, der Ey-de-Néts Freund war. Vielleicht hatte der Kunde von ihm; die wilden Leute in den Bergen erfuhren viel.
Es hatte ihr den ganzen Tag keine Ruhe gelassen. Sie mußte Ey-de-Nét finden und ihm sagen, warum sie nicht Wort halten konnte. Er sollte nicht schlecht von ihr denken!
Freilich konnte es sein, daß er schon weit fort war; aber das wollte sie nicht glauben. Gewiß verbarg er sich noch irgendwo in der Nähe und wartete, bis er eine Gelegenheit fände, sie wiederzusehen!
Aber diese Hoffnung zerrann alsbald in nichts, als sie dann vor dem bärtigen alten Mann stand. Er blickte sie aus guten, klugen Augen mitleidig an, als sie ihn nach Ey-de-Nét fragte.
„Ja, er war früh am Morgen hier", sagte er. „Aber er wollte nicht bleiben. Er erzählte, der König habe ihn des Reiches verwiesen und du habest ihm dein Wort gebrochen: gewiß liege dir mehr an deinem Ruhm und Reichtum als an ihm. Darum freue ihn kein Tag seines Lebens mehr; er wolle weit fort in die Fremde ziehen und nie mehr zurückkehren."
Dolasílla ritt heimwärts, und es war ihr todtraurig ums Herz. Das weiße Pferd ging seinen Weg fürbaß, und sie ließ es gehen, wie es wollte.
Auf den Bergweiden herrschte das große Schweigen des Herbstes, denn die Herden waren schon zutal getrieben. Die Sonne war im Westen hinabgesunken, und es begann sachte zu dämmern.
Dolasílla fuhr plötzlich aus ihren traurigen Gedanken auf. Da war doch etwas – irgendein seltsames Geräusch in der Stille! Es kam von den Hängen herab, und es klang wie leises Glockengeläute, als weideten da droben zwischen den Felsblöcken noch Ziegen. Aber was waren das nur für abscheuliche, mißtönige Ziegenglocken?
Sie blickte hinauf zu den Schutthalden. Da sah sie zu ihrer Verwunderung da und dort kleine graue Gestalten zwischen den Steinen huschen und über das Geröll herabspringen, als wehe sie der Wind herbei.
Sie sahen aus wie zerlumpte, verwahrloste Kinder in zerrissenen Kitteln, und um ihre kleinen wilden Gesichter starrten zerzauste Haarsträhne. In den dürren Händen schwangen sie winzige Glocken, die scheußliche, schrille Töne hervorbrachten.

Im Nu waren sie herangekommen und hatten Dolasílla umringt. Das Pferd schnaubte wild, legte die Ohren zurück, und seine Augen blinkten weiß vor Schrecken.
Alle Sehnen an seinem Leibe spannten sich, als wollte es mit einem Sprung aus dem Kreise fliehen, der es umgab.
Aber – es schien nicht von der Stelle zu kommen!
Dolasílla starrte ängstlich zu den gespenstischen kleinen Wesen hinab. „Geht fort!" stieß sie hervor. „Mein Pferd wird euch sonst zertreten!"
Sie prallte zurück. Denn jetzt huben sie alle zugleich mit kreischenden Stimmen an zu schreien: „Was hast du da am Sattel hängen? Schenk uns doch die schönen, silbernen Stäbchen, sonst lassen wir dich nicht mehr fort! Ei, du willst nicht? So werden wir sie uns nehmen!"
Und sie reckten sich in die Höhe und streckten die dünnen Finger nach den silbernen Pfeilen aus.
Da faßte Dolasílla ein Grausen an; sie griff nach dem Köcher und gab jedem von den kleinen Unholden einen Pfeil.
Es waren gerade dreizehn.
Im nächsten Augenblick war das wunderliche Gelichter verschwunden, zerflattert wie Nebelfetzen im Winde.
In wilden Sätzen jagte das Pferd davon, daß sich Dolasílla kaum im Sattel zu halten vermochte. –
Um die Burg an den Conturìnes herrschte kriegerisches Treiben. Scharen gewaffneter Männer zogen von allen Seiten heran und lagerten um die Mauern bis an den Fuß der Felsen. Laute, freudige Zurufe empfingen Dolasílla. Die Zugbrücke rasselte nieder, und sie ritt in den Hof.
Da trat der Heermeister auf sie zu. „Ich bitte dich, mit mir auf den Turm zu steigen", sagte er sehr ernst.
Als sie an den Zinnen standen, sahen sie drüben auf den Hügeln von Prelondyà und Láyns dal Fúrn die Wachtfeuer der Feinde lodern. Die Nacht war rot von ihrem Schein; denn es waren sehr viele Feuer.
„Sie sind alle gekommen", sprach der Heermeister bitteren Tones; „die Cayútes, die Lastoyères, die Cadubrénes, die Peleghétes und noch einige andere. Wahrhaftig, es mangelt uns nicht an Feinden!"

Die letzte Schlacht

Auf den welligen Höhen von Prelondyà lagerte ein gewaltiges Heer.
Die Verbündeten hatten den Heermeister der Cayútes zum Oberfeldherrn ihrer ganzen Streitmacht gewählt.

Nun hatte er durch seine Kundschafter merkwürdige und wichtige Nachrichten erhalten. Darum berief er noch in der Nacht die anderen Heerführer zu sich.

„Der Fàneskönig ist ein Betrüger!" sprach er. „Zwar habe ich sichere Kunde, daß er selbst sich heimlich und allein auf den Lagazuòi begeben hat, um nicht gegen uns kämpfen zu müssen. Droben will er warten, bis wir die Fànes besiegt haben: und er glaubt, daß wir dann sogleich damit beginnen werden, für ihn das Padóngebirge umzugraben." Er schwieg und blickte sich stirnrunzelnd um, weil einige von den Heerführern laut lachten. „Aber", fuhr er fort, „er hat uns versprochen, daß Dolasílla nicht kämpfen werde: das ist eine Lüge! Denn von unseren Spähern, die auf Kundschaft in das Fànesreich gesandt worden sind, habe ich erfahren, daß dort unter den Kriegern große Freude und Zuversicht herrscht, weil die Prinzessin mit ihnen in die Schlacht reiten wird."

Die Männer starrten einander betreten an. Das war freilich eine schlimme Botschaft! Kannten sie doch alle Dolasílla und ihre nie fehlenden Pfeile. Zorniges Gemurmel erhob sich, das dem Fàneskönig nichts Gutes verhieß. Denn wenn Dolasílla kämpfte, bedeutete das den sicheren Tod für viele!

„Allein noch ist nichts verloren", redete der Oberfeldherr selbstgefällig weiter. „Ich habe Vorsorge getroffen, daß Dolasílla uns nicht allzuviel schaden kann und" – er hielt einen Augenblick inne – „und daß dies ihre letzte Schlacht sein wird!" sagte er dann langsam mit harter Stimme. „Hört zu! Spina de Mùl, der Zauberer, war bei mir! Er erbot sich, mir einige von Dolasíllas eigenen Pfeilen zu beschaffen: denn diese allein vermöchten das silberne Panzerkleid zu durchdringen, behauptete er. Dafür verlangte er die Rayéta, die Dolasílla auf dem Helm trägt. Ich erklärte mich mit dem Handel einverstanden. Da schickte er einige von dem Nachtvolk aus, das scharenweise in den Bergen haust, und die kleinen Unholde nahmen auch tatsächlich der Fànesprinzessin dreizehn Pfeile ab.

Das wird unsere Rettung sein: denn ihr wißt, die silbernen Pfeile haben Zauberkraft, und Ey-de-Nét ist nicht mehr da, um die Prinzessin mit dem Schilde zu schützen. Ich habe dreizehn meiner besten Bogenschützen ausgewählt. Sie alle werden mit den silbernen Pfeilen auf Dolasílla schießen, sobald sie auf dem Kampfplatz erscheint. Und diesmal wird sie dem Tode nicht entrinnen!" –

Noch waren die Sterne nicht erloschen, da stand an den Conturìnes das Heer der Fànes zum Aufbruch bereit.

Dolasílla hatte in dieser Nacht vor Kummer und Traurigkeit keinen Schlaf gefunden. Aber was tat es? Ey-de-Nét zürnte ihr, er war fortgegangen und würde nicht wiederkommen. Und sie mußte allein diesen letzten Kampf bestehen.

Müde ging sie nach der Waffenkammer und begann das silberne Panzergewand anzulegen.

An den Wänden brannten die Leuchten mit einem rötlichen Schein, der Rauch zog unter dem Gewölbe hin, und es duftete nach Harz.

Das silberne Gewand funkelte auf, wenn der Feuerschein darüber hinsprang.

Aber plötzlich schien es Dolasílla, als sei es in der Kammer ein wenig dunkler geworden. Das Funkeln erlosch, und der Glanz des Silbers verblich, als ginge ein Licht aus. Allein an den Wänden brannten die Leuchten wie zuvor! Was war das nur?

Voll Schrecken blickte Dolasílla an sich hinab. Nein, nun glänzte das Panzerkleid nicht mehr wie der Firn der Marmolèda: es war dunkel geworden wie die Lavafelsen der Padónberge!

Da griff es wie eine eiskalte Hand an ihr Herz! „Wenn sich das silberne Gewand verdunkelt, dann reite ich nicht in die Schlacht!“

Ja, so hatten die Zwerge gesagt.

Eine Weile stand sie da, ohne sich zu rühren. Dann richtete sie sich mit einem tiefen Atemzug auf. Nein, sie würde nicht versuchen, ihrem Schicksal zu entfliehen! Sie würde kämpfen, weil nur sie allein Volk und Reich vor dem Untergang retten konnte – wenn es noch zu retten war!

Sie band den Helm auf und verließ schnellen Schrittes die Kammer.

„Es ist gut, daß niemand weiß, was es bedeutet, wenn sich das silberne Panzerkleid verdunkelt!“ dachte sie. „Die Krieger würden sonst erschrekken und ihr Kampfesmut erlahmen!“

Drunten im Hofe waren die Heerführer versammelt.

Nicht wie sonst empfingen Dolasílla laute Zurufe. Die Männer starrten verblüfft auf das schwarze Streitgewand, und das Wort erstarb ihnen im Munde. Was war aus ihrer silbernen Prinzessin geworden?

Dolasílla zwang ein Lächeln auf ihr bleiches Gesicht. „Heute reite ich in einem dunklen Panzer in die Schlacht“, sagte sie laut, daß alle es hören konnten. „Die Feinde werden mich nicht erkennen und vergeblich nach mir Ausschau halten. So werde ich nicht in allzu großer Gefahr sein, obgleich Ey-de-Nét nicht da ist, um mich zu beschützen. Wir wollen reiten!“

Sie winkte dem Knappen, der ihr den Bogen und den gefüllten Köcher reichte.

Die silbernen Hörner ließen ihre wundersame Weise ertönen: die Fànes zogen aus zur letzten Schlacht.

Auf den Höhen von Prelondyà prallten die feindlichen Heere aufeinander, während noch graue Dämmerung über dem weiten Gebirge lag.
Es geschah genau so, wie Dolasílla es vorhergesagt hatte.
Die dreizehn Bogenschützen der Cayútes, die Befehl hatten, sie zu töten, ritten verwirrt und ratlos hin und her über das Schlachtfeld und schauten sich die Augen aus nach dem glänzenden Panzerkleid der Fànesprinzessin.
Indessen fielen da und dort und überall in den Reihen der Verbündeten die tapfersten Krieger unter den geheimnisvollen silbernen Pfeilen, die von irgendwoher durch den Nebel heranschwirrten. Manchmal erblickte einer vor sich plötzlich ein weißes Pferd, auf dem eine Frau in einem dunklen Streitgewand saß. Auf ihrem Helm strahlte ein Edelstein wie eine winzige Sonne. Vielleicht erkannte auch einer oder der andere Dolasílla: aber es blieb ihm keine Zeit mehr, seine Gefährten zu warnen.
Allmählich wurde es hell, der Nebel hob sich und zog an den Felswänden entlang davon.
Und dann einmal, als mitten im Getümmel des Kampfes um Dolasílla ein kleiner freier Raum entstanden war, sah sie die dreizehn Bogenschützen, die gerade auf sie zujagten.
Einen Augenblick stutzten sie. „Sie haben mich erkannt“, dachte sie, hob den Bogen und zielte. Mit unheimlicher Schnelligkeit zuckten die kleinen, blitzenden Geschosse durch die Luft.
Aber drüben lagen jetzt dreizehn silberne Pfeile an der Sehne.
Als sie diese Pfeile erkannte, wußte sie, daß sie verloren war.
Sechs von den Bogenschützen stürzten getroffen aus dem Sattel.
Aber sieben Pfeile durchbohrten Dolasíllas Panzerkleid. –
Die Kunde von Dolasíllas Tod verbreitete sich mit Windeseile im Heere der Fànes. Schrecken, Verwirrung und Mutlosigkeit erfaßten die Krieger. Wie sollten sie nun gegen die übermächtigen Feinde bestehen?
Aus den Reihen der Verbündeten erscholl frohlockendes Gebrüll; sie hatten erfahren, daß die silberne Prinzessin tot war.
Mit wildem Eifer warfen sie sich von neuem in den Kampf: auch sie wußten, daß die Fànes nicht mehr lange widerstehen konnten.
Die Krieger hatten Dolasílla aus dem Getümmel fortgetragen, während andere ihnen den Rücken deckten. Sie brachten sie in eine kleine Hütte, die am Wege nach der Königsburg lag.
Als indessen die feindlichen Scharen immer gewaltiger nachdrängten, begriffen sie, daß es ihnen nicht gelingen würde, die tote Prinzessin ins Schloß zurückzubringen. Aber sie sollte nicht in die Hände der Feinde fallen!
So steckten sie die Hütte in Brand. –

Spina de Mùl hockte in sicherer Entfernung vom Kampfgetümmel auf einem Felsen und hatte zähneknirschend vor ohnmächtiger Wut alles mitangesehen. Als die Hütte wie eine riesige Fackel loderte und dann zu Glut und Asche zusammensank, gab er ein für allemal die Hoffnung auf, die Rayéta in die Hände zu bekommen: er wußte, das Feuer war mächtiger als er und von dem Stein würde nie mehr eine Spur zu finden sein. –
Ehe es Abend wurde, war die Schlacht auf Prelondyà zu Ende und mit ihr die Herrlichkeit des Fànesreiches.

Der falsche König

Während dies geschah, saß der Fàneskönig einsam droben auf dem Lagazuòi und wartete ungeduldig, bis man ihm Botschaft brächte, daß alles vorüber sei.
Aber die Tage vergingen und niemand kam.
Ein paarmal glaubte er, aus weiter Ferne Kampfgetöse zu vernehmen. Er hätte gerne gewußt, wie es drunten stand und ob wohl die siegreichen Verbündeten nun bald beginnen würden, die Auróna für ihn zu suchen.
Am Tage nach der Schlacht auf Prelondyà erschien ein Haufe Cadubrénes bei ihm auf dem Berge. Sie waren zornig, weil sie viele ihrer Krieger durch Dolasíllas Pfeile verloren hatten. „Du bist ein Lügner und Betrüger", sagten sie. „Du hast uns versprochen, deine Tochter werde nicht kämpfen: aber sie hat dennoch gekämpft und viele unserer besten Männer getötet!"
Der König riß vor Verwunderung die Augen auf und fragte, was denn geschehen sei.
Als er alles erfahren hatte, meinte er, ja, nun sei es wohl am besten, wenn er wieder in seine Burg an den Conturìnes zurückkehre: da könne er mit den Königen der Verbündeten bereden, was jetzt zu tun sei.
Indessen war noch eine Schar Lastoyères und Cayútes dazugekommen. Die lachten ihn aus und sagten: „Unterstehe dich ja nicht, jemals wieder von diesem Berge hinabzusteigen! Du würdest drunten sogleich erschlagen. Das Fànesreich ist für immer untergegangen, und wir nehmen uns mehr, als du uns einst genommen hast! Die Auróna aber magst du dir aus dem Kopfe schlagen: wir müßten so närrisch sein wie du, wenn wir wirklich danach graben wollten!"
Damit gingen sie und ließen ihn allein mit seinem ohnmächtigen Grimm.
So mußte er auf dem Berge Lagazuòi bleiben. Die Verbündeten spotteten

über ihn, und die Fànes, die noch übriggeblieben waren, haßten ihn. Alle aber nannten ihn „el fáutso rego“, den falschen König.
Er wurde alt und grau, und zuletzt wurde er zu Stein.
Und wer über den Falzàregopaß geht und hinaufschaut zum Lagazuòi, der sieht ihn droben sitzen mit seinem langen Bart und der Zackenkrone auf dem Haupte.

Ilias

Als Troja unterging

224 Seiten, mehrfarbig illustriert von Alfred Kunzenmann, Milskin

Jenseits des goldenen Nebels

Herzog Ernsts seltsame Abenteuer im Morgenland.
242 Seiten, illustriert von Hans Vonmetz, Efalin

Die Nibelungen

244 Seiten, illustriert von Hans Vonmetz, Efalin

Die Abenteuer des Odysseus

312 Seiten, mehrfarbig illustriert von Alfred Kunzenmann, Milskin

Parzival

32. – 38. Tausend der früher unter dem Titel „Das Licht auf Monsalvat“ erschienenen Abenteuer Parzivals. 240 Seiten, 8 Farbillustrationen, Milskin. Ausgezeichnet mit dem Österreichischen Staatspreis für Jugendliteratur

Der Reiter auf dem schwarzen Hengst

Die Geschichte von den Heymonssöhnen, dem Zauberer Malagis und dem Hengst Bayard. 292 Seiten, illustriert von Hans Vonmetz, Efalin

Die Rolandsage

Die Geschichte vom Grafen Roland, dem Verräter Ganelon und den Sarazenen. 220 Seiten, mehrfarbig illustriert von Alfred Kunzenmann, Milskin

„Es ist erstaunlich, mit welchem Einfühlungsvermögen in die mittelalterliche Sagenwelt und mit welch sprachlicher Vollendung der Stoff gemeistert wird.“ Buchprofile, München

„Auguste Lechner hat nicht allein dem jungen Leser, sondern jedem, der Zugang zu den Schätzen der eigenen Vergangenheit sucht, den Weg gewiesen.“ Prof. Dr. Josef Rampold, Bozen

Tyrolia

Auguste Lechner

Herkules

Die berühmtesten Abenteuer des berühmtesten Helden der Antike. 240 Seiten, 8 Farbillustrationen, Milskin. Neuerscheinung 1977.

Im neuen Jugendbuch „Herkules" (griechisch: Herakles) erzählt Auguste Lechner die berühmtesten Abenteuer des berühmtesten Helden der Antike. Die Wildheit jener uralten Zeit, ihrer Menschen und der Ungeheuer, die neben ihnen die Erde bewohnten, steigen aus der Tiefe einer Vergangenheit auf, von der nur noch die Sage eine ungewisse Kunde gibt. Kultur und Barbarei, die Welt der Götter, die Schicksale der Menschen mit ihren guten und bösen Eigenschaften und das düstere Reich der Schatten zeigen ein schillerndes Bild jener Jahrtausende. Der Kampf der Titanen gegen die Götter, den zuletzt Herakles entscheidet; sein Zug ins Land der Amazonen; das Abenteuer mit der Hydra, der neunköpfigen Schlange; die eher komische Geschichte vom Stall des Königs Augias; der Raub der Stuten des Diomedes oder wie Herakles den Hund Kerberos, den Wächter des Totenreiches, an die Oberwelt schleppt – und alle die anderen Geschehnisse voll Spannung und Gefahr machen dieses Buch zugleich mit den vielen kulturgeschichtlichen Streiflichtern zu einer fesselnden Lektüre für Neun- bis Zwölfjährige.

Tyrolia